KB266317

# 내가 대답하는 너의 수수께끼 2

그 어깨를 감쌀 각오

내가 대답하는
너의 수수께끼 2
그 어깨를 감쌀 각오
이연승 옮김
가미시로 교스케 장편소설
블룸

## 등장인물

### ① 이로하 토야

순수하게 남을 돕는 걸 좋아해 별명은 '엄마'. 변호사 지망생으로 '무죄 추정'을 금과옥조처럼 생각한다.

### ② 아케가미 린네

한순간에 진실을 꿰뚫어 보는 능력의 소유자. 다만 그 추리 속도가 너무 빠르고 무의식중에 이뤄지는 탓에 어떻게 진실에 도달했는지 본인은 설명하지 못한다. 교실에 가지 않고 상담실에 틀어박혀 있는 중.

### ③ 아케가미 후요

스쿨 카운슬러. 린네의 친언니. 내신 점수를 조건으로 린네를 교실에 복귀시키는 임무를 토야에게 맡긴다.

### ④ 코가미네 아이

린네와 토야의 같은 반 친구인 꼬마 날라리. 어떤 이유로 토야에게 관심을 가지는 듯한데……?

## 차례

지 뢰 씨 와 문 너 머

상담실에는 지금 세 가지 소리가 흐르고 있다.

규칙적인 박자에 맞춰 돌아가는 시계 소리, 창가 옆에 앉은 린네가 퍼즐을 맞추는 소리, 그리고 누군가가 머리를 싸매며 끙끙 고뇌하는 소리.

종이에 샤프펜슬 끝부분을 대고 길 잃은 여행자 같은 표정으로 굳어 있는 사람은 내가 아니다.

코가미네 아이.

셔츠 단추를 과감히 풀고 옷깃에 달린 리본도 헐겁게 맨, 같은 반 친구이자 날라리 소녀였다.

"……으아! 모르겠다구우!"

코가미네는 결국 비명을 지르며 펜을 내던졌다. 치마에서 허벅지가 보여도 신경 쓰지 않고 옆으로 털썩 쓰러져 소파와 한 몸이 된다.

자포자기 자체인 그 모습을 나는 어이없다는 듯이 바라봤다.

"모르겠으면 교과서 봐도 된다고 했잖아."

"봐도 모르겠단 말야!"

"뭘 모르는지를 생각해. 그럼 언젠가 알게 돼."

"그걸 제일 모르겠는걸!"

공부하는 방법을 가르쳐 주는데도 이 모양이다. 아무래도 학문을 대하는 근본 자세부터 바로잡아야 할 것 같다.

"어쩔 수 없군……. 정확히 뭘 모르겠다는 건데? 말해 봐. 이번만큼은 아주 친절하게 설명해 줄 테니."

"전체적으로."

"결국 처음부터 끝까지 다 모르겠다는 거냐."

정말이지 엄청나게 손이 가는 녀석이다. 나는 코가미네의 교과서를 집어 들었다.

책장을 휙휙 넘기며 어디서부터 가르쳐야 할지 고민하고 있을 때 소파에 누운 코가미네가 갑자기 치마 밑단에 손을 갖다 댔다.

"휙."

"……."

"슬쩍슬쩍…… 살랑살랑……."

"……산만하니 그만해."

낮은 목소리로 주의를 주자 코가미네는 능글맞게 미소 지었다.

"네? 뭐가요? 전 그냥 더워서 바람 좀 넣었을 뿐인데 대체 뭐가 산만하다는 걸까요? 설마, 그렇게 성실하고 고지식하신 이로하 님께서 보일 듯 말 듯한 제 속옷에 정신이 팔리신 건 아니겠죠?"

열받게 한다. 이게 공부를 도와 달라는 사람이 할 짓이냐.

"아아, 조심해야겠네요. 제가 공부에 집중하고 있을 때 치마 속을 훔쳐볼 수도 있겠어요. 전 조금만 방심하면 다리를 벌리니까요."

"누가 그런 짓을……."

"……조용히 좀 하세요……."

언짢아하는 목소리와 함께 하얀 파티션 너머에서 린네가 불쑥 나타났다.

흑단 같은 검은 머리카락을 우아하게 흔들며 나타난 아케가미 린네는 꼭 숙취 때문에 막 잠에서 깬 사람 같은 눈빛으로 소파에 누운 코가미네를 내려다봤다.

"공부할 거면 조용히 해 주세요. 여긴 당신 놀이터가 아니에요."

"아, 미안. 시끄러웠어? 의외네. 평소에는 내가 무슨 말을 해도 무시하더니. 혹시 기분 나빴던 거야?"

"……뭐가요?"

"글쎄? 뭘까?"

"확실하게 말하세요! 답답해요!"

"싫은데."

키득거리는 코가미네. 불만스러워하는 린네. 두 사람을 무시하고 교과서에 고개를 떨구는 나.

나와 아케가미 린네가 자리를 지키는 이 방과 후 상담실은 원래 외부인의 출입이 금지돼 있다. 그런데도 왜 이토록 소란스러운 공간이 되었는가 하면, 며칠 전 코가미네가 나에게 한 어떤 상담 때문이다.

그날.

코가미네 아이가 처음 상담실을 찾은 그날을 나는 되짚었다.

"……너희, 지금 뭐 해……?"

머리 위에서 들린 나직한 목소리에 나와 린네 모두 고개를 들었다.

코가미네 아이가 남자아이들이 큰 소리로 저질 농담을 할 때 같은 눈빛으로 바닥에 쓰러진 나와 린네를 내려다보고 있었다.

나는 눈을 연신 깜빡였다.

"너야말로 무슨 일이야? 이런 데서."

"뭐? 그런 꼴을 하고 그런 말이 나와?"

겉으로는 가벼워 보이지만 코가미네도 의외로 섬세한 면이 있다. 혹시 뭔가 고민이 있어서 찾아온 걸까.

그렇다고 해도 요즘은 내가 상담실에 있다는 걸 알 테니 굳이 오지 않고 나한테 직접 말했어도 될 텐데.

"……저, 이로하 씨……."

이상하게 생각하고 있을 때 내 밑에 깔려 있던 린네가 몸을 살짝 움직였다.

"슬슬 비켜 주시는 게."

"응? 아, 참! 괜찮았어? 넘어질 때 머리를 부딪치거나 하지는."

““눈치 빵점!””

“윽!”

아래에 있던 린네에게 배를, 위에 있던 코가미네에게 등을 걸어차였다. 나는 고통을 참지 못하고 바닥을 굴렀다.

“이…… 이게 무슨 짓이야! 난 그냥 걱정돼서!”

“여자를 깔아뭉개 놓고 그게 할 소리야!”

“꼭 저만 의식한 것처럼 보이잖아요……! 비열해요! 이건 비열한 인상 조작이에요!”

깔아뭉갰다고……?

나는 조금 전 광경을 떠올렸다. 코앞에 있던 린네의 단정한 얼굴. 살짝 물든 뺨. 수줍게 돌린 눈. 바닥에 흩어진 길고 검은 머리카락. 얕게 오르내리는 가슴. 은은하게 전해지던 체온.

“어? 미, 미안! 전혀 의식 못 했어!”

“……이제 와서 변명하셔도.”

바닥에 무릎을 모으고 앉은 린네는 자신을 지키듯 오른쪽 팔꿈치를 잡고 비스듬히 아래로 시선을 피했다. 청순한 건 겉모습뿐이지만 남자에게 깔리면 놀랄 정도의 섬세함은 지녔을 것이다. 내가 너무 둔했다. 반성해야 한다.

조금 어색한 분위기가 흐르고 있을 때 코가미네가 시치미 떼듯 물었다.

“둘이 사귀어?”

“뭐?”

반사적으로 되묻자 코가미네는 성큼성큼 걸어와 바닥에 앉은 나를 위에서 내려다봤다. 트윈테일 머리가 축 늘어져 내 어깨에 닿았다.

"요즘 들어 연락도 잘 안 하더니 선생님을 돕는다는 핑계로 여기서 줄곧 린네랑 꽁냥거리고 있었던 거야? 그래서 나랑 안 놀게 된 거야?"

"꽁냥……? 그게 무슨 소리지?"

"조금 전까지도 그러고 있었잖아!"

기억에 없다. 난 그저 린네의 어깨를 좀 주물러 줬고, 린네가 귀찮다며 피하려다가 같이 넘어졌을 뿐이다. 그게 다다.

"한 달 넘게 계속 이래 왔던 거지? 나한테 비밀로 하고! 그런 거지?"

"대체 왜 화를 내는 거야? 린네가 학교에 오는 걸 숨긴 건 맞지만……."

다 린네를 배려해서 그런 것이다. 교실 대신 상담실로 등교한다는 사실이 알려지지 않기를 바랄 테니까.

"선생님이 도와 달라고 해서 여기 온다고는 말했잖아. 거짓말 한 건 없어."

"말도 안 돼. 린네와 매일 같은 공간에 있으면서 아무렇지 않을 남자가 있을 리 없는데."

"있거든. 바로 여기."

코가미네는 여전히 불만스러운 것처럼 입술을 삐죽이며 내 얼굴을 노려봤다. 정말이지, 연락을 자주 안 한 건 사실이지만 그걸 내가 왜 이 녀석에게 해명해야 하는 걸까. 그걸 떠나 얘는 애초에 여기 왜 온 걸까.

"저기요."

코가미네와 정체불명의 눈싸움을 이어 가고 있을 때 몸을 일으킨 린네가 고개를 갸웃거리며 말했다.

"누구예요? 이 시끄러운 분은."

"······."

"······."

나와 코가미네는 망연자실하게 린네의 얼굴을 바라봤다. 진짜 모르는 것 같다. 정말 기억에 없는 듯하다.

본인 책상에 낙서를 해서 펀치라는 이름의 철퇴를 휘둘렀고, 그 일을 계기로 반에 가지도 못하게 됐으면서 코가미네 아이라는 같은 반 아이를 린네는 진정 기억하지 못하는 표정이었다.

코가미네의 어깨가 바르르 떨리기 시작했다.

큰일이다.

나는 귀를 틀어막았다.

"나아안제으우우를레애슈우오아아아아아아아아아아아아아아악!"

마치 화산이 폭발하듯 해독 불가능한 괴성이 터져 나왔다. 그러나 린네는 고함에 겁먹는 타입이 아니기에 반응이 시큰둥했고 그런 린네의 모습이 다시 불에 기름을 부었다. 얼굴이 벌겋게 달아오른 코가미네는 머리카락이 쭈뼛 설 만큼 무시무시한 기세로 린네에게 다가섰다.

"난! 난 말이야!"

"워, 워. 진정해, 진정해. 코가미네!"

나는 허둥지둥 일어나 코가미네를 뒤에서 움직이지 못하게 붙잡았다. 키가 작은 코가미네는 바닥에서 발이 동동 떠서 버둥거렸다.

"계속! 계속! 너한테 얻어맞은 뒤부터 계속⋯⋯!"

"얻어맞았다고요?"

"낙서! 책상에 했던!"

거기까지 듣고서야 린네는 마침내 "아아⋯⋯" 하고 미적지근한 반응을 보였다.

"그때 그 꼬마 날라리 아가씨였군요."

"꼬마는 누가 꼬마야!"

바로 지금 꼬마처럼 몸이 들린 채 코가미네는 두 팔과 다리를 허우적거리고 있다.

"그보다! 이름도! 기억! 못 하다니! 아무리 그래도 같은 반인데! 사람을 키로 외우지 마!"

"정확한 표현이라고 생각하는데요."

"포기해, 코가미네⋯⋯. 린네가 다른 사람 이름을 기억 못 하는 게 너한테만 해당하는 건 아니야.”

“‘내 이름은 기억하지만’이라고 말하려는 거지? 너도 똑같아! 이 잘난 척하는 오타쿠 자식!”

“아야! 아파!”

할퀴지 마. 이건 뭐 목욕하러 들어간 고양이도 아니고!

“…….”

우리를 바라보는 린네의 눈이 살짝 가늘어진 듯 보였다. 나를 통해서야 비로소 코가미네의 존재가 인식 범위에 들어온 것일 수도 있다.

“……하아…… 하아…….”

날뛰다 지쳤는지 어느새 코가미네도 잠잠해졌다.

내가 바닥에 내려 주자 코가미네는 머리카락이 헝클어진 그대로 정면에 있는 린네의 얼굴을 올려다봤다.

“난 안중에도 없다는 거야?”

그 질문에 린네는 대답 없이 의미심장한 눈빛으로 코가미네를 내려다봤다.

마치 신이 인간을 굽어보는 듯한, 한 차원 위에 있는 시선. 지나치게 아름다운 눈동자가 주는 경외심 섞인 착각.

나만큼 린네에게 익숙하지 않은 코가미네는 이런 시선을 견디지 못할 것이다. 역시나 도망치듯 금세 고개를 아래로 떨구더니 그곳에 있는 린네의 어떤 부분을 보며 패배자 같은 말투로 중얼거렸다.

“……가슴은 내가 더 크거든.”

아케가미 린네는 의외로 이런 저질 도발이 먹히는 타입이다.

“……발상이 천박하시네요. 가슴에 승패 같은 게 어딨죠? 인체의 아름다움은 종합적인 균형으로 평가받아야.”

“갑자기 말이 많아졌네.”

코가미네는 놀란 듯 고개를 들고는 잠시 후 비웃는 것처럼 입꼬리를 올렸다.

허리에 손을 얹고 일부러 과시하듯 가슴을 쭉 내밀며 린네와 간격을 좁히더니 지근거리에서 그녀의 얼굴을 올려다봤다.

“……흐음. 헤에? 너 정도 되는 미소녀는 외모 같은 건 신경도 안 쓸 줄 알았는데 신경 쓰이나 보네? 그러고 보니 머릿결이 엄청 좋잖아? 평소에 되게 관리하나 보다.”

“이건 그냥, 인간으로서 상식적인 범위의…….”

이런. 이제 막을 수도 없다. 나는 포기하고 창가 의자에 앉았다.

“지금 상식이라고 한 거야? 다른 사람도 아닌 네가? 괜찮아, 괜찮아, 부끄러워할 거 없어. 너도 사춘기 여자아이잖아? 남자애들 시선이 신경 쓰이겠지.”

“남자들의 시선 따위……!”

“어라? 방금 눈동자가 살짝 흔들린 것 같은데? 누구 씨 쪽으로.”

“안 움직였어요! 착각이에요!”

“훙. 역시 그런 거였네.”

“그냥 이 자리에 지금 남자는 한 명밖에 없으니…….”

“아아, 네, 네. 그렇다고 해 둘게요.”

나는 가방에서 교과서를 꺼냈다. 슬슬 기말고사를 신경 써야 할 때다.

“……읏!”

“어라? 네 얼굴, 원래 그렇게 빨갰어? 원래는 좀 더 하얬던 것 같은데?”

“……그쪽이야말로.”

“응?”

“그쪽이야말로 여기 뭐 하러 오신 건가요?”

“어?”

“딱히 상담하러 온 것 같지도 않고…… 혹시 누굴 만나러 오셨나요?”

“뭐?”

“……아아, 과연. 그런 거였군요. 공주님처럼 보호받고 싶어서 충동적으로 오셨나 보군요. 하지만 평소 캐릭터와 너무 다르니 결국 제대로 하지 못하고…….”

“이, 이 바보! 되는대로 지껄이지 마! 그냥 좀 심심해서 온 거야! 그런 거 아니야!”

“저도 그런 거 아니에요.”

“아, 됐다, 됐어! 무승부! 그래, 무승부!”

“승부 같은 건 한 적 없는데요.”

린네는 아무렇지 않게 성큼성큼 걸어와 창가 쪽 의자에 앉았다. 태연하기 그지없는 새침데기 같은 표정이다.

이제야 끝났나. 나는 교과서에서 얼굴을 들었다.

"어이, 린네. 머리 헝클어졌어."

"당신이 절 밀쳐 넘어뜨려서 그런 거잖아요."

"네가 넘어지는 걸 내가 막아 준 거라고……. 빗 있어?"

린네는 말없이 가방에서 빗을 꺼내 당연하다는 듯이 내밀었다.

나도 익숙한 손놀림으로 그걸 받아 들고 의자에서 일어나 린네의 등 뒤로 돌아갔다.

그리고 린네의 길고 검은 머리카락을 조심스레 빗는 내 모습을 코가미네가 믿을 수 없다는 듯이 쳐다봤다.

"저기…… 평소에도 그래……?"

"본의 아니게."

"나한테는 그런 거 해 준 적 없잖아."

"그야 보통 여자애 머리를 빗겨 주지는 않지."

"……지금 일부러 나 자극하려고 그러는 거 아니지?"

"얘의 평소 생활력이 비정상의 극치라는 뜻이야. 아, 그래. 너도 머리는 좀 정리하는 게 좋을 것 같네."

스스로 할 수 있을 테니 굳이 도와주지는 않겠지만. 이러고 보니 차라리 코가미네가 손이 덜 가는 아이처럼 느껴진다.

나는 손을 멈추지 않으며 말했다.

"그나저나 코가미네, 정말 오늘 무슨 일로 온 거야? 뭐 깜빡하고 못 한 말이라도 있어?"

“어? 아니, 그냥 네가 뭐 하고 있나 해서…….”

“뭐야. 그냥 놀러 왔군. 그럼 이만 돌아가는 게 어때?”

“뭐? 너무해!”

“상담실은 상담자들이 찾아와 프라이버시를 털어놓는 곳이야. 관계도 없는 사람이 죽치고 있으면 곤란해.”

“관계없는 사람이라니…….”

코가미네는 불만스럽게 입술을 삐죽 내밀었다.

“그리고 슬슬 기말고사잖아. 공부 안 해도 돼?”

“시끄러워! 엄마야 뭐야!”

“아니.”

네 중간고사 성적은 말 그대로 처참했으니까. 우리 학교는 사립 명문인데 중등부부터 에스컬레이터식으로 올라온 코가미네는 평소에 공부를 꽤나 소홀히 하는 모양이었다.

중간고사 이후부터는 수업이든 학습 지도 요강이든 거의 내팽개치고 있으니 기말고사는 더 힘들 것이다. 이제 정말 공부하지 않으면 유급이다. 코가미네가 후배가 되면 지금보다 더 귀찮아질 듯하니 그런 상황은 사양하고 싶었다.

린네는 그 추리 능력 덕에 수업을 듣지 않아도 딱히 시험에는 문제없겠지만.

“린네가 신경 쓰이는 건 알겠는데 일단 지금은 네 걱정부터…….”

“그럼 나도 상담할래.”

“뭐?”

돌아보니 코가미네는 토라진 듯한 표정을 짓고 있었다.

“그럼 괜찮지? 여기 있어도.”

“아니, 상담이라니, 뭘? 곤란한 일이라도 있어?”

“있지! 방금 네가 말했잖아!”

코가미네는 작은 몸을 한껏 펴며 당차게 선언했다.

“기말고사, 망하기 일보 직전이야! 그러니까 공부 가르쳐 줘, 이로하!”


“정말…… 오지랖도 적당히 부리시죠, 이로하 씨.”

하고 시간이 가까워져 슬슬 돌아갈 채비를 하고 있을 때 린네가 잔소리하는 시어머니 같은 투로 말했다.

“당신이 남 도와주는 걸 삶의 낙으로 삼는다는 건 알지만, 세상에는 그런 사람을 이용하려는 못된 사람도 있어요. 뭐든 들어주다가 언젠가 큰코다칠 거예요.”

“미리 말해 두지만 린네, 난 오지랖 떠는 걸 삶의 낙으로 삼지 않고, 다른 사람의 부탁을 무조건 들어주는 것도 아니야. 공부에 대한 고민도 상담실에서 충분히 다룰 주제잖아. 난 그저 후요 선생님께 부탁받은 대로 할 뿐. 그리고 코가미네도 겉보기와 달리 그렇게 해로운 녀석은 아니야. 겉보기와 달리.”

“뭐야, 그 강조는! 내가 그렇게 위험해 보여?”

위험까지는 아니어도 경박해 보이고, 린네 같은 사람에게 경박하다는 건 그 자체로 해다.

린네는 가방을 들고 한숨을 내쉬었다.

"……정작 이로하 씨도 그렇게 여유 있는 상황이 아닐 텐데요."

"뭐 그건 그래. 난 너와 달리 그 말도 안 되는 능력 같은 건 없으니."

"남 일만 신경 쓰다가 정작 본인이 곤란해져도 전 몰라요."

평소에 누구보다 다른 사람에게 보살핌을 받는 녀석이 이런 말을 하니 설득력이 전혀 없다.

린네는 고개를 홱 돌리고 상담실을 나갔다.

나와 코가미네도 린네를 따라 복도로 나갔다. 아무도 없는 복도에서 우리 세 사람의 발소리만 울려 퍼졌다.

"있지, 있지, 이로하."

종종걸음으로 옆을 걷는 코가미네가 내 쪽으로 몸을 기울이며 얼굴을 올려다봤다.

"그 능력이라는 게 뭐야? 린네는 머리가 그렇게 좋아?"

"흐음…… 뭐 그런 셈이지. 적어도 시험공부 걱정은 안 해도 될걸."

"뭐? 그런 건 반칙이잖아. 저 외모에 머리까지 좋다니."

코가미네가 얼굴을 찡그렸다. '머리가 좋다'라는 표현만으로는 조금 부족한 것 같지만, 코가미네에게는 이 정도 설명으로 충분할 것이다.

"저 머릿결은 또 뭐고. 대체 뭘 먹고 살아야 머리가 저렇게 찰랑찰랑해지는 거야? 피부도 백옥같이 깨끗해서 인형 같고 몸매도 마른 것 같은데 나올 부분은 다 나와서 완벽하잖아."

"……너, 혹시 린네 좋아해?"

"말도 안 돼! 저런 새침한 애랑은 못 친해져! 칭찬 조금 했다고 착각하지 마!"

조금은커녕 거의 극찬이었는데.

이 정도 거리면 안 들릴 리 없지만 린네는 모르는 척 앞서 걸어가고 있다. 무시하는 듯한 이런 태도가 코가미네를 더 자극한다는 걸 알고 있을까.

아니나 다를까 코가미네는 불만스럽게 린네를 계속 응시하다가 잠시 후 뭔가 꿍꿍이가 있는 듯한 미소를 지으며 내 얼굴을 올려다봤다.

"……있지. 이로하. 나, 조금 더 공부하고 싶은데……."

"기특한 마음가짐이로군. 하면 되지."

"우리 집에 가서 마저 할까?"

그렇게 말하며 코가미네는 살며시 내 팔에 자기 팔을 감았다.

나는 앗 하고 무심코 몸을 뒤로 젖혔다. 키에 비해 도드라진 가슴이 당장에라도 팔꿈치에 닿을 것 같았다.

그렇게 당황한 건 아니다. 이 정도로 대담하게 사적인 영역을 침범하면 누구나 경계 태세가 되는 건 당연하다.

"어이, 코가미네."

"왜애? 이로하."

“좀, 너무 가까워…….”

“흐응? 그런가아?”

“너, 교복 좀 제대로 입어. 다 보이겠다.”

“안 보면 되지이?”

코가미네는 느흐흐, 하고 요괴 고양이처럼 웃으며 두 번째 단추까지 풀어 헤친 교복 깃을 살짝 젖혀 보였다. 필연적으로 보이는 하얗게 부푼 부위를 억지로 시야에서 차단했지만.

“어머, 이로하는 변태! 가슴 좀 그만 봐!”

“안 봤거든! 누명 씌우지 마!”

코가미네는 키득키득 웃으며 곁눈질로 린네의 반응을 살폈다. 정말이지, 좋아하는 아이한테 못되게 구는 초딩 같다. 고등학생이나 돼서 유치하게.

정작 린네는 무시하며 뚜벅뚜벅 계속 발걸음을 옮기고 있다. 그러나 코가미네는 눈치 못 챘겠지만 걷는 속도가 평소보다 조금 빨라진 듯했다.

코가미네가 웃음을 머금은 채 소곤소곤 속삭였다.

“(효과 있어. 시치미 떼지만 저런 애일수록 질투심이 강하거든.)”

“(그만 괴롭힐 거라고 하지 않았어? 린네는 학교에 나 말고 어울릴 사람도 없으니 자꾸 따돌리지 마.)”

“(뭐? 따돌리는 게 누군데.)”

“(……?)”

“(아, 진심으로 모르는 얼굴이라 더 짜증 나!)”

“아야야!”

갑자기 코가미네가 내 팔을 뜯을 기세로 꽉 꼬집었다. 고통에 못 이겨 내가 몸을 기울인 순간.

물컹하고 내 팔꿈치가 코가미네의 가슴에 박혀 버렸다.

한없이 가라앉는 물풍선처럼 부드러운 감촉. 그 안에 섞인 단단함. 아마 브래지어 컵일 것이다. 그것들 때문에 사고가 멈춘 순간.

“히야앗!”

날카로우면서도 왠지 관능적인 목소리가 우리 세 사람만 남은 복도에 울려 퍼졌다.

순간 그게 누가 낸 소리인지도 알 수 없었다.

눈앞에서 코가미네 아이가 뺨을 붉히며 뒤로 물러나 입가를 가리기 전까지는 정말 감이 안 왔다.

“미…… 미안.”

“바, 방금 일은 없었던 걸로 할게!”

코가미네가 손을 쭉 뻗으며 소리쳤다.

“이상한 소리나 내고……. 너무 여자애 같잖아!”

“아니, 너 여자애 맞잖아.”

“그게 아니라, 으으……. 가슴에 팔이 조금 닿은 것 가지고 그런 소리나 내고……. 완전 숙맥 같아.”

트윈테일 머리카락 끝부분을 입가에 가져가 만지작거리며 어쩔 줄 몰라 하는 코가미네.

새삼 알 수 없는 녀석이라고 난감해하며 시선을 다른 곳으로 돌리자 린네와 눈이 마주쳤다.

"……."

무표정한 얼굴 속에는 나나 후요 선생님 정도만 알아차릴 법한 분노의 기색이 섞여 있었다.

그러나 끝내 아무 말 하지 않고 홱 돌아서서 다시 성큼성큼 발걸음을 재촉했다.

어휴, 정말. 학교에서 친한 사람이 나뿐이라고 해서 이 정도로 토라지지 말라고.

코가미네가 있다고 너와의 관계가 사라지는 것도 아닌데. 정말이지, 다들 고등학생이나 돼서 유치하게.

### ◆ 코가미네 아이 ◆

린네는 교문을 나서자마자 마중 나온 차에 올라탔다. 나는 "우와" 하고 입을 벌리며 그 모습을 끝까지 지켜보고 이로하와 함께 집으로 향했다.

"린네가 어디 유명한 신사 집 딸이라고 했지? 저 외모에 머리에 돈까지 있다니……. 저런 사기캐가 어딨어."

"신사가 돈이 많은지는 모르겠지만 너희 집도 잘 사는 축에 속하잖아. 중등부부터 이 학교에 다녔으니."

"뭐, 그럴지도. 딱히 그렇게 느낀 적은 없지만."

이로하는 특별 장학생으로 고등부에 편입했다고 들었다. 정말 성적이 좋지 않으면 절대 못 들어오는 코스다. 자세히 묻지는 않았지만 아마 장학금을 받으려고 미친 듯이 공부하지 않았을까.

또 이로하는 다른 사람한테 공부를 가르칠 때도 누구보다 이해하기 쉽게 가르쳐 준다. 머리 좋은 아이들 특유의 '이게 왜 이해가 안 돼?' 같은 느낌이 전혀 없다. 아니, 입으로는 그렇게 말하긴 하지만 늘 상대 눈높이에 맞춰서 함께 고민해 주는 분위기가 있다.

분명 노력파일 것이다. 본인도 처음부터 잘했던 건 아니니 나 같은 애한테도 맞춰 줄 수 있는 거다.

기말고사 같은 건 반쯤 포기한 상태라 사실 그냥 충동적으로 공부를 도와 달라고 한 거였는데. 어쩌면 이로하에게 부탁하기를 잘했는지도 모른다.

린네한테는 여전히 철저히 무시당하고 있지만.

"코가미네."

한동안 말없이 걷고 있다가 이로하가 갑자기 입을 열었다.

"슬슬 사과할 때도 되지 않았어?"

순간 심장이 쿵 뛰었다.

꼭 마음을…… 아니, 마음보다 더 깊은 속을 들킨 것 같았다.

역시, 그렇구나.

내 공부를 봐 주기로 한 것도, 그리고 날 상담실에 있게 해 준 것도.

전부 내가 린네에게 사과할 기회를 만들어 주려고…….

"……진짜 엄청난 오지랖쟁이야, 이로하는."

계속 고민은 했다.

린네가 교실에 오지 않게 된 그날. 내가 저지른 일을 언제 어떻게 사과해야 할지.

언젠가 반드시 해야 하는 일.

얼렁뚱땅 넘어가서는 안 되는 일.

그건 알고 있다. 하지만.

"사과하고 싶어도 상대가 저렇게 날 기억도 못 하는 것 같으면…… 뭔가, 김이 빠진다고 할까. 혼자만의 만족으로 끝나 버릴 것 같다고 할까……. 어쨌든 지금은 사과해도 사과한 기분이 안 들 것 같아."

"그래서 계속 시비 거는 거야? 정말 유치하네."

"시끄러워! 처음부터 성격이 안 맞긴 했어!"

"그럼 증명해 보는 건 어때?"

"……응?"

갑자기 튀어나온 말에 순간적으로 머리가 따라가지 못했다.

"증명…… 이라니? 뭘?"

"넌 지금 린네가 너를 하찮게 여기는 게 싫은 거잖아. 최소한 이름 정도는 기억하는 한 명의 인간으로 취급 받고 싶은 거 아닌가? 그럼 증명하는 수밖에 없지. 네가 린네에게 기억할 가치가 있는 사람이라는 걸."

"……그런 걸 어떻게 하는데?"

그 아케가미 린네에게.

머리도 안 좋고, 운동도 못 하는 전형적인 낙오자에 문제아 같은 내가, 모든 걸 다 가진 듯한 아케가미 린네에게 가치 있는 존재로 인정받는 것.

"그게 정말…… 가능하다고 생각해?"

"나도 몰라."

이로하는 망설임 없이 대답했다.

"이럴 때는 보통 '할 수 있어'라고 해 주는 거 아니야?"

"네가 할 수 있을지 없을지 너 자신도 모르잖아. 그러니 나도 모르지. 직접 해 보지 않는 한."

그렇게 말하며 이로하는 힘 있게 미소 지었다.

"해 보면 알 수 있는 거면 그보다 쉬운 문제도 없지 않겠어? 안 그래?"

……하면 알 수 있다.

해 보지 않으면 모른다.

영원히 그대로다.

"우선 첫걸음으로 기말고사에서 좋은 점수를 받아 보는 거야. 그럼 린네도 조금은 널 다시 보지 않을까?"

"그럴까……? 남의 점수 같은 건 신경도 안 쓸 타입 같은데."

"꼭 그렇지도 않아. 걔는 누구보다 지는 걸 싫어하거든. 만약 시험에서 너한테 지기라도 하면 진짜 엄청나게 분해서 어쩔 줄 모를걸."

"뭐? 내가 린네를 이길 수 있을 거라고 생각해?"

"몰라. 모르겠지만 가능성은 있다고 봐. 넌 네가 생각하는 것만큼 머리가 나쁘지 않고, 린네도 네가 생각하는 것만큼 완벽하지는 않으니까."

그렇게 말하며 이로하는 내 어깨에 손을 얹었다.

이로하는 결코 빈말을 하지 않는다.

어디까지가 진심인지 알 수 없지만 그래도 지금까지 겪어 온 바 그 정도는 알 수 있다.

그래서…… 어깨에 닿은 손이.

조금은, 든든했다.

"……좋아! 알겠어!"

나는 기합을 불어 넣고 선언했다.

"이번 기말고사, 린네를 이길 거야!"

"그래, 바로 그 자세야. 나도 최대한 도와줄게."

태연하게 말하는 이로하를 나는 살짝 걱정스럽게 올려다봤다.

"근데 넌 괜찮아? 공부할 시간이 줄어드는 거 아니야?"

"어차피 시험 범위는 똑같아. 남을 가르치는 건 효과적인 복습이 되기도 해."

"흐음…… 그래도 뭔가 미안하니 적어도 감사 표시라도……."

맛있는 디저트 가게? 그건 너무 뻔하고.

이것저것 고민한 끝에 내 시선은 자연스럽게 가슴 쪽으로 향했다.

“……만질래?”

“농담할 시간 없어.”

“아야!”

이마를 톡 얻어맞고 나는 몰래 입술을 삐죽거렸다.

농담으로 한 말 아니었는데. ……절반 정도는.


그리하여 중학교 입시 이후 처음으로 나의 열공 모드가 시작됐다.

방과 후 상담실뿐만 아니라 밤에 집에 가서도 스마트폰으로 이로하에게 모르는 걸 물어봤다. 아빠와 엄마, 남동생의 눈을 피해 이로하와 둘이 대화하는 게 왠지 조금 간질간질했지만 덕분에 절망적이기만 하던 문제들이 차츰 이해되기 시작했다.

중간고사 때는 시험이 다가올수록 팽팽해지는 교실 분위기에 적응을 못 했는데 지금은 나도 그 안에 섞여 쉬는 시간마다 교과서를 펼쳤다.

그렇게 바뀐 내 모습이 신기했는지 같은 반 친구 두 명이 다가와 말했다.

“코가미네, 너 요즘 왜 그래? 완전 모범생이잖아!”

“뭐 하고 있어어? 화학? 우와, 부럽다. 난 과목 잘못 선택했는데에.”

스스럼없이 어깨에 팔을 두르는 애가 메리가키 치사토.

애교 섞인 말투로 말을 거는 애가 유노시마 루이자.

메리가키는 머리를 노랗게 염색했고 손끝에 거의 무기처럼 보이는 네일팁을 붙였다. 유노시마는 눈가에 짙은 아이섀도를 발랐고 가방에 캐릭터 열쇠고리를 잔뜩 달고 다닌다. 둘 다 누가 봐도 공부 안 할 것 같은 애들이다.

나와는 친구라고 할 만큼 친하지는 않지만 같은 낙오자라는 이유로 중등부 때부터 가끔 함께 시간을 보냈다. 하지만 고등부에 올라와서, 특히 이로하와 어울리기 시작한 이후부터는 말도 섞지 않았다.

두 사람은 주변에서 아무 의자나 끌고 와 금세 나를 에워쌌다. 속으로 '유노시마는 자리가 바로 옆이니 자기 의자를 가져오면 될 텐데' 하고 의아해하고 있을 때 두 사람은 뭔가 재미있다는 듯이 히죽거리기 시작했다.

"변했다, 코가미네. 중학교 때는 시험 전에도 아무렇지 않게 노래방 갔으면서."

"진짜 놀라워. 코가미네가 설마 남자 때문에 변하는 타입일 줄이야."

"그러게. 게다가 그 상대가 공부밖에 모르는 모범생 반장 타입의 이로하라니."

나는 뺨을 실룩이며 노트 위에서 움직이던 펜을 잠시 멈췄다.

"……그런 이야기는 딴 데 가서 해. 지금 공부 중이잖아!"

"아, 네, 네. 마음껏 하세요."

"우리도 마음대로 할 거니까아."

"하지 말라고!"

버럭 소리치자 두 사람이 깔깔 웃었다.

이런 식으로 티격태격하는 모습이 친해 보일 수도 있지만 실제로는 그렇지 않다. 나는 고민이 있어도 이 두 사람에게는 털어놓지 않고 두 사람 역시 마찬가지일 것이다.

한마디로 속마음을 드러내지 않고 서로 깊이 관여하지도 않으며 함께 놀 때 재미있으면 그만인, 가벼운 관계라는 뜻이다.

그게 꼭 나쁜 건 아니다. 진짜 친한 친구라면 신경 쓸 만한 일도 이 둘에게는 신경 쓰지 않아도 된다는 뜻이니까.

굳이 따지면 별로 친하지도 않으면서 친한 척하며 다가오는 애들이 더 수상하다. 그런 의미에서 두 사람처럼 대놓고 얕은 물에서 노는 걸 숨기지 않는 애들이 믿을 만하다고 할 수 있다.

"나 말이지, 이래 봬도 초등학교 때는 천재였다고! 그러지 않으면 이 학교에도 못 들어왔어! 그 시절의 내가 요즘 잠시 부활한 것뿐이야! 전부 남자 때문이라고 생각하지 마!"

"그건 뭐, 우리도 비슷하기는 해."

"근데 아무 이유도 없이 갑자기 부활하지는 않잖아. 중간고사 때는 완전 의욕이 제로이기도 했고. 이로하 영향이 맞다니까아."

"맞아, 맞아! 요새 맨날 같이 붙어서 알콩달콩 공부한다며?"

"알콩달콩은…… 안 해."

같이 공부하는 건 맞지만.

공부할 마음이 든 것도 이로하가 옆에서 도와줬기 때문이고 그런 의미에서는 영향을 받았다고 할 수도 있지만…… 절대, 진짜 절대로 질 나쁜 남친이 생기자마자 옷차림이 화려해지는 그런 여자랑은 달라!

"저기, 저기."

메리가키는 여전히 내 옆에 달라붙어 몸을 기울여 속삭였다.

"혹시 벌써 했어?"

"푸흡!"

사래가 들리고 말았다.

"우와, 뭐야, 이 반응. 했네, 했어."

"안…… 콜록, 안 했어, 안 했다고!"

"이로하는 어때? 혹시 밤에는 의외로 육식남이 되는 타입?"

"아, 나도 궁금해, 궁금해애."

내 말 좀 들어!

이로하가 육식남이라니, 말도 안 돼! 그 오지랖만 봐도 뻔하잖아! 그런 상황에는 무조건 여자를 먼저 배려하고 자상하게 챙기는 타입일 거야. 아, 아니, 평소 나한테 하는 독설을 보면 혹시 S[1] 성향일 수도……? 아니, 아니, 오히려 당황해서 어린아이처럼 굴지도 몰라.

대체 무슨 상상을 하는 거야, 나!

"좀 알려 줘어. 진짜 조금만. 우리 사이가 그 정도도 안 돼애?"

---

**1** 상대에게 고통을 줌으로써 성적 만족을 얻는 '사디즘'을 뜻하는 신조어.

"쉿! 몰라! 몰라! 정말 모른다고!"

"어이, 거기 두 사람, 코가미네 방해 그만해."

차분하고 부드러운 목소리가 요란한 두 사람을 멈춰 세웠다.

고개를 드니 내 앞에 또 다른 반 친구인 와카구레 스유가 서 있었다.

"뭐? 방해 안 했어."

"맞아, 맞아. 이건 사실 반 전체에 아주 중요한 일이야아."

"아까 조금 들었는데 밤에 뭐 어쩌고저쩌고하던데? 남자애들 있는 데서 그런 얘기는 안 돼! 화장실 갈 때까지만 참자."

"네에, 엄마."

"엄마, 맘마아."

"자, 자. 우리 아기들, 착하지."

와카구레는 상냥하게 웃으며 아기처럼 변한 메리가키와 유노시마의 머리를 쓰다듬었다.

조금 촌스러운 안경과 성숙한 느낌의 미디엄 보브컷 머리. 와카구레는 언제나 비범한 포용력을 발휘해 반 아이들을 챙긴다. 우리 반의 학급 위원장도 와카구레다. 딱히 외모가 눈에 띄거나 목소리가 큰 것도 아니지만 반을 잘 이끄는 신기한 아이다.

이로하가 교육열 높은 엄마라면 와카구레는 그야말로 이상적인 엄마. 다정하고 따뜻하며 옆에 있으면 좋은 향기까지 난다. 그러기에 와카구레에게 혼날 때 친구들은 자연스럽게 (물론 장난으로) 아기가 되어 버리는 것이다.

수다쟁이 두 사람을 쫓아 준 와카구레가 나에게 햇살처럼 환하게 미소 지었다.

"어때? 공부는 잘 되고 있어?"

"그럭저럭……. 과목이 많아서 좀 힘들지만."

"지금은 뭐 하는 중이야? 아, 화학이구나. 어렵지. 그래도 물리보다 낫다는 애들도 있지만."

와카구레는 품위 있게 웃으며 가는 손가락으로 내 화학 교과서를 톡 쳤다.

"내가 문제 내 줄까? 나도 화학 선택했거든. 조금 도와줄 수 있을지도."

"정말? 고마워! 내 줘, 내 줘!"

와카구레는 이로하 못지않게 공부도 잘한다. 거기다 친절하기까지 하니 그야말로 완벽 그 자체. 디저트를 좋아하는 어떤 남자애도 좀 본받았으면 좋겠다.

와카구레는 교과서를 손에 들고 "어디 보자……" 하고 책장을 넘겼다.

"고체가 액체를 거치지 않고 기체가 되는 현상을 뭐라고 할까?"

"흐음…… 승화였나?"

"정답. 그럼 조금 더 어려운 거. 아보가드로수는 몇이야?"

"아보가…… 아, 그거 외웠어! 흐음, 그러니까…… 6.02 곱하기 10의 23제곱 맞지?"

"응. 잘 외웠네! 그럼, 푸른 리트머스 시험지를 빨갛게 바꾸는
건?"

"응? 잠깐만. 그게 뭐였더라……."

새삼 신기했다.

얼마 전만 해도 너무 싫고 지겨웠던 공부가 지금은 조금 재미
있다는 게.

### ◆ 이로하 토아 ◆

코가미네가 상담실 소파에 앉아 말없이 공부에 집중하고 있다.

나는 살며시 일어나 파티션 반대쪽으로 이동했다. 그곳에서
는 린네가 여전히 직소 퍼즐을 맞추며 간간이 코가미네를 힐끔거
리고 있었다.

"넌 공부 안 해도 돼?"

나는 소리 낮춰 물으며 린네 맞은편에 앉았다.

린네는 아무 문제 없는 것처럼 퍼즐에 시선을 돌렸다.

"……전 필요 없어요. 교과서를 이미 다 읽었으니까요."

"확실히 너라면 그 정도만으로 시험 문제를 대충 추리할 수 있
겠지."

"일일이 노트를 까맣게 채워야 외울 수 있다니…… 머리가 나
쁘면 불편하네요."

목소리가 쓸데없이 컸지만 코가미네는 반응하지 않았다. 아

마 못 들은 듯하다.

나는 입꼬리를 살짝 올려 웃었다.

"그래도 대단하지 않나? 저래 봬도 꽤 집중력이 있잖아. 너한 테 시비 걸 때도 저런 식으로 폭주했던 건가?"

그러자 린네는 못마땅한 눈빛으로 대답했다.

"……그래도 어차피 총점은 제가 더 높을 거예요."

흐음. 아무래도 린네는 본인이 느끼는 것보다 코가미네를 더 의식하는 듯하다. 뭐, 낙서 사건을 빼고 보더라도 코가미네처럼 가벼워 보이는 아이는 린네가 딱 싫어할 타입이다. 그런 아이가 자기를 앞지르려 한다는 걸 알고 마음이 편할 리 없다.

오, 이건 써먹을 수 있겠는걸. 나는 속으로 웃음을 삼켰다.

"너, 기말은 어디서 볼 거야?"

"중간고사는 여기서 봤어요."

"흐음…… 그건 좀 반칙 아닌가?"

"왜죠?"

"나와 코가미네는 둘 다 그 숨 막히는 교실에서 시험을 보는데 너만 익숙한 공간에서 편하게 시험을 본다면 네가 실력을 더 발휘할 수 있는 게 당연하지 않겠어?"

린네는 언짢은 듯 눈살을 찌푸렸다.

"딱히……. 어차피 교실에서 봐도 결과는 똑같을걸요."

"그럼 그렇게 해 보자."

나는 잽싸게 말했다.

"평상시에 교실 가는 것보다 훨씬 부담이 덜할 거야. 다들 자기 시험지를 보느라 정신없을 테니 너한테 신경 쓸 겨를도 없어."

"……왠지 뭔가 말려드는 기분인데요."

"말려들지 말지는 네가 정해. 난 어느 쪽이든 상관없어. 코가미네와 같은 조건에서 시험을 볼지, 아니면 네게 유리한 환경에서 시험을 볼지. 어느 쪽이 이겼을 때 더 기분 좋을지 속으로 저울질해 봐."

린네는 못마땅한 표정으로 나를 노려봤지만 이내 조용히 한숨을 내쉬었다.

"……알겠어요……. 안 하겠다고 하면 도망치는 것처럼 보이겠죠."

"약속이야. 안 오면 데리러 온다."

"필요 없어요."

나는 '좋아' 하고 속으로 주먹을 불끈 쥐었다.

린네를 교실에 복귀시키겠다는 후요 선생님과의 약속을 이런 식으로 이룰 줄이야. 코가미네에게 고맙다고 해야겠다. 그동안 쌓인 빚은 이걸로 없는 셈 치자.


그 후 나는 린네와 코가미네를 상담실에 두고 잠시 학교 건물 밖으로 나갔다.

어깨짐을 조금을 내려놓은 기분이었다. 여름 방학 전까지 린네를 교실로 복귀시키겠다는 목표의 달성 가능성이 보이기 시작했고, 코가미네도 스스로 공부하게 되어 해방된 기분으로 내 공부에 집중할 수 있다.

기분도 좋으니 음료수라도 사다 줘야겠다고 생각해 나는 맑게 갠 여름 하늘을 올려다보며 학교 안뜰 끝에 있는 자판기로 향했다.

자판기 앞에는 마침 먼저 와 있던 사람이 허리를 숙여 음료수 투출구에 손을 넣고 있었다.

"아."

고개를 돌린 그를 보며 나는 아는 사람임을 깨달았다.

"와카구레 위원장이었구나."

내가 경의를 담아 '위원장'이라고 부르는 유일한 사람이자 같은 반 친구인 와카구레 스유였다.

와카구레는 자판기에서 페트병에 든 탄산음료를 꺼내며 말했다.

"너야말로 누군가 했더니 이로하였네. 신기하다. 방과 후에 마주치다니."

"그러게. 난 방과 후에는 잘 안 돌아다니니."

나는 와카구레와 자리를 바꿔 자판기 앞에 서서 세 사람 몫의 동전을 넣고 우선 내 음료를 골랐다.

카페오레로 할까. 코가미네는 평소에 레몬티를 자주 마셨던 것 같은데.

"동아리 활동했었어? 아, 근데 지금은 어차피 시험 기간이라 동아리 활동이 없나?"

그렇게 물으며 와카구레는 자판기 옆 그늘로 들어가 페트병 뚜껑을 열었다.

"동아리는 아니고 그냥 시험공부 때문에 남아 있는 거야."

시험 기간이라 고민을 상담하러 오는 학생도 없어 상담실은 사실상 개점휴업 상태였다.

"넌 왜 아직 학교에 남아 있어?"

"난 동아리 활동. 어차피 널널한 동아리라 시험 기간이고 뭐고 상관없거든."

와카구레는 그렇게 대답하고 페트병에 입을 갖다 댔다. 꿀꺽꿀꺽 목을 축이더니 "후우……" 하고 숨을 내쉬고 옷깃을 펄럭인다.

"오늘 진짜 덥다. 시험 기간이라 동아리실에 에어컨도 안 나와서 진짜 찜통이야."

"에어컨이? 상담실은 멀쩡히 잘 나오던데."

"정말? 부럽다. 나도 시원한 곳에 있고 싶어."

"미안하지만 상담실에 아무나 들일 수는 없어서."

"코가미네는 들여놓고?"

응?

"내가 코가미네 얘기를 했었나?"

"돈."

와카구레는 자판기의 동전 투입구를 손으로 가리켰다.

"세 사람 몫의 돈을 넣었잖아. 요즘 공부 가르쳐 주는 것 같던데, 지금도 함께 있나 싶었지."

“눈썰미가 좋네.”

“뭐 그런 편이야.”

와카구레는 끅 하고 귀엽게 트림을 했다. 나는 음료를 골라 버튼을 눌렀다.

“깜짝 놀랐어. 설마 걔가 공부에 눈을 뜨다니.”

“뭐든 금방 싫증 내는 녀석이라 애먹긴 했어. 그래도 한번 불이 붙으니 진도가 빠르더라.”

음료수를 꺼내려고 허리를 숙인 순간.

“잘했어.”

“으앗!”

목덜미에서 차가운 감촉을 느껴 나는 깜짝 놀라 고개를 들었다.

와카구레는 물방울이 맺힌 페트병을 들어 올리고는 “아핫” 하고 장난스럽게 웃었다.

“열심히 한 이로하 엄마한테 포상. 한 입 마실래?”

“……아니, 탄산은 별로 안 좋아해서.”

“그렇구나.”

나는 내가 마실 카페오레와 코가미네의 레몬티, 린네의 차를 품에 안았다.

와카구레는 벽에 기댄 상체를 살짝 숙이고 어깨에 닿는 머리카락을 뺨 옆에 늘어뜨리며 나를 바라봤다.

“있잖아, 이로하. 넌 왜 그렇게 다른 사람을 잘 챙겨 줘?”

“챙긴다고 생각한 적 없어. 다만 내가 느끼기에 이건 아니다

내가 대답하는 너의 수수께끼2
그 어깨를 감쌀 각오

싶은 걸 보면 그냥 못 넘길 뿐이야."

"멋지네. 넌 인간관계 때문에 고민한 적도 별로 없을 것 같아."

"아니, 그렇지도 않아. 지금도 꼬마 날라리가 계속 들러붙어서 스트레스인데."

와카구레는 어깨를 들썩이며 웃더니 갑자기 내 머리에 손을 얹었다.

"착하다, 착해. 우리 이로하는 힘들겠네."

음료를 들고 있는 탓에 평소처럼 장난기 섞인 손길로 머리를 쓰다듬는 와카구레의 손을 뿌리칠 수 없었다.

내가 몸을 일으키고 나서야 와카구레도 내 머리에서 손을 거두고 일어섰다.

"말 안 듣는 애가 있으면 나한테도 말해. '엄마 연합'의 일원으로 도와줄게."

"뭐야, 그 괴상한 조직은."

"우리 반 애들, 진짜 말 안 듣잖아. 우리라도 손을 잡아야 버틸 수 있지 않겠어?"

"서른 명 넘는 애를 둔 기억은 없는데."

나는 한숨을 쉬고 말을 이었다.

"아무튼 그럼 너도 힘든 일 생기면 말해. 할 수 있는 선에서 도와줄게."

"응. 고마워."

벽에 등을 기댄 채 다시 페트병의 뚜껑을 열어 음료수를 마시는 와카구레를 보고 있으니 문득 어떤 생각이 머리를 스쳤다.

"너, 생각보다 키가 크네."

"응?"

벽에 기대니 등이 반듯하게 펴져서인지 예상보다 눈높이가 비슷했다. 평소에는 작고 귀여운 느낌인데 이렇게 다시 보니 외국인처럼 균형 잡힌 몸매라는 것도 알 수 있었다.

와카구레는 페트병에서 입을 떼더니 눈을 동그랗게 뜨고 날 바라봤다.

"혹시…… 지금 나를 칭찬한 거야?"

"굳이 따지자면."

그러자 와카구레는 의미심장하게 미소 지으며 고개를 살짝 기울였다.

"그렇게 아무 여자애한테나 칭찬하고 다니면 코가미네한테 혼날 텐데."

"왜?"

"그걸 모르니 문제인 거야."

와카구레는 후훗, 하고 웃으며 내가 품에 안은 음료수를 가리켰다.

"빨리 안 가면 미지근해질걸."

"아, 그렇군. 그럼 난 이만."

"응. 코가미네랑 린네한테도 안부 전해 줘."

가볍게 손을 흔드는 와카구레의 배웅을 받으며 나는 안뜰을

지나 학교 건물로 들어섰다.

그때였다.

뭔가 이상하다고 깨달은 건.

"……내가 린네한테 간다고 와카구레한테 말했었나?"

### ◆ 코가미네 아이 ◆

마침내 기말고사 당일이 됐다.

중간고사 때와는 비교도 안 될 만큼 긴장한 채로 나는 내 자리에 앉았다.

오늘 시험은 국어, 지구과학, 화학 세 과목이다. 이 중 지구과학과 화학은 생물, 물리와 함께 선택 과목이라 둘 중 한 과목은 특별 교실에서 시험을 본다. 수학이나 영어처럼 약한 과목이 없는 날이라 나로서는 그나마 부담이 적은 날이었다.

"공부하고 왔어?"

"아니, 전혀."

"저기, 아보가……? 수가 몇이었더라아?"

시험 당일이면 역시 마음이 조급해지기 마련이라 교실 안은 마치 각오를 다지듯 친구와 대화하는 학생과, 벼랑 끝에 몰린 얼굴로 교과서를 펼치고 있는 학생으로 나뉘어 특유의 긴장감이 감돌고 있었다.

참고로 나는 후자였다. 마지막까지 포기 못 하고 교과서를 노려보는 타입. 이로하는 둘 다 아닌 것처럼 평온한 얼굴로 노트를 훑어보고 있었다.

나의 그런 마지막 발버둥도 오래가지 못하고 잠시 후 시험 감독을 맡은 선생님이 교실로 들어왔다.

"자, 다들 앉아라."

단호한 목소리로 기선을 제압하듯 말한 사람은 '테리야쿠'라는 별명으로 불리는 생활 지도 담당 오이카리 선생님이었다. 평소 호리호리한 몸에 딱 붙는 정장을 입고 다니며 날카로운 인상에 색안경까지 끼고 있어서 '인텔리 야쿠자'라는 단어를 줄여 테리야쿠라고 부르게 된 것이다.

외모만큼이나 규율에도 엄격해 봐주는 게 없다. 화를 낼 때 굳이 큰소리치지 않아도 색안경 너머의 날카로운 눈매로 째려보기만 하면 아무리 사고뭉치 남학생도 꼼짝 못 하고 얼어붙었다.

테리야쿠가 시험 감독이라니, 완전 최악이다. 심지어 내 자리는 맨 앞줄. 혹시 우리 반 애들 중에 누가 찍히기라도 했나.

교실 안에 있던 모두가 비슷한 생각을 하고 있을 때 교실 문이 덜컥 열렸다.

"……."

순식간에 교실 분위기가 얼어붙었다.

아케가미 린네.

5월 연휴 전 벌어진 그 사건 이후 한 번도 교실에 모습을 드러내지 않았던 교내 제일의 미소녀가 그곳에 서 있었다.

"왔군. 얼른 앉아라, 린네."

테리야쿠의 낮고 단호한 지시에 린네는 태연하게 창가에 있는 자기 자리로 향했다.

그때.

내 옆을 지나친 아주 짧은 순간 린네가 나를 힐끗 본 게 느껴졌다.

착각? 아니, 아니다. 분명히 날 봤다.

다른 친구들은 전부 무시하고 저 무서운 테리야쿠에게도 눈길 한번 안 줬으면서. 오직 나만.

……아니, 아니, 잠깐. 나 지금 왜 살짝 기뻐하는 건데?

물론 이번 시험에서 린네를 꼭 이겨 한 방 먹일 생각이기는 하다. 린네가 나를 의식하게 하려는 목적인데, 이러면 꼭 내가 린네를 의식하는 것 같잖아.

"자, 문제지 나간다. 다들 책상 안 확인해라. 커닝은 발각 즉시 전 과목 실격이니 명심하고."

나는 책상 수납공간에 손을 집어넣고 혹시나 싶어 고개까지 숙여 아무것도 없는 걸 확인했다.

그리고 테리야쿠에게 문제지 뭉치를 받아 내 것을 챙기고 나머지를 뒤로 넘겼다.

진짜 린네랑은 잘 지내려고 해도 도무지 안 맞아.

늘 새침한 얼굴로 다른 사람을 무시하고, 심지어 다른 사람을 때릴 때도 단 1초의 망설임도 없었다. 절대 친구가 될 수 없는 타입이다.

그래도 매듭은 지어야 하니까.

이번 시험에서 당당히 이긴 후에 사과할 것이다. 그때 승자의 여유를 똑똑히 보여 줄게!

1교시 국어 시험. 지금껏 국어 같은 건 공부해 봐야 소용없는 과목이라고 생각했다. 하지만 이로하에게 현대 문학 문제를 푸는 요령을 전수받고 연습 문제를 여러 번 풀었더니 실전에서도 막힘 없이 풀 수 있었다. 국어 시험에서 이렇게 느낌이 좋았던 건 처음일지 모른다.

"좋았어."

서서히 자신감이 차올랐다. 할 수 있을지도. 이번에는 진짜 해낼지도 몰라!

집중하느라 무의식적으로 힘껏 땅에 대고 있던 발뒤꿈치를 들어 다리를 쭉 뻗었다. 뒤이어 가슴을 책상에 살짝 얹고 상체를 숙인 자세로 뻐근한 어깨와 등을 풀어 줬다.

다음은 선택 과목인 지구과학이다. 쉬는 시간에 지구과학실로 이동해야 한다.

필통과 복습용으로 볼 교과서를 챙겨 들고 자리에서 일어섰다. 나와 함께 교실을 이동하는 아이들이 하나둘 복도로 나갈 때 유노시마가 "나 화장실 좀 다녀올게" 하고 아이들 사이에 섞이는 모습이 보였다.

"……."

그 후 린네가 한 박자 늦게 자리에서 일어섰다. 말 한마디 없이 복도로 나가 화장실 쪽으로 사라진다.

시험 시간은 어쩔 수 없다고 쳐도 쉬는 시간까지 교실에 있는 건 역시 불편한 걸까. 그럼 원인 제공자인 내 입장에서는 솔직히 좀 미안해지는 게 사실이다.

하지만 잘 생각해 보면 린네는 그 사건 전부터 저랬다. 내 탓이 아니다. 심지어 내 얼굴과 이름도 기억 못 했는데.

이로하랑 함께 있을 때는 조금이나마 마음을 여는 것 같지만, 그건 진짜 예외적인 상황인 거고.

그런 생각을 하며 교실 문을 나서려고 할 때 갑자기 누군가 뒤에서 어깨를 톡 두드렸다.

"열심히 해."

돌아보기도 전에 들린 나직한 목소리에 심장이 두근 뛰었다.

뒤를 보니 이로하가 자기 자리로 돌아가고 있었다.

두근거림이 멈추지 않는다. 그냥 놀란 거면 진즉 진정돼야 하는데.

왜 이러는 걸까. 깊이 생각하지도 않고 나는 이로하의 뒷모습을 향해 말했다.

"잔소리 안 해도 열심히 할 거야! 엄마도 아니고!"

이로하는 고개만 살짝 돌려 어렴풋이 미소 지었다.

나는 그 미소를 피해 달아나듯 교실을 나갔다.

돌이켜보면 이로하는 구제 불능인 나를 위해 정말 많이 노력해 줬다. 만약 반대 입장이라면 나는 절대 그렇게 못 했을 것이다. 정말이지 믿기 힘들 정도로 착해 빠진 녀석이다.

"……."

아니, 아니. 지금은 이런 생각을 할 때가 아니다. 다음 시험에 집중해야 해!


2교시 지구과학 시험을 간신히 치르고 교실로 돌아가기 전에 화장실에 들렀다.

이건 우리 학교의 진짜 좋은 점인데, 화장실이 어디를 가든 깨끗하다. 언제 들어가도 반짝반짝 윤이 나게 청소돼 있고 무엇보다 전부 양변기다. 난 좌변기는 다리 아파서 정말 못 쓰겠거든.

"휴우……."

아슬아슬했다. 하마터면 시험 보다가 실례할 뻔했잖아. 아침에 홍차를 과하게 마셨나. 정신 바짝 차리려고 그런 거였는데.

교실에 돌아가니 시험 감독인 테리야쿠가 이미 교탁 앞에 서서 날카롭게 교실 안을 훑고 있었다. 하지만 3교시쯤 되니 그런 눈빛에도 익숙해졌는지 교실 여기저기서 수군거리는 잡담 소리가 들렸다.

특히 메리가키와 유노시마는 테리야쿠 바로 앞에서 맨 앞자리 아이랑 수다를 떨고 있었다. 심지어 근처에 있는 내 의자까지 멋대로 가져가서 앉아 있다.

"오. 어서 와, 코가미네. 지구과학은 좀 어땠어?"

"그럭저럭. 너네는?"

"완전 망했지. 생물은 진짜 너무 어려워. 왜 그걸 선택했을까."

"나도오. 아, 잠깐 의자 좀 빌렸어. 미안."

유노시마가 일어나 의자를 나한테 넘겨줬다. 나에게서 괜찮다는 말을 듣고 유노시마는 그대로 교실 문 쪽으로 걸어갔다.

"난 물리라서 이만 가 볼게. 나중에 봐."

"응, 다녀와."

유노시마는 메리가키와 함께 수다를 떨던 여자아이에게 손을 흔들고 복도로 나갔다. 이번 시간에는 물리를 선택한 아이들이 교실을 옮겨야 한다. 물리는 어렵기로 악명이 높은 탓에 교실을 나가는 아이들이 하나같이 "자신 없어!" 하고 비명을 질러 댔다. 화학을 선택해 정말 다행이었다.

나는 돌려받은 의자를 제자리로 가져가 앉고 가방에서 화학 교과서를 꺼냈다.

다음 시험만 마치면 오늘은 일단 끝이다. 화학은 이로하와도 선택 과목이 겹쳐서 가장 많이 공부한 과목이다. 이런 분위기면 첫날은 꽤 만족스럽게 마칠 수도 있겠다.

나는 엉덩이를 살짝 들어 자세를 고쳐 앉고 교과서를 펼쳤다. 불과 몇 분이어도 어려운 부분을 다시 훑어보고 싶었다.

그때였다.

덜컥 소리와 함께 린네가 자리에서 일어섰다.

"……?"

마치 배경 그림처럼 조용하던 린네가 갑자기 소리 내며 일어서자 나를 포함한 반 아이들의 시선이 일제히 린네에게 쏠렸다. 린네는 개의치 않고 책상과 아이들 사이를 유유히 가로질러 그에게 다가갔다.

그, 즉 이로하 토야에게.

"린네? 왜 그래?"

이로하도 의아한 것처럼 린네의 얼굴을 올려다봤다. 하지만 그것도 찰나였다.

말없이 몇 초간 린네를 올려다보는 사이 이로하의 얼굴이 점점 경악으로 물들어 갔다.

린네가 얇은 입술을 열었다.

"범……."

"잠깐 스톱!"

"으읍."

이로하는 순간적으로 손을 뻗어 린네의 입을 막았다.

그 광경에 모두 당황해서 말문이 막혔다. 왜냐하면 아케가미 린네의, 저 신비로울 정도로 예쁜 입술을 이로하가 무도하게 손바닥으로 틀어막았기 때문이다. 상담실에서 두 사람의 관계를 모르는 대다수 학생들에게는 거의 폭거라고 해도 무방한 짓이었다.

이로하는 숨결이 닿을 만큼 가까운 거리에서 소곤거리며 린네에게 뭔가를 물었고, 린네는 입이 막힌 채 고개를 끄덕였다.

“……잠깐 따라와.”

잠시 후 이로하는 린네의 손목을 덥석 잡아끌고 교실을 나갔다. 린네도 순순히 끌려가며 저항하지 않았다.

두 사람이 사라지자 교실이 바로 술렁이기 시작했다.

“……저 둘, 혹시 사귀는 거야?”

“어? 그럼 코가미네는?”

……뭐래. 난 상관없어.

애초에 저 정도로 사귄다는 것도 말도 안 돼. 나도 저 정도는 할 수 있다고. 심지어 난 옆구리에 끼인 채로 끌려간 적도 있는걸.

하지만 속으로 그렇게 되뇔수록 울컥울컥 뭔가가 치밀어 올랐다.

아, 정말! 중요한 순간에 이상한 짓 좀 하지 마!


틱, 틱, 틱.

시계 초침이 움직이는 소리와 샤프심이 종이를 마찰하는 소리가 뒤섞였다. 나는 답안지를 바라보며 머릿속 깊은 곳에서 필사적으로 기억을 끄집어냈다.

괜찮아. 할 수 있어. 기억나. 내 머리, 생각보다 그렇게 형편없지는 않아.

문제를 하나 풀 때마다 살짝 들린 뒤꿈치를 더 들어 정강이와 종아리를 맞대고 문질렀다. 머리 위 에어컨에서 나오는 찬 바람이 발밑을 스쳐서 조금 춥다. 하지만 화장실은 방금 다녀왔으니 괜찮다. 집중 못 할 정도는 아니다.

절반 정도 풀었을 때 시야 끝에 지우개 하나가 굴러왔다. 옆자리 아이가 떨어뜨린 듯하다. 시험 중에는 뭔가를 떨어뜨려도 스스로 주울 수 없기에 감독관인 테리야쿠가 곧장 다가와 허리를 숙여 지우개를 주워 줬다. 테리야쿠는 딱히 그런 선생님은 아니지만 내 책상 아래로 얼굴이 가까이 다가와서 나는 속옷이 보이지 않게 반사적으로 허벅지를 오므렸다.

옆자리 아이가 "감사합니다"라고 하자 테리야쿠는 교단으로 돌아갔다. 나는 의식에서 테리야쿠의 뒷모습을 지우며 다음 문제 지문을 읽었다.

그렇게 50분의 시험 시간이 흘렀다.

"시험 종료! 전부 필기구 내려놔."

테리야쿠의 위압적인 목소리가 들리자마자 아아, 하고 비명인지 한숨인지 모를 소리가 여기저기서 터져 나왔다.

"답안지 걷는다. 뒷자리부터 순서대로."

뒤에서 온 답안지에 내 것을 얹어 테리야쿠에게 건네자 문득 성취감이 밀려왔다.

이 정도면 꽤 잘 본 것 같다. 아니, 확실히 잘 봤다. 빈칸은 하나도 없었고 찍은 문제도 손꼽을 정도다. 이 정도면 린네한테도.


"어이. 코가미네, 동작 그만."

"네?"

테리야쿠가 갑자기 낮고도 싸늘한 목소리로 내 이름을 불렀다. 교실이 순식간에 찬물을 끼얹은 듯 조용해졌다. 나는 얼어붙은 채로 멍하니 테리야쿠의 신경질적인 얼굴을 올려다봤다. 어? 뭐야? 무슨 일이지?

테리야쿠는 미간을 찌푸리며 내 자리 옆에서 허리를 숙였다.

그리고 내가 앉은 의자 아래로 손을 뻗었다.

영문을 알 수 없었다.

정말, 도무지 이해할 수 없었다.

하지만…… 현실은.

의자 아래에서 나온 테리야쿠의 손에는, 노트에서 찢은 듯한 쪽지가 들려 있었다.

"코가미네, 이게 뭐냐?"

얼음처럼 차갑고 분노 섞인 목소리로 물으며 테리야쿠는 쪽지를 내 눈앞에 들이밀었다.

그곳에는 이렇게 쓰여 있었다.

$$6.02 \times 10^{23}$$

조금 전에 막 풀었던 화학 시험 답 중 하나였다.

"커닝 페이퍼구만."

네? 네에? 뭐라고요?

무슨 일이 벌어지는 건지 도무지 모르겠다. 그렇게 아무것도 모르는 상태에서도 얼굴에서 핏기가 서서히 가시는 것만은 느껴졌다.

“방심했나 보군. 책상이나 옷 안에 숨겨 놨다가 모르는 사이에 떨어졌나 보지?”

주변이 웅성거렸다. 나에게 모든 시선이 꽂혔다.

“내가 처음에 분명 말했을 텐데. 커닝은 발각되는 즉시 전 과목 실격이라고.”

“저, 전…… 몰라요……!”

메인 목에서 간신히 목소리를 쥐어짜 냈다.

“그, 그런 쪽지 전 몰라요! 어? 언제부터 있었던 거예요? 몰라요. 전 아니에요!”

“네 발밑에 떨어져 있었다. 네가 아니면 누구겠냐?”

아닌데. 정말 난 아닌데.

이 문제는 똑똑히 외웠다. 커닝 따위 할 필요도 없다고! 전부 그렇게 열심히, 제대로, 내 힘으로…….

테리야쿠는 웅성거리는 아이들을 가라앉히려는 듯이 교실을 둘러봤다.

“다른 학생들은 가도 좋다. 코가미네, 넌 학생 지도실로 따라와라.”

“아, 아니에요……! 저, 정말 전 아니에요! 선생님!”

“변명 마라! 네가 한 일은 스스로 책임져!”

“…….”

좀처럼 목소리를 높이지 않던 테리야쿠가 버럭 소리치자 온몸이 부르르 떨렸다. 얼어붙어 있는 사이 테리야쿠가 내 손목을 거칠게 잡아끌었다.

자, 잠깐만. 거짓말이지……? 나, 난 정말 아무 짓도 안 했는데……. 이, 이런 정체도 모를 쪽지 하나 때문에…….

말도 안 돼……. 이런 건 말도 안 돼……. 난 아니야. 난 아무 짓도 안 했다고! 린네 때와 달라, 난 무죄야. 억울해! 난…… 누구보다 내가 결백하다는 걸 알고 있어!


"잠깐만요!"

단호한 목소리가 나를 끌고 교실을 나가려던 테리야쿠의 다리를 멈춰 세웠다.

"……응?"

테리야쿠가 돌아보며 색안경 너머에서 눈을 가늘게 떴다.

그 뱀 같은 날 선 시선에도 교실에서 오직 단 한 명.

이로하 토야만.

주눅 들거나 겁먹지 않았지만 그렇다고 든든하다고도 할 수 없는 눈빛으로 테리야쿠를 똑바로 응시했다.

"잠깐만요. 실격 처리하기에는 아직 이릅니다."

"……이르다고? 뭐가 이르지? 커닝 페이퍼라는 명백한 증거가 나왔는데 뭐가 이르다는 거냐?"

"그걸 코가미네가 작성해서 사용했다는 증거가 없습니다."

이로하는 얼어붙은 듯한 교실을 묵직한 걸음걸이로 가로지르며 테리야쿠 앞에 섰다.

"그 커닝 페이퍼는 코가미네의 발밑에 떨어져 있었을 뿐이죠. **단지 그뿐**입니다. 오이카리 선생님, 선생님은 코가미네의 필통이나 책상에서 쪽지가 떨어지는 장면을 보신 것도 아니지 않나요? 조금 전 하신 말씀은 전부 추측에 불과합니다."

"……그야 그렇겠지. 확실히 내가 그 순간을 본 건 아니야."

이로하의 말을 인정하는 듯하면서도 내 손목을 붙잡은 테리야쿠의 손에서는 힘이 빠지지 않았다.

"하지만 말이다. 쪽지가 이 녀석 발밑에 떨어져 있었어. 그것만으로도 의심하기에는 충분하지 않나? 선생님 말이 틀렸냐? 이로하."

"용의자라는 건 인정합니다. 하지만 **어디까지나 용의자**입니다. **범인**이 아닙니다!"

"……이로하."

테리야쿠는 한숨 섞어 이로하를 불렀다.

"너의 그 오지랖에는 정말 감탄이 나오는구나. 상담실에서의 활약도 교무실에서 평판이 자자해. 선생님도 인간적으로는 너에게 경의를 표하마. 하지만 그렇게 똑똑하니 오히려 더 잘 알 텐데."

"……뭘 말이죠?"

"**커닝은 의심받은 순간부터 커닝이라는 걸.**"

냉정하게.

테리야쿠는 마치 기계처럼 차갑게 그렇게 단언했다.

"**의심스러운 행위를 한 자는 벌**한다. 교칙에 그렇게 명시돼 있지.

커닝 같은 짓을 저지르는 바보들은 해마다 꼭 몇 명씩 나와. 일일이 진상 조사 같은 건 못 한다."

"그런 건…… 그런 건 인정할 수 없습니다!"

"인정된다. 적어도 학교에서는."

테리야쿠는 색안경을 고쳐 쓰고 굳은 얼굴로 이로하를 내려다봤다.

"유능한 널 존중하는 의미에서 솔직히 말하마. 네가 장래 희망으로 꿈꾸는 법조계에서는 어떨지 몰라도 적어도 커닝 문제에 한해서는 용의자가 곧 범인이다. 수사도 재판도 없지. 커닝 페이퍼가 발견되면 그 시점에 실격. **그게 규칙인 거야.**"

"……말도 안 됩니다! 그런 중세 수준의 규칙이 어딨나요!"

"그렇게 생각한다면 나중에 문부 과학성에라도 들어가서 직접 고쳐 보든지."

테리야쿠는 비키라며 이로하의 어깨를 거칠게 밀쳤다. 아무리 의지가 강하다고 해도 마른 이로하의 몸으로는 테리야쿠의 힘을 버틸 수 없었다.

하지만 난 기뻤다.

오직 이로하만 기다리라고 외쳐 줬다. 모두 멀리서 지켜보기만 할 때 오직 이로하만 목소리를 내고 직접 나서 줬다. 그런 사실이 말도 안 되게 기뻤다.

공부한 게 전부 허사가 된 건 아쉽지만.

뭐, 어차피 낙오자인 건 마찬가지고.

아아, 그렇구나.

그때도 나…… 역시, 기뻤던 거구나.

테리야쿠의 발걸음이 다시 멈췄다.


"……?"


이미 완전히 체념한 나는 의아해져서 숙이고 있던 고개를 들었다.

이번에 테리야쿠가 멈춰 선 건 이로하 때문이 아니었다.

교실 출입구.

그곳에는 하얀 가운을 입은 여자가 서 있었다.

날씬하고 키가 크며 왠지 중성적인 분위기를 풍기는 그 미인은 한 손을 가운 주머니에 넣고 다른 손으로는 초콜릿 과자를 오독오독 소리를 내며 먹고 있었다.

만나본 적은 거의 없었다.

하지만 감정이 거의 느껴지지 않는 저 눈빛은, 왠지…… 맞다. 린네를 꼭 닮은…….

"……아케가미 후요 선생님……?"

이로하가 중얼거렸다.

아케가미 후요…… 선생님?

그래, 생각났다! 시험공부하느라 질리도록 들락날락했던 그 상담실의 진짜 주인! 린네의 친언니이자 학교 상담 교사인 아케가미 후요 선생님……!

테리야쿠는 눈을 가늘게 뜨고 후요 선생님의 얼굴을 봤다.

"후요 선생님께서 무슨 일이십니까?"

"아, 별일 아니에요. 동생이 잘 지내나 궁금해서요. 언니니까 걱정돼서 들러 봤는데 생각도 못 한 살벌한 현장에 끼어 버린 것 같네요."

텅 빈 듯한, 본심이 전혀 느껴지지 않는 목소리로 대답하며 후요 선생님은 테리야쿠의 얼굴을 무덤덤하게 마주 봤다.

"지나가던 길에 참견하게 돼 송구하지만, 오이카리 선생님, 이로하의 말을 한마디만 더 들어보시는 게 어떨까요?"

"왜죠? 논의는 이미 끝났다고 생각합니다만."

"아뇨, 선생님. 논의는 아직 끝나지 않았어요. 왜냐하면 방금 선생님은 이렇게 말씀하셨죠. '일일이 조사 같은 건 못 한다. 그러니 의심스러운 행위를 한 자를 벌한다'라고요."

순간 이로하가 깜짝 놀란 것처럼 안색이 변했다.

"요컨대 조사에 들일 인력과 시간이 없으니 커닝은 즉시 실격 처리한다. 이런 논리겠죠? 그렇다면 조사할 인력이 있고 시간도 오래 걸리지 않는 상황이라면 반드시 지금 당장 실격을 확정할 이유는 없는 셈이네요. 맞죠?"

"그건…… 뭐, 그렇게 되겠습니다만……."

테리야쿠가 난감한 얼굴로 대답을 주저하자 후요 선생님이 이로하 쪽을 봤다.

“선생님이 그렇다고 하시네. 이제는 네가 알아서 할 수 있겠지? 이로하.”

반면 이로하는 의심이 가득한 표정으로 후요 선생님을 노려봤다.

“……후요 선생님…… 대체 무슨 의도로……?”

“무슨 의도긴. 교육자로서의 의도지.”

담담한 대답을 듣고 이로하는 한숨을 내쉬었다.

그러고 나서 다시 눈빛에 강한 결의를 담아 테리야쿠를 똑바로 바라봤다.

“30분, 아니, 10분만 주셨으면 합니다.”

당당하게.

뒷모습으로 나를 보호해 준, 그때처럼.

“10분 안에 그 커닝 페이퍼의 진짜 주인을 밝히겠습니다.”

나, 테리야쿠, 이로하, 그리고 린네만 교실에 남았고 다른 아이는 모두 돌아갔다. 후요 선생님도 “그럼 이로하, 힘내렴” 하는 말을 남기고 떠났다.

일단 테리야쿠의 손아귀에서 벗어난 나는 이로하에게 달려가 얼굴을 올려다봤다.

“저, 저기, 정말 괜찮아?”

“걱정 마. 방법은 있어. **반드시.**”

묘하게 확신에 찬 눈빛으로 단언하며 이로하는 말없이 곁에 서 있는 린네에게 시선을 돌렸다.

"이거였던 거지? 린네, 조금 전 네가 말한 게."

"응?"

조금 전? 린네가? 그게 무슨 소리야?

린네는 가볍게 고개를 끄덕였다.

"맞아요. 바로 이거예요."

"처음 보는 패턴이라 놀랐어. 아직 무슨 일이 일어나지도 않았는데 범인을 지목하다니."

"범인……? 그게 무슨 소리야? 혹시 커닝 페이퍼…… 누가 만들었는지 벌써 아는 거야?"

**자명한 이치죠.**"

린네는 찰랑이는 검은 머리를 흔들며 고개를 살짝 기울여 내 기억에도 생생히 각인된 그 말을 입에 담았다.

그리고 선언했다.

마치 신의 메시지를 전하듯.

"범인은…… 지뢰 씨입니다."

…….

"뭐? 누구?"

지뢰 씨? 그런 이름을 가진 애는 우리 반에 없는데……?

그러자 이로하가 하아, 하고 한숨을 쉬고 말했다.

"유노시마 루이자 말이야. 화장이나 패션 같은 게 지뢰계[2]라서 그렇게 부르는 것 같아."

나는 유노시마의 패션을 떠올렸다. 짙은 아이섀도와 가방에 주렁주렁 달린 캐릭터 열쇠고리. 키는 남자아이들만큼 큰데 쉬는 날에는 소녀 감성이 물씬 풍기는 프릴 달린 옷을 입고 다니는 아이.

"지뢰 씨…… 푸훗."

놀라기도 전에 너무 찰떡같은 별명 때문에 웃음이 터졌다. 지뢰 씨. 정말 딱이네! 누가 봐도 지뢰잖아! 말투도 질척거리고!

"하아…… 그렇구나. 유노시마가 범인이라니……."

"놀라지 않나? 친구잖아."

"친구라고 할 정도는 아니야. 누가 우리 관계를 물으면 그냥 친구라고 답할 수 있는 정도? 근데 그렇게 놀랍지 않은 게, 유노시마는 원래 별 의미도 없는 장난을 즐기는 타입이긴 하거든. 내가 왜 표적이 됐는지는 모르겠지만……. 근데 어떻게 알았어? 혹시 봤어? 유노시마가 커닝 페이퍼를 책상 아래에 두는 걸."

"보지는 못했어요. 자명한 이치라고 했잖아요."

"뭐?"

"실은 말이지……. 린네는 알아 버려. 범인을, 거의 자동으로."

……? 더더욱 무슨 말인지 알 수 없다.

---

"추리야, 추리. 수수께끼를 마주하면 자기도 모르게 머릿속에서 추리가 시작되는 거지. 그러니까, 일종의 버릇이라고 해야 할까. 네가 낙서한 게 들통났을 때도 그랬잖아. 그때도 주변 정황에서 단서를 모아 네가 범인인 걸 논리적으로 밝혀냈지. 그런데 문제는 그 추리 과정 자체를 정작 본인은 전혀 기억을 못 한다는 거야."

추리? 논리적으로 밝혀냈다고? 내가 낙서했을 때도……?

그러고 보면 그때도 어떻게 들켰는지 의아했다. 촉이 무지하게 좋은 애라고만 생각했는데, 그게 촉이 아니었다고? 드라마 속 형사처럼 추리해서 알아낸 거라고? 응? 근데 정작 자기 자신은 기억을 못 한다……?

"뭐, 혼란스러운 건 나도 이해해. 나도 솔직히 아직 잘 모르겠거든. 어쨌든 지금 중요한 건, 커닝 페이퍼를 그곳에 둔 사람이 유노시마 루이자고 네 결백을 증명해 줄 추리가 반드시 어딘가에 존재한다는 사실이야. 왜냐하면, 린네는 **화학 시험이 시작되기도 전**에 범인을 찾았으니까."

"뭐? ……화학 시험이 시작되기도 전에?"

그러고 보니 린네가 그때 이로하에게 뭔가 말하려다 말고 둘이 함께 교실을 나가는 모습을 봤다.

"잠깐…… 그때는 커닝 페이퍼가 발견되기도 전이잖아!"

"그래, 그렇단 말이지."

이로하는 미간을 찌푸리며 한 손으로 머리를 감쌌다.

"지금껏 린네의 '하늘의 계시'를 몇 번 봤지만 이런 적은 나도 처음이야. **사건이 터지기도 전에 범인을 추리하다니……."**

아니…… 그런 건 추리라고 할 수 없잖아.

예언이지.

초능력이나 마법 같은 어떤 영적인 힘으로 미래를 예견했다고 생각할 수밖에 없다. 이로하는 추리라고 했지만.

린네는 감정을 읽을 수 없는 무표정한 얼굴로 칠판 위 시계를 가만히 올려다보고 있었다.

"어쨌든 시간이 없어. 일단 조사할 수 있는 곳부터 조사해 보자."

그렇게 말하고 이로하는 팔짱을 끼고 지켜보는 테리야쿠 쪽으로 다가갔다.

"오이카리 선생님, 그 커닝 페이퍼 좀 볼 수 있을까요?"

"그래."

테리야쿠는 싸늘하게 대답하고 내 발밑에서 찾은 쪽지를 이로하에게 건넸다.

이로하가 쪽지를 눈앞에 들고 관찰하자 린네가 옆에서 불쑥 고개를 들이밀었다.

"지저분하네요."

"글씨 말인가?"

"아뇨, 찢은 방식이요."

……너무 가까워…….

서로 얼굴을 마주 보면 입술이 닿을 정도로 가까운 거리. 늘어진 린네의 머리카락이 이로하의 목덜미를 스치고 있다. 평범한 남

자애면 린네가 저 거리까지 다가오면 심장 정지 각인데, 이로하는
신경도 안 쓰는 것처럼 쪽지만 노려보며 중얼거렸다.

"확실히 가위를 쓰지는 않았네. 급했거나 아니면 원래 성격이
대충대충이거나……."

그 말을 듣고 보니 나도 궁금해졌다. 린네 반대편으로 돌아가
잠시 망설이다가 이로하의 어깨에 손을 얹고 쪽지를 들여다봤다.

"……노트에서 찢은 걸까? 윗부분에 뭔가 다른 글자가 쓰여 있
는데."

조금 전에는 눈치 못 챘지만 쪽지 위 끝부분에 뭔가 다른 글씨
가 작게 쓰여 있었다.

음…… '여메女乄'?

"이게 뭐야? '여메'……. 이런 답이 나올 과목이 있었나?"

"글쎄. 어쨌든 시간이 10분밖에 없으니 찢긴 노트를 찾는 건
힘들겠지."

이로하가 쪽지를 뒤집었다. 뒷면에는 아무것도 쓰여 있지 않
지만 이로하는 백지인 뒷면을 가까이서 들여다보고 손끝으로 쓸어
보더니 "흐음……" 하고 뭔가 의미심장하게 신음했다.

그 후 이로하는 쪽지 앞뒷면을 각각 스마트폰으로 촬영하고는
"감사합니다" 하고 실물을 테리야쿠에게 돌려줬다.

그러고 나서 자기 자리로 돌아가 가방에서 노트를 한 권 가져
왔다.

린네는 어이없다는 듯이 그런 이로하를 바라봤다.

“그 노트, 오늘도 들고 계셨나요…….”

“언제 무슨 일이 생길지 모르니.”

이로하는 노트를 펼쳐 내 자리로 다가왔다.

“다음은 책상을 조사할 거야. 그동안 코가미네, 네가 오늘 보고 들은 것들을 기억나는 대로 말해 줘.”

“응? 오늘? 기억나는 대로? 아침에 일어났을 때부터?”

“아니. 그래, 학교에 온 뒤부터로 하자. 아무리 사소해 보여도, 아무리 관계없어 보여도 빠짐없이 전부 말해 줘야 해.”

“……아, 나, 중간에 화장실에 갔는데…….”

“그 부분은 적당히 넘어가도. 아, 아니. 어느 화장실의 몇 번째 칸에 들어갔는지는 알려 줘.”

“뭐야, 그게!”

나는 버럭 화를 냈지만 이로하의 얼굴은 진지함 그 자체였다. 정말 필요한 정보인 듯했다.

어쩔 수 없이 나는 오늘 있었던 일을 순서대로 설명하기 시작했다. 이로하는 그 내용을 손에 든 노트에 메모하며 바닥에 무릎을 꿇고 내 책상을 조사했다.

“……책상 상판 사이에 살짝 틈이 있네…….”

상판과 금속 수납공간 사이에 노트 끝부분을 끼워 보기도 하고.

“이 책상, 아주 조금 앞으로 기울어져 있어.”

샤프펜슬을 책상 안에 넣고 서서히 샤프가 굴러 나오는 모습을 지켜보기도 했다.

나는 도대체 뭘 하는지 알 수 없었지만, 이로하가 든 노트는 금세 메모로 까맣게 채워져 갔다.

쪽지가 발견된 시점까지 설명을 마치고 마지못해 덧붙였다.

"2교시가 끝나고 갔던 화장실은…… 지구과학실 바로 옆에 있는 곳, 자리는 안쪽에서 두 번째 칸이었던 것 같아."

"그렇군. 손은 씻었어?"

"당연하지! 제대로 씻고 손수건으로 깔끔하게 닦기도 했어!"

"고마워."

이로하는 그 사실 역시 빠짐없이 메모했다. 뭐야, 이게. 창피해……!

"다시 묻겠는데, 넌 쪽지의 존재를 전혀 몰랐다는 거지?"

"응. 전혀 몰랐어. 그런 게 대체 어디서 떨어진 걸까."

"시험 시작 전에 책상 안을 확인하잖아. 그때도 못 봤어?"

"흐음…… 책상 안을 확인한 건 1교시 전의 한 번뿐이었지만…… 2교시는 교실을 이동했으니 패스한다고 치고 3교시 시작할 때도 손을 넣어 확인했어. 그때 안에 아무것도 없었던 것 같아."

"손만 넣었단 말이지."

이로하는 심각한 표정으로 중얼거렸다. 손만 넣었다면 책상의 깊은 안쪽까지는 닿지 않았을 가능성이 있다. 그곳에 쪽지가 있었다면 눈치채지 못했을 수도.

"근데 내 이야기를 들어서 뭐가 달라지는 거야? 범인은 린네가 이미 추리했잖아. 그럼 린네한테 직접 듣는 게 더 빠르지 않아?"

“전적으로 옳은 말이야. 물론 지금부터 들을 거야.”

……오?

“그럼 당연히 린네도 전부 이야기하겠네? 어느 화장실에 갔고, 몇 번째 칸이었고, 큰일인지 작은 일이었는지도.”

스스로도 조금 이상할 만큼 으쓱해진 눈빛을 보내자 린네는 눈을 가늘게 뜨고 나를 쳐다봤다.

“저급하시네요. 그런 게 추리하고 무슨 관계가…….”

“아니, 알려 줘.”

“네? 싫어요.”

“코가미네한테 물었으니 너한테도 묻는 건 당연하잖아. 최대한 자세히 알려 줘. 큰일인지 작은 일이었는지는…… 필요해지면 물을게.”

“……변태…….”

린네는 분한 것처럼 중얼거리더니 의외로 순순히 증언을 시작했다. 이로하의 말은 잘 듣네, 흥.

“당신이 시킨 대로 오늘은 곧장 교실로 왔어요. 다른 곳에 들르지 않았어요.”

“오랜만이었을 텐데, 거부감은 없었나?”

“가장 큰 거부감의 원인인 당신과 얼굴을 매일 마주하고 있으니까요. 교실에 가나 상담실에 가나 별 차이 없어요.”

“그럼 좀 더 일찍 교실에 복귀하지……. 그래서?”

“당신이 보신 대로예요. 자리에 앉아 국어 시험을 봤고.”

"그 후 교실을 나갔지. 교실을 이동하는 아이들이 거의 다 나간 뒤에."

"짐작하셨겠지만 화장실에 가는 거였어요. 사람이 많아서 조금 기다렸죠."

"여자 화장실이 자주 붐비긴 해. 어느 정도였는데?"

"다섯 개 칸이 전부 차 있었어요. 문 앞에서 몇 분 정도 기다렸고요. 기다리는 동안 화장실 안은 여자 화장실치고는 드물게 옷깃 스치는 소리까지 들릴 만큼 내내 조용했어요."

"그래서? 어느 칸이 비었어?"

"……입구에서 봤을 때 가장 안쪽 칸이었을 거예요. 가만히 기다리는데 안쪽에서 갑자기 누군가 나와서 돌아보니 문이 하나 열려 있더군요. ……아."

"왜 그래?"

"지금 생각났어요……. 그게 바로 지뢰 씨였어요."

"그거라니?"

"저도 모르는 사이 소리도 없이 화장실 칸에서 나온 그 사람이요. ……네. 틀림없어요. 짙은 아이섀도가 눈에 확 들어왔거든요."

"그렇군. 알겠어. 그럼 넌 유노시마랑 교대해서 그 칸에 들어간 거네?"

"네. 그런데 조금 더러운 칸이라 운이 없다고 생각했던 게 기억나요."

"음, 그럼 그다음……."

"······잠깐만요. 당신, 지금 제가 볼일 보는 장면을 머릿속으로 자세히 상상하는 거 아니에요?"

"하는데? 그러지 않으면 추리도 못······ 아야!"

린네는 말없이 이로하의 엉덩이를 걷어찼다.

······근데 미안. 나도 상상하고 있었어. 아니, 저 비현실적인 외모로 치마에 손을 넣어서 팬티를 내리고······ 여자인 나도 괜히 두근거리잖아.

"이제 화장실 얘기는 그만하시죠! 아무튼 그렇게 볼일을 마치고 바로 교실로 돌아왔어요!"

"알겠어, 알겠어. 그럼 린네, 네 자리에서는 코가미네의 자리가 계속 시야에 들어왔을 텐데, 네가 봤을 때 코가미네 자리 주변에서 수상한 행동을 한 사람은 없었어? 책상 안에 손을 넣는다거나."

"아뇨, 특별히 그런 사람은······. 범인인 지뢰 씨는 범인이 밝혀진 3교시 직전 쉬는 시간에도 저 꼬마 날라리 씨 자리 근처에서 친구들과 수다를 떨었지만······ 딱히 수상한 행동을 하지는 않았던 것 같아요."

"그래. 내가 볼 때도 그랬어. 그리고 애초에 코가미네 자리 바로 앞에서는 테리야쿠 선생님이 서서 교실 전체를 주시하고 있었으니까. 코가미네의 책상에 뭔가를 했다면 바로 선생님한테 들켰을 거야."

"뭐? 그럼 쪽지를 대체 언제 넣었다는 거야?"

린네가 범인으로 지목한 유노시마는 내 책상에 손을 넣지 않았다. 애초에 테리야쿠가 바로 근처에 있었으니 쉽게 수상한 짓을 할 수도 없었다. 그렇다면 범인은 언제 어떻게 쪽지를 내 책상에 넣었을까.

이로하는 린네의 이야기를 노트에 다 적고 이번에는 책상 아래 바닥을 살폈다.

"……꽤 선명하게 실내화 자국이 남아 있네……."

"우와, 진짜다."

말을 듣고 보니 발끝부터 뒤꿈치까지 실내화 바닥 무늬가 또렷하게 찍혀 있었다. 칠판 앞을 자주 왔다 갔다 해서 분필 가루가 묻었나 보다.

"나, 고민하면 나도 모르게 발에 힘이 들어가거든. 그래서 그런가 봐."

"넌 집중할 때는 정말 석상처럼 움직이지 않더군."

이로하는 메모한 노트를 내려다보며 샤프펜슬 뒷부분으로 관자놀이를 쿡쿡 찔렀다.

"……가능성은 여러 가지군…… 어디서……?"

그렇게 중얼거리는 이로하를 가만히 지켜보던 테리야쿠가 불쑥 입을 열었다.

"3분 남았다. 각오는 됐겠지."

응? 벌써 그렇게나?

린네는 유노시마가 범인이라고 했지만 애초에 쪽지를 어떻게 넣었는지 모르겠고…… 이런 걸 누가 믿어 주겠어!

아, 어쩌지, 어쩌지……! 얼른 다른 곳도 조사해야…….

"당황하실 필요는 없어요."

"어?"

린네가 호수처럼 잔잔한 목소리로 입을 열었다.

그 말은 분명 나를 향한 것이다.

하지만 린네의 눈은 이로하의 등을 향하고 있었다.

"이로하 씨는 벌써 **찾은** 것 같으니까요."

찾았다고……?

그제야 나는 이로하가 뭔가 달라졌다는 걸 깨달았다.

가까운 책상 위에 노트를 펼쳐 놓고 메모를 들여다보며.

엄청난 기세로 뭔가를 써 내려가고 있다.

메모가 아니다. 지금 이로하는 뭔가를 듣지도, 보지도 않고
있다.

내면에서 솟구치는 뭔가를 거침없이 써내려 가고는.

슥!

슥!

그중 일부분을 과감하고 날카롭게 줄을 그으며 지우고 있었다.

눈을 부릅뜨고 이를 악문 모습이 마치 시합 중인 복서 같다.

필사적인 이로하의 표정이 어째서인지 내 눈에는 닮아 보였다.

자명한 이치입니다, 라고.

신의 말을 대신 전하듯 말했던 린네의 모습과.

째깍, 째깍, 째깍.

초침이 시간을 새긴다.

시계를 보니 남은 시간은 이제 2분.

시간이 흘러도 이로하의 손은 샤프펜슬에서 떨어지지 않는다.

째각, 째각, 째각.

남은 시간 1분.

마침내 이로하의 손이 멈췄다. 하지만 시선은 한동안 노트 위를 떠나지 않았다.

째각, 째각, 째각.

남은 시간 30초.

테리야쿠가 자신의 손목시계를 내려다봤다.

그때였다.

"선생님."

이로하가 고개를 들었다.

"코가미네가 앉는 의자의 좌판 아래쪽을…… 한번 만져 보세요."

모두가 그 말을 듣고 얼어붙었다.

나는 물론이고 테리야쿠도 당황한 것처럼 색안경 안쪽에서 눈을 크게 떴다.

"20초 남았습니다. 빨리요!"

"어, 그래."

조금 기세에 눌린 것처럼 테리야쿠는 팔짱을 풀고 이로하가 말한 대로 내 의자의 좌판 아래쪽으로 손을 뻗었다.

"뭐지? 딱히 아무것도……."

그곳을 잠시 더듬던 테리야쿠의 미간에 점점 의아한 기색이 떠올랐다.

"……이건……."

"손가락 끝에 살짝 걸리는 부분이 있죠?"

걸리는 부분?

테리야쿠가 의자에서 떨어지자 궁금해진 나도 의자 아랫부분을 만져 봤다. 정말 거의 대부분이 매끄러운데 한가운데의 어느 한 지점만 아주 미세하게 마찰이 느껴지는 부분이…….

"시간이 없으니 간단히 말하겠습니다."

이로하가 선언하듯 입을 열었다.

"그건…… 풀칠 흔적입니다."

남은 시간 0초.

추리가 제시간 안에 끝났다.


"풀칠……?"

"네. 쪽지는 바로 거기 붙어 있었던 거예요."

이맛살을 찌푸리는 테리야쿠에게 이로하는 당당하게 대답했다.

"아마 스틱풀을 아주 얇게 발라서 그곳에 붙였겠죠. 스틱풀을 조금만 바르면 접착력이 약해 외부에서 조금만 힘을 가해도 쉽게 떨어지고 종이에도 흔적이 거의 남지 않습니다. 조금 전에도 확인했듯 의자 좌판 아래쪽에는 자국이 약간 남은 것 같지만요.”

“……그러니까 이런 뜻인가? 이 커닝 페이퍼는 시험 전 의자 좌판 아래에 붙어 있었고, 시험 도중 자연스럽게 바닥에 떨어졌다.”

“네. 코가미네가 그런 짓을 할 이유는 없겠죠. 차라리 교복이나 책상 안에 숨겨 놓는 게 훨씬 쪽지를 보기도 쉬울 테니까요.”

“그건 단정 못 하지. 커닝 페이퍼를 상상도 못 할 장소에 숨긴 사례는 차고 넘치니까.”

테리야쿠는 신경질적인 표정을 한층 굳히며 말을 이었다.

“그리고 방금 너도 말하지 않았나? ‘외부에서 조금만 힘을 가해도 쉽게 떨어진다’라고. 그건 바꿔 말해 아무 힘이 가해지지 않으면 떨어지지도 않는다는 말 아닌가?”

“직접 시험해 본 건 아니니 단정하기 어렵지만…… 저도 몇십 분을 그냥 둬서 쪽지가 자연스럽게 떨어지기를 기대하는 건 조금 무모한 도박이라고 생각합니다.”

“그럼 설명할 수 있겠군. 이 커닝 페이퍼를 누군가 코가미네의 의자에 붙였다면 그 녀석은 분명 코가미네를 곤경에 빠뜨릴 계획이었겠지. 하지만 그럼 화학 시험 도중에 쪽지가 바닥에 떨어지지 않으면 의미가 없지 않나? 확실하지는 않더라도 범인에게는 작전이 성공할 가능성, 즉 어떤 계산이 있었을 텐데. 이로하, 그 계산이 뭔지 명확히 설명할 수 있겠나?”

“네. 할 수 있습니다.”

이로하는 아무렇지 않게 답하고는 바로 위를 손가락으로 가리켰다.

바로 위에는 천장에 설치된 에어컨이 있을 뿐이었다.

"**에어컨 바람**입니다."

간결한 대답에 테리야쿠는 입을 꾹 다물었다.

"지금은 여름이니 당연히 교실에 에어컨이 가동 중이고 에어컨은 바람을 발생시킵니다. 코가미네, 너도 시험 도중에 다리 쪽이 조금 추웠다고 했지?"

—머리 위 에어컨에서 나오는 찬 바람이 발밑을 스쳐 가 조금 춥다. 하지만 화장실은 방금 다녀왔으니 괜찮다. 집중 못 할 정도는 아니다.

"그 증언으로 알 수 있듯 에어컨 바람은 코가미네의 발밑을 통과해 이 의자 아랫면에 붙은 쪽지를 계속해서 조금씩 흔들었습니다. 그 힘이 약하게 접착된 쪽지를 결국 뜯어낸 거겠죠."

테리야쿠는 입가에 손을 대고 나직이 중얼거렸다.

"……그래. 그건 그렇다고 치지. 하지만 방금 말했듯 쪽지가 의자 아래에 붙어 있었다는 게 코가미네가 범인이 아니라는 걸 증명할 수는 없다고 보는데."

"왜…… 왜죠!"

나는 무심코 소리쳤다.

"커닝 페이퍼는 시험 시간 중에 훔쳐봐야 의미가 있잖아요! 그럼 저런 곳에 숨기지 않겠죠! 아니, 정말 숨길 거였으면 더 단단히 붙였을 거라고요! 상식적으로!"

"그래. 네 말이 맞다. 코가미네."

테리야쿠는 색안경 너머 눈을 뱀처럼 가늘게 뜨며 말했다.

"네가 커닝 페이퍼를 의자 아래에 단단히 붙였고 **시험 도중에 그 걸 몰래 봤다고 치자**. 그럼 어떻게 될까?"

"네⋯⋯? 어, 어떻게 되나니요⋯⋯?"

**"커닝 페이퍼를 보려면 당연히 한 번은 붙인 걸 떼어야겠지."**

아. 그, 그렇구나. 그럼 그때⋯⋯.

"한 번 떼고, 내용을 보고, 다시 붙인다. 그럼 쪽지는 처음처럼 단단히 안 붙어서 꼭 에어컨 바람이 없어도 쉽게 떨어지지 않았을 까?"

확실히⋯⋯ 그건 그렇다. 한 번 떼었다가 다시 붙였다면.

"이⋯⋯ 이로하! 뭐라고 말 좀 해 줘! 내가 그랬을 리 없잖아!"

"아니."

이로하는 고개를 흔들었다.

"그 가능성은 부인할 수 없어. 실제로도 충분히 일어날 수 있는 일이야."

"뭐⋯⋯?"

테리야쿠가 웃음을 피식 터뜨렸다.

거, 거짓말. 넌 진실이 뭔지 알잖아! 그런데 왜.

"⋯⋯다만."

이로하가 힘주어 다시 입을 열자 테리야쿠의 표정이 굳어졌다.

"그건 커닝 페이퍼를 의자 아래에 붙인 사람이 코가미네가 아니라는 것을 입증할 증거가 전혀 없을 때의 이야기죠."

"뭐라고……?"

눈살을 찌푸리는 테리야쿠를 정면에서 응시하며 이로하는 말했다.

"코가미네가 아닌 다른 사람이 의자 아래에 쪽지를 붙였다고 가정해 보죠. 오이카리 선생님. 오늘 하루 종일 교실 안을 감시하신 선생님이 보셨을 때 그런 수상한 사람이 있었나요?"

테리야쿠는 턱을 만지며 기억을 더듬듯 생각에 잠겼다.

"……굳이 꼽자면 메리가키와 유노시마 정도겠지. 화학 시험 전에 코가미네의 의자에 앉는 걸 봤으니."

맞아. 그때 유노시마는 내 의자에 앉아서 떠들고 있었어.

"그럼 하나만 더 여쭙겠습니다. 선생님은 그 두 사람이 스틱풀을 쓰는 모습을 보셨나요?"

"아니. 걔네는 맨 앞줄에 있었어. 바로 내 앞에. 그런 행동을 했다면 내가 놓쳤을 리 없지."

"그렇겠죠. 저와 린네가 봤을 때도 두 사람이 의심스러운 행동을 한 적은 없었습니다. 그렇다면 그 둘 중 누군가가 코가미네의 의자에 커닝 페이퍼를 붙였다면 쪽지에 풀을 바르는 건 자기 자리에서 몰래 했다는 뜻이 됩니다."

"뭐?"

나는 그 광경을 상상하며 고개를 갸웃거렸다.

"이로하. 풀이 아주 얇게 발라져 있었다고 했지?"

"응. 그래야만 에어컨 바람 때문에 떨어질 수 있으니."

"그럼 자기 자리에서 내 의자까지 가져오는 사이에 말라 버리는 거 아니야?"

물론 서두르면 괜찮을 수도 있지만, 그건 또 그거대로 수상하고.

"맞아. 풀을 바르자마자 바로 붙여야 했을 거야."

"뭐? 그, 그럼 어떻게 내 의자에 붙였다는 거야?"

"그러니까 네가 붙인 거다, 코가미네. 자기 의자에 직접 붙이는 건 쉬우니."

테리야쿠가 끈질기게 말을 보탰다. 그러니까 아니라고요!

"말도 안 돼! 제 자리는 맨 앞이잖아요! 아무리 책상 아래로 숨긴다고 해도 풀을 바르거나 의자 밑에 손을 넣으면 바로 들켰을 거예요. 선생님이 눈앞에 계셨으니!"

"더 일찍 붙이면 그만이지. 아침에 내가 교실에 들어오기 전이나 1교시 후 내가 시험지를 걷고 나간 이후. 다시 한번 말하지만 자기 의자에 붙이는 거면 아주 간단해."

"아, 아니……."

"맞습니다, 선생님. 자기 의자라면 간단합니다."

이로하의 말에 나는 "응?" 하며 고개를 돌렸고, 테리야쿠도 "뭐……?" 하며 눈살을 찌푸렸다.

이로하는 테리야쿠가 아닌 내 눈을 마주 봤다.

"지금부터 직접 시범을 보여 드리는 게 빠를 것 같네요. 코가미네, 와서 이 의자에 앉아 봐."

그렇게 말하며 이로하는 내 의자 등받이에 가볍게 손을 얹었다.

"그냥 앉으면 돼? 그게 다야?"

"응."

나는 고개를 갸웃거리며 의자에 앉았다. 딱히 이상한 건 없는데.

"그대로 있어. 움직이지 말고."

"앗! 자, 잠깐!"

이로하는 갑자기 쪼그려 앉더니 내 다리를 뚫어지게 관찰하기 시작했다. 나는 황급히 허벅지를 꽉 오므렸다.

"움직이지 말라고 했지. 다리 똑바로 펴."

"마…… 만지지 마!"

이로하는 아무렇지 않게 내 종아리를 붙잡더니 무릎이 직각이 되도록 다리를 움직였다. 꺄앗! 간지러워……!

"그래. 역시 그렇군…….."

이로하는 내 발을 보며 그렇게 중얼거리고는 고개를 깊숙이 끄덕였다.

"응? 뭐가?"

"모르겠어? 잘 봐 봐."

보라고 해도…… 그냥 평범하게 실내화를 신은 발인데? 다리가 조금 짧아서 발뒤꿈치가 살짝 허공에 떠 있긴 하지만. 아니, 잠깐. 다리가 짧다니, 하나도 안 짧아.

……근데, 어라?

"뒤꿈치가 떠 있네……."

"그래. 뒤꿈치가 떠 있지."

무릎을 직각으로 하고 다리를 곧게 폈는데도 뒤꿈치가 바닥에 닿지 않는다.

"그게 뭐 어쨌다는 거지?"

테리야쿠가 손으로 색안경을 올리며 말했다.

"코가미네는 워낙 키가 작으니 그럴 수도 있는 거 아닌가?"

"앗……! 아, 아니, 하지만 아침엔 이렇지 않았다고요! 분명히 뒤꿈치까지 닿았는데!"

"그럼 한번 재 보자. 선생님, 혹시 줄자 같은 거 있으세요?"

"커다란 삼각자라면 있을 텐데……."

"충분합니다."

테리야쿠는 교탁에서 무기처럼 거대한 삼각자를 꺼내 왔다. 이로하는 그것을 내가 앉은 의자 옆에 세워 의자 좌판까지의 높이를 쟀다.

"42센티미터네요."

"42센티미터……?"

그 숫자를 듣자마자 테리야쿠는 입가에 손을 대고 표정이 굳었다.

이로하는 스마트폰을 꺼내 능숙하게 뭔가를 검색했다.

"JIS 규격에 따르면 좌판 높이 42센티미터는 '5호' 의자입니다. 표준 신장은 165센티미터."

"앗."

나랑은 15센티미터 넘게 차이 나잖아!

"코가미네, 너 키 몇이야? 미리 말하지만 거짓말은 안 돼."

"으……."

나는 고개를 돌리며 마지못해 대답했다.

"입학할 때 신체검사에서는…… 148센티였어."

이후 몇 달이 지났으니 지금은 더 클 수도 있다. 클 수도 있다고!

"그럼 적정 의자 규격은 표준 신장 150센티미터 기준인 '4호'겠네. 좌판까지 높이는 38센티미터, 또는 36센티미터……."

그렇게 중얼거리며 이로하는 커다란 삼각자를 들고 일어나 다른 곳으로 걸어갔다.

"오이카리 선생님. 코가미네의 의자가 단지 4센티미터 높기만 했다면 단순 착오일 수도 있습니다. 청소하다가 우연히 의자가 바뀐 걸 코가미네가 지금껏 눈치채지 못했을 뿐이라는 가정도, 아예 말이 안 되는 건 아니겠죠. 하지만……."

이로하가 갑자기 멈춰 섰다.

유노시마의 자리 의자 옆에서.

"조금 전 선생님께서 언급하신 용의자 중 한 명…… 그 사람이 쓰는 의자가 원래 코가미네가 앉아야 할 규격의 의자라면…… 그것도 우연이라고 단정할 수 있을까요?"

이로하는 의자 측면에서 커다란 삼각자를 세웠다.

잘못 잴 여지도 없다.

휘어지는 줄자면 모를까, 저렇게 단단한 삼각자를 옆에 댄다면.

"……38센티미터입니다."

이로하는 4센티미터의 차이를 명확히 선언하고 테리야쿠에게
도 삼각자의 눈금을 보여 줬다.

"유노시마는 여학생치고는 키가 좀 큰 편이죠."

맞아.

그런데도 하늘하늘한 걸 좋아하는 취향 때문에 지뢰계 여자애
가 돼 버린 거다.

"의자가 바뀌었다고……?"

삼각자의 눈금을 노려보며 중얼거리는 테리야쿠를 향해 이로
하는 고개를 끄덕였다.

"유노시마는 자기 의자에 커닝 페이퍼를 붙였습니다. 그리고
**그걸 통째로 코가미네의 의자와 바꿔치기했죠.** 그러니 코가미네 자리 주
변에서 수상한 행동을 하지 않은 것도 당연합니다."

"하지만…… 언제 어떻게 했다는 거지? 의자를 바꾸는 행위는
그 자체로 수상한데."

"선생님도 보시지 않았나요? 코가미네가 2교시 지구과학 시험
을 마치고 교실에 돌아왔을 때 코가미네의 의자에 유노시마가 앉
아 있었던 것처럼 보였지만, 사실 그건 유노시마 본인의 의자였던

겁니다. 유노시마는 그때 가져온 자기 의자를 마치 코가미네의 의자인 것처럼 넘겨줬던 거고요. 정말 코가미네의 의자에 앉아 있던 사람은 메리가키였습니다. 메리가키는 유노시마가 본인 의자를 코가미네에게 줬다는 걸 알아챘을지도 모르지만, 깊게 생각하지 않고 자신이 앉아 있던 의자를 유노시마의 자리에 돌려놨습니다. 그 정도 행동을 수상하게 볼 사람은 원래부터 유노시마를 의심하던 사람밖에 없겠죠. 게다가 그때 이미 유노시마는 교실에 없었고 시험 준비로 정신이 없어서 깊이 생각할 겨를도 없었을 겁니다.”

　―나도오. 아, 잠깐 의자 좀 빌렸어. 미안.

　―유노시마가 일어나 의자를 나한테 넘겨줬다.

　그때……. 맞다. 유노시마는 마치 할 일을 마쳤다는 듯이 교실을 나갔다.

　그러고는.

　―나는 엉덩이를 살짝 들어 자세를 고쳐 앉고 교과서를 펼쳤다.

　그때 난 무의식중에 의자 높이가 다르다는 걸 느꼈을지 모른다. 그러니 왠지 모르게 자세를 고쳐 앉았던 것이다.

　그리고…… 그래, 바로 그 직후다.

　린네가 갑자기 일어나 이로하에게 뭔가를…… 즉 커닝 페이퍼를 의자에 붙인 범인에 대해 전하러 갔던 건.

　“바로 이게 증거입니다, 선생님. 2교시를 마친 후 쉬는 시간에 선생님의 눈앞에서 코가미네의 의자는 바뀌어 있었습니다. 만약 선생님 말씀대로 코가미네가 아침이나 1교시 이후에 커닝 페이퍼를 붙였다면 그건 지금 이 의자에 붙어 있어야 합니다."

테리야쿠는 유노시마의 의자 아니, 내 의자를 뒤집었다.

좌판 아래에는 아무것도 없었다.

손끝으로 더듬어도 걸리는 부분이 없다.

"코가미네가 커닝 페이퍼를 붙일 수 있었던 건 의자가 바뀐 이후뿐입니다. 하지만 선생님, 그때는 이미 선생님께서 누구보다 가까운 위치에서 코가미네를 예의주시하고 계셨죠. 그러니."

이로하는 쐐기를 박듯 선언했다.

"커닝 페이퍼를 만들어 붙인 사람은 코가미네가 아닙니다. 실격 처리를 취소해 주시기 바랍니다."

테리야쿠는 한동안 침묵하다가 잠시 후 깊은 한숨을 내쉬었다.

"……어른이란 말이다. 원치 않아도 고개를 숙여야 할 때가 있는 법이지."

"네?"

"나도 이 모양으로 생겼지만 남들처럼 불만을 삼키고 고개도 많이 숙였다. 마음에도 없는 사과를 수없이 했고."

테리야쿠는 자리에서 일어나 짙은 색안경 안쪽에서 이로하와 내 얼굴을 차례로 보더니 말했다.

"그래서 처음이다. 이렇게 기분 좋게 사과하는 건."

고개를 깊숙이 숙였다.

"내가 틀렸다. 실격은 철회하마."

그제야 풀려난 우리는 교실을 나섰다. 커닝 의심을 받은 시간이 한없이 길게 느껴졌지만 실제로는 그리 오래 걸리지 않았는지 복도에 아직 아이들이 드문드문 남아 있었다.

기말고사는 아직 첫날이니 나는 평소처럼 상담실에 가서 공부할 생각이었다. 그런 평범한 일상을 당연하게 보낼 수 있는 게 지금은 기적처럼 느껴졌다.

"이로하."

문득 정신을 차려 보니 나는 이로하의 교복 자락을 살짝 잡아당기고 있었다.

이로하는 돌아보며 내 눈을 들여다보고 뒤이어 린네를 향해 말했다.

"린네. 먼저 상담실에 가 있을래?"

"……네. 기다리고 있을게요."

린네는 조용히 대답하고 혼자 복도 끝으로 걸어가 사라졌다.

아마 일부러 자리를 비켜 준 것이다. 둘이 있어야 내가 말하기 편할 거라고 배려해서.

이로하가 다시 내 눈을 들여다봤다. 그 시선을 마주하자 묘한 긴장이 밀려왔다. 왜지? 그냥 당연한 말을 하려는 건데.

이로하의 교복 자락을 쥔 손에서 땀이 배어나는 걸 느끼며 나는 굳은 입술을 간신히 움직였다.

"……고마워. 도와줘서……."

"진부한 말이지만, 당연한 일을 했을 뿐이야."

이로하는 주저 없이 담담하게 말했다.

“네 노력은 정당히 평가받아야 해. 그게 가장 옳은 일이라고 생각했어. 그래서 내가 할 수 있는 일을 한 거고. 사실 아케가미 후요 선생님께서 오시지 않았다면 어떻게 됐을지 몰라.”

그래. 이로하는 늘 이렇다.

자기가 한번 옳다고 믿으면 절대 물러서지 않는다. 주변에 휘둘리거나 장애물 앞에서도 기죽지 않고 마음먹은 걸 끝까지 밀어붙인다.

린네 앞에서 날 감쌌을 때도 그랬다. 그리고 이번에도 마찬가지다.

그런 이로하의 모습이.

나는 눈부시고 눈부셔서 도저히 견딜 수 없었다.

두근.

……어라?

두근, 두근, 두근.

심장이 요란하게 뛰고 있다. 오래달리기를 막 끝낸 사람처럼 귓속 깊은 곳에서 크게 울린다.

게다가.

“……뭐야? 왜 그래?”

못 보겠다.

이로하의 얼굴을 도저히 볼 수가 없다.

말도 안 돼. 아까까지만 해도 괜찮았잖아, 왜…….

“괘…… 괜찮아. 괜찮으니까……!”

나는 고개를 들지 못한 채 두 손으로 이로하의 옷을 꽉 잡았다.

여기 있다는 걸 확인하듯.

여기 있어 달라고 간청하듯.

말도 안 돼. 정말 말도 안 된다고! 하필이면 왜 이런 괴팍하고 비쩍 마르고 공부밖에 모르는 애를……!

그래, 이럴 리 없다. 내 캐릭터와도 전혀 맞지 않는다. 분명 다들 재미있어할 거다. 밖에서 함께 걸어 다니면 시선이 쏠릴 게 뻔하다.

……하지만.

하지만, 하지만, 하지만.

두근, 두근, 두근, 두근, 두근, 두근, 두근.

심장만큼은 거짓말을 하지 못한다.

설령 누가 뭐라고 하든 내 진실은 변하지 않는다.

**자명한 이치**다.


나는 이로하를 정말 좋아하고 있다.


"이봐. 괜찮아? 어디 아픈 거 아니야?"

"햐웃!"

이로하가 갑자기 얼굴을 확 들이대는 바람에 반사적으로 허리를 뒤로 젖혔다. 입에서 이상한 소리가 나와 버렸다. 어떡해.

이로하는 여전히 눈앞에서 내 얼굴을 주시하고 있다. 안경 너머 눈동자가 내 눈동자를 비추고 속눈썹, 코끝, 볼에 난 솜털, 입술 주름까지 그 어떤 화면도 구현하지 못할 수준의 해상도로 내 뇌리에…… <u>으으으으으으아아아아아아아아앗!</u>

“얼굴도 빨갛네. 무리해서 공부하느라 컨디션 관리를 소홀히 한 건가?”

“괘, 괜찮아! 아무렇지도 않아!”

“정말인가? 확인해 볼게.”

이마에!

손을!

허락도 없이!

“으아아아아아아아아아아아아악!”

“확실히 열은 없는 것 같군.”

아무렇지도 않게 뭐 하는 거야! 이 모태 솔로 안경잡이 자식이!

나는 순식간에 이로하에게서 거리를 벌리고 거친 숨을 몰아쉬며 마음을 가라앉히려 했다.

정말 답이 없어, 이 자식! 여자 다루는 법도 하나도 모르고!

있지, 지금 난 말이야! 네가 세상에서 제일 멋져 보이는 상태라고! 함부로 얼굴을 가까이하지 마! 확 키스해 버린다!

“저기, 코가미네.”

“휴우……. 으앗! 뭐, 뭐야!”

“컨디션이 괜찮으면 부탁이 하나 있어. 아까 도와준 것에 대한 답례라고 생각하면 돼.”

부, 부탁? 답례?

그, 그게 뭐야? 응? 나, 돈 같은 건 없는데? 어? 줄 수 있는 거라곤 몸밖에 없는데? 어? 내 가슴이 83센티이긴 한데……. 아앗!

"여자 화장실에 들어가 줬으면 해."

…….

"……뭐?"

"교실에서 가장 가까운 여자 화장실의 맨 끝 칸에 들어가 봐 줘. 그리고 만약 거기서 뭐라도 보이면 주워 와. 아무리 작은 거라도 괜찮아."

이로하의 부탁을 듣고 나는 잠시 얼떨떨했다.

교실에서 가장 가까운 여자 화장실의 맨 끝 칸?

"혹시나 해서 묻는 건데…… 거긴 린네가 들어갔다는 화장실 칸 아니야?"

"맞는데?"

뭐? '맞는데?'가 아니잖아.

린네가 들어간 화장실에서 뭔가를 찾아서 가져오라니, 그건, 그건…….

"……이로하, 있지…… 나, 이래 봬도 이해심이 꽤 넓은 편이라고 생각해. 남자애들의 그런, 특유의 성향 같은 것도…… 웬만한 건 웃고 받아 줄 자신도 있어……. 하지만, 그건…… 그건 진짜 좀 깨는 것 같아……."

"어? 뭐가?"

"아니, 그러니까…… 주워 오라는 거잖아? 린네의, 그…… 뭐라고 해야 하나…… 빠진 거라든가……."

"빠진 거? 그게 대체 소리……."

이로하는 말을 하려다 말고 한동안 굳어 있더니 갑자기 정신이 번쩍 든 표정을 지었다.

"……아! 아니, 그런 뜻이 아니야!"

"거짓말 마. 이제 와서 변명하기야?"

"정말 아니야! 내가 찾고 싶은 건 종잇조각이야!"

"종이?"

털 같은 게 아니라?

이로하는 얼굴을 살짝 붉히며 말했다.

"그래……. 내 추리가 맞다면 분명 그곳에 있을 거야. 청소하기 전에 찾아야 해."

"추리라니? 이미 다 끝난 거 아니었어?"

"안 끝났어."

이로하는 저 먼 상담실 쪽을 바라보며 고개를 흔들었다.

"그때는 그냥 일어난 일들을 확인했을 뿐이야."

이로하가 지금 무슨 소리를 하는지 전혀 이해할 수 없다.

다만 이로하에게 중요한 문제라는 것만은 느껴졌다.

나는 이해도 못 한 채 고개를 끄덕이고 말았다.

"……알겠어. 맨 끝 칸 맞지?"

"고마워. 내가 여자 화장실에 들어갈 수는 없으니까."

뭐가 뭔지 잘 모르겠지만……. 이게 사람들이 말하는, 좋아하는 사람 앞에서는 약해진다는 그런 건가 보다.

나는 이로하가 시킨 대로 교실에서 가장 가까운 여자 화장실의 맨 끝 칸에 들어가 안을 살폈다.

종잇조각.

이로하가 말한 그것은 금세 눈에 띄었다.

집게손가락보다 작은, 거의 파편에 가까운 종잇조각. 뭔가 아주 작은 글자 같은 게 적힌 듯 보인다. 이건 아마…… '미米' 자? 그리고 가타카나 '케ヶ'인가? 그리고 글자가 아닌 홑낫표(「 」) 같은 기호도 왼쪽에 보였다.

그 종이를 들고 돌아와 이로하에게 보여 주자 이로하는 납득한 듯 고개를 끄덕였다.

"역시."

그러더니 갑자기 주머니에서 스마트폰을 꺼내 화면에 뭔가를 띄웠다. 들여다보니 문제의 커닝 페이퍼를 찍은 사진이었다.

이로하는 커닝 페이퍼의 위쪽 끝부분에 내가 가져온 종이를 겹쳐 놓았다.

"잘린 단면이 일치해. 게다가."

커닝 페이퍼 사진과 종이를 번갈아 보고 나도 마침내 그 글자들의 정체를 알아차렸다.

커닝 페이퍼 위쪽 끝부분에는 '여女' 자와 가타카나 '메メ' 자.

종이에는 '미米' 자와 가타카나 '케ケ' 자.

두 개를 조합하면.

"……'셈 수数'……."

내가 중얼거리는 걸 듣고 이로하는 고개를 끄덕이며 말했다.

"그뿐만이 아니야. 이 왼쪽에 있는 홑낫표 같은 건 아마 가타카나 '로ㅁ'의 오른쪽 윗부분이겠지."

"'로'? ……'로'에 '수'? '로수'……?"

직접 입에 담아 보니 익숙했다.

그도 그럴 만하다. 며칠 동안 머리에 쥐가 나도록 외운 단어니까.

"……'아보가드로수'……."

"단어 자체가 시험에 나올지 아니면 수식이 나올지 알 수 없었겠지. 원래는 그 두 개를 전부 커닝 페이퍼에 적을 생각이었을 거야. 하지만 종이를 너무 대충 찢은 탓에 단어 쪽은 '수'의 아랫부분만 남은 거고."

이로하는 확인하듯 중얼거리며 노트를 펼쳤다.

추리 중에 맹렬한 기세로 써 내려간 그 노트에 이번에는 재빠르게 선을 몇 개 긋는다.

그러고 나서 책장을 휙휙 넘기며 또다시 확인하고는.

자신감 섞인 목소리로 "……좋아" 하고 말했다.

나는 도무지 이해할 수 없었다.

범인은 이미 밝혀졌다. 나는 구제받았다. 그런데 아직 생각할 게 뭐가 있어?

"이로하……."

왠지 모르게 불안해져서 물었다.

"지금 뭐…… 하는 거야?"

"추리."

간결하게.

당연하다는 듯이.

그리고.

"린네의 추리를, 추리해 냈어."

이로하는 진심으로 기쁜 목소리로 말했다.


"오래 기다리게 했군."

상담실 창가를 구분 짓는 하얀 파티션. 마치 세상을 거부하는 듯한 그 너머의 공간을 이로하가 가볍게 들여다보며 말했다.

린네는 책상에 펼쳐 둔 직소 퍼즐에서 눈을 떼고 이로하와 뒤에 있는 나를 순서대로 쳐다봤다.

"……왜 그분이 있는 거죠?"

순간 가슴이 철렁했다. 이로하가 얼굴을 가까이했을 때처럼 달콤한 두근거림이 아니다. 무단으로 침입한 걸 들켜 버린 듯한, 자격이 없는 걸 직면했을 때와도 같은 그런 불안한 두근거림.

나는 그저 얼떨결에 따라왔다. 혼자 남겨지는 게 두려워 막연히 따라왔을 뿐이다.

린네는 감정을 읽을 수 없는 눈빛으로 그런 내 심정을 꿰뚫어 보는 듯했다. 낙서범을 순식간에 찾아낸 바로 그때처럼.

"굳이 내쫓을 필요는 없겠지. 코가미네는 원래 여기서 공부할 예정이었고, 게다가 이번에는 피해자였으니 이야기를 들을 권리 정도는 있지 않겠어?"

"듣는다고 해도 이해할지는 미지수 같은데요."

"그건 본인이 얼마나 노력하느냐에 달렸지. 그리고 좋은 기회 잖아. 린네, 너라는 사람의 사고방식이 일반 사람들과 얼마나 동떨 어져 있는지 확인할 수 있을 테니. 코가미네, 의자 필요해?"

내가 말없이 고개를 흔들자 이로하는 "그래" 하고 린네의 맞은 편에 앉았다.

내가 선 위치는 파티션 바로 옆, 즉 두 사람과 그 밖의 것들을 나누는 경계선이다. 나는 이로하 토야와 아케가미 린네의 대화를 말없이 지켜보는 방관자가 됐다.

린네가 책상 한쪽에 모인 퍼즐 조각 중 하나를 집어 들었다.

직소 퍼즐은 현재 대략 80퍼센트 정도 완성된 상태다. 퍼즐 속 사진은 어딘지 모를 유럽 시골의 커다란 풍차를 찍은 사진이다. 지금 상태에서도 그건 알아볼 수 있다. 하지만 군데군데 뚫린 구멍이 풍경을 미완성으로 만들고 있었다.

"하마터면 하품이 나올 뻔했어요."

린네는 퍼즐 조각으로 책상을 탁탁 두드리며 말했다.

"당신답지 않게 꽤나 유치한 연극을 하시더군요. 그렇게 허점투성이인 추리로 사람들을 혼란스럽게 하다니."

허점투성이인 추리? 아까 그 커닝 페이퍼에 대한 추리가?

"시간이 부족하니 어쩔 수 없잖아. 그래도 틀린 말은 안 했어. 일어난 사실들을 밝히는 데 있어 그게 가장 지름길이기도 했고."

"전 그런 식의 추리는 하지 않았어요."

"나도 알아. 그러니 지금 여기 이렇게 앉아 있는 거겠지. 실제로는 네가 어떤 추리를 했는지 설명하기 위해."

이로하도 퍼즐 조각을 한 개 집어 들었다.

그리고 린네의 속내를 들여다보려는 듯이 그녀의 눈동자를 응시했다. 이로하의 눈에 더 이상 나라는 존재는 비치지 않았고 그럴 필요도 없어 보였다.

준비가 끝난 듯했다. 나로서는 절대 감도 잡을 수 없는, 그런 준비가.

"근본적인 이야기부터 시작하죠."

린네가 만지작거리던 퍼즐 조각을 풍차 사진 속 빈 공간에 끼워 넣었다.

"당신은 의자 좌판 아래에 남은 풀칠 자국을 핵심 증거로 내세웠지만, 당연히 범인을 특정할 당시 전 그런 걸 알 길이 없었습니다."

아.

듣고 보니 정말 그렇다.

린네는 범인이 유노시마라는 걸 화학 시험이 시작되기도 전에 알았다고 했다. 하지만 그때는 아직 커닝 페이퍼조차 발견되지 않은 상태였다.

그렇다면 애초에, 어떻게, 왜…….

"애초에 제가 어떻게, 왜 커닝 페이퍼의 존재를 알아차릴 수 있었을까요? 그게 의자 좌판 아래에 붙어 있고, 심지어 의자까지 바뀌었다는 걸 제가 어떻게 추리할 수 있었을까요? 이걸 설명하지 못하면 제 추리를 제대로 추리해 냈다고 할 수 없을 거예요."

풀칠 자국은 커닝 페이퍼가 발견된 이후에야 알 수 있는 정보다. 의자가 바뀐 건 눈썰미가 좋다면 알아챌 수 있겠지만 좌판 아래 풀칠 자국 같은 건 만져 보지 않으면 절대 알 수 없다.

그렇다면, 커닝 페이퍼를 발견하기 전에 범인을 특정하는 건 절대 불가능하다.

"……애초에 어떻게, 왜라."

이로하는 그렇게 중얼거리고 잠시 뜸을 들였다.

"그래, 그 말이 맞아. 사실 나도 방금 전까지 몰랐어."

"몰랐다고요?"

"정확히 말하자면 예상은 했지만 확신이 없었어. 하지만 네가 그렇게 말한 이상 분명 뭔가 단서가 있을 거야. 그래서 일단 미뤄 됐던 거지."

"무슨 말씀이신지 잘 모르겠는데요……. 그 말은 혹시 제가 커닝 페이퍼의 존재를 눈치챈 이유에 대해서는 전혀 설명하지 않은 상태에서 추리를 진행했다는 뜻인가요?"

"맞아."

응? ……난 잘 모르겠지만, 그런 게 가능해?

"다시 말하지만 예상은 했어. 아마 네가 어딘가에서 유노시마의 커닝 페이퍼를 **봤을 거다**, 라고 말이야. 그러지 않고서는 커닝 페이퍼가 발견되기 전에 범인을 특정할 수는 없잖아. 그 '어딘가'도 네 이야기를 듣고 어느 정도 감은 잡았지만 그때는 그걸 확인할 시간이 없었어. 그래서 어쩔 수 없이 코가미네의 전 과목 실격 처리를 철회시키는 걸 우선해서 추리를 밀고 나간 거야. 어쨌든 오이카리 선생님 앞에서는 그 커닝 페이퍼가 코가미네를 함정에 빠뜨리기 위한 수단이라는 걸 증명해야 했으니까."

"그건…… 당신이 말하는 '무죄 추정'의 원칙에 어긋나는 거 아닌가요?"

"증거가 나올 거라고 믿었어. 네가 사용하지 않은 증거가."

"왜 그렇게 생각하셨죠?"

"좌판 아래 말고 다른 곳에 커닝 페이퍼가 숨겨졌을 가능성을 전부 검증했지만 다 말이 안 됐거든."

"……그래서 좌판 아래에 풀칠 흔적이 남아 있었을 거라고 추측했다는 말인가요?"

"그래. 솔직히 말해 도박이었지. 10초만 더 있었어도 직접 확인했을 텐데. 뭐, 설령 풀칠 흔적이 없었더라도 의자가 바뀐 점을 근거로 설득할 생각이었지만."

이로하가 갑자기 테리야쿠에게 의자 아래를 만져 보라고 했을 때, 나는 내가 못 본 사이 이미 직접 확인한 줄 알았다.

하지만 아니었다. 그것은 추리였던 것이다.

이로하는 그곳에 풀칠 흔적이 있을 거라고 추리했다. 그 노트를 통해.

"좌판 아래가 아닌 다른 곳에 커닝 페이퍼가 숨겨졌을 가능성을 전부 검증했다고 하셨죠?"

"그래. 내가 떠올릴 수 있는 범위에서는."

"그럼 지금 이 자리에서 그 검증 내용을 전부 설명하실 수도 있겠네요?"

"물론이지. 네가 떠올린 가능성을 마음껏 제시해 봐. 빠뜨린 게 없는 이상 다 부정할 수 있어."

린네는 "좋아요" 하고 새 퍼즐 조각을 집어 들어 그림에 끼워 넣었다.

"커닝 페이퍼가 그냥 평범하게 책상 안에 있었을 가능성은 어떨까요? 3교시 시작 전에 저 꼬마 날라리 씨의 책상에 손을 넣은 사람은 없었지만, 감시가 완벽했다고 단언할 수는 없죠. 특히…… 평범하게 손을 넣은 게 아닌, 조금 더 눈에 띄지 않을 경로를 이용했다면."

"눈에 띄지 않을 경로라니?"

"당신도 봤을 거예요. **책상 상판과 수납공간 사이의 틈**이요."

—……책상 상판 사이에 살짝 틈이 있네…….

맞아. 이로하도 그걸 언급했던 것 같다.

"책상 앞을 지나가는 척하면서 그 틈새에 커닝 페이퍼를 밀어 넣으면 돼요. 꼬마 날라리 씨는 3교시 시험이 시작되기 전에 책상 안을 확인했다고 했지만, 보시다시피 키가 작아서 팔도 짧죠. 그 틈새로 들어간 커닝 페이퍼가 책상 깊숙이 들어가는 바람에 꼬마 날라리 씨의 짧은 팔이 거기까지 닿지 않았던 거예요."

……왠지 말투에 악의가 담겨 있는 것 같지 않아? 책상 깊숙한 곳까지는 손이 닿지 않는 건 맞지만.

"그래. 잘만 하면 주변 눈을 피할 수도 있었겠지."

이로하는 고개를 끄덕이고는 "하지만" 하고 말을 이었다.

"그 가설에는 문제가 있어. 커닝 페이퍼가 발견된 곳은 교실 바닥이야. 왜 책상 밖으로 빠져나왔을까?"

"꼬마 날라리 씨의 책상 자체가 앞으로 약간 기울어져 있잖아요."

—이 책상, 아주 조금 앞으로 기울어져 있어.

샤프펜슬을 책상 안에 집어넣고 나오는지 실험하던 이로하의 모습이 떠올랐다.

"그럼 커닝 페이퍼를 돌돌 말아 넣으면 돼요. 두루마리처럼 만 종이를 한쪽 끝부터 책상 안에 밀어 넣으면 안에서 다시 또르르 말릴 거고, 그게 경사 때문에 굴러떨어지는 거죠."

"그럼 시험이 시작되기도 전에 바로 바닥에 떨어질 수도 있을 텐데? 적어도 코가미네가 책상 안을 확인할 때까지는 안쪽에 머물러 있어야 하는데 말이야."

"풀칠을 얇게 하는 거예요. 커닝 페이퍼 끝부분에 풀을 조금 바르고 틈새에 밀어 넣는 거죠. 쪽지가 책상 상판 쪽에 붙으면 나머지 부분을 넣기 어려우니 바닥 쪽에 풀을 발라 수납공간 끝까지 밀어 넣는 거예요. 그럼 책상 안에 한동안은 머무르게 돼요."

"그래서? 그게 어떻게 바닥에 떨어지는데?"

"그건……."

"실제 커닝 페이퍼는 말려 있지도 않았다는 건 뭐, 일단 넘어가도록 할게. 이건 범인 특정 당시 네가 알 수 없었던 정보니까. 하지만 그때 너라면 이건 알았어야 해. 책상 안에는 에어컨 바람이 닿지 않는다는 것 정도는."

에어컨 바람.

풀이 얇게 발린 커닝 페이퍼가 에어컨 바람에 날려 떨어졌다고 했다. 하지만 책상 안에는.

"수납공간 입구로 바람이 들어갔을까? 아니, 그쪽은 코가미네의 몸 때문에 막혀 있었어. 그럼 상판의 그 틈새로 들어갔나? 아니, 방금 네가 말한 대로라면 커닝 페이퍼는 수납공간 바닥에 붙어 있었고, 거긴 바람이 절대 닿을 수 없는 완벽한 사각지대야."

"……흐음. ……음……."

"애초에 그럴 경우 풀을 어디서 발랐느냐는 문제도 생기지.

뭐, 맨 앞줄인 코가미네의 자리보다 더 앞쪽이었으니 오히려 교탁 그늘에 가려서 오이카리 선생님 눈에 안 띄었을 수도 있긴 하지만, 어쨌든 그렇게 말아서 넣은 커닝 페이퍼는 평생 책상 안에서 나오지 못한다는 소리야. 이로써 커닝 페이퍼가 처음부터 책상 안에 있었다는 가능성은 사라졌어.”

이로하는 조금 전 린네가 끼운 퍼즐 조각을 조용히 다시 뽑아 다른 공간에 끼워 넣었다. 위치가 틀렸나 보다.

신기했다. 보지도 못한 일. 아니, 애초에 있지도 않았던 일들이 몇 개의 퍼즐 조각 같은 정보로 정교히 재현되고, 그리고 다시 막다른 골목에 다다른 후 사라지는 상황이.

테리야쿠 앞에서 펼쳐진 추리극이 어린아이 장난처럼 느껴질 만큼 치열한 논쟁이었다.

그런 논쟁 속에서 아니, 어쩌면 그런 논쟁이기에 더더욱.

이로하도, 린네도 평소보다 훨씬 생기가 넘쳐 보였다.

“알겠습니다……. 하지만 가능성은 아직 더 남았어요.”

“좋아. 말해 봐.”

“커닝 페이퍼가 의자 좌판 아래에 있었다고 해도 꼭 의자가 바뀌치기됐다고 단정할 수는 없지 않을까요? 의자는 처음부터 높이 차이가 있었을 수 있고, 범인인 지뢰 씨가 정말 꼬마 날라리 씨의 의자에 앉아 있었던 걸 수도 있어요. 그때 몰래 좌판 아래에 붙인 거죠. 이 경우 ‘의자가 바뀌었기 때문에 커닝 페이퍼를 붙인 사람은 꼬마 날라리 씨가 아니다’라는 추리는 성립되지 않아요.”

"그건 오이카리 선생님도 지적했던 문제 아닌가?"

"전 그 지적이 너무 허술했다고 이야기하는 거예요."

린네는 눈을 가늘게 뜨고 고개를 살짝 갸웃거리며 또 다른 퍼즐 조각을 쥐었다.

"선생님의 눈앞에서 친구와 대화하던 지뢰 씨는 커닝 페이퍼에 풀칠을 할 틈이 없었어요. 그러니 자기 자리에서 커닝 페이퍼에 풀을 칠하고 그걸 자기 의자에 붙인 뒤 의자를 꼬마 날라리 씨 것과 바꿨다는 논리에는 허점이 있는 것 같아요."

"허점?"

"바로 지뢰 씨와 대화한 친구가 공범이었을 경우예요."

공범?

유노시마뿐만 아니라 함께 있던 메리가키나 다른 애들까지?

"공범이면 당연히 그때 친구가 수상한 행동을 해도 지적하지 않을 거예요. 또 친구의 몸을 가림막처럼 활용하면 눈앞에 있는 선생님의 감시를 피할 수도 있고요."

"확실히 그렇긴 한데 그래도 그건 좀 어렵다고 봐."

"왜죠?"

"메리가키는 화학을 선택했기 때문이야."

그러자 린네가 멍한 얼굴로 고개를 갸웃거렸다. 내 머릿속에도 물음표가 가득 찼다.

"메리가키…… 라는 분은 누구였죠?"

뭐야. 의아했던 게 그거야?

"메리가키 치사토. 유노시마 루이자랑 어울려 다니는 애. 유노시마가 코가미네의 의자라는 설정으로 자기 의자에 앉아 있을 때 옆에서 수다를 떨던 친구."

"아…… 그 마녀 씨 말인가요."

마녀라니. 물론 메리가키가 쨍하게 염색한 노란 머리에 마치 사냥에서 얻은 전리품처럼 액세서리를 주렁주렁 달고 다니긴 하지만, 그렇다고 마녀 취급은 너무하잖아.

"이건 나중에 다시 설명하겠지만 그 시점에 이미 넌 유노시마가 그 커닝 페이퍼를 만든 장본인이라는 걸 알고 있었어. 그런 전제로 유노시마와 메리가키가 사건을 공모했다고 가정해 봐."

"음……?"

"화학 시험이 시작되기 전에 유노시마는 교실을 나갔고 메리가키는 그 자리에 남았지. 즉, **유노시마는 화학을 선택한 학생이 아니라는 뜻이야.** 그럼 **화학용 커닝 페이퍼를 만들 인물로 적합하지 않아.**"

"아."

그렇구나! 화학을 선택하지 않았다면 수업을 듣지 않았을 것이고 교과서가 없을뿐더러 무엇보다 관련 지식이 없다. 그렇다면 더 확실하게 화학 커닝 페이퍼를 만들 수 있는 사람은.

"반면 교실에 남은 메리가키는 화학을 선택한 학생이야. 아무리 대충 들었다고 해도 수업을 들은 메리가키 쪽이 커닝 페이퍼를 만드는 데 더 적합하지 않겠어?"

"하지만 실제로는 화학을 선택하지 않은 지뢰 씨가 커닝 페이퍼를 만들었죠."

"그래. 그러니 그 두 사람은 공범이 아닌 거야. 그렇게 생각하
는 게 자연스러워."

"……그럼 마녀 씨가 아닌 다른 분이 공범이었던 게 아닐까요?
두 사람이 마녀 씨의 눈을 속여서……."

"애초에 의자가 바뀌지 않았다는 이야기는 성립하지 않아."

전제를 싹 뒤엎는 듯한 말을 듣고 린네가 눈을 깜빡였다.

"이건 꼭 의자 사이즈만을 말하는 게 아니야. 예전부터가 아닌
오늘, 그것도 바로 직전에 의자가 바뀌었다는 걸 보여 주는 증거가
있으니까."

"……아."

린네가 얇은 입술을 살짝 열었다.

"실내화 자국……."

"그래. 책상 아래 바닥에 남아 있었지. 코가미네의 실내화 자
국이. **발뒤꿈치까지 아주 또렷하게.**"

—……꽤 선명하게 실내화 자국이 남아 있네…….

—우와, 진짜다.

—말을 듣고 보니 **발끝부터 뒤꿈치까지 실내화 바닥 무늬가 또렷하**
게 찍혀 있었다.

"그런데 실제로 코가미네에게 의자에 앉아 보라고 했더니 발
뒤꿈치가 허공에 살짝 떴어. 실내화 자국이 그렇게 뚜렷이 남을 정
도면 바닥에 단단히 발을 붙이고 있었어야 하는데 말이야. 그러니

넌 코가미네가 의자에 앉는 순간에 알아차린 거야. 의자 높이가 다르다는 걸."

이로하는 "그러니" 하고 다시 린네가 끼워 넣은 퍼즐 조각을 집어 들었다.

"유노시마가 코가미네의 의자에 앉았을 때 주변 공범들의 도움으로 좌판 아래에 커닝 페이퍼를 붙였다. 즉, 의자 바꿔치기 자체가 없었다는 가설은 성립하지 않아."

딸각, 하고 정확한 위치에 퍼즐 조각이 끼워 맞춰졌다. 풍차 사진이 한걸음 더 완성에 가까워졌다.

린네가 살짝 눈살을 찌푸렸다.

"……왠지 교묘하게 당하는 기분이에요. 지뢰 씨가 커닝 페이퍼를 만들었다는 그 확신은 대체 어디서 나온 거죠?"

"그건 마지막에 설명할게. 지금은 커닝 페이퍼가 어디에 숨겨졌는지부터. 혹시 다른 가능성은 떠오르지 않아?"

"다른 가능성이라면…… 아주 단순한 게 하나 있어요."

"좋아, 말해 봐."

"커닝 페이퍼가 처음부터 바닥에 떨어져 있었을 가능성이에요."

뭐? 처음부터 바닥에? 그런 건 없었는데…….

"그래. 가능성은 있지. 커닝 페이퍼가 있던 자리는 의자 아래, 즉 코가미네의 눈에서는 사각지대야. 다른 학생이나 선생님 눈에도 잘 띄지 않는 위치고. 실제로 선생님께서 쪽지의 존재를 알아차린 것도 거의 시험이 끝나갈 때쯤이었어."

"그렇죠? 지나가면서 슬쩍 떨어뜨린 게 운 좋게 의자 아래로 들어갔을 수도 있고요."

딸깍, 하고 린네가 세 번째 퍼즐 조각을 끼워 넣었다.

하지만.

"하지만 다행스럽게도 그 역시 불가능해."

이번에는 이로하가 곧장 퍼즐 조각을 다시 집어 들었다.

"기억해 봐. 넌 어차피 시험 보는 내내 한가했잖아. 난 문제 푸느라 눈치 못 챘지만, 코가미네 말로는 화학 시험 중에 옆자리 아이가 지우개를 떨어뜨려서 선생님이 직접 주워 줬다고 해."

―절반 정도 풀었을 때 시야 끝에 지우개 하나가 굴러왔다. 옆자리 아이가 떨어뜨린 듯하다. 시험 중에는 뭔가를 떨어뜨려도 스스로 주울 수 없기에 감독관인 테리야쿠가 곧장 다가와 허리를 숙여 지우개를 주워 줬다. 테리야쿠는 딱히 그런 선생님은 아니지만 내 책상 아래로 얼굴이 가까이 다가와서 나는 속옷이 보이지 않게 반사적으로 허벅지를 오므렸다.

나도 기억한다. 시험 도중에 집중이 흐트러진 몇 안 되는 순간이라 인상 깊게 남아 있다. 그래서 이로하한테도 얘기해 줬고.

"그렇다면 지우개를 줍는 그 순간에 코가미네의 의자 아래가 오이카리 선생님의 시야에 들어왔을 거야. 그때 커닝 페이퍼가 떨어져 있었다면 선생님이 놓치셨을 리 없어."

맞다. 그럼 애초에 커닝 페이퍼가 바닥에 떨어져 있었다는 가설은 말이 안 되네!

나는 그렇게 이해했지만 린네는 뭔가 불만스러운 표정이었다.

"……확실히 그 말씀도 일리는 있네요. 하지만 그건 당신 시점의 이야기 아닌가요?"

"무슨 말을 하고 싶은 건지 알아. 이건 화학 시험 중에 있었던 일, 즉 네가 범인을 특정한 **이후** 일이지. 미래에 벌어진 일이 네 추리에 포함될 리는 없을 거야."

"네. 당신이 사후 그걸 추리에 활용하는 건 문제없지만요."

"그런데, 있어."

이로하는 자신만만하게 말하며 퍼즐 조각을 만지작거렸다.

"네가 범인을 특정하기 전에 의자 아래 바닥에 아무것도 없는 걸 본 사람이."

"누구죠? 그런 이상한 곳을 굳이 본 사람이 있었다고요?"

"그렇게 이상한 곳도 아니야. 왜냐하면 그 사람이 바닥을 봤을 때는 그곳에 **의자가 없었으니까.**"

"의자가 없었다……?"

아, 그렇구나!

나는 곧장 알아차렸다. 린네는 고개를 갸웃거리고 있지만 나는.

"……의자를 넘겨받았을 때구나."

기쁜 나머지 저절로 말이 튀어나왔다.

"유노시마한테 의자를 넘겨받은 후 자리에 갖다 놓으면서 본 거야. 내가. 의자가 없는 바닥을."

"바로 그거야, 코가미네."

이로하가 퍼즐 조각을 손에 든 채 내 쪽을 봤다.

"넌 그때 분명히 말했어. 그 커닝 페이퍼의 존재를 '전혀 몰랐다'라고."

—다시 묻겠는데, 넌 쪽지의 존재를 전혀 몰랐다는 거지?

—응. 전혀 몰랐어. 그런 게 대체 어디서 떨어진 걸까.

"그 말을 믿는다면 네가 의자라는 장애물 없이 그대로 드러난 맨바닥을 봤을 때 그곳에 커닝 페이퍼 같은 건 없었다는 말이 돼. 그리고 그 시점에 이미 범인인 유노시마는 교실을 나가고 없었지. 그 이후 커닝 페이퍼를 붙이는 건 불가능하다는 뜻이야."

내 말을 믿는다면.

그렇구나…… 믿어 줬구나.

내가 거짓말을 하지 않았다는 걸. 내가 정말 아무 잘못이 없다는 걸.

아, 어떡하지. 왜 이렇게 기쁜 건데! 저절로 미소가 나올 것 같아!

린네는 그런 나를 힐끗 보더니 불쾌한 것처럼 얼굴을 찌푸렸다. 찌푸린 느낌이 들었다.

"이상으로 그 커닝 페이퍼가 처음부터 바닥에 떨어져 있었을 가능성은 제외할 수 있어."

이로하는 딸깍, 하고 린네의 퍼즐 조각을 올바른 위치에 다시 끼워 넣었다.

퍼즐이 이제 거의 90퍼센트쯤 완성됐다. 빈 곳이 몇 군데 남지 않은 풍차 사진을 린네가 조용히 내려다봤다.

"자, 더 없어? 커닝 페이퍼가 있었을 만한 다른 장소가."

"……떠오르지 않아요."

항복하듯, 혹은 칭찬하듯 린네는 나지막이 말했다.

"책상 안…… 진짜 꼬마 날라리 씨의 의자…… 그리고 바닥……
이게 전부인 것 같네요."

"그런가? 아직 더 있지 않아? 예를 들어 치마 주머니 같은 곳."

"어떻게 넣고 어떻게 떨어뜨린다는 말인가요. 소매치기 같은
기술이 있는 것도 아니고, 주머니에 구멍이 뚫린 것도 아닐 텐데요."

"그렇긴 하지. 주머니에 구멍이 뚫려 있었다면 화장실에 갔을
때 쓸 손수건은 어디에 넣었냐는 의문도 생기고."

서, 설마 그런 부분까지 본 거야? 확실히 내 치마 오른쪽 주머
니에는 손수건, 왼쪽에는 티슈가 들어 있기는 한데…….

"뭐, 이런 식의 논리로 커닝 페이퍼가 숨겨진 장소는 거의 확
실하게 의자 좌판 아래라는 결론에 도달하게 돼. 자, 오래 기다리
게 했네. 드디어 첫 번째 쟁점으로 돌아가야 할 때야."

"'제가 어떻게, 왜 꼬마 날라리 씨가 커닝 누명을 쓸 것을 알았
는가'군요."

"그래. 어디선가 사건의 낌새를 맡지 않고서야 그런 예지는 불
가능했을 테니까."

"당신은 제가 어딘가에서 커닝 페이퍼를 봤을 거라고 했지만
그런 종이를 본 기억은 없어요."

"그 종이가 아니야. 네가 본 건 바로 이 종이야."

그렇게 말하며 이로하는 린네에게 스마트폰 화면을 보여 줬다.

그곳에는 내가 아까 화장실 칸에서 주워 온 그 종잇조각 사진이 있었다. 너무 작아 혹시라도 잃어버릴 경우를 대비해 사진을 찍어 둔 것이다.

린네는 얼굴을 가까이 가져가 사진을 유심히 들여다봤다.

"'미米'…… '케ヶ'…… 그리고 이 왼쪽에 있는 홑낫표 같은 건 뭐죠?"

"아마 '로ㅁ'의 오른쪽 윗부분일 거야. 그리고 '미'와 '케'는 '수数'라는 글자의 윗부분이고."

"'로수'……. 그 커닝 페이퍼의 윗부분과 이어지는 것 같네요."

"맞아. 이건 그 커닝 페이퍼의 잘린 조각이야."

"어디서 발견하셨죠?"

"여자 화장실. 교실에서 가장 가까운 화장실의 맨 끝 칸."

"……네?"

린네는 입을 벌리고 이로하의 눈을 빤히 보더니 거리를 두려는 듯 몸을 살짝 젖혔다.

"설마 제가 들어간 그 화장실 칸을 조사하신 건가요……?"

"기분 나빠하지 마. 내가 들어간 건 아니야. 코가미네에게 부탁해서 조사해 달라고 했어."

린네는 나를 보며 정색하는 표정을 지었다.

"아, 아니, 어쩔 수 없잖아! 시켰으니까! 딱히 이상한 게 떨어저 있지도 않았고!"

"이상한 거라뇨. 징그럽네요."

너무 억울해!

"어쨌든 넌 이 종잇조각을 보고 눈치챈 거야. 이게 '아보가드로수'라는 글자가 적힌 커닝 페이퍼의 일부인 걸."

"이 조각만으로요? 조금 억지 아닌가요? 게다가 제가 화장실에서 이걸 봤다고 어떻게 아신 거죠?"

"물론 네가 직접 한 말 덕분이지. 넌 여자 화장실에서 유노시마를 봤다고 했잖아. 네가 들어간 화장실 칸에 먼저 들어가 있었다고. 네가 유노시마를 범인으로 지목한 이후 그 말을 의심하는 건 자연스러운 일이야. 하지만 지금은 당시 네 시점으로 돌아가서 생각해 보자. 그냥 평범하게 화장실 칸막이에서 나온 유노시마를 넌 왜 수상하게 여겼을까?"

이로하는 퍼즐 조각을 들고 말했다.

"혹시 유노시마의 행동에 뭔가 수상한 점이라도 있었을까? 그래, 있었지. 넌 그 증언에서 분명히 언급했어. '기다리는 동안 화장실 안은 여자 화장실치고는 드물게 옷깃 스치는 소리까지 들릴 만큼 내내 조용했어요'라고."

"……그렇게 말한 기억은 있습니다만, 뭐가 이상하죠?"

"이상하지. 너는 뒤이어 이렇게 말했거든. '저도 모르는 사이 소리도 없이 화장실 칸에서 나온 그 사람이요'라고. 눈치 못 챌 리 있을까? 볼일이 급해서 참으며 기다리던 네가 칸막이에서 누가 나오는 걸."

"꼭 참고 있었던 아니지만 눈치 못 챌 수도 있잖아요. 문이 열리는 소리를 못 들었다면."

"……그럼 마찬가지로 **물 내리는 소리도 못 들었을까?**"

순간 몸이 굳은 린네가 기억을 더듬듯 시선을 이리저리 돌렸다.

물 내리는 소리.

그렇게 요란한 소리를 놓칠 리 없다. 그런데도 린네는 '기다리는 동안 내내 조용했다'라고 분명히 말했다. '옷깃 스치는 소리가 들릴 만큼'이라고 구체적으로 묘사했다. '소리도 없이'라고 명확하게 단언했다.

즉, 유노시마는 물도 내리지 않고 칸막이에서 나왔다는 걸까.

"네 안에 있는 명탐정이 물도 내리지 않고 칸막이에서 나온 유노시마를 수상하게 여긴 거야. 화장실 칸막이에 들어가 변기 안을 확인하면 볼일을 보고도 물을 내리지 않은 가능성은 없앨 수 있어. 그건 곧 유노시마가 화장실 칸막이에 틀어박혀 화장실의 기존 용도와 다른, 아마 남들 눈을 피해 해야 할 어떤 행위를 했다고 추측할 수 있지."

점심시간이라면 화장실에서 몰래 혼자 밥을 먹었다고 생각할 수도 있겠지만 그때는 1교시가 끝난 직후라 아침이었다. 게다가 린네는 도시락 통이나 비닐봉지처럼 밥을 먹은 후 생기는 쓰레기 같은 것도 보지 못했다.

"그리고 네 증언은 이렇게 이어져. '조금 더러운 칸이라 운이 없다고 생각했던 게 기억나요'. 사실 내가 가장 이상하게 느낀 게 바로 이 부분이야. 왜냐하면 우리 학교 화장실은 어디든 늘 깨끗하게 청소가 잘 돼 있으니까."

—이건 우리 학교의 진짜 좋은 점인데, 화장실이 어디를 가든 깨끗하다. 언제 들어가도 반짝반짝 윤이 나게 청소돼 있고.

나도 오늘 화장실에 들어갈 때 그렇게 생각했다. 맞아. 우리 학교 화장실은 어디든 늘 반짝반짝 윤이 나.

그럼 린네가 언급한 '조금 더러운 칸'이라는 말은……?

"언제나 깨끗한 화장실을 두고 넌 왜 '더럽다'라고 느꼈을까. 나는 고민하고 상상했어. '칸막이 안에 뭔가 쓰레기 같은 게 떨어져 있었던 게 아닐까' 하고 말이야. 어차피 바로 직전에 들어간 유노시마는 볼일을 보지도 않았으니 그 밖에는 더러워질 이유가 없잖아."

쓰레기, 즉, 내가 발견한 그것.

"결국 네가 커닝 페이퍼를 발견한 후 그걸 만든 사람이 유노시마라고 판단할 순간이라면 이때밖에 없어. 내가 보기에 너한테는 무의식적으로 추리하는 능력 외에도 절묘한 타이밍에 중요한 단서를 발견하는 재능도 있는 것 같아."

"단 한 번의 우연을 두고 재능이라고 부르지 마세요."

"그래, 미안. 자, 그럼 다음 문제는 네가 어떻게 그 종잇조각을 보고 커닝 페이퍼라고 판단할 수 있었는가야. '미', '케', 그리고 홑낫표. 단지 그것만으로 '아보가드로수'라는 단어를 떠올리는 건 어럽겠지.”

“어렵다기보단 불가능해요, 그런 건.”

“그래. 단, ‘유노시마 루이자’라는 사람과 ‘아보가드로수’라는 단어 사이에 아무 연관도 없다면.”

린네는 미간을 살짝 찌푸렸다.

“지뢰 씨는 화학을 선택하지 않았잖아요. 관련이 없을 텐데요.”

“관련이 없기 때문에 네가 연결시킨 거야. 화장실에서 본 그 종잇조각과 **아침에 유노시마가 했던 말**을.”

“아침에 했던 말이요……?”

“내 기억이 맞다면 오늘 아침 교실에서는 이런 대화가 흘렀어.”

—공부하고 왔어?

—아니, 전혀.

—저기, 아보가……? 수가 몇이었더라아?

“……아…….”

나는 입을 떡 벌렸다.

그래……. 이 길게 늘어지는 애교 섞인 말투는 틀림없이……!

**화학을 선택하지 않은 유노시마가 아보가드로수에 대해 누군가에게 묻고 있었어.** 그건 이상하지 않나? 화학을 선택한 사람이면 몰라도 유노시마는 오늘 화학 시험을 보는 것도 아니니 아보가드로수를 외울 필요가 없거든. **자기가 사용할 게 아닌 커닝 페이퍼라도 만들지 않**

는 이상."

하나씩 이어진다. 오늘 있었던 일이.

차곡차곡 완성돼 간다. 린네의 사고의 흐름이.

"물론 이 시점까지만 해도 '조금 이상하네' 정도에 그쳤을 거야. 하지만 화장실에서 본 종잇조각과 그 기억이 연결됐을 때 비로소 확신으로 바뀐 거지. 유노시마 루이자가 누군가에게 커닝 페이퍼를 떠넘기려 한다는 확신으로. 물론 다른 사람이 쓸 커닝 페이퍼를 대신 만들었을 가능성도 없진 않아. 하지만 어떤 부분을 커닝하고 싶은지는 당사자밖에 모르고, 그렇다면 질문은 '아보가드로수가 몇이었더라?'가 아닌 '뭐가 이해가 안 돼?'였어야 해. 그리고 다른 사람에게 커닝 페이퍼를 대신 만들게 하는 것에서 오는 이점 같은 것도 딱히 떠오르지 않고."

자신은 사용하지도 않을 커닝 페이퍼를 멋대로 만든다. 그렇다면 확실히 그 커닝 페이퍼를 다른 사람에게 떠넘기는 것 외에는 다른 목적이 떠오르지 않는다.

"그때만 해도 그 표적이 누군지는 알 수 없었어. 하지만 의자를 바꿔치기한 순간에 그게 코가미네라는 게 확실해졌지. 여기서 비로소 넌 확신에 이르러 자리에서 일어선 거야."

—덜컥 소리와 함께 린네가 자리에서 일어섰다.

그때.

그런 생각을 했구나.

끝없이 쏟아지는 사고. 감히 닿지도 못할 깊이의 고찰. 나 같은 평범한 사람에게는 마법처럼 느껴질 정도다.

하지만 이건 예지 같은 게 아니다.

추리다.

"……."

린네는 몇 개 남지 않은 퍼즐 조각을 집어 들어 빈 곳에 딸깍딸깍 끼워 맞췄다.

지금까지는 줄곧 자리를 틀렸던 린네가 이번에는 단 한 개도 틀리지 않았다. 망설임 없이 손을 움직여 곧 완벽한 풍차를 완성했다.

"……이로하 씨."

린네는 완성된 퍼즐에서 정면에 있는 이로하에게 시선을 옮기고 말했다.

"감사합니다. 제 추리를…… 떠올려 주서서."

"그래."

이로하는 조용히 고개를 끄덕였다.

풍차 사진을 사이에 두고 서로 마주 보고 있는 두 사람의 모습은 마치 그 자체가 한 장의 사진처럼 완벽했다. 나는 말을 걸 틈조차 없다.

이로하는 이렇게까지 린네를 생각하고 있었구나.

아침부터 지금까지 무슨 생각을 하고, 무엇을 보고, 무엇을 들었는지 전부 알 수 있을 만큼.

"……어라? 잠깐만."

그때 문득 의문이 떠올라 무심코 입을 열었다.

이로하와 린네가 동시에 내 쪽을 보며 수상쩍어하는 표정을 지었다.

"왜 그래? 코가미네."

"아니, 잠깐만. 그게, 그러니까…… 뭔가 이상한 것 같기도, 아닌 것 같기도 한데……."

"뭐가?"

이로하가 눈썹을 치켜세웠다. 그 반응을 보며 내가 더 당황했다.

"앗, 아니! 별거 아닐지도 몰라. 내 착각일 수도 있고…… 대단한 건 아닐 거야!"

"아니, 말해 봐. 추리에 허점이 있다면 바로잡아야 해."

"음, 그러니까…… 린네가 아침에 들었다는, 그 유노시마의 질문 말인데……."

"어."

"그때…… 린네는 아직 교실에 오지 않은 상태 아니었어?"

"……아."

이로하가 입을 벌렸다.

그, 그렇지? 내 말이 틀린 거 아니지?

린네가 교실에 들어온 건 테리야쿠가 온 이후였다. 물론 테리야쿠 앞에서 그런 사적인 대화는 안 했다. 그렇다면 린네가 교실에 온 이후 유노시마가 그런 질문을 했을 리도 없는 것이다.

이로하는 진지한 얼굴로 고개를 숙이더니 입가에 손을 대고 뭔가 중얼거리기 시작했다.

"내가 틀렸나……? 유노시마와 커닝 페이퍼를 연결할 만한 어떤 단서가 다른 곳에 있었던 건…… 아니, 잠깐만. 린네, 너, 조금 전에 이 추리가 맞다고 인정하지 않았어?"

그러자 린네는 스윽 시선을 피했다.

"그럼 짐작 가는 게 있다는 뜻이겠지? 유노시마가 교실에서 한 말을 어디선가 들었다는 뜻이잖아?"

"……이로하 씨. 추리는 맞았으니 이쯤에서…….."

"아아……. 그렇군. 그런 거였나."

곤란해하는 린네를 무시하고 이로하는 홀로 납득한 것처럼 고개를 끄덕였다.

"린네, 너, 그때 한동안 교실 앞에 서 있었구나. 겉으로는 태연한 척했지만 실제로는 긴장해서 좀처럼 못 들어왔겠지. 그러는 사이 선생님이 오시고 모두 자리에 앉자 황급히 문을 열고 들어왔을 테고. 그럴 거면 그냥 날 빨리 불렀으면 됐잖아. 넌 항상 이상한 데서 몸을 사리는 면이……."

"……이, 이쯤에서 그만하자고 했잖아요!"

"읍!"

린네는 얼굴을 빨갛게 물들인 채 몸을 내밀어 이로하의 입을 틀어막았다. 조금 전과 정반대의 구도다.

그 자세 그대로 린네는 눈을 크게 뜨고 이로하를 쏘아봤다.

"당신은 말이 너무 많은 게 문제예요. 그러니까 인기가 없는 거라고요. 아시겠어요? 이로하 씨."

"그렇게까지 부끄러워할 일은…… 읍읍!"

"부끄러워하는 거 아니에요!"

……그래, 이해해.

지금 내 눈에는 네가 엄청 멋져 보이는 상태인데도 그런 점은 정말 문제라고 봐, 이로하.

그렇게 내가 남의 일처럼 구경하고 있을 때 린네가 갑자기 고개를 획 돌려 날 봤다.

"당신이 괜히 쓸데없는 걸 눈치채지만 않았더라도……."

"응……? 그, 그렇지만 이로하가 말하라고 해서……!"

"이 일은 절대 잊지 않겠어요, **코가미네 씨.**"

……앗?

"앗?"

……방금.

"방금!"

이름!

"내 이름을 불렀어……! 맞지?"

"무슨 소리예요? 귀 아프니 고함치지 마세요. 148센티미터 씨."

"그걸 기억하면서 이름은 몰랐다는 건 말이 안 되잖아앗!"

아직 시험은 끝나지 않았다.

끝나진 않았지만 목적은 이룬 듯하다.

이걸 어쩌지.

이로하가 나를 믿어 줬다는 걸 알아차렸을 때만큼이나 기쁜 것 같다.



모든 시험이 끝났고 린네는 화학 시험 점수에서 코가미네에게 졌다.

단순 암기뿐 아니라 단어의 개념을 설명하는 문제가 꽤 많이 나왔던 게 승패를 갈랐다. 아케가미 린네는 설명이라는 개념과 가장 거리가 먼 존재니까.

그래서.

"그, 책상 낙서 말인데…… 정말 미안."

"네? 아, 네."

"무슨 반응이 그래!"

코가미네가 두 달 가까이 마음고생한 그 낙서 사건은 너무도 싱겁게 끝나 버렸다.

사과하는 입장에서 허탈할 만하다는 건 나도 충분히 이해했다.

시험 이후 수업은 주로 시험 문제 해설 위주로 진행되어 학교 안에는 느슨한 분위기가 형성됐다.

하지만 린네는 결국 다시 상담실로 등교하는 일상으로 돌아갔

다. 몇 번 교실에 들어간 것 정도로 역시 반에 바로 복귀하기는 어려웠던 것이다. 그래도 여름 방학 전에 일단 교실 문턱은 넘었으니 그걸로 만족하기로 했다.

그러고 보니 린네는 방학 동안 뭘 할 계획일까. 상담실에도 못 나오는 거면 이번에는 집 안에 틀어박힐지도 모른다. 린네가 자기 방에서 편하게 쉬는 모습은 좀처럼 상상이 안 가지만.

뭐, 여름 방학이 코앞에 다가오기는 했지만 어차피 나중 일이다. 나에게는 이번 학기 중에 반드시 마무리 지어야 할 일이 있다.

이완된 분위기의 학교 안에서 오직 나만 긴장감에 사로잡힌 채 발걸음을 옮겼다.

코가미네가 표적이 된 그 커닝 누명 사건.

범인인 유노시마는 정학 처분을 받았다. 시기상 며칠 일찍 여름 방학을 맞은 거나 마찬가지겠지만 생활 기록부에는 엄연히 기록이 남는다. 딱히 벌줄 마음으로 사건의 진상을 밝힌 건 아니지만 마땅한 대가를 치른 셈이다. 하지만 마음속 한구석에는 여전히 찝 찝한 기분이 남아 있었다.

린네의 추리는 전부 추리했다.

하지만 기분 탓인지 자꾸만 이런 생각이 들었다.


그 추리에는 이어지는 뒷이야기가 더 있는 게 아닐까.


옆으로 새는 논리의 곁가지는 모조리 쳐냈다.

추리가 나아갈 길을 하나만 남겼다.

하지만.

곁가지가 아닌 그 너머.

옆이 아닌 앞에.

아직 쫓아야 할 진실이 남은 것 같은 기분을 떨칠 수 없었다.

그 추리는 언젠가 벽에 가로막힐 것이니 린네는 입 밖에 낼 수 없었을 것이다.

하지만 범인을 맞혔을 뿐만 아니라 그 과정 전부를 재현한 나라면, 그 너머에 있는 가능성을 증명은 못 해도 들여다보는 것 정도는 할 수 있다.

왜 유노시마 루이자는 그날 아침이 돼서야 갑자기 커닝 페이퍼를 만들기 시작했을까.

왜 굳이 자신이 선택하지도 않은 화학 과목의 커닝 페이퍼를 만들려고 했을까.

왜 코가미네 아이에게 커닝 죄를 뒤집어씌우려 했을까.

곰곰이 생각하면 답은 단순하다.

왜냐하면 그날 아침이 되어서야 갑자기 커닝 페이퍼를 만들 이유가 생겼기 때문이다.

왜냐하면 코가미네가 확실하게 정답을 맞힐 거라 확신할 수 있는 문제가 화학밖에 없었기 때문이다.

왜냐하면.

계단을 오르던 그때 나는 위에 있는 층계참에서 한 여학생의 모습을 봤다.

커닝 죄를 뒤집어씌우려면 커닝 페이퍼의 내용과 시험 답안이 일치해야 한다. 커닝 페이퍼가 있는데도 문제를 틀렸다면 정말 커닝 페이퍼를 활용한 게 맞는지 의심받게 될 테니까.

그러니 **그 커닝 페이퍼를 만든 사람은 코가미네가 확실히 정답을 맞힐 문제를 알고 있어야 했다.**

그녀는 나를 알아채고 조용히 고개를 돌렸다. 어깨까지 내려온 단정한 머리카락이 바람처럼 흩날린다.

어떻게 그런 정보를 손에 넣을 수 있었을까. 간단하다. **코가미네에게 직접 문제를 내서 정답을 맞히는지를 확인하면 된다.** 시험 기간이라면 누구나 자연스럽게 하는 일이다. **친구끼리 서로 문제와 답을 주고받는 건.**

나도 코가미네에게 여러 번 문제를 냈다. 하지만 내가 기억하는 한 나 말고 코가미네와 그런 식으로 문답을 주고받았던 사람은 한 명뿐이다. 특히 아보가드로수에 관한 문제를 내고, 자신에 찬 코가미네의 정답을 들은 사람은 단 한 명밖에 없다.

—정답. 그럼 조금 더 어려운 거. 아보가드로수는 몇이야?"

—아보가…… 아, 그거 외웠어! 흐음, 그러니까…… 6.02 곱하기 10의 23제곱 맞지?"

—응. 잘 외웠네!



물론 내가 보지 못한 곳에서 다른 사람과 문답을 주고받았을 수도 있다.

커닝 페이퍼는 발견 즉시 전 과목 실격이니 문제 내용 같은 건 신경 쓰지 않았을지도 모른다.

이 모든 게 단지 우연일 수도 있다.

그래서 아케가미 린네는 간과했다.

하지만, 나는.

"너였구나."

무죄 추정.

그 신념을 나는 처음으로 어기게 됐다.

왜냐하면.

코가미네 아이라는, 결코 가볍지 않은 인연의 사람이.

아케가미 린네에게 사과하기 위해 그토록 노력한 사람이.

명백한 악의를 품은 누군가에 의해 함정에 빠질 뻔했기 때문에.

속이 부글부글 끓어올랐다.

"네가 코가미네를 커닝범으로 몰아가려고 했구나. 와카구레 스유."

계단 위에서 내려다보는 그녀에게 나는 선언하듯 말했다.

반에서 유일하게 내가 경의를 담아 '위원장'이라고 부르던 소녀.

항상 온화하고 다정해서 반 전체를 이끄는 엄마 같았던 그녀는.

"응?"

**변함없는 모습으로.**

"그게 무슨 소리야? 이로하."

온화하고 다정해서 반 전체를 이끄는 엄마 같은 모습 그대로.

"난 그저 우리 반을 원래 있어야 할 모습으로 되돌리려고 했을 뿐이야."

나의 숙적으로 변모했다.


"당황스럽네. 그런 말은. '몰아가려고 했다'라니. 그런 말은 남한테 함부로 해선 안 돼."

말투만은 다정하게. 표정만은 부드럽게.

하지만 자신의 영토를 누비는 듯한 걸음걸이로 와카구레 스유 위원장 아니, 와카구레는 한 걸음 한 걸음 계단을 내려왔다.

"뭔가 오해가 있는 것 같은데 그건 다 코가미네를 위한 일이었어. 새로운 환경에 간신히 적응해서 자기한테 어울리는 자리를 찾았는데도 자꾸 거기서 벗어나려고 했잖아. 반의 학급 위원장으로서 가만히 두고 볼 수 없었어."

나와 같은 땅을 딛고 서 있지만 눈빛은 마치 저 높은 하늘에서 세상을 내려다보는 듯하다.

뭐지, 이 녀석.

의문과 의심, 설명할 수 없는 섬뜩함과 정신이 아득해질 정도의 불쾌한 기운이 와카구레의 온몸에서 흘러넘치고 있다.

이해가 안 됐다.

무죄 추정이 신념인 나조차 눈앞의 존재를 이해하지 못하고 이유도 알지 못한 채 그저 본능적으로 거부하려 하고 있다.

"……자기한테 어울리는 자리라고? 원래 있어야 할 모습이라고?"

그럼에도 나는 힘겹게 말을 토해냈다.

몽구스가 살모사를 마주쳤을 때와 같은 강렬한 경계심. 눈앞의 존재를 절대 용서하면 안 된다며 본능이 부르짖는 그대로.

"코가미네를 위해서라고? 억울하게 전 과목을 실격 처리당해 그동안의 노력을 전부 물거품으로 만드는 게? 웃기지 마! 그게 어떻게 코가미네를 위하는 거야!"

"소리 지르지 마……. 놀랐잖아."

와카구레는 두 손으로 귀를 막고 난처하다는 듯이 눈을 가늘게 떴다. 그런 지극히 평범한 반응조차 지금 내 눈에는 섬뜩하게만 보였다.

"자, 자. 이로하, 진정하고 들어봐. 코가미네는 말이지. 행복해질 수 있는 경로에서 벗어나 버렸어. 그냥 얌전히 메리가키나 유노시마 같은 애들과 어울려 지내면 되는데, 다른 사람도 아닌 아케가미 린네와 친해지려고 하다니……. 너 정도는 아슬아슬하게 봐줄 수 있지만 그건 안 돼. 질서가 흐트러지잖아."

"질서? 질서라고……? 그게 대체 무슨!"

"반의 질서 말이야. 입학하고 지금까지 한 3개월? 그 정도 시간을 들여 겨우 완성한, 우리 반만의 질서. 이제야 다들 거기 적응하기 시작했는데 괜히 흐트러뜨리지 않았으면 좋겠어."

"……고작 그런 이유 때문에……?"

코가미네가 린네와 친해지려고 했다. 그런 이유, 고작 그런 이유 때문에…….

"알고는 있나……? 이번 시험에서 좋은 점수를 받으려고 코가미네가 얼마나 많이 노력했는지……. 얼마나 많은 시간을 쏟았는지……. 그걸…… 그 모든 걸 전부 헛되게 만들려고 했으면서 죄책감 같은 건 못 느끼는 건가……?"

"응? 왜? **코가미네는 원래 그런 캐릭터잖아.**"

원래 그런.

캐릭터?

"갑자기 공부에 눈을 뜨다니 그런 건 안 돼! 안 돼! 그런 캐릭터 붕괴가 어딨어. '낙오자 자치국'은 항상 세 명이 필요하니 코가미네는 계속 거기 남아 있어야 해."

"낙오……? 뭐라고?"

"있지, 이로하. 지금 우리 반은 총 다섯 개의 **계급**으로 나뉘어 있고, 또 그 안에 각각 모두 열한 개의 그룹이 있어."

내가 이해하지 못하고 멍하니 있자 와카구레는 손가락을 하나씩 펴며 말했다.


"'운동부 제국'이 4명. 1티어.

'화려한 여학생 왕국'이 3명. 1티어.

'연애지상주의 공국'이 6명. 1티어.

'오타쿠 연합'이 5명. 2티어.

'반反 남자 조약 기구'가 3명. 2티어.

'문화부 합중국'이 3명. 2티어.

'의식 높은 수장국 연맹'이 3명. 2티어.

'아웃사이더 인민 공화국'이 3명. 3티어.

'낙오자 자치국'이 3명. 3티어.

'등교 거부 교황령'이 1명. 4티어.

그리고 '엄마 연방'이 2명. 0티어."


마지막으로 나와 자기 자신을 가리키며 와카구레 스유가 싱긋 웃었다.

"이게 바로 우리 반의 계급표, 즉 티어 리스트야. 난 이 최적의 구도가 무너지지 않게 학급 위원장으로서 늘 **밸런스 조정**을 해."

밸런스 조정.

그 말을 듣고서야 서서히 이해되기 시작했다.

장난 같은 단어들의 나열, 그것이 무엇을 의미하는지.

와카구레가 지난 석 달간 내가 속한 교실에서 어떤 짓을 해 왔는지.

“설마 디자인…… 한다고 생각하는 건가?”

나도 모르게 목소리가 떨렸다.

“교실 안의 계급 제도를…… 디자인하고 있다고 생각하는 거야……?”

마치 게임처럼.

이 아이는 이 정도 수준, 저 아이는 저 정도 수준이라는 식으로, 그렇게 누구를 어떤 위치에 둘지 조작하고 있었다는 걸까.

“디자인? 말이 좀 이상하네. 난 학급 위원장으로서 모두의 고민을 들어주고 있을 뿐이야. 다들 힘들잖아? 저 아이가 부럽다, 저 아이는 불공평하다, 애는 짜증 난다, 애는 싫다. 위로는 질투하고 아래로는 무시하고, 옆에 앉은 친구와 가치관이 안 맞고. 그런 아이들의 이야기를 들어주며 ‘그럼 저 애랑 친해지면 되지 않을까?’, ‘그럼 그 애랑은 친구가 되지 않는 게 좋을 것 같아’ 하고 알려 주고 있을 뿐. ……아아, 5월 연휴 전, 그러니까 린네가 교실에 오지 않게 되기 전까지는 정말 잘 돌아갔는데 말이야.”

“……뭐? 설마 린네가 교실에 오지 않게 된 그 낙서 사건도……!”

“응. 린네 역시 학교에 오는 걸 싫어하는 것 같았으니까. 그럼 안 와도 되지, 뭐.”

코가미네가 린네의 책상에 낙서를 한 건, 친구가 좋아하던 남자애가 린네에게 차였기 때문이라고 했다.

혹시 그 친구가 코가미네에게 상담한 것도…….

“난 정말 별것 안 했어. 반 친구들의 고민을 진지하게 들어주고 살짝 조언해 줬을 뿐이지. 이로하, 네가 상담실에서 하는 일과 똑같아.”

“그게 어떻게 같지? 네가 하는 짓은 듣기 좋게 포장했을 뿐 사실은 ‘지배’야! 이 교실은 네 멋대로 정한 기준에 따라 사람들이 조종되는 지배된 디스토피아라고!”

이 녀석은 분명 아무도 모르게 이런 일을 계속해 왔을 것이다.

반 친구들의 신뢰를 얻고, 발언력을 키우며, 기댈 수 있는 존재가 된다. 그렇게 조금씩, 조금씩 반 친구들 사이의 호감도를 조작하며…….

퍼즐이라도 맞추는 것처럼 자기 취향대로 인간관계를 재배열해 온 것이다.

누구 마음대로. 대체 네가 뭔데.

어떤 사고방식을 가져야 이런 행동을 아무렇지 않게 할 수 있을까.

이토록 본능적으로 거부감이 드는 사람은 처음일지도 모른다.

무죄 추정 따위 상관없다. 지금 이 자리에서 당장 합당한 벌을 내려야 한다. 그런 생각까지 들게 하는 사람은……!

“디스토피아라니……. 속상하네. 난 지금껏 널 우리 반을 함께 끌고 가는 동료 엄마라고 생각했는데, 이해받지 못하다니.”

“방금 네가 했던 말을 그대로 반 아이들한테 해 봐. 널 정상이라고 생각할 아이는 없을걸.”

"그건 나도 알아. 다들 멍청하니까."

자연스레 튀어나온 그 말을 듣고 등골이 오싹해졌다.

악의가 없다. 적개심도 없다. 그야말로 당연한 사실을 입에 담는 듯한 담담한 말투.

"어렵지. 누구와 친하게 지내야 좋을지 같은 거, 다들 스스로는 잘 모르잖아? 그런데 왠지 안다고 착각하더라고. 어차피 말해도 못 알아들으니 내가 슬쩍슬쩍 정리해 주는 거야."

와카구레는 "하지만" 하고 가볍게 허리를 숙여 바로 내 눈앞에서 얼굴을 들여다봤다.

"너만은 달라. 이로하. 너만은 분명 이해해 줄 거라고 믿었어. 그러니 너만은 나와 똑같은 0티어였던 거야."

이해할 수 없다.

이해하고 싶지도 않다.

반지를 돌려받은 고라쿠 선배, 자신의 추리를 이해한 린네, 이루어질 수 없는 사랑에 마침표를 찍은 마쓰다 선배, 억울한 누명에서 벗어난 코가미네까지. 누구 하나 내가 나 자신을 위해 그렇게 만든 게 아니다. 너 같은 오만함은 내 안에 티끌만큼도…….

―이 자식들.

―알지도 못하면서 우리 엄마랑 아빠에 대해 함부로 말하고.

―사람을 장난감 취급하지 마!

―너희가 계속 내 가족을 장난감 취급하면,

―내가 너희를 장난감 취급해도 되는 거지?

“……?”

……방금 건…….

“아핫♪”

와카구레는 기쁜 것처럼 환하게 미소 지었다.

“역시나. 부끄러워하기는, 정말 귀엽다니까. 사실 너도 다 알지? 전부 네가 **직접 하는 게 제일 빠르다는 거. 멍청한 애들을 똑똑하게 만드는 건 불가능**하다는 거. 그냥 솔직하지 못할 뿐이잖아. 알아, 알아. 이해해. 나도 그랬으니까.”

기사의 댓글란을 낙서장처럼 욕설로 도배한 사람들은 아마 지금쯤 그런 짓을 한 기억조차 하지 못할 것이다.

어쩌면 그중 몇몇은 대학에서 법학 강의를 듣고 ‘무죄 추정’이라는 단어를 배웠을지도 모른다.

그럼에도 깨닫지 못한다.

**어리석은 자의 가장 큰 문제는, 자신이 어리석다는 사실을 모른다는 점이다.**

그렇다면 내가 직접 하는 게 빠르다.

예를 들어.


아케가미 린네에게 추리하는 법을 가르치는 것보다.

내가 직접 추리하는 게 빠르다.


“……하, 하하하.”

저절로 터져 나온 웃음에 와카구레가 의아한 표정을 지었다.

"응? 왜 그래?"

"아니…… 고맙다는 생각이 들어서."

와카구레의 가지런한 눈썹이 살짝 찌푸려졌다. 지금껏 휘둘리기만 한 몇 분 동안 나는 처음으로 그녀를 휘두를 수 있었다.

그래, 재밌네.

내가 재미있어한다는 걸 확실히 이해하고 있다.

"넌 내가 얼마나 어리석은 인간인지 가르쳐 줬어. ……그러니 고마워. 단, 한마디만 덧붙일게."

한 걸음.

앞으로 내딛고 나는 아주 가까운 거리에서 와카구레 스유의 눈동자를 노려봤다.

"난 너 같은 인간이 되지 않을 거야."

고마워, 와카구레.

반면교사가 되어 줘서.

네가 없었다면 나도 너처럼 터무니없이 멍청이가 됐을지도 모르니까.

"……그럼 결국 우리 둘은 친구가 될 수 없다는 말이네?"

"그래."

와카구레는 눈을 살짝 가늘게 뜨고 옅은 미소를 지었다.

"그럼 이 시간부로 '엄마 연방'은 해산이야. 오늘부터 우리 반은 열두 개 그룹 체제로 갈 거야."

"너무 많아. 하나로 족해."

나는 보란 듯이 조롱하는 웃음을 머금고 선언했다.

"그룹? 티어? 계급? 다 시시해. 애들 장난일 뿐. 낙오자라도 공부할 수 있고, 등교 거부 중이어도 교실에 올 수 있어. 그건 누군가가 정할 수 있는 게 아니야. 우리에게는 '반'이라는 하나의 틀만 있을 뿐이니. **자명한 이치** 아닌가?"

"그렇구나. 그럼 승부네."

나는 와카구레의 눈동자를 들여다봤다.

와카구레도 내 눈동자를 들여다봤다.

서로가 서로의 마음을 꿰뚫고, 그곳에 쌓인 진흙탕에 손을 담그며 각자의 숙명을 이해한다.

"다음 상담자는 너야, 와카구레."

"다음 상담자는 너야, 이로하."

"내가 널 회개시킬지."

"아니면 네가 날 이해할지."


""지금부터 승부야.""

# 1학년 7반과 단 한 명의 정직한 사람

## ■ 운동부 제국

**타지마 유스케**  야구부, 스포츠머리, 거짓말쟁이

**젠코지 아키히토**  농구부, 허세꾼, 거짓말쟁이

**미라시카 료마**  축구부, 날라리, 거짓말쟁이

**코고오리 아키라**  배구부, 덩치 큼, 거짓말쟁이


## ■ 화려한 여학생 왕국

**세노 마나미**  인스타 감성 여왕, 거짓말쟁이

**츠루미 도로시**  미국 혼혈, 거짓말쟁이

**시라베 쿄카**  전통 미인형, 거짓말쟁이


## ■ 연애지상주의 공국

**하루하라 우루시**  꽃미남, 귀염상, 거짓말쟁이

**니시미야 코다이**  꽃미남, 시크남, 거짓말쟁이

**키무라 리코**  측근 1, 키 큼, 하루하라 팬, 거짓말쟁이

**야카베 유나**  측근 2, 짙은 화장, 니시미야 팬, 거짓말쟁이

**마루오 히마리**  측근 3, 자칭 오타쿠, 니시미야 팬, 거짓말쟁이

**노나카 메이**  측근 4, 통통한 타입, 하루하라 팬, 거짓말쟁이


## ■ 오타쿠 연합

**메지로 케이타로**  애니메이션 오타쿠, 거짓말쟁이

**오이시 킨지**  초보 오타쿠, 거짓말쟁이

**테시가와라 야마토**  라이트노벨 오타쿠, 거짓말쟁이

**스즈카 렌**  헤비 게이머, 거짓말쟁이

**텐케 사이카**  버추얼 유튜버 오타쿠, 거짓말쟁이

■ 반反 남자 조약 기구

**아이우라 사치** 숏컷, 관악부, 거짓말쟁이

**사이토 키라라** 안경, 관악부, 거짓말쟁이

**후쿠하라 미라이** 키 작음, 관악부, 거짓말쟁이


■ 문화부 합중국

**호사카 토코** 연극부, 거짓말쟁이

**리쿠하타 칸나** 미술부, 거짓말쟁이

**이가라시 아카리** 천문부, 거짓말쟁이


■ 의식 높은 수장국 연맹

**카와구치 쿠라마** 본질 추구형, 거짓말쟁이

**토조 카이리** 예민함, 거짓말쟁이

**하다테 후지나리** 압도적 성장형, 거짓말쟁이


■ 아웃사이더 인민 공화국

**쿠루메 소타** 여성 공포증, 거짓말쟁이

**나카사코 소라** 소심함, 거짓말쟁이

**로쿠사이도 쥰노** 낯가림, 거짓말쟁이


■ 낙오자 자치국

**메리가키 치사토** 마녀 씨, 거짓말쟁이

**유노시마 루이자** 지뢰 씨, 거짓말쟁이

**코가미네 아이** 꼬마 날라리 씨, 거짓말쟁이

**와카구레 스유** 지배자, 거짓말쟁이

**이로하 토야** 변호사 지망생, 거짓말쟁이

**아케가미 린네** 정직한 사람

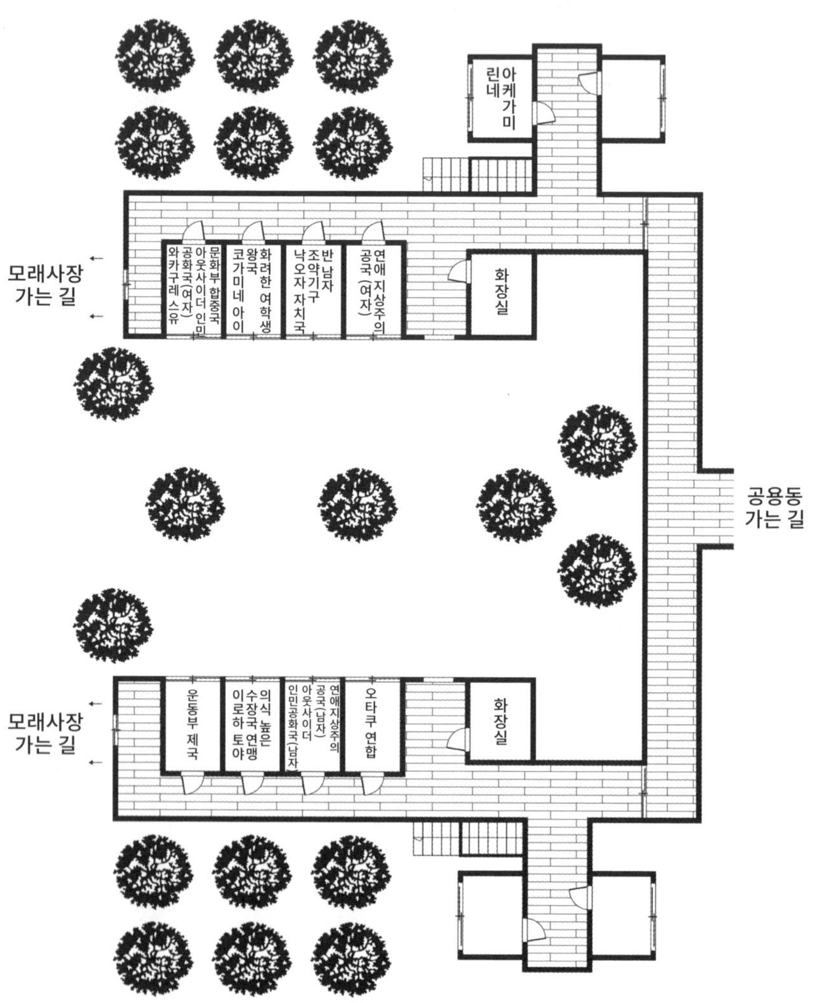




내가 대답하는 너의 수수께끼2
그 어깨를 감쌀 각오

객실 배치도
(학생 객실은 모두 같은 구조)

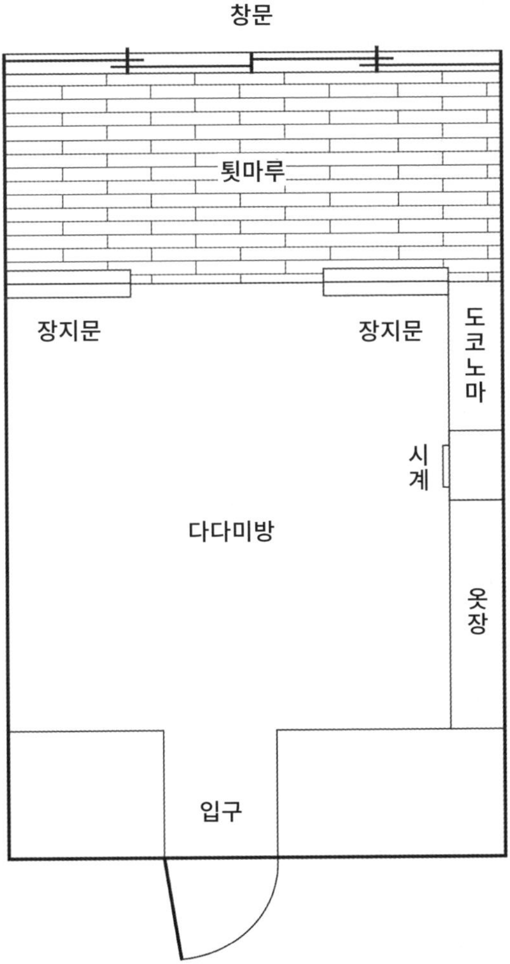

창문

툇마루

장지문

장지문

도코노마

시계

다다미방

옷장

입구

저에게 있어 진실이란 곧 저 자신이었습니다.

마음 깊숙한 곳에서 자연스레 떠오르는 것.

의식하지 않아도 가슴에 자리 잡고 있는 것.

생각하지 않아도, 느끼지 않아도, 당연하게 제 안에 있는 그것을 '자신'이라 부르지 않고 무엇이라고 부를까요. 저에게 진실은 곧 저였고, 저는 곧 진실이었습니다.

—아아, 린네. 우리 신의 아이.

아버지는 늘 그렇게 말씀하시며 제 눈을 들여다보셨습니다.

—수수께끼란 곧 '혼란'이다. 알 수 없기 때문에 인간은 헤맨다.

—그러니 네가 듣는 하늘의 계시는 인간을 구원하는 것이다.

—신은 단지 존재하며 경외의 대상일 뿐.

—하지만 너는 신이 아닌 인간. 인간의 몸으로 신의 말씀을 듣는 자.

—너라면 구원할 수 있다. 너의 말이 사람들의 혼란에 빛을 비춰 줄 것이다.

—구원하거라, 린네. 그것이 너의 천명이다.

어린 저는 아직 알지 못했습니다. 그것이 얼마나 무거운 짐인지, 얼마나 지독한 저주인지.

그저 순진하게 부끄러워하고 기뻐하며 고개를 끄덕였습니다.

아아, 하지만 지금은 압니다. 아버지의 말씀에는 오류가 있었다는 걸.

모르기 때문에 오히려 헤매지 않을 수도 있다는 걸.

―범인은 당신입니다.

어린 저는 알지 못했습니다.

진실을 말하는 것의 의미. 진실을 말하는 것에 따르는 책임. 진실을 말하는 방법.

아무것도 알지 못한 채 초등학교에서 연필을 훔친 범인을 지목했을 때, 저는 제가 사람들에게 환영받지 못하는 존재라는 걸 깨닫게 됐습니다.

―재랑 얘기하면 범인으로 몰릴 거야.

여자아이들이 귓속말로 속삭입니다.

―탐정이다! 범인으로 몰린라!

남자아이가 줄행랑을 칩니다.

―린네. 다른 사람을 함부로 범인 취급하면 쓰니?

담임선생님이 다정한 목소리로 타이릅니다.

―아니야.

난 옳아.

거짓말 따위 하지 않았어.

너희가 모르니 내가 대신 알려 주는 건데.

왜 모두 내가 틀렸다고 생각하는 거야?

―……이제, 됐어요.

믿든 말든 상관없습니다.

진실은 곧 저입니다.

제가 곧 진실입니다.

그러니 당신들이 절 믿지 않아도 진실은 달라지지 않습니다.

**자명한 이치**입니다.

설명 따위 하든 안 하든 의미 없습니다.

어차피 말해 봐야 당신들은 이해 못 할 테니까요.


─한번 확인해 보지 않을래? 내가 정말 말이 통하지 않는 사람인지.

─네가 아무리 엉뚱한 추리를 해도 내가 반드시 증명해 줄게.


……어차피, 당신들은…….


## ◆ 이로하 토아 ◆


"있지, 이로하. 걔, 진짜 오는 거야?"

"글쎄. 나도 후요 선생님한테 들은 거라 확신은 못 해."

한여름. 8월에 접어들어 더 거세진 매미들의 합창 속에 고등학생들의 웅성거림이 뒤섞였다.

볶음국수 철판처럼 달궈진 아스팔트 위에서 우리는 버스를 기다리고 있었다.

오늘부터 3박 4일간의 해변 체험 학습이 시작된다.

바닷가 근처 합숙소에 머물며 해수욕이나 직업 체험을 하는 수업. 사실상 레크리에이션이 중심이기는 하다.

학교 공식 일정이기는 하지만 여름 방학 중이라 분위기가 자유롭고 옷차림도 모두 사복이다. 내 바로 옆에 있는 코가미네 아이는 어깨가 드러나는 하얀 오프숄더 블라우스에 허벅지가 훤히 들여다보이는 핫팬츠를 입어서 꼭 풍기 문란의 화신처럼 보인다. 그런 주제에.

"저기, 저기, 이로하. 오늘 나 어때? 완전 청순하고 귀엽지 않아?"

"청순은 어딜 봐서 청순. 아래는 입었는지 안 입었는지 언뜻 봐선 모를 지경인데."

"헉, 변태. 남의 허벅지를 그렇게 뚫어지게 쳐다보지 말아 줄래요?"

이런 소리나 해대는 판이다. 바지 길이를 적어도 30센티미터는 늘이고 그런 말을 하든가.

버스 앞에 모인 우리 1학년 7반 학생은 현재 35명. 전부 두 명에서 여섯 명 단위로 짝지어서 떠들고 있다. 그룹 수는 나와 코가미네를 제외하면 정확히 아홉 개. 자연스럽게 며칠 전 와카구레 스유와 나눈 대화가 떠올랐다.

한 사람에 의해 설계된 교실 내 계급. 완벽하게 통제된 세력도.

이 안에 과연 그 녀석이 무사히 섞일 수 있을까. 세 명의 여자 무리 속에서 웃고 있는 와카구레를 힐끗 보며 나는 곧 등장할 36번째 같은 반 친구를 염려했다.

"……아."

교문 앞에 차가 한 대 다가와 멈춰 서자 코가미네가 작게 탄성을 내뱉었다.

차 문을 열고 나온 사람은 한여름에도 변함없이 하얀 가운을 걸친 아케가미 후요 선생님. 그리고.

"앗. 쟤는……."

"진짜였네, 오늘 온다는 말이."

주변에 작은 술렁임이 퍼졌다.

아스팔트 위에 조심스레 내려서며 고급스러운 양산을 펼쳐 든 사람은 다름 아닌 아케가미 린네였다.

여전히 더워 보이는 케이프를 어깨에 두르고 있지만 아래는 시원한 원피스 차림이다. 아케가미 린네의 사복 차림만으로도 다른 차원의 광경이지만, 여름 더위도 스스로 피해 갈 것 같은 고상하고 단정한 분위기는 같은 자리에 서 있는 모두가 무의식중에 시선을 빼앗길 정도였다.

"……미안, 이로하."

"응? 뭐가?"

"아니, 아까 청순 콘셉트 같은 걸 들먹인 게 갑자기 미안해져서……."

확실히 저 모습을 보고 나면 그럴 만도 하다. 적어도 외모만큼은 청순 말고 달리 표현할 단어가 없을 정도니까.

린네는 얌전히 양산을 쓰고 후요 선생님의 안내를 받으며 걸어왔다.

“이로하.”

후요 선생님은 가운 주머니에 손을 넣고 감정이 드러나지 않는 목소리로 나를 불렀다.

“미리 이야기했던 대로 체험 학습에는 내가 함께 가지만 기본은 너한테 맡길게.”

“괜찮기는 한데…… 조별 활동 시간도 있어서 하루 종일 돌보는 건 무리예요.”

5월 연휴 때부터 교실에 거의 오지 않은 아케가미 린네가 체험 학습에 참가하면서 나는 린네의 돌봄 역할을 맡게 됐다. 뭐, 달리 적임자가 없으니 어쩔 수 없지만 스물네 시간 내내 린네 곁에 있는 건 현실적으로 어렵다.

“문제없어. 대책을 준비해 뒀으니.”

선생님의 눈짓을 받은 린네가 팔에 걸친 가방을 뒤적이더니 그 안에서 스마트폰을 한 대 꺼냈다.

“헉! 스마트폰! 드디어 산 거야?”

코가미네가 깜짝 놀라 몸을 앞으로 내밀었다. 린네는 식당의 식권 판매기조차 제대로 못 다루는 극심한 기계치로 그동안 스마트폰은커녕 휴대 전화조차 가진 적이 없었다.

린네는 스마트폰을 명함처럼 가슴 앞에 들며 말했다.

“아버님께서 길을 잃으면 위험하다고…….”

“길을 잃는다니. 린네네 아버지, 과보호가 심하시네.”

“아니, 위험하긴 하지. 길을 잃으면.”

“우와. 여기도 있었네. 과보호.”

아케가미 린네에게 ‘과보호’라는 말은 통하지 않는다. 아무리 보호하려고 해도 이 아이는 항상 예상을 뛰어넘는 행동을 선보이기 때문이다.

나는 린네가 두 손에 든 스마트폰을 들여다보며 말했다.

“제대로 쓸 수 있기는 해? 식권 판매기도 잘 못 다루면서.”

“실례되는 말씀이네요. 전부 숙지했습니다. 분명 여기를 누르면 전원이…… 어라?”

“그건 음량 버튼이야…….”

오히려 불안 요소가 더 늘어난 느낌인데.

코가미네가 기쁜 것처럼 웃더니 린네에게 어깨를 바짝 갖다 붙였다.

“히힛. 자세한 사용법은 내가 버스 안에서 가르쳐 줄게. 바로 이 몸이! 말이야!”

“……설명서가 있으니 필요 없어요.”

“거짓말. 설명서 같은 거 절대 못 읽을 타입이면서. 얌전히 내 가르침을 받도록!”

뽀로통해진 린네 앞에서 코가미네는 이때다 싶은 것처럼 의기양양했다.

그나저나 코가미네도 딱하다. 고작 저런 걸로만 린네에게 우위를 점하다니.

"스마트폰은 여고생의 필수품! 화장실과 욕실에도 들고 가는 몸의 일부니까! 뭐든 물어봐!"

"화장실과 욕실에도요……? 그런 곳에 가져가서 대체 뭘 하는 건가요?"

"응? 글쎄. 이로하를 놀리며 심심함을 달랜다거나."

"다음부터는 메시지 읽어도 무시한다, 너."

꼬박꼬박 답장해 줬더니 이 녀석이.

내 으름장을 듣고도 무시하며 코가미네는 "일단 메신저 계정부터 만들자!" 하고 신이 난 것처럼 린네를 대상으로 강의를 시작했다. 물 만난 물고기 같다.

"이로하, 아무튼 뒷일은 너한테 맡길게."

후요 선생님은 그렇게 말하고 다른 선생님들이 모인 쪽으로 사라졌다. 원래 학교 상담 교사도 체험 학습에 따라가는 게 맞는 걸까.

뭐, 전부 내가 맡는 것보다는 나을 것이다. 특히 우리가 묵는 숙소는 남녀가 완전히 분리돼 있어서 밤에는 내가 돌보는 데 한계가 있다.

"아, 케, 가, 미, 린, 네!"

그 목소리가 들린 순간 내 몸은 저절로 전투태세에 들어갔다.

사람 좋아 보이는 미소를 머금고 다가온 사람은, 조금 떨어진 곳에서 친구들과 대화를 나누던 와카구레 스유였다.

촌스러운 느낌을 의도한 듯한 안경과 포근한 분위기를 강조하는 미디엄 보브헤어, 거기에 여름용 카디건과 롱스커트로 부드러운 인상을 강조하지만, 이제는 안다. 이런 패션과 스타일링마저 다른 사람의 마음을 장악하기 수단이라는 걸. 경계심을 풀어서 자각도 못 하는 사이에 통제하기 위한.

와카구레는 린네의 공간을 침범하지 않게 조심스레 거리를 유지하며 말했다.

"나 기억해? 와카구레야. 와카구레 스유! 시험 이후로 처음 만나는 거지? 이렇게 직접 얼굴 보고 인사하니 너무 반갑다!"

……뻔뻔하기도 하다.

린네가 교실에 나오지 않게 된 원인을 제공한 장본인 주제에.

와카구레는 린네에게 악수를 청하려 했지만 그보다 먼저 내가 은근슬쩍 어깨를 들이밀며 끼어들었다.

"와카구레. 선생님 부탁으로 체험 학습 동안 린네는 내가 맡기로 했어. 괜히 신경 쓸 필요 없어."

"……."

와카구레는 손을 앞으로 내민 자세 그대로 웃는 표정을 유지한 채 내 얼굴을 응시했다.

나는 이 아이가 우리 반을 지배하고 있으며, 낙서와 커닝 사건의 배후라는 사실을 린네와 코가미네에게 말하지 않았다. 괜히 입 밖에 꺼냈다가 두 사람의 반 내 입지를 위험하게 할 수 있고, 무엇보다 내 주장을 입증할 방법이 아직 없었다.

무죄 추정.

나는 안다. 와카구레 스유가 얼마나 소름 끼치는 인물인지. 하지만 그걸 객관적으로 입증할 수단이 현재로서는 존재하지 않는다.

일단 아케가미 린네가 진범을 간파하지 못한 사례로 후요 선생님에게는 보고했지만, 선생님은 "그렇군" 하고 무덤덤하게 반응할 뿐이었다.

아마 처음부터 아셨을 것이다. 린네의 추리력으로는 와카구레에게 도달할 수 없다는 걸.

—'뮌하우젠의 트릴레마'를 알고 있니? 이로하.

후요 선생님은 그렇게 물었다.

—어떤 것을 옳다고 말하려면 근거가 필요하다. 하지만 그 근거를 옳다고 말하기 위해서는 또다시 근거가 필요하게 된다. 이처럼 근거는 무한히 요구되기 때문에 확실한 추리는 성립할 수 없다고 하는 사고방식이란다.

—린네의 '하늘의 계시'가 모든 수수께끼를 무한히 쫓는다면, 그 답은 그러한 근거의 무한 요구가 도달하는 종점, 즉 근거나 증명을 필요로 하지 않는 '날것의 사실'을 답으로 도출할 거야. 예를 들어 '이 세계가 존재하기 때문에' 같은.

—그렇지 않다는 점에서 린네의 추리에는 '어디까지를 수수께끼로 볼 것인가'라는 틀이 존재하게 돼. 이번 경우, '누가 커닝 페이퍼를 준비했는가'가 수수께끼로 간주됐고, 린네는 정확하게 답을 냈지. 하지만 '그것을 누가 사주했는가' 하는 점은 '수수께끼'에 포함되지 않았던 거야.

―한마디로 '묻지 않았기 때문에 답하지 않았다'. 단지 그뿐인 이야기란다.

그 설명이 맞다면 절대 '범인'이 되지 않은 상태로 배후에 숨어 버리는 와카구레와는 내가 맞서야 한다. 무의식이 아닌 나 자신의 의지로 추리를 구성할 수 있는 내가.

"아핫!"

와카구레는 활짝 웃으며 나를 향해 한 걸음 다가왔다.

"사양하지 않아도 돼. 이로하는 남자니까 신경 못 쓰는 부분도 있을 테고. 그런 건 얼마든 나한테 의지해도 괜찮아."

"넌 다른 아이들을 챙기느라 바쁘지 않나? 적어도 린네만큼은 내가 더 익숙해. 너야말로 굳이 신경 쓸 필요 없어."

"에이, 에이, 괜찮다니까."

"아니, 아니, 괜찮아."

"아핫."

"푸핫."

"아하하하핫!"

"푸하하하핫!"

형식적인 웃음 사이에서 두 사람만 아는 날 선 불꽃이 튀었다.

긴장감을 느낀 사람은 역시 나와 와카구레뿐인지 코가미네가 갑자기 내 등 뒤에서 고개를 불쑥 내밀며 와카구레에게 물었다.

"저기, 와카구레. 린네 말인데, 우리 반 단체 채팅방에 초대해 도 되지?"

"응? 아, 그러고 보니 린네는 그동안 스마트폰이 없었지."

"맞아, 맞아. 체험 학습 중에는 단체 채팅방으로 전달되는 것들이 많잖아. 들어가 있지 않으면 불편할 것 같아서."

"오케이. 바로 초대할게. 아이디 알려 줘."

자기 이야기를 하고 있는데도 정작 린네는 멀뚱멀뚱 쳐다보기만 했다.

"단체 채팅방이…… 뭐죠?"

내 얼굴을 보며 묻는 걸 보니 설명은 내가 해 줘야 할 듯하다.

"쉽게 말하면 반 연락망이야. 뭐 거기서 잡담하는 애들도 많지만."

"우리 반 채팅방에는 뭔가 올라오면 무조건 답해야 하는 분위기 같은 게 없어서 편해. 귀찮으면 알림을 꺼도 되고."

"하하! 맞아. 뭔가 올라오면 의무적으로 대답해야 하는 반도 있거든. 나 중학교 때는 밤새 알림이 울려댔다니까."

"완전 알 것 같아!"

화기애애하게 대화하며 코가미네는 지금 막 만든 린네의 아이디를 와카구레에게 알려 줬다. 린네와 와카구레 사이에 직통으로 연락할 수 있는 수단이 생기는 건 솔직히 달갑지 않다. 하지만 반 채팅방에 들어가 있지 않으면 불편한 것도 사실이다. 또 화는 나지만 와카구레가 반의 중심에 있는 것 또한 부인하기 어렵고, 린네를 교실에 완전히 복귀시키려면 어차피 피할 수 없는 상대다.

자녀에게 스마트폰 주기를 꺼리는 부모의 마음이 조금은 이해

됐다. 이렇게 위험한 물건을 아무것도 모르는 아이에게 쉽게 쥐어
줄 수 없는 노릇이다.

"린네, 혹시 이상한 메시지가 오면 나한테 바로 말해."

"……? 네, 그럴게요……."

"이로하, 또 엄마 모드 나온다, 엄마 모드."

"아하핫. 이로하는 정말 엄마 같아."

네가 회개하면 내가 이렇게까지 과보호할 일도 없을 거라고,
와카구레.


딩동.

―머리에 가지, 집이 생겼어요.

버스 안. 갑작스럽게 스마트폰 화면 상단에 나타난 알림을 보
며 나는 눈을 깜빡였다.

메신저 앱. 발신자는 아케가미 린네.

린네는 지금 뒷자리에서 코가미네에게 메신저 사용법을 배우
고 있는데. 머리에 가지, 집? 이게 무슨 뜻이지. 수수께끼라도 내는
걸까?

고개를 갸웃거리며 돌아보자 코가미네가 쿡쿡 웃고 있었다.

"뭐야?"

뭔가 불쾌한 기운이 느껴져 묻자 코가미네가 대답했다.

"아니, 린네가 말이야. 키보드 입력은 도저히 못 외울 것 같아
서 음성 입력으로 해 봤거든?"

말하는 도중 린네가 손을 쭉 뻗어 내 머리카락을 눌렀다.

"머리에 까치집이 생겼어요."

딩동.

—머리에 가지, 집이 생겼어요.

……그런 거구나. 음성 인식 기능이 '까치집'을 '가지, 집'으로 잘못 인식한 것이다.

"린네는 아직 음성 입력밖에 못 써서 고칠 수도 없어. 푸훗! 뭐, 걱정 마, 린네. 아무리 엉망진창인 문장을 보내도 평소처럼 이로하가 다 추리해 줄 테니까."

"할 일을 더 늘리지 마. 평소의 범인 선언만으로도 벅차."

"잘 부탁드려요."

—잘 붓, 닦아드려요.

"말을 좀 똑바로 해!"

정말이지, 음성 입력밖에 못 쓰는 건 어쩔 수 없다 쳐도 최소한 제대로 전달하려는 노력은 해 줬으면 좋겠다.

내가 앞을 보며 한숨을 내쉬자 옆에 앉은 남자, 토조 카이리가 다리를 달달 떨며 곁눈질로 나를 힐끗 봤다.

"……안됐다, 이로하. 저렇게 시끄러운 애들과 엮이다니."

"동정 고마워. 하지만 유감스럽게도 이미 꽤 익숙해졌어."

"상상도 안 돼……. 나 같으면 절대 못 견딜 거야. 저렇게 시끄럽고, 게다가 여자…… 아, 싫다, 시끄러워, 시끄러워……."

그렇게 중얼거리며 토조는 스마트폰에 꽂은 이어폰을 귀 깊숙이 밀어 넣었다.

토조 카이리는 나와 같은 조라 합숙소에서 같은 방을 쓰게 됐다. 공부를 잘하지만 극도로 예민한 성격이라 이번 체험 학습에서도 다른 아이들과 같은 방에서 잘 수 있을지 불안해했다.

와카구레의 등급표에 따르면 그는 '의식 높은 수장국 연맹' 소속이다.

아, 젠장, 이러면 안 돼. 그 이야기를 들은 후부터 나도 무의식 중에 반 친구들을 분류하게 된다.

와카구레 스유가 없어도 교실 내 역학 관계는 자연스레 균형이 맞춰진다. 버스 좌석 배치 하나만 봐도 여실히 드러난다.

린네도 원래라면 아마 담임선생님 옆에 앉았을 것이다. 하지만 코가미네가 곁에 있어 준 덕에 소외되지 않고 반의 일원으로 녹아들었다.

코가미네 아이가 린네에게 친근하게 다가가 준 것이 린네의 고립을 완화하고 있다. 아케가미 린네에게 있어 가장 큰 가해자이자 피해자. 원래라면 정면으로 대립해야 할 두 사람이 가장 가까운 자리에 있으니 다들 린네를 어려워하는 분위기가 형성되는 걸 피할 수도 있었던 게 아닐까.

와카구레는 이런 상황이 펼쳐지는 걸 못마땅하게 여겨서 커닝 사건을 꾸몄지만.

뭐, 됐다.

와카구레가 어떤 꿍꿍이든 간에 지금 중요한 건 린네를 반에

적응시키는 것이다. 그리고 그 일은 코가미네 덕에 기대 이상 잘
풀리고 있다.

　지금은 그걸로 충분했다.


　체험 학습 기간에 우리가 묵을 합숙소는 공용동, 남자동, 여자
동 세 구역으로 나뉘었다. 정문 현관으로 들어가면 나오는 곳이 공
용동이며 그 안쪽 끝 갈림길에서 왼쪽으로 가면 남자동, 오른쪽으
로 가면 여자동이 나온다.

　남자동과 여자동은 위에서 보면 홑낫표처럼 꺾인 건물이 숲을
사이에 두고 등을 맞댄 것처럼 세워져 있다. 공용동과 달리 객실
대부분이 전통 여관 구조지만 각 구역의 넓이는 민박 수준이다. 양
쪽 모두 지상 5층짜리 건물이며 한 층에 한 반이 묵는다.

　우리 반은 1층 방을 배정받았다.

　남녀별로 각각 방 네 개가 주어져 한 방을 네다섯 명이 함께
쓰게 됐다. 예외적으로 갑자기 체험 학습에 참가하게 된 린네는 여
자동 1층에 있는 교사용 방에서 후요 선생님과 함께 지낸다고 했
다. 명백한 특별대우지만 '아케가미 린네라면 어쩔 수 없지' 하는
분위기여서 불만은 나오지 않았다.

　객실은 다다미가 깔린 일본식 방이었다. 창가에는 미닫이문
으로 구분된 정체불명의 공간, 즉 툇마루가 있고 도코노마[3]에는 꽤

---

값나가 보이는 파란 꽃병이 놓여 있었다.

"휴…….."

그 구석에 짐을 내려놓으며 같은 방을 쓰는 친구 중 한 명인 하다테 후지나리가 한숨을 쉬었다.

"이제야 마음이 놓이네. 난 버스가 영 힘들어서……."

"너, 멀미해?"

무게감이 느껴지는 목소리로 하다테를 걱정한 사람은 또 다른 같은 방 친구인 카와구치 쿠라마다.

"미리 말했으면 멀미약 줬을 텐데. 이런 소중한 기회를 컨디션 때문에 날려 버리면 인생의 손해 아니겠어?"

"멀미약도 안 맞아. 먹으면 졸리잖아. 버스 타고 가는 시간에도 주변을 잘 살피면 혁신의 싹이 숨어 있을지도 몰라. 잠깐이라도 뇌세포를 잠재워서 성장의 기회를 놓치는 건 참을 수 없어."

"오, 잠깐의 시간도 아까워하며 치열하게 정진하려는 그 자세, 멋진걸. 이번 체험 학습도 다른 녀석들은 그저 해수욕 정도로 여기는 듯하지만, 걔네는 순간의 쾌락에 눈이 멀어 본질을 보지 못하고 있지. 하다테, 너와 함께라면 진정 의미 있는 배움을 얻을 수 있을 것 같네."

"응. 나와 같은 뜻을 품은 동료를 만날 수 있다니 감사한 일이야."

""하하하!""

……보다시피 이 두 사람에 토조 카이리를 더한 세 명이 와카

구레가 말한 '의식 높은 수장국 연맹'의 멤버 전원이자 나와 같은 방을 쓰는 룸메이트다. 그런 이름이 붙은 이유가 솔직히 납득 가는 측면이 있다.

그런데 뭐, 말투만 이렇지 은근히 붙임성이 좋아서 친해지기 쉬운 애들이다. 적어도 아케가미 린네보다는 훨씬 말이 통한다. 공부에 대한 의식 수준도 비슷한 편이라 나는 반에서 주로 이 아이들과 어울렸다.

"하다테, 카와구치, 수영복 챙겨서 바로 집합이야. 잠깐의 시간도 아까워서 성장 기회를 놓치고 싶지 않다면 지금 당장 준비해."

"오오, 이로하! 맞는 말이네! 충고 고마워!"

"생명의 근원인 바다에서 직접 그 의미를 되새길 수 있다니 기대되는걸!"

"……어휴, 시끄러워…….."

세 명의 개성 강한 룸메이트들을 이끌고 나는 나무 바닥이 깔린 복도로 나섰다.

마침 오른쪽 옆방에서 나온 남자아이들이 큰 소리로 떠들며 우리 앞을 지나가던 참이었다.

"앗! 미안, 이로하!"

"야, 여자애들 수영복 진짜 기대되지 않냐? 어이, 타지마, 넌 누구를 노리고 있어?"

"노리긴 뭘 노려! 그런 사람 없어!"

"원래 타지마는 겉으로는 아닌 척하면서 속으로 엄청 밝혀."

웃음소리가 겹치자 복도의 나무 바닥이 울릴 듯이 시끄러웠다.

와카구레가 이름 붙인 '운동부 제국' 아이들. 발언 순서대로 하면 젠코지 아키히토, 미라사카 료마, 타지마 유스케, 코고오리 아키라.

미국의 교내 계급에서는 '작스'라고 해서 운동부 남학생들이 계급의 정점에 군림하는 경우가 많다고 하는데, 이들도 우리 반의 중심, 즉 분위기 메이커라 할 수 있다. 그만큼 나나 와카구레에게 자주 주의를 듣기도 하지만.

그들이 지나가자 이번에는 왼쪽 옆방에서 남학생 두 명이 나왔다.

"저기! 니시미야도 이 바나나 보트 같이 타자!"

"응? 귀찮아. 난 그냥 파라솔 밑에서 잘래."

"뭐? 다들 엄청 기대하고 있는데."

한 명은 여자로 착각할 정도의 미소년이고, 다른 한 명은 키가 훤칠하고 시크한 분위기의 미남이다.

우리 7반 여학생들 사이에서 특히 인기가 많은 두 사람, 하루하라 우루시와 니시미야 코다이다. 평소에 이 두 사람을 늘 졸졸 쫓아다니는 여학생 네 명까지 합쳐 여섯 명을 와카구레는 '연애지상주의 공국'이라 불렀다.

그 두 사람 뒤에서 조심스레 방에서 나오는 두 명이 더 보였다. 나는 그 둘에게 가볍게 손을 들어 말을 걸었다.

"쿠루메, 나카사코, 컨디션은 좀 어때?"

“응? 아…… 이, 이로하…….”

놀란 것처럼 반응한 사람은 나카사코 소라다. 대답하지 않은 다른 한 명, 즉 쿠루메 소타와 함께 두 사람은 유난히 소극적이고 다른 사람들과 어울리는 걸 어려워하는 타입이다. 그래서 둘이 함께 있을 때가 많지만, 딱히 친해서라기보다 그저 둘 다 주변에서 겉도는 처지다 보니 자연스레 함께 남는 듯했다.

이런 표현은 그다지 좋아하지 않지만, 소위 말하는 ‘아싸’ 같은 부류다. 그래서 와카구레는 이 두 사람에 여학생 한 명을 더해서 ‘아웃사이더 인민 공화국’이라고 부르게 됐다.

“쿠루메는 안색이 별론데, 어디 안 좋아?”

“아…… 쿠루메는 버스에서 옆자리에 여자가 앉은 탓에…….”

“아아.”

반에서 쉽게 소외되는 이 두 사람을 최대한 챙기려고 노력하지만 나카사코보다 더 과묵한 쿠루메 소타는 꽤 심각한 여성 공포증을 가지고 있다. 입학 초라 아직 출석 번호순으로 앉았던 시절에는 앞뒤 좌우가 전부 여학생이어서 쉬는 시간마다 교실을 뛰쳐나갔을 정도다.

“정말 몸 상태가 안 좋으면 내가 선생님께 말씀드릴게.”

“아, 고마워……. 쿠루메, 어떻게 할래……?”

쿠루메는 말없이 고개를 흔들었다. 괜찮다는 뜻일 것이다.

“알겠어. 정말 힘들면 꼭 말해.”

나는 가볍게 손을 흔들고 두 사람과 헤어졌다.

같은 방 친구들 쪽으로 돌아가니 카와구치가 감탄한 것처럼 고개를 연신 끄덕였다.

"이로하의 헌신에는 진심으로 경의를 표할 수밖에 없어. 늘 주변 사람들을 세심히 배려하는 자세, 나도 본받고 싶은걸."

"그렇게 거창한 건 아니야. 신경 쓰이는 걸 보면 그냥 못 넘기는 성격이라 그래. 토조랑 똑같이 예민한 거야."

"하하."

뭐가 그리 우스운지 당사자인 토조가 웃음을 터뜨렸다.

우리는 복도를 걸어 공용동 쪽으로 향했다.

"어라? 메지로네 방 애들은 아직 방에서 떠들고 있네."

가장 북쪽의 방 앞을 지날 때 문 너머에서 시끄러운 말소리가 들렸다.

하다테가 미닫이문을 열고 안에 대고 소리쳤다.

"야! 곧 집합이야!"

"응? 오! 그렇구나! 바로 갈게!"

큰소리로 대답한 사람은 뒷머리가 긴 헤어스타일의 메지로 케이타로다. 메지로는 대답은 우렁차게 했지만 "그래서 말인데, 이번 분기 애니메이션은……" 하고 다시 친구 네 명과 잡담을 이어 갔다.

"참, 나. 늦어도 난 모른다?"

"애들은 시끄럽기는 해도 규칙은 잘 지키는 편이니 걱정 안 해도 돼."

"그건 그래."

이 방에 있는 다섯 명은 반에서 유독 눈에 띄는 그룹이다. 애니메이션 오타쿠인 메지로 케이타로를 시작으로 오이시 킨지, 테시가와라 야마토, 스즈카 렌, 텐케 사이카까지 모두가 이른바 오타쿠다. 교실 안에서도 자주 다섯 명이 함께 모여 애니메이션이나 게임, 버추얼 유튜버 같은 오타쿠 소재 이야기로 꽃을 피운다. 와카구레 스유가 말하는 '오타쿠 연합'이다.

"그나저나 이 합숙소는 의외로 방음이 잘 되네. 메지로네 방 애들이 저렇게 크게 떠드는데도 우리 방에는 하나도 안 들렸잖아."

"글쎄. 쟤네 방은 두 칸이나 떨어져 있어. 바로 옆방 이야기는 다 들리지 않았어?"

"응? 그랬나?"

"그것도 몰랐어? 아아, 피곤하군……."

이상이 우리 1학년 7반 남학생 전체, 총 17명이다.

지금부터 3박 4일 동안 우리는 이 멤버로 함께 지내게 된다.


작열하는 뜨거운 햇살을 맨살에 받으며 나는 맥없이 푸른 하늘을 올려다보고 있었다.

입안이 까끌까끌하고 등에 닿는 모래가 타는 듯이 뜨겁다. 파도 소리에 섞여 들리는 왁자지껄한 소음도 이렇게 있으니 왠지 멀게 느껴졌다.

"푸하하! 이로하! 너, 왜 자빠졌어?"

이글거리는 태양을 가리듯 수영복 차림의 코가미네가 얼굴을

내가 대답하는 너의 수수께끼2
그 어깨를 감쌀 각오

들이밀었다.

화려한 핑크색 비키니로 아담하면서도 볼륨 있는 몸매를 간신히 가리고 있다. 수영복에 묻은 물방울이 햇빛을 반사해 반짝이며 가슴골을 따라 흐르는 게 눈에 들어왔다.

코가미네는 늘어진 트윈테일 머리를 귀 뒤로 넘기며 말했다.

"이로하가 운동 신경이 없었나? 그럼 안 돼!"

"시끄러워……. 모래에 발이 빠졌을 뿐이야."

"완전 화려하게 넘어지더라. 안경은 괜찮아?"

뒤이어 똑같이 몸을 숙이며 얼굴을 들이민 사람은 와카구레 스유였다.

수수한 인상과 달리 수영복은 짙은 검정의 섹시한 스타일이다. 코가미네 못지않게 볼륨감 있는 몸매까지 더해져 평소의 부드럽고 차분한 분위기와 전혀 딴판인 묘한 요염함이 묻어난다. 마치 와카구레의 본모습을 보는 것 같아 저절로 경계심이 생겼다.

"괜찮아. 등부터 넘어진 덕분에. 푸헉!"

"앗, 미안. 공 맞았네."

갑자기 얼굴에 부딪힌 비치볼이 내 배에서 퉁 튕겼다. 나는 공을 두 손으로 붙잡고 벌떡 몸을 일으켰다.

"야! 주변을 좀 살펴 가면서 해! 내가 맞아서 다행이지, 우리 학교 사람이 아닌 다른 사람이 맞으면 어쩔 뻔했어!"

"네에, 네에. 죄송합니다."

내 쪽으로 공을 던진 노란 머리 여학생이 무심하게 손을 휙 흔들었다.

"정말이지……."

일어서려는 찰나에 코가미네가 손을 내밀었다. 그래서 자연스럽게 그 손을 붙잡고 몸을 일으키려는데 갑자기 "아앗!" 하고 코가미네가 균형을 잃었다. 나는 얼떨결에 허리를 감싸듯 코가미네를 붙들어야 했다.

"너야말로 완전 운동 신경 꽝이네."

"미, 미안……."

진짜, 신경 쓰이게 하긴.

수영복을 입은 채로 넘어지지 마. 어디를 붙잡아야 할지 곤란하다고.

"아하핫!"

바로 옆에서 상황을 지켜보던 와카구레가 일부러 놀리듯 웃으며 말했다.

"꽁냥거릴 시간에 얼른 공이나 던져 줘. 세노가 기다리고 있잖아."

"꼬, 꽁냥거린 적 없거든! 자, 이거나 받아라!"

얼굴을 살짝 붉힌 코가미네가 내 손에서 비치볼을 빼앗아 노란 머리 여학생에게 던졌다.

나는 일어나 몸에 묻은 모래를 털고는 노란 머리 여학생 쪽으로 달려가는 코가미네의 뒷모습을 바라보며 내 기구한 운명을 새삼 곱씹었다.

해수욕 때는 그냥 파라솔 아래에서 적당히 시간을 때우려고 했는데 어쩌다 보니 여자애들의 비치발리볼에 껴 버렸다. 전부 코가미네 탓이다. 바다에 오자마자 괜히 말을 걸어온다 싶었는데 어느새 함께 노는 멤버가 돼 있었다.

애초에 학교 행사인데 수영복을 따로 가져오는 것부터 이상한 거 아닌가. 주변을 둘러보면 평범한 학생용 네이비색 수영복을 입은 아이들은 기껏해야 절반 정도다. 나머지는 다들 알록달록한 각자 취향의 수영복을 입고 해변에서 신나게 뛰놀고 있다. 당연히 이렇게 작정하고 수영복을 준비해 온 애들은 여름을 즐길 줄 아는 밝은 성격의 아이들이다.

"……후후. 눈은 좀 즐거웠어?"

허리를 살짝 숙이며 묻는 와카구레에게 나는 안경을 고쳐 쓰며 말했다.

"이것도 네가 디자인한 거지?"

"설마. 수영복을 가져오느냐 마느냐는 각자 자유였어. 뭐, 어떤 수영복이 좋을지 묻는 애는 몇 명 있었지만."

우리 교실의 지배자, 와카구레 스유가 희미하게 웃으며 등 뒤에서 손을 깍지 꼈다.

"분홍색 비키니, 잘 어울리더라."

"……뭐, 개답기는 하더군."

"그럼 난?"

"비슷한 느낌이야."

"무슨 뜻일까?"

새하얀 피부를 더 돋보이게 하는 칠흑 같은 수영복을 입은 와카구레에게 나는 담담히 말했다.

"속이 시커멓다는 뜻이지."

와카구레는 시치미를 떼며 눈을 깜빡이더니 완벽하게 미소 지으며 말했다.

"고마워. 기뻐."

바로 이런 점 때문에 속이 시커멓다는 거다.

나는 말없이 와카구레에게서 떨어져 존재감을 지우듯 파라솔이 늘어선 방파제 쪽으로 향했다. 내 성격이 유독 내성적인 건 아니지만 한여름 땡볕보다 파라솔 그늘 아래가 마음이 놓이는 건 사실이었다.

멍하니 바다를 바라보거나 스마트폰을 만지작거리는 파라솔 아래 사람들을 둘러보다가 가장자리 파라솔 밑에서 익숙한 얼굴을 발견했다.

아케가미 린네였다.

"어이."

돗자리 위에서 얌전히 무릎을 감싸고 있는 그녀에게 나는 가볍게 말을 걸었다.

"넌 바다를 즐길 줄 아는 쪽이야? 모르는 쪽이야?"

"……제가 모르는 건 없어요."

"전지전능이라니, 대단한걸."

굳이 물어볼 필요도 없다.

내가 옆에 앉자 린네는 말없이 내 옆에서 한 칸 정도 떨어졌다.

"뭐야, 왜 그래?"

"뭔가 다른 목적이 있는 게 아닌가 해서요."

"다른 목적이라니?"

"코가미네 씨랑 함께 다녀서 감각이 둔해졌을 수 있지만, 원래 여성은 함부로 맨살을 드러내지 않는 법이에요."

"코가미네도 딱히 함부로 드러내는 건 아닐 텐데…… 아니, 모르겠네."

교복 입을 때조차 가슴골이 슬쩍슬쩍 보이는 녀석이니까.

"그보다 네 수영복을 보려고 내가 여기 왔다고 생각하는 거야? 진심으로? 하!"

"코웃음까지 치시다니, 대단한 자신감이네요."

"그 정도는 너도 이제 알 줄 알았는데. 그나저나 그 옷 아래에는 수영복을 입은 건가? 옷을 꽤 껴입은 것 같은데."

평범한 원피스 차림으로도 그토록 사람들의 시선을 모은 린네다. 수영복 차림으로 남들 앞에 서기라도 하면 작은 소동이라도 벌어질까 봐 걱정했는데, 현실의 린네는 조금 전 그 하얀 원피스 위에 후드티까지 걸쳐서 오히려 방어력이 올라갔다. 덕분에 평화롭게 파라솔 아래에 숨어 있을 수 있다.

평소에 두르고 다니는 케이프는 모래가 묻어 더러워질까 봐 두고 온 걸까.

"당연히 입었죠. 수영복. 봐요."

그렇게 말하며 린네는 원피스 자락을 걷어 올렸다. 하얀 허벅지와 함께 네이비색 천이 보였다.

……이봐. 아까는 경계하더니 지금은 또 왜 이래.

속에서 요동치는 마음을 간신히 억눌렀다. 아무리 수영복이라지만 하는 짓이 속옷 보여 주는 거랑 뭐가 다르냐. 젠장, 방어력이 높은 건지, 허술한 건지.

"옷 아래에 수영복이라니, 초등학생 같네."

나는 슬쩍 시선을 피하며 시큰둥한 말을 던졌다.

그러자 린네는 원피스 자락을 내리고 다시 무릎을 끌어안았다.

"올해는 이걸 입을 일도 없을 테니까요. 그냥 속옷 대용으로 써도 괜찮을 것 같아서."

그런가. 9월이 되면 수영 수업이 없어질 테니 그건 맞다. 1학기 내내 수업에 거의 얼굴도 비치지 않았던 린네에게 학교 수영복 같은 건 사실상 쓸모없는 물건일 것이다.

"그럼 그 후드티는? 안 덥나?"

"자외선 차단제를 바르는 게 귀찮아서요."

"……혹시 그 부잣집 아가씨 같은 양산도?"

"애초에 햇빛을 전면 차단하는 게 더 효율적이잖아요. 가장 좋은 건 외출 자체를 삼가는 거지만……."

이 녀석이 상담실에 틀어박히는 건 그 낙서 사건 때문이 아니라 원래 그런 성격이기 때문이 아닐까 하는 의심이 슬슬 들기 시작했다.

"아니면."

린네는 끌어안은 무릎 위에 조용히 머리를 얹고 옅게 미소 지었다.

"……당신이, 발라 주시겠어요?"

장난스럽게 웃는 그 표정을 보며 나는 숨이 턱 막혔다.

바른다니…….

내가?

자외선 차단 크림을? 손으로? 모공 하나 안 보이는 그 피부에……?

"……너, 코가미네에게 이상한 거 배웠어?"

그러자 린네는 피식 웃었다.

"굳이 따지면 당신 탓 같은데요?"

"뭐? 내가 왜."

"글쎄요. 왜일까요. 추리해 보는 게 어때요?"

"단서가 너무 부족해!"

그러자 린네는 또다시 즐거운 듯 웃었다.

정말 많이 변했다. 예전에는 거의 다른 차원에 있는 존재 같았는데.

린네가 손이 닿는 거리에 있는 존재가 되는 것도 이제는 시간문제일지 모른다. 그런 예감을 느끼며 나는 린네가 도발하듯 내민 자외선 차단제를 거칠게 빼앗아 들었다. 그렇게 말한다면 해 주지, 뭐.

어느새 사라졌던 이로하가 해변 끝자락에 있는 파라솔 그늘 아래로 보였다.

"이로……."

말을 건네려던 목소리가 도중에 멈췄다.

이로하 옆에 린네가 있었다.

뭔가를 이야기하며 고개를 갸웃거리고 살짝 미소 짓는, 다른 사람 앞에서는 결코 보이지 않는 린네의 모습이 거기 있었다.

이로하에게 린네는 그저 평범한 여자아이일 것이다.

비교적 가까운 사이인 나조차 때때로 다가가기 어려운 존재처럼 느껴진다. 나 같은 사람이 함부로 말을 걸어도 될까 싶어 주눅 들 때가 있다. 단지 예쁘다는 이유 때문만은 아니다. 린네에게는 다른 사람을 거부하는 듯한 보이지 않는 벽 같은 게 있었다.

아마 그걸 느끼지 못하는 사람은 이로하뿐 아닐까.

오직 이로하만 린네에게 스스럼없이 말을 걸고, 때로는 꾸짖고, 심지어 자연스럽게 몸에 손을 대기까지 한다. 지금 이 순간 그 모든 게 허락된 유일한 사람이 바로 이로하다.

이로하도 이로하 나름대로 마찬가지다.

누구에게나 다정하고, 오지랖을 부리며, 신경을 많이 쓴다.

하지만…… 린네를 대하는 태도만큼은 어딘가 조금 다른 느낌이다.

커닝 사건 때 이로하는 내가 곤경에서 벗어난 뒤에도 추리를 이어 갔고, 자세한 내용은 나에게 들려주지 않았다. 그 추리는 오직 린네와 대화를 나누기 위해서만 존재했고 해결 과정에 나는 필요 없는 존재였다.

내가 상담실에 간 것도 두 사람의 대화에 끼고 싶어서가 아니라 통화를 하는 부모님 곁을 어슬렁거리는 아이처럼 주목받고 싶은 심정 때문이었다.

나는 사실 알고 있었던 것이다.

이 두 사람 사이에 내가 끼어들 틈은 없다는 걸. 마음 깊은 곳에서는.

"앗……! 잠깐. 정말 하려는 거예요? 맨손으로 그렇게 막……!"

"넌 피부가 약할 것 같으니 구석구석 제대로 발라 줄게. 자, 얼른 팔 내밀어!"

"앗! 차가워!"

아아, 안 되겠다.

발이 떨어지지 않는다. 목소리도 나오지 않는다.

정신을 차렸을 때는 이미 발길을 돌려 그 자리를 벗어나고 있었다.

"아."

"아."

대욕장 문이 닫히기 직전까지 기다렸다가 탈의실에 들어섰는데 곤란하게도 먼저 온 손님이 있었습니다.

불행 중 다행인 것은 그 손님이 드물게 내가 이름까지 아는 사람이라는 점입니다.

코가미네 아이 씨.

트윈테일을 한쪽만 푼 그 꼬마 날라리 씨는 나를 돌아본 채로 그대로 한동안 굳어 있었습니다.

"……으, 음."

뭘까요, 이 정적.

묘하게 어색하고 불편한 침묵이 흐르는 곳에서 코가미네 씨는 제 눈을 피하며 말했습니다.

"린네도 지금 씻으러 온 거야?"

"그럴 생각이었는데요…….."

계획이 바뀌었습니다.

돌아서려는 나를 코가미네 씨가 "왜? 거기 서! 거기 서!" 하고 붙잡았습니다.

"왜 가려는 거야? 내가 불편한 행동이라도 했어?"

"같은 성별이라고 해도 다른 사람 앞에서 나체를 드러내고 싶지 않아서요.”

“아아…… 그래서 일부러 늦게 온 거구나. 괜찮아, 우리가 서로 모르는 사이도 아닌데. 만지거나 하지 않을게.”

“믿을 수 없습니다.”

“알았어, 알았어! 그럼 내가 먼저 벗을 테니까!”

그렇게 말하더니 코가미네 씨는 한쪽만 남아 있던 트윈테일을 풀고 뒤이어 블라우스에 손을 댔습니다.

“웃…… 차!”

가슴을 함께 끌어올리듯 옷자락을 확 걷어붙이더니 홀라당 벗어 던집니다. 상반신에 귀여운 분홍색 브래지어만 남았습니다.

이어서 핫팬츠를 벗고, 브래지어를 풀고, 마지막으로 속옷까지 벗어 한데 모아서 탈의 바구니에 던집니다.

알몸이 된 코가미네 씨는 작은 몸집에 어울리지 않는 큰 가슴을 드러낸 채 허리에 손을 얹고 위풍당당하게 포즈를 취했습니다.

“어때? 이럼 더 이상 안 부끄럽지?”

“……논리에 맞는지 잘 모르겠지만…….”

“시끄러워! 나도 벗었으니 너도 벗어!”

여기서 나가면 왠지 지는 것 같아 저는 한숨을 내쉬고 코가미네 씨에게 등을 돌린 채 갈아입을 옷과 수건을 탈의 바구니에 내려놓았습니다.

등 뒤로 손을 돌려 원피스 지퍼를 내리고 어깨부터 바닥에 떨어뜨립니다. 그러고 나서 브래지어의 후크를 톡 하고 풀었더니.

“……꿀꺽.”

“……방금 침 삼키셨어요?”

브래지어를 벗다 말고 고개만 돌려 의심 가득한 눈빛을 보냈습니다.

코가미네 씨는 얼굴이며 손이며 가슴까지 좌우로 흔들며.

“전혀! 전혀, 전혀! 정말 안 삼켰어!”

……수상합니다…….

하지만 따지기도 귀찮아서 그대로 속옷을 전부 벗고 빠르게 몸을 비치타월로 감쌌습니다. 다음은 머리. 어머니께서는 분명 목욕할 때 머리를 올려 묶으라고.

“으……!”

“이야, 손재주라곤 하나도 없네. 줘 봐, 내가 해 줄게.”

코가미네 씨는 내 손에서 머리 고무줄을 낚아채더니 재빨리 머리에 끼우고 묶은 머리를 빙빙 감아 두 번째 고무줄로 단단히 고정했습니다.

“자, 완성.”

“……고맙습니다.”

내가 인사하는 사이 코가미네 씨도 금세 자기 머리를 말끔하게 올려 묶었습니다. 몸을 가리지도 않고 용케 해내는 모습이 신기합니다.

“좋아, 준비 끝! 들어가자!”

그렇게 선언하고 코가미네 씨는 수건을 어깨에 걸쳤습니다.

가슴이며 은밀한 부위며 다 드러난 상태에서도 너무 당당한 모습에 저는 기가 눌릴 수밖에 없었습니다.

비치타월을 욕장에 들고 들어가는 건 역시 바람직하지 않겠죠.

뚜벅뚜벅 욕장으로 향하는 코가미네 씨 뒤에서 저는 한참 고민한 끝에 결국 몸에 두른 타월을 벗었습니다.

페이스 타월을 들고 따라가자 코가미네 씨는 욕장 문을 확 열어젖히며 말했습니다.

"아무도 없는 것 같아. 전세 낸 거나 마찬가지야, 린네, 부아앗!"

돌아보는 순간 괴상한 비명을 지르며 뒤로 벌러덩 넘어집니다. 대, 대체 왜……. 제 알몸이 그렇게나 이상한 걸까요.


"아, 미안, 미안. 임팩트가 좀 있어서."

둘이 나란히 어깨까지 물에 잠긴 채로 코가미네 씨는 "헤헤헤" 하고는 묘하게 거북한 웃음소리를 흘렸습니다.

나는 슬쩍 몸을 틀어 거리를 벌리며 말했습니다.

"대체 제 몸의 어디가 임팩트가 있다는 거죠?"

"린네도 옷을 벗으면 알몸이 되는구나, 싶어서."

"그건 당연하잖아요. 병원에 가 보시는 게 좋지 않을까요?"

"아니, 그게 말이지……."

코가미네 씨는 우물쭈물하며 시선을 스윽 제 가슴 쪽으로 향했습니다.

"설마 린네한테도 꼭지가 달려 있을 줄은 몰랐다고 할까?"

"대체 절 어떤 존재로 생각하셨던 거예요!"

두 손으로 가슴을 가리며 저는 코가미네 씨에게서 두 사람만큼의 거리를 벌렸습니다. 코가미네 씨는 욕조 안에서 다리를 쭉 뻗고 히죽히죽 웃으며 말했습니다.

"린네도 여자애였구나아."

"여자애는커녕 인간 취급도 못 받은 것 같습니다만……."

"뭐, 사실 인간 취급을 안 하기는 했어. 뭔가 다른 세계에 사는 존재 같았으니까."

……그건 저도 마찬가지예요.

진실을 볼 줄 모르는 당신들을 같은 세상에 사는 주민이라고 생각하지 않았죠. 바로 얼마 전까지는요.

"린네, 머리 감겨 줄게. 혼자 감기 힘들잖아."

코가미네 씨는 그렇게 말하고 일어서더니 몸에서 물을 뚝뚝 흘리며 욕조에서 나왔습니다.

저도 모르게 그 작은 뒷모습을 따라갑니다. 제가 욕실 의자에 앉자 코가미네 씨는 제 뒤에 서서 둥글게 올려 묶은 제 머리를 풀었습니다.

"……있잖아. 체험 학습, 왜 따라온 건지 물어봐도 돼?"

코가미네 씨는 샤워기 물을 틀고 손으로 온도를 확인하며 물었습니다.

"별로 대단한 이유는 없어요."

"그래?"

"언니가 안 가면 상담실에서 쫓아낼 거라고 협박했거든요."

게다가 '이로하, 코가미네와 함께 있으면 너도 어느 정도는 즐길 수 있을 거야' 같은 도발을 들으면 가만히 있을 수 없지 않겠어요?

그 말은 꼭 제가 당신들에게 전부 의존하는 것처럼 들리니까요.

굳이 당신들이 없어도 바다를 즐길 수 있습니다. 원숭이처럼 뛰노는 반쯤 벗은 남녀들을 구경하는 것도 은근히 재미있고요.

"그렇구나. ……난 당연히 이로하가 있어서 온 줄 알았는데."

"……그건 무슨 의미죠?"

"무슨 의미인 것 같아?"

코가미네 씨가 샤워기로 제 머리를 적시며 익숙하게 빗겨 주는 모습을 저는 거울 너머로 바라봤습니다.

잠시 물소리만 들릴 때 다시 입을 열었습니다.

"……당신은 왜 이런 시간에 목욕하는 건가요?"

화제가 바뀌었는데도 코가미네 씨는 당황하는 기색이 전혀 없습니다. 팔을 뻗어 샴푸를 집어 들며 대답합니다.

"그냥 잠깐 혼자 있고 싶었거든."

가볍게 말하고 제 머리에 거품을 내기 시작합니다.

"그러려면 욕실 정도밖에 없잖아. 방에는 다른 애들이 있으니."

"당신도 그럴 때가 있군요. 주변에 사람이 없으면 못 사는 분인 줄 알았는데."

"내가 토끼야? ……뭐, 근데 어느 정도는 맞을지도. 일부 애들에 한해서는."

풍성하게 일어난 샴푸 거품이 이마를 타고 스르르 흘러내립니다. 저는 무의식중에 눈을 감고 거울에 비친 알몸의 여자 두 사람을 시야에서 지웠습니다.

벅벅벅.

소리만 가득한 세계. 코가미네 씨는 '가려운 곳은 없으세요?' 같은 걸 묻지도 않고 조용히 제 머리를 감기고는 다시 샤워기를 틀었습니다.

일부 애들에 한해서.

일부 애들이라.

누굴까요? ……모르겠습니다.

……내가 모르는 게 있다?

샤워기 물이 거품을 씻어 내립니다. 물소리 때문에 막힌 귀가 잠시 후 다시 맑게 트였을 때.

손이.

코가미네 씨의 손이 제 어깨를 뒤에서 꽉 붙들었습니다.

"……미안, 린네. 한마디만 해도 될까?"

바로 귓가에서 코가미네 씨가 입을 열었습니다.

결연하게.

자백이라도 하듯.


"나…… 이로하를 좋아해."

“네?”

눈가를 닦으며 돌아보자 코가미네 씨는 왠지 어정쩡하게 미소 짓고 있었습니다.

슬픔이 어린 듯한.

쓸쓸함이 감도는 듯한.

“미안, 갑자기 이런 말 해서. 하지만…… 지금이 아니면 안 될 것 같았어.”

좋아한다.

그 말이 지닌 의미가 결코 가볍지 않은 건 분명했습니다.

자명한 이치였죠.

그렇기 때문에 저는 이해할 수 없었습니다.

“……어째서 그 이야기를 저한테?”

“음…… 이 정도로 나 자신을 벼랑 끝으로 몰아넣지 않으면 한 걸음도 나아갈 수 없을 것 같아서, 랄까.”

코가미네 씨는 아하핫, 하고 힘없이 웃고 말을 이었습니다.

“괜찮을까? 린네. 나, 이로하를 한번 진지하게 꼬셔 볼까 하는데, 그래도 돼?”

꼬신다.

코가미네 씨가, 이로하 씨를.

연인이 되기 위해?

“……그건…….”

어쩐지 선뜻 말이 나오지 않았습니다.

"저한테 허락을 구할 일이 아닌 것 같은데요."

"……그렇구나."

코가미네 씨는 흐지부지하게 맞장구를 쳤습니다.

"그럼…… 마음대로 해 버릴까. 응. 이로하는 은근히 변태 같으니 조금만 유혹해도 쉽게 넘어올지도."

"……정말 그렇다면 이로하 씨도 결국 그 수준밖에 안 되는 사람이라는 뜻이겠죠."

모르겠습니다.

해답이 나오지 않습니다.

가슴 깊숙한 곳에서 일렁이는 이 감정의 정체는…… 사건의 범인처럼 명확하지 않네요.

### ◆ 이로하 토아 ◆

저녁을 먹고 목욕을 마치면 소등 전까지 자유 시간이다.

나는 툇마루에 놓인 의자에 앉아 여유로운 시간을 보내고 있었다. 이불이 깔린 다다미방에서는 같은 방을 쓰는 하다테와 카와구치가 잡담을 나누고 있었다.

"목욕탕이 정말 넓더라. 다른 사람과 목욕하는 게 오랜만이라 좀 긴장했어."

"코고오리의 '남자' 사이즈에는 나도 경악을 금치 못했지."

"여자애들의 가슴과 달리 우리 남자들은 이런 기회가 아니면 비교 자체가 힘드니까. 나름 흥미로운 통찰을 얻었달까.”

“그건 그렇고, 만화 같은 데서 여자들끼리 ‘오, 너 가슴 커졌지?’ ‘정말, 하지 마’ 같은 대화를 나누는 장면. 실제로도 그런 일이 있기는 할까? 하다테, 넌 어떻게 생각해?”

진지한 얼굴로 뭐 이런 쓸데없는 얘기를.

그렇게 생각하고 있을 때.

“……저속한 이야기 그만해.”

또 다른 룸메이트인 토조가 눈살을 찌푸리며 말했다.

“그러지 않아도 옆방이 시끄러워서 골치 아픈데 같은 방 안에서까지 그런 이야기를 들으면 잠이 오겠어?”

옆방, 즉 미라사카네가 있는 ‘운동부 제국’ 방에서는 끊임없이 왁자지껄한 소음이 새어 나왔다. 목소리뿐 아니라 쿵쾅거리며 뭔가가 부딪히는 소리도 요란하다. 예민한 토조로서는 죽을 맛일 것이다.

“아, 미안, 토조.”

“이런 이야기는 별로 안 좋아한다고 입학 초반부터 계속 강조했는데. 미안. 주의할게.”

“그래……. 그래도 이해해 주니 다행이다. 옆방 애들은 말해 봐야 전혀 듣질 않으니.”

아까부터 반 단체 채팅방에서 주의를 주는 듯하지만 아예 확인을 안 하는지 옆방의 소음은 전혀 줄지 않고 있다.

나는 의자에서 몸을 살짝 일으켰다.

“내가 직접 가서 한마디 해 줄까? 시끄러우면 계속 잠 못 잘 거 아니야, 토조.”

“그래……. 사람 숨소리 정도야 귀마개로 막으면 되지만 이 정도로 시끄러우면 힘들지. 하지만 됐어. 네가 나설 일이 아니고 어차피 소등 시간이 되면 다들 지쳐서 조용해질 테니까.”

본인이 그렇게 말하니 그냥 두자. 소등 시간 이후에도 계속 떠들면 그때 대처해도 될 일이다.

그러나 뭔가 뒤숭숭한 이 분위기는 비단 옆방 때문만은 아니었다. 테이블 위에 둔 내 스마트폰의 알림 램프가 계속 깜빡이고 있다.

오랜만에 화면을 켜 보니 읽지 않은 메시지가 엄청나게 쌓여 있었다. 저녁 이후부터 반 단체 채팅방에 쉴 새 없이 메시지가 올라오고 있었던 것이다.

남자동과 여자동 사이는 바로 조금 전, 즉 밤 9시에 봉쇄됐다.

두 곳을 오갈 수 있는 연결 통로 문에 자물쇠가 채워진 것이다. 이로써 남녀는 완전히 분리됐고, 소통 수단은 스마트폰밖에 남지 않았다.

평소에는 공지용으로만 쓰이는 반 단체 채팅방이 유난히 활발한 이유가 바로 그 때문일 것이다. 쏟아낼 곳 없는 들뜬 기분을 해소할 수단이 같은 방을 쓰는 친구와 수다 떠는 것 외에는 단체 채팅방뿐일 테니까.

“너, 그거 알아? 이 합숙소에는 대대로 이어져 내려오는 전통이 있대."

"오, 당연히 알지. 1층 끝 쪽에 있는 창문 이야기 말이지? 그 창문이 여자동으로 통하는 비밀 통로라나 뭐라나."

"몰래 만나는 남녀를 위해 매년 밤에는 일부러 그 창문의 자물쇠를 풀어 둔다더라고."

"불경한 짓이네. ……하지만 낭만이라 할 수도 있겠군."

아이들의 잡담을 흘려들으며 나는 여자동에 있는 린네를 떠올렸다.

목욕은 했을까. 다른 사람과 함께 욕실에 들어갈 아이가 아닌데. 후요 선생님이 잘 설득했으려나.

딩동.

—할 일 없으세요? - 오후 9:23

호랑이도 제 말 하면 온다더니 스마트폰 상단에 린네가 보낸 개인 메시지 알림이 떴다.

나는 곧장 메신저 앱을 열고 답장을 보냈다.

—너야말로 할 일 없어 보이네. - 오후 9:23

—공부하고 있었어요. - 오후 9:23

—스마트폰 사용법 말인가? - 오후 9:24

—이젠 안 틀리잖아요. - 오후 9:24

—평소에도 이렇게 똑바로 말하는 게 좋을 것 같아. - 오후 9:24

뺨을 부풀리며 화난 캐릭터 이모티콘이 뿅 하고 떴다. 오, 이모티콘까지.

─의외로 잘 쓰네. - 오후 9:25

─한 면 되는 거예요. - 오후 9:25

잘한다고 하자마자 문장이 이상해진다. 한 면……? 아, '하면'이 '한 면'이 됐나 보군.

─슬슬 키보드 입력도 배우는 게 좋을 것 같은데. - 오후 9:26

기운 빠진 얼굴 이모티콘이 도착했다. 이 녀석, 메신저 앱에서 오히려 더 감정 표현이 풍부한 느낌인데.

"후후."

응? 내가 왜 웃는 거지. 스마트폰을 보며 혼자 실실거리다니, 징그럽게.

방에 있는 다른 아이들에게 들키지 않았는지 슬쩍 확인하고 얼버무리듯 다시 문장을 입력했다.

─소등 시간이 되면 얼른 자. 나도 스마트폰 끄고 잘 거니까. - 오후 9:27

─알겠어요, 어머니. - 오후 9:27

─누가 어머니야. - 오후 9:27

대화가 잠시 끊긴 순간 또 다른 사람에게서 메시지가 왔다. 코가미네였다.

─창밖을 봐. - 오후 9:27

그 말대로 고개를 들었다.

창문 너머에는 정원수 몇 그루가 가지와 잎을 뻗어 건너편 여자동과의 사이를 가로막고 있지만, 우리 방 앞에는 나무가 없어서 맞은편 창문이 멀기는 해도 또렷이 보였다.

그 맞은편 창문에 코가미네가 있었다.

내 시선이 향한 걸 알아챘는지 코가미네는 씩 웃으며 작게 손을 흔들었다.

잠옷 대신 입은 트레이닝복 차림에 평소에는 트윈테일로 묶는 머리를 전부 풀어 내렸다. 그 모습만으로도 분위기가 한결 차분해 보여서 먼저 메시지가 오지 않았다면 코가미네인지 못 알아봤을지도 모른다.

—생각보다 잘 보이네. 조심해. - 오후 9:28

답장을 보내자 창가에 있는 코가미네도 스마트폰을 보고는.

—괜찮아. 옷 갈아입을 때는 문 닫을 거니까. 아쉽겠네♪ - 오후 9:28

—알면 됐어. - 오후 9:29

—아까 스마트폰으로 뭐 했어? - 오후 9:29

갑작스러운 화제 전환에 나는 고개를 갸웃거리며 메시지를 입력했다.

—린네랑 이야기했어. - 오후 9:30

잠시 후.

—그렇구나. - 오후 9:31

창가의 코가미네가 슬쩍 시선을 돌린 느낌이 들었다.

그 반응이 조금 마음에 걸렸지만 그것보다 먼저 떠오른 게 있었다.

─그보다 린네는 괜찮은 것 같아? 목욕은 제대로 했을까?
- 오후 9:31

─엄마야! 뭐야! - 오후 9:31

그런 태클 뒤에 "같이 했어. 부러워?"라는 장난스러운 메시지가 이어졌다.

의외로 걱정할 필요가 없는지도 모른다. 체험 학습에 온다고 처음 들었을 때는 어떤 일이 벌어질지 몰라 걱정이 앞섰지만.

코가미네와 말을 트게 된 것이 린네의 마음가짐에 뭔가 변화를 가져다줬을지도. 교실로 데려가겠다고 단단히 마음먹었지만 결국 나 혼자 힘으로는 한계였던 것이다.

─널 린네 담당으로 임명할게. 그쪽은 너한테 맡긴다.
- 오후 9:32

'알겠습니다!'라는 이모티콘을 보고서야 나는 스마트폰 화면을 껐다.

이제 걱정거리도 사라졌으니 공부나 좀 할까. 일부러 참고서도 챙겨 왔겠다. 나는 툇마루를 떠나 다다미방 구석에 둔 짐을 뒤지기 시작했다.

"……어라……?"

없다.

분명 챙겼을 텐데. 그 증거로 짐에는 참고서 한 권이 딱 들어갈 만큼의 공간이 비어 있다.

"야, 너네 혹시 참고서 못 봤어?"

같은 방 아이들에게 물었지만 "아니?", "모르겠는데", "몰라" 하고 다들 고개를 저을 뿐이었다. 이상하네. 내가 꺼낸 기억도 없는데.

그런 내 모습을 마치 지켜보고 있었던 것처럼 절묘한 타이밍에.

스마트폰 알림이 울렸다.

이번에는 메신저 앱이 아니다. 이메일이었다.

열어 보니 무료 이메일 계정에서 온 메시지가 표시됐다. 스팸 메일인가 싶어 눈살을 찌푸렸지만 발신자 주소를 본 순간 느긋했던 기분이 대번에 날아갔다.

'mother-commonwealth'.

번역하면 '어머니 연방.'

본문에는 이렇게 적혀 있었다.

〈승부를 시작하자, 이로하. 도망치는 게 아니라면 첨부된 루트를 따라서 여자동까지 와.〉

첨부된 이미지 파일이 두 장. 하나는 합숙소 평면도로 1층 안쪽 창문에 화살표가 그어져 있다.

다른 하나는 눈에 익은 내 참고서를 찍은 사진이었다.

……그렇군.

역시 이번 체험 학습에서 판을 벌이려는 거구나.

스마트폰 오른쪽 상단에 표시된 시간을 확인했다. 오후 9시 36분.

"잠깐 나갔다 올게."

"응? 이제 곧 소등 시간인데?"

"금방 올 거야."

약속하지 못할 말을 내뱉고 나는 방에서 복도로 나갔다.

나무 바닥 복도는 불빛 하나 없이 싸늘한 어둠이 내려앉아 있었다. '운동부 제국' 방에서 들리는 소리가 없었다면 거의 폐가 분위기였을 것이다.

그런 어둠 속을 조용히 걸으며 나는 다시 한번 메일을 열어 봤다.

와카구레 스유에게 온 도전장.

물론 함정일 게 뻔하다. 참고서는 나중에 언제든 찾으면 된다. 하지만 나에게 도망이라는 선택지는 없다. 그 녀석과의 충돌은 결코 피할 수 없다. 이것은 내가 나로 있기 위한, 즉 존재 이유를 건 성전聖戰이다.

1층 복도 끝. 그곳에서 오른쪽으로 객실 깊이 정도 되는 공간이 길게 이어져 있다. 용도를 알 수 없는 그 공간을 작은 창문을 통해 스며든 달빛이 희미하게 비추고 있다.

객실 앞 복도에서는 보이지 않는 사각지대.

창문에 달린 크레센트 자물쇠는 열린 상태였다.

조금 전에도 들었다. 이곳에는 1층 안쪽 창문의 자물쇠를 열어 두는 전통이 있다고.

호랑이 굴에 들어가지 않으면 호랑이를 잡을 수 없다.

와카구레 스유, 네 도전을 받아 주마.

창문을 통해 밖으로 기어 나가자 작은 오솔길이 펼쳐졌다.

무성하게 자란 풀밭 위로 사람들이 자주 밟아 다져진 길이 일직선으로 뻗어 있고, 그 양옆에는 짙은 어둠을 머금은 숲이 드리워져 시야를 거의 차단했다.

누군가에게 들킬 가능성이 있다면 위쪽뿐이다.

나는 고개를 돌려 2층을 올려다봤다. 합숙소는 충마다 구조가 거의 같기 때문에 2층에도 내가 방금 나온 것과 비슷한 창문이 있다. 이런 깊은 밤중에 저런 곳에서 창밖을 내다보는 사람이 있을 것 같지는 않지만.

풀을 밟으며 앞으로 나아가자 잠시 후 나무로 된 울타리가 보이기 시작했다. 울타리에는 검게 색이 바랜 문이 하나 있는데, 썩어 가는지 나무가 뒤틀려서 틈새로 반대편이 살짝 들여다보였다.

쏴아아 하는 잔잔한 파도 소리가 들렸다.

이 합숙소는 바닷가 바로 옆에 지어져 있다. 아마 이 울타리 너머는 바다일 것이다.

나는 녹슨 손잡이를 잡고 끼익, 하고 문을 밀어 열었다.

그 순간 내디디려던 발을 황급히 다시 거뒀다.

바닥이 없었다.

문밖은 수직으로 깎아지른 방파제였다. 울타리와 방파제 끝까지는 기껏해야 30센티미터. 내가 밀어서 연 문이 허공에서 삐걱거리며 위태롭게 흔들렸다.

뭐야, 이게. 하지만 가끔 봤다. 이렇게 의미를 알 수 없는 곳에

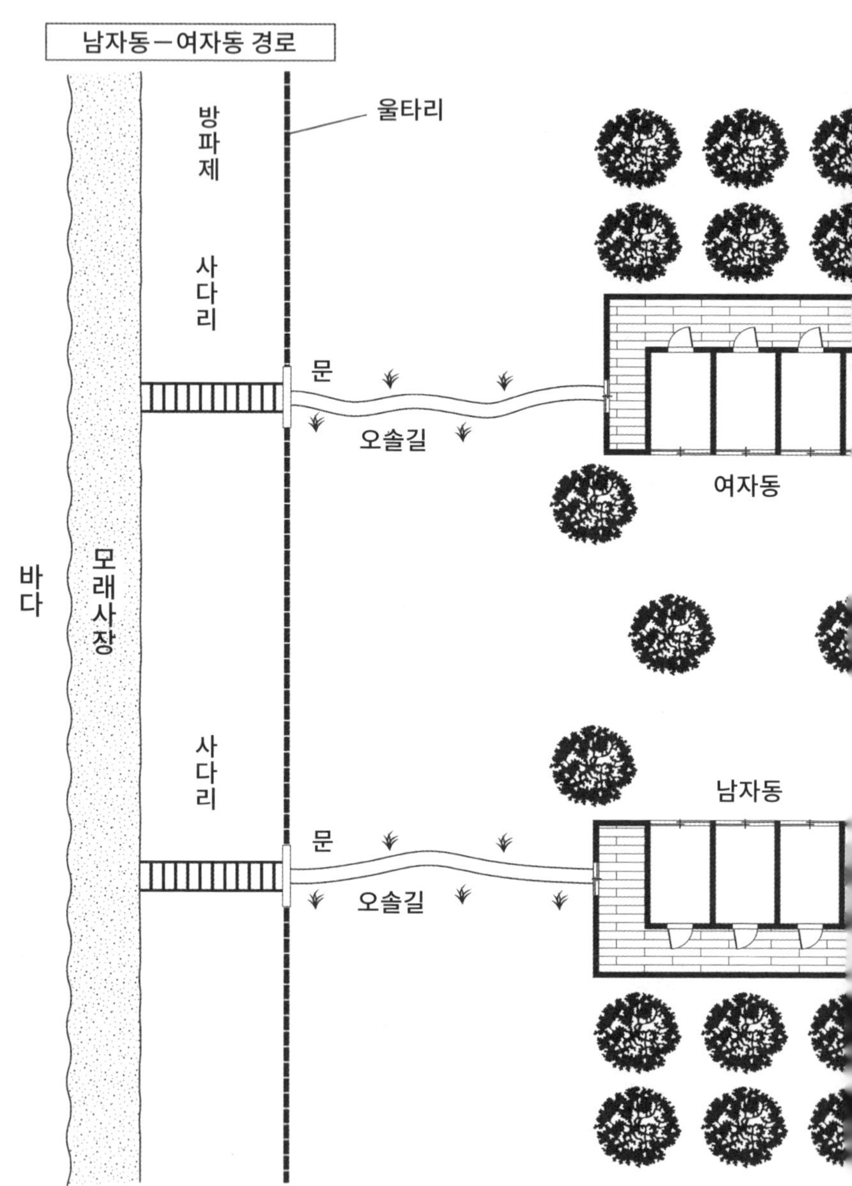




내 가  대 답 하 는  너 의  수 수 께 끼 2
그  어 깨 를  감 쌀  각 오

붙어 있는 문을. 나는 그런 생각을 하며 방파제 아래를 내려다봤다. 방파제 높이는 대략 4미터 정도. 측면에 짙게 녹슨 철제 사다리가 붙어 있고, 그 아랫부분에 파도가 철썩이며 밀려들고 있었다.

작은 모래사장이다.

방파제 아래에는 사람이 한 명 겨우 지나갈 정도의 작은 모래사장이 있었다. 이거, 시간대에 따라서는 파도 때문에 지나가지 못할 것 같다. 밀물이 가까웠을 수 있으니 서두르자. 목욕까지 다 했는데 젖고 싶지 않았다.

녹슨 사다리를 조심스럽게 내려가 자갈이 깔린 축축한 모래사장에 발을 디뎠다. 그 직후 밀려온 파도에 발이 휩쓸릴 뻔해서 황급히 방파제에 몸을 바짝 붙였다.

방파제 아래에는 파도가 세게 들이친 흔적이 남아 있었다. 역시 밀물 때는 이 작은 모래사장이 완전히 물에 잠기는 모양이다.

나는 방파제를 따라 모래사장을 걷기 시작했다. 기묘한 상황에 내몰린 나를 비웃기라도 하듯 바다는 고요했다. 잔잔한 파도 속에는 맑게 갠 밤하늘에 유유히 떠오른 반달이 비치고 있었다.

파도가 바로 코앞까지 밀려오는 탓에 물보라가 트레이닝복의 왼쪽 다리 밑단을 조금씩 적셔 갔다. 그런 은근한 불쾌감을 참으며 걷다 보니 곧 방파제 위로 올라가는 사다리가 보였다.

사다리 너머에는 남자동 앞과 비슷한 낡은 문이 있었다. 아마 저 너머가 여자동일 것이다.

미끄러지지 않게 조심조심 사다리를 기어올라 좁은 발판 위에서 힘들게 문을 밀어 열자 예상대로 남자동과 비슷한 오솔길이 펼쳐졌다.

밤하늘 아래에 우뚝 선 여자동의 그림자가 지금 내 눈에는 마치 마왕의 성처럼 보였다.

와카구레는 나에게 대체 뭘 시키려는 걸까.

결국 직접 가 보지 않으면 아무것도 알 수 없다.

나는 굳게 마음먹고 오솔길을 나아갔다. 금세 창문 앞에 도착해 건물 안을 살폈다.

복도에는 불이 꺼져 있고 인기척도 없었다. 다만 객실 안에서 들리는 듯한 여자아이들의 왁자지껄한 목소리가 희미하게 들렸다.

나는 창문을 열기 전 스마트폰을 꺼내 시간을 확인했다.

오후 9시 46분.

이동하는 데 10분이나 걸린 걸까. 소등 시각은 오후 10시 정각. 시간에 맞춰 돌아갈 수 있을 것 같지 않다. 나는 같은 방 친구들과의 단체 채팅방을 열어 '소등 시간까지 못 갈 것 같아. 미안하지만 조금 둘러대 줄 수 있어?'라고 보냈다. 그러자 카와구치가 '다른 누구도 아닌 이로하의 부탁이니 맡겨 둬'라는 믿음직스러운 답장을 보내 줬다. 이게 다 평소에 쌓은 덕 때문일 것이다.

준비는 마쳤다.

여자동 안에 들어가기 전에 간단히 정리하기로 했다.

각 방마다 인원수는 네다섯 명으로 정해져 있다. 따라서 여학생들 쪽도 서로 다른 그룹 아이들이 같은 방에 배정된 경우가 많다.

여자 방 1호실은 와카구레가 말하는 '연애지상주의 공국'의 여자애들, 즉 꽃미남 콤비인 하루하라와 니시미야를 따르는 네 명이 있다. 그중 대장은 키가 큰 키무라 리코다.

여자 방 2호실은 와카구레가 말하는 '반 남자 조약 기구'와 '낙오자 자치국'의 혼합 반이다. '반 남자 조약 기구'는 짧은 숏컷 머리가 특징인 아이우라 사치를 중심으로 구성돼 있으며 세 사람 다 관악부 소속이다. '낙오자 자치국' 멤버는 커닝 사건의 용의자인 메리가키 치사토와 유노시마 루이자다. 유노시마의 정학 기간은 이미 끝났다.

여자 방 3호실은 아마 코가미네 아이가 있는 방일 것이다. 코가미네와 '화려한 여학생 왕국'의 세 명을 더한 방. 와카구레의 분류에 따르면 서로 다른 그룹 소속이지만 이 네 사람은 사이가 꽤 좋아 보였다.

그리고 여자 방 4호실. 바로 이곳에 와카구레 스유가 있다. 와카구레와 함께 '문화부 합중국' 소속 세 명, 즉 연극부의 호사카 토코, 미술부의 리쿠하타 칸나, 천문부의 이가라시 아카리와, 평소 늘 낄 자리를 찾지 못하는 '아웃사이더 인민 공화국'의 유일한 여자 멤버 로쿠사이도 준노까지 총 다섯 명이 모여 있다.

홀로 선생님 곁에 있을 아케가미 린네를 제외하면 이것으로 18명. 내가 눈을 피해 움직여야 할 상대가 총 18명인 셈이다.

목적은 도난당한 참고서를 되찾는 것. 그 행방을 알 수 없으니 와카구레를 어떻게든 불러서 따져 묻는 수밖에 없다. 다들 방 배정

표에 적혀 있는 대로 방 안에 있으면 좋을 텐데.

……자, 가자.

나는 바닷물 때문에 젖은 왼쪽 바짓단을 걷어 올리고 조심스레 창문에 손을 갖다 댔다. 안으로 보이는 크레센트 자물쇠는 잠겨 있지 않았다.

옆으로 힘을 주자 창문은 쉽게 열렸다.

소리 나지 않게 천천히 창문을 끝까지 열고 벽을 타고 창문 안에 몸을 밀어 넣었다. 착지할 때 나무 바닥이 삐걱거렸지만 어쩔 수 없다. 아무도 듣지 않았기를 바랄 뿐이다.

나는 주변 인기척에 신경을 곤두세우며 창문 안쪽에 달린 크레센트 자물쇠를 잠갔다.

그러고는 복도 모퉁이에서 신중히 고개를 내밀어 객실 앞 복도에 아무도 없는 것을 확인했다.

남자동과 여자동은 거울처럼 대칭 구조로 돼 있다. 따라서 남자동과는 반대로 창문 쪽에서 봤을 때 오른쪽에 객실 미닫이문이 있었다.

미닫이문은 총 네 개. 와카구레 스유의 방은 그중 가장 앞에 있다. 먼저 그 녀석이 있는지부터 확인해야 한다.

나는 어둠에 잠긴 복도를 천천히 걸으며 방 안에서 들리는 소리에 귀를 기울였다. 도청 같은 짓은 하고 싶지 않지만 모쪼록 이해해 줬으면 한다. 이 모든 건 와카구레 스유를 회개시키기 위해서니까.

“어휴, 정말. 이제 곧 소등 시간이잖아. 수다 떨 거면 방 안에서 떨라고 했더니.”

드르륵.

바로 앞에 있는 미닫이문이 열렸다.

“어?”

코가미네 아이의 두 눈이 나를 포착했다.

“어?”

온몸이 얼어붙었다.

“……”

“……”

어두운 복도에서 시간이 멈췄다.

“……무슨.”

코가미네가 입을 연 순간 시간이 다시 흐르기 시작했다.

“……그럼 잠깐 갔다 올게.”

“잘 다녀와.”

코가미네가 나온 방 바로 옆, 조금 전까지 내가 소리를 엿듣던 방에서 누군가 나올 기척이 느껴졌다.

그러자 나보다 코가미네가 더 당황했다.

“앗, 자, 잠깐. 이리 와!”

코가미네는 내 손을 낚아채더니 강제로 자기 방에 끌고 들어갔다.

급히 미닫이문을 닫자마자 옆방 문이 열렸고, 문을 사이에 두고 여자의 콧노래 소리가 지나갔다.

귀에 익은 소리다.

……와카구레…….

역시 저 방에 있었구나. 게다가 방에서 막 나오려던 참이었다. 코가미네에게 들키지만 않았어도 붙잡아서 캐물을 절호의 기회였는데.

아이러니한 상황에서 이를 악물고 있자 문에 귀를 대고 있던 코가미네가 길게 한숨을 쉬었다.

"하아……. 그래서."

코가미네가 심각해 보이는 눈으로 나를 봤다.

"이로하…… 여기서 뭐 하는 거야?"

흐음, 이런. 난감하게 됐다.

와카구레 스유의 정체에 대해 아직 코가미네에게 말하지 않았다. 설령 사실대로 말해도 곧이곧대로 믿어 줄 가능성도 작다.

아니, 근데 그 메일을 보낸 사람이 와카구레인 것만 밝히지 않으면 괜찮을지도.

"알았어. 솔직히 말할게. 이 메일을 봐 줘."

나는 스마트폰을 꺼내 와카구레가 가짜 이메일 계정으로 보낸 수상한 메일을 코가미네에게 보여 줬다.

"누가 내 참고서를 훔쳐 갔어. 그걸 되찾으려고 비밀 통로인 창문으로 들어온 거야."

코가미네는 눈살을 찌푸린 채 한참 메일을 읽더니 다시 크게 한숨을 내쉬었다.

"누가 장난쳤는지는 모르겠지만…… 꼭 오늘 해야 할 일이었어?"

"그래. 난 당장 오늘 밤에 공부하고 싶었어."

"공부 중독에 걸린 사람은 처음 봐."

스스로도 어이가 없을 만큼 허술한 거짓말이지만 코가미네는 별로 의심하는 기색을 보이지 않았다.

그보다 더 신경 쓰이는 게 있는 듯했다.

"응? 사진 좀 자세히 볼게."

코가미네는 와카구레가 보낸 참고서 사진을 유심히 보더니 "……설마, 이거 혹시" 하고 나직이 중얼거렸다.

"……잠깐 들어와 봐. 지금 다른 애들 없으니까."

코가미네는 입구에서 신발을 벗고 다다미방 쪽으로 들어갔다.

합숙소 객실이라고 해도 여자 방에 들어가는 게 아무래도 망설여졌지만 주인이 들어오라고 하니 어쩔 수 없다. 나도 신발을 벗고 방 안으로 들어갔다.

방 구조는 남자동과 다를 바 없었다. 다다미가 깔린 방. 안쪽에는 넓은 툇마루. 도코노마에는 붉은 꽃병. 차이가 있다면 이불 위에 화장품 같은 물건이 흩어져 있다는 것과 방 안 가득 은은하게 감도는 달콤한 냄새 정도였다.

"저기."

고개를 돌리니 코가미네가 책 한 권을 다다미에 꺼내 놓은 참이었다.

"잃어버렸다는 거, 혹시 이거야?"

그것은 틀림없는.

내 짐 속에서 사라진 그 참고서였다.

"맞아, 그거야! 어디서 났어?"

내가 놀라서 참고서에 달려들자 코가미네는 의아하다는 듯이 고개를 갸웃했다.

"그게 말이지. 어느 순간 내 짐 속에 들어 있었어. 오히려 어떻게 된 일인지 내가 묻고 싶은 심정이야."

"훔친 녀석이 네 짐 속에 몰래 넣어 둔 건가?"

"왜 그런 짓을 했을까? 뭔가 찜찜한데……."

범인은 분명 와카구레 스유일 것이다. 굳이 아케가미 린네의 힘을 빌리지 않더라도 자명한 이치다.

하지만 대체 왜? 코가미네의 짐에 내 참고서를 숨겨서 얻을 게 뭐가 있을까.

"그나저나 아까 방 밖에 나가려던 거 맞지? 무슨 일 있었어?"

"응? 세노랑 애들이 화장실에서 계속 시끄럽게 수다를 떤다고 들어서. 이제 곧 소등 시간이니 데리러 가려고 했지."

"들었다고? 누구한테? 어떻게?"

"와카구레가 메신저로 알려 주던데? 왜?"

그렇군. 방에서 나가는 타이밍까지 포함해 모든 게 와카구레의 계획대로였다는 뜻이다.

오늘 밤 나와 코가미네를 만나게 할 목적이었을까. 그런 걸로 뭘 노리는 걸까.

아니, 잠깐. 세노랑 아이들, 그러니까 이 방을 쓰는 다른 아이들이 화장실에서 수다를 떨고 있다고? 그런데 와카구레는 방금 그 방에서 나갔고…….

"있지, 여자동은 담당 선생님이 꽤 엄하대. 소등 시간에 다들 이불에 안 들어가 있으면 바로 뭐라고 하시나 봐. 응? 이로하, 너 왜 그러……."

"큰일이야!"

나는 참고서를 낚아채듯 집어 들고 황급히 일어섰다.

"다른 애들이 올 거야! 지금 당장 돌아가지 않으면!"

"온다고? 세노랑 애들이? 걔네 한번 시동 걸리면 오래 걸려."

"아까 와카구레가 나갔잖아. 걔네를 데리러 간 거야!"

"아."

나는 전속력으로 방 입구 쪽으로 향했지만, 이미 늦었다.

—와, 아슬아슬했네! 하마터면 깜빡할 뻔했어!

—고마워, 와카구레.

—괜찮아, 괜찮아. 코가미네한테도 잘 자라고 전해 줘.

미닫이문 너머에서 목소리가 들렸다. 왔다. 이제 복도로 나갈 수 없다.

나는 입구에 둔 내 신발을 집어서 바닥에 툭툭 내려치며 밑창의 모래를 털었다. 그리고 그걸 끌어안은 채 다시 다다미방으로 달려가.

"코가미네! 어디 숨을 데 없어?"

"응? 어, 어…… 아! 벽장!"

"그래!"

코가미네는 제대로 몸을 일으킬 새도 없이 허둥지둥 벽장 앞으로 기어가 미닫이문을 밀었다. 안에는 이불이 들어 있었는지 공간이 충분했다.

"얼른 들어가!"

내가 몸을 낮춰 벽장 아래칸에 머리를 들이밀자 코가미네가 뒤에서 내 등을 밀더니.

그대로 함께 옷장에 들어왔다.

"(응? 야……!)"

제지하려 했지만 이미 늦었다. 안에 들어온 코가미네는 미닫이문을 당겨서 닫는 중이었다.

탁 소리와 함께 문이 완전히 닫히고 시야가 어둠에 잠기자 휴, 하고 코가미네가 안도의 한숨을 내쉬었다.

"(……야…….)"

"(응? 왜?)"

"(너까지 숨을 필요는 없었잖아…….)"

어둠 속에서도 또렷이 보일 만큼 가까운 거리에서 넋이 나간 듯한 코가미네의 얼굴이 보였다.

"(아.)"

왜 내 주변 여자애들은 하나같이 이런 덜렁이들일까.

속으로 절규하는 순간 벽장 밖에 모여드는 인기척이 느껴졌다.


캄캄하고 좁은 벽장 안에 두 사람의 낮은 숨소리만 감돌았다.

코가미네는 천장을 바라보며 누운 내 허리에 올라탄 자세로 내 얼굴을 내려다보고 있다.

—……어라? 코가미네 어디 갔지?

—화장실…… 은 조금 전까지 우리가 있었으니.

—어디서 아직 노는 거 아니야? 난 몰라.

벽장 밖에서 여자아이 세 명의 목소리가 들렸다. 코가미네와 같은 방을 쓰는 아이들이다.

푹 하고 이불에 주저앉는 소리나 달그락달그락 뭔가를 만지는 소리가 뒤를 이었다. 소등 시간까지 이제 10분도 안 남았을 터. 아이들이 다시 방을 나갈 가능성은 거의 없다.

“(……어, 어떻게 하지……?)”

코가미네는 목소리를 최대한 낮춰서 속삭였다.

나는 그런 코가미네를 어이없다는 듯이 바라봤다.

“(네가 같이 숨지만 않았어도 어떻게든 빠져나갈 기회가 있었을 텐데.)”

“(미, 미안……. 너무 당황해서…….)”

나는 전에 린네와 함께 여자 탈의실 로커에 숨었을 때를 떠올렸다. 그때도 따로 숨을 수 있었는데 린네가 당황하는 바람에 나와 같은 로커에 들어왔다.

"(같은 상황을 몇 번이나 겪는 거야…….)"

"(……전에도 이런 일이 있었어?)"

무심코 새어 나온 혼잣말을 듣고 코가미네는 왠지 불안한 눈빛으로 물었다.

"(누구랑? ……린네랑?)"

"(뭐, 나름의 사정이 있었어.)"

여자 탈의실에 몰래 들어간 이야기를 떠벌리고 싶지 않았다. 여자 숙소에 몰래 들어온 지금도 크게 다르지는 않지만.

"(……숨기지 않네.)"

코가미네는 내 눈을 지그시 보며 조용히 중얼거렸다.

말투가 왠지 비난조로 들려서 나는 눈살을 찌푸렸다.

"(그걸 왜 숨겨야 하는데?)"

"(만약 나한테 조금이라도 마음이 있다면…… 아마 숨기지 않을까? 그런 이야기.)"

마음이라니.

애초에 그런 감정 따위 없다는 걸 지금까지의 관계로 충분히 알지 않나. 대체 언제까지 나를 가지고 장난쳐야 직성이 풀리는 거냐, 넌.

그때 내 가슴에 부드러운 뭔가가 살며시 닿았다.

동시에 가까웠던 코가미네의 얼굴이 더 가까워졌다. 축축한 숨결이 목덜미를 간지럽힌다. 내 허리에 올라타 있던 코가미네가 몸 전체를 완전히 나에게 기댄 것이다.

"(어, 야……!)"

허리를 틀어 코가미네를 옆으로 밀어내려 했지만 그보다 먼저 코가미네가 내 어깨를 꽉 붙들고 다리를 단단히 감아 왔다. 괜히 더 격렬히 움직였다간 벽장 밖에 있는 아이들에게 들킬 수 있다. 결국 나는 저항할 수 없었고, 우리 둘은 더 찰싹 달라붙게 됐다.

"(야, 이게 무슨 짓이야……!)"

"(…….)"

따지는 듯한 내 말에도 코가미네는 대답 없이 내 어깨 부근에 얼굴을 얹은 채 몸을 밀착시킬 뿐이었다.

부드럽다. 아무리 의식에서 떨쳐내려고 해도 밀어낼 수 없을 만큼 압도적인 부드러움이다. 거기에 따스한 체온과 어디서 나는지 모를 달콤한 향기, 그리고 아주 약간의 땀 냄새까지 뒤섞여 머릿속이 뒤죽박죽되는 기분이었다.

"(……하아…….)"

코가미네의 숨결이 목덜미에 닿을 때마다 온몸이 굳는 게 느껴졌다. 제기랄, 정신 차려! 이건 그저 생물학적 본능에 따른 반응이다. 이런 걸 이겨내야 진정한 이성을 가진 인간이라고 할 수 있다.

"(……심장…… 엄청나게 두근대고 있네.)"

숨결이 섞인 작은 목소리에 이끌려 시선을 내리자 내 어깨에 뺨을 기댄 코가미네가 장난스럽게 미소 지으며 나를 올려다보고 있었다.

“(나도 그래……. 거의 터질 것 같아…….)”

두근, 두근, 두근 하고 빠르게 뛰는 심장 소리가 귓속에서 요란하게 울렸다.

그 소리에 섞여 지잇 하고 뭔가 지퍼 같은 걸 내리는 소리가 섞였다.

예상도 못 한 그 행동에 나는 소리 내거나 손을 움직일 수도 없었다.

코가미네는 자신의 트레이닝복 상의 지퍼를 열고 안에 입은 체육복에 손을 얹고 있었다.

“(이로하.)”

손이 움직였다.

순식간에 체육복 상의가 걷혀 올라간다.

종 모양의 곡선을 어루만지듯 쓸던 손이 어깨까지 도달했을 때 어둠 속에서 브래지어 밖으로 쏟아져 나올 듯한 굴곡이 하얗게 빛나는 게 보였다.

“만져 봐.”

유혹하는 것 같지 않다.

애교 부리는 것 같지도 않다.

마치 간절히 부탁하는 듯한 그 목소리를 듣고 내 머릿속이 하얘졌다.

가족의 가슴을 제외하면 평생 처음 가까이서 보는 여자의 가슴에 마치 꿰매어지듯 시선이 빨려 들어갔고, 나도 모르는 사이 한 손을 들어 올려.

이 어깨를.

어둠 속에 떠오른 이 가녀린 어깨를.

두 팔로 감싸고 싶다는 생각이 들다니.


걷혀 올라간 체육복을 붙잡고 나는 다시 배까지 천천히 내렸다.

"난……."

뱃속 깊은 곳에서 목소리를 쥐어짰다.

"너한테 손을 대지 않을 거야."

코가미네는 놀란 것처럼 눈을 살짝 크게 뜨더니 곧 쓸쓸하게 미간을 일그러뜨렸다.

본능에 휩쓸리고 싶지 않다는 이유만은 아니다.

손을 대는 순간 뭔가 소중한 걸 잃어버릴 것 같은 기분이 들었다.

"……미안."

코가미네가 조용히 사과했다.

그리고 그 직후 벽장 밖에서 다시 여자아이들의 목소리가 들렸다.

—어라? 코가미네, 스마트폰을 두고 갔잖아.

어두운 방 안에서 희미하게 빛나는 스마트폰 화면을 바라보고 있습니다.

톡, 톡 하고 말풍선이 나타났다가 화면 위로 올라가 사라집니다. 꼭 비눗방울처럼 잠깐 빛났다가 다시 사라지는 모습이 왠지 서글프고 애틋한 건 저뿐일까요.

'반 단체 채팅방'이라는 곳에서 오가는 대화는 하나같이 별 의미 없는 내용이었습니다.

하지만 체험 학습의 바로 오늘, 이 시간에만 볼 수 있는 것이라고 생각하면 묘한 운치가 느껴지기도 했습니다.

"린네. 이제 곧 소등 시간이야."

언니의 말에 저는 조용히 고개를 끄덕였습니다.

화면을 끄는 버튼을 찾아 누르려고 했지만, 바로 직전에 톡 하고 또 하나의 비눗방울 같은 말풍선이 화면에 떠올랐습니다.

말풍선 안에는 이렇게 적혀 있었습니다.

—혹시 코가미네 본 사람 있어? 스마트폰 두고 어디론가 사라졌는데. - 오후 9:56

코가미네 씨가 사라졌다? 소등까지 4분 남았는데……. 역시 이번에도 겉모습 그대로 문제아 기질을 발휘하나 봅니다.

'모른다', '못 봤다' 같은 대답이 잇따르는 가운데, 문득 전 오늘 아침에 코가미네 씨가 했던 말을 떠올렸습니다.

─스마트폰은 여고생의 필수품! 화장실과 욕실에도 들고 가는 몸의 일부니까! 뭐든 물어봐!

그렇게 호언장담하던 코가미네 씨가 스마트폰을 두고 갔다?

이건 평소처럼 찾아오는 '하늘의 계시'일까요. 아니면.

─나…… 이로하를 좋아해.

코가미네 씨가 그렇게 말한 건 뭔가 생각이 있어서일 겁니다. 저와는 상관없는 이야기지만 나름의 어떤 논리가 존재할 것입니다.

마치 제 추리처럼.

그렇다면 코가미네 씨가 사라진 것도 저와 관련이 있는 걸까요.

……잘 모르겠습니다.

아버지께서 말씀하신 신의 말씀이라는 건 정작 필요할 때 아무런 대답을 해 주지 않으니까요.

─현장이 전부라는 말 몰라?

……그렇습니다.

그럼 제가 직접 조사하면 되겠지요.

저는 스마트폰을 트레이닝복 주머니에 넣고 의자에 둔 케이프를 어깨에 걸쳤습니다.

"린네, 어디 가니?"

"화장실요."

짧게 대답하고 방에서 나갑니다.

복도로 나서자 다른 선생님들이 묵는 방에서 대화 소리가 들렸습니다. 그걸 제외하면 나무가 깔린 복도는 쥐 죽은 듯 고요했고 사람 그림자 하나 없었습니다.

저와 언니가 묵는 방과 다른 선생님들의 방은 'ㄱ' 모양 여자동 건물에서 가로축에 해당하는 위치에 있습니다. 학생들이 있는 객실로 가려면 모퉁이 계단 앞을 지나 오른쪽으로 꺾어야 합니다.

"다녀오겠습니다."

합숙소 구조를 머릿속에 그리며 확인하고 있을 때 옆방에서 여교사 한 명이 문을 열고 나왔습니다.

그녀는 저를 발견하곤 눈살을 찌푸리며 말했습니다.

"린네, 무슨 일이니? 이제 곧 소등 시간인데."

"잠깐 화장실에 다녀오려고요."

"그렇구나. 얼른 다녀오렴."

선생님은 주의를 주듯 말하고 모퉁이를 돌아 학생들 객실이 있는 쪽으로 사라졌습니다.

아마 소등 시간 전 순찰일 겁니다. 분위기를 보니 한 명이라도 이불에 들어가 있지 않으면 끝까지 찾아낼 분위기입니다.

저는 선생님을 뒤따르듯 복도 모퉁이를 돌아 왼편에 있는 화장실로 향했습니다. 선생님이 순찰 중이면 탐색에도 지장이 생기니 먼저 이곳부터 확인해 보고 싶었습니다. 코가미네 씨는 화장실에 갈 때도 절대 스마트폰을 놓고 가지 않는다고 했지만 정말 급했다면 사정이 다를 수도 있으니까요.

화장실 입구에는 별빛이 희미하게 비치고 있었습니다. 창밖에 보이는 건물은 남자동입니다. 저는 그쪽을 한 번 힐끗하고 화장실 안으로 들어갔습니다.

아무도 없는 세면대 앞을 지나 모든 칸막이를 하나씩 확인합니다.

몇몇 칸은 문이 닫혀 있지만 잠겨 있지는 않습니다. 혹시 모르니 문을 두드려 반응이 없는 걸 확인하고 열어 봐도 전부 텅 비어 있었습니다.

아무래도 여기는 없는 것 같습니다. 문 뒤에 숨어 있기라도 하지 않은 이상.

그래서 일단 문 뒤도 확인해 봤습니다. 없습니다. 코가미네 씨는 체구가 작으니 숨어 있을 수 있다고 예상했지만 확실히 이 좁은 공간에서는 그 커다란 가슴이 눌려서 고생할 겁니다.

목욕탕에서 본 광경을 떠올리며 다시 화장실에서 나왔습니다.

"……정말 바로 돌아오는 거지?"

복도 안쪽의 두 번째 방 앞에서 조금 전에 만난 그 여교사가 방 안의 누군가와 대화하고 있었습니다.

방 안에서 얼굴을 내밀고 있는 사람은, 까마귀 깃털처럼 윤기 나는 검은 머리와 상냥해 보이는 얼굴이 인상적인 전형적인 일본풍 미인이었습니다.

"네, 물론이죠, 선생님. 코가미네는 그냥 화장실에 간 거니까요. 설마 복통을 참으면서까지 소등 시간에 맞춰 이불에 들어가야 한다고 말씀하시는 건 아니죠?"

"몸이 안 좋다면 어쩔 수 없지만……. 정말 화장실에 간 게 맞아?"

"네. 그런데 모르는 척해 주시는 게 좋을 것 같아요. 배탈이 나면 사람이 예민해지잖아요."

"그래. 그럼 너희는 먼저 이불에 들어가 있어라."

그 말을 듣고 일본풍 미인 씨는 싱긋 미소 짓고 미닫이문을 닫았습니다.

이상한 일입니다. 화장실에는 아무도 없는데……. 1층에는 화장실이 하나밖에 없을 테고요.

그럼 저 일본풍 미인 씨는 선생님을 상대로 태연하게 거짓말을 한 셈입니다. 예쁜 얼굴로, 아무렇지 않게.

그 후 선생님은 가장 안쪽에 있는 방으로 향했습니다. 저는 복도 모퉁이에 몸을 숨긴 채 그 모습을 지켜봤습니다. 선생님은 미닫이문을 열고 방 안을 살피더니 고개를 끄덕이고 바로 닫았습니다. 다들 확실히 이불 속에 들어가 있었나 봅니다.

그러고는 제가 있는 쪽으로 돌아오는가 싶었는데 선생님은 문득 복도 끝을 바라봤습니다. 뭔가를 확인하고는 또 한 번 고개를 끄덕이고 제 쪽을 향해 획 돌아섭니다.

왠지 몸을 숨겨야겠다는 생각이 들었습니다. 곧장 화장실로 돌아가 칸막이 중 하나에 들어가 문을 잠갔습니다.

딱히 들켜도 별일은 없겠지만…… 왜일까요. 숨어 있는 쪽이 더 재미있을 것 같은 건.

그때 화장실에 사람이 들어오는 기척이 느껴졌습니다.

발소리는 제가 있는 칸 앞에서 멈췄습니다. 저도 모르게 숨죽이고 있자.

"코가미네. 정말 힘들면 말하렴. 약이 있으니까."

여자 선생님의 목소리가 들리더니 잠시 후 발소리가 다시 멀어졌습니다.

아무래도 저를 코가미네로 착각한 것 같습니다. 그 일본풍 미인 씨가 모르는 척하는 게 좋을 것 같다고 했지만 선생님은 역시 들은 척도 안 하셨네요. 무섭습니다.

선생님의 기척이 완전히 사라지자 저는 조심스럽게 칸막이 밖으로 고개를 내밀어 그대로 화장실을 나갔습니다.

소등 시간 순찰이 끝났으니 밤 10시가 조금 넘었을까요.

그렇게 생각하던 찰나 스마트폰에 시계 기능이 있다는 걸 떠올렸습니다. 삐걱삐걱하고 객실 앞 나무 복도를 걸으며 주머니의 스마트폰을 꺼내 화면을 켜 봅니다. 밤 10시 5분.

아. 혹시 이게 요즘 흔히들 말하는 '스몸비[4]'라는 걸까요. 인생 처음으로 걸으면서 스마트폰을 본 것 같습니다.

약간의 감회에 젖어 있을 때 갑자기 어디선가 콰당 하는 요란한 소리가 들렸습니다. 선생님의 순찰이 끝나니 아이들의 활동이 다시 시작된 걸까요.

하지만 그보다 저는 조금 전 선생님께서 복도 안쪽에서 확인

---

한 게 무엇인지가 더 신경 쓰였습니다.

선생님이 향한 곳까지 가자 그제야 그곳에 창문이 있다는 걸 깨달았습니다. 복도에서 왼쪽으로 좁고 긴 공간이 있고 그 오른쪽 벽에 작은 창문이 보였습니다.

창문에 손을 뻗어 크레센트 자물쇠를 만져 봤습니다. 선생님은 아마 이 자물쇠를 확인하셨던 게 아닐까요.

그러고 보니 문득 떠오르는 게 있습니다.

반 단체 채팅방에서 누군가 말했던 것 같습니다. 합숙소 1층 안쪽 창문은 남녀가 몰래 만날 수 있게 일부러 자물쇠를 풀어 두는 전통이 있다고.

혹시 이게 그 창문?

하지만 자물쇠는 확실히 잠겨 있습니다. 아, 혹시 선생님이 잠그신 걸까요. ……아니, 그 선생님은 손을 움직이지 않았습니다. 창문을 바라보기만 하셨을 뿐이죠.

의아해진 저는 일단 크레센트 자물쇠를 풀어 창문을 열어 봤습니다.

바닷내음이 섞인 바람이 머리카락을 스치고 갑니다. 철썩, 하고 방파제 같은 곳에 파도가 부딪치는 소리가 예상보다 가까운 거리에서 들렸습니다.

창문 밖에는 짐승이 다닐 법한 오솔길 같은 게 어둠 속에 펼쳐져 있을 뿐입니다. 왠지 뭔가가 그 안에서 튀어나올 것 같아 저는 얼른 다시 창문을 닫고 자물쇠도 단단히 채웠습니다.

무서워서 그런 건 아닙니다. 절대.

창밖을 다시 한번 힐끗 보고 서둘러 그 자리를 떠났습니다.

코가미네 씨는 정말 어디로 간 걸까요.

이렇게 된 이상 이로하 씨가 늘 그러듯 관계자들을 찾아가 이야기라도 들어볼까요.

저는 안쪽에서 두 번째 방 앞에 서서 미닫이문을 똑똑 두드렸습니다.

학생들이 어떤 방에 배정됐는지는 안내 책자 같은 데서 본 기억이 있습니다. 조금 전 선생님께서 주의를 준 곳이 이 방이니 아마 여기가 코가미네 씨의 방일 겁니다.

"선생님이세요? 잠깐만요! 금방 나갈게요."

잠시 기다리고 있자 드르륵하고 미닫이문이 열렸습니다.

조금 전에도 본 그 일본풍 미인 씨가 제 얼굴을 보더니 그대로 굳었습니다.

"뭐야…… 린네?"

일본풍 미인 씨는 다소 당황한 기색이었지만 지금 제 관심은 거기 없습니다.

"코가미네 씨가 사라졌다고 들었는데요."

무심코 일본풍 미인 옆으로 방 안을 들여다봤습니다.

그러자.

그곳에는 코가미네 씨가 있었습니다.

겉옷을 풀어 헤친 체육복 차림으로 이불 위에 다소곳이 앉아 있습니다. 제 얼굴을 보더니 놀랐는지 입을 반쯤 벌립니다.

"……계시잖아요."

허탈했습니다. 그 단체 채팅방 메시지는 잘못된 정보였을까요. ……응? 하지만 아까 그 여자 선생님은 분명 코가미네 씨의 행방을 물었습니다.

고개를 갸웃거리고 있자 코가미네 씨가 웃으며 일어나 종종걸음으로 다가왔습니다.

"혹시 날 걱정해 준 거야?"

일본풍 미인 씨의 겨드랑이 아래에서 저를 들여다보며 미안하다는 듯이 두 손을 모읍니다.

"고마워. 그냥 멍하니 바깥 좀 보다가 방금 돌아왔어! 시골 밤하늘은 감성 터지잖아."

……방금?

제 시선은 자연스럽게 방 안을 훑었습니다.

흐트러진 이불이 네 벌. 문이 열린 채 비어 있는 툇마루. 닫힌 벽장. 같은 방을 쓰는 것으로 보이는 노란 머리 아이. 마찬가지로 룸메이트로 보이는 이국적인 느낌의 아이. 어지럽게 벗어 놓은 신발 네 켤레. 그 주변에 흩어진 젖은 모래.

"……그런가요."

저는 입을 열었습니다.

"그럼 문제없네요."

용건은 끝났습니다.

발길을 돌려 방 앞에서 물러났습니다.

"아, 린네!"

그때 뒤에서 불러서 돌아봤습니다.

코가미네 씨는 자신이 불러 놓고도 어쩐지 쑥스러운 표정을 짓고 있었습니다.

"아…… 그냥. 내일 봐."

"……네. 내일 뵙겠습니다."

미닫이문이 닫혔습니다.

혼자 제 방으로 돌아갑니다.

도중에 무슨 소리를 들은 것 같지만 머릿속에 들어오지 않았습니다.

"린네, 늦었잖아."

"죄송해요."

언니의 말에 기계적으로 대답하며 저는 창가에 놓인 의자에 앉았습니다.

창밖에는 어둠이 짙게 내려앉은 숲이 펼쳐져 있습니다.

고개를 들자 밤하늘에 뜬 반달이 보입니다.

하지만 저는 숲도 하늘도 외면한 채 스마트폰을 들여다봤습니다.

현대인들이 왜 그렇게 스마트폰만 보고 있는지 마침내 이해하게 된 건지도 모릅니다.

왠지 있을 것 같았습니다.

내가 찾는 답이, 이 얇고 빛나는 판 속에.

정신을 차리고 보니 저는 메신저 앱을 열고 음성 입력 기능을 켜고 있었습니다.

### ◆ 이로하 토야 ◆

―곶감이네. 시와 잎, 섰나요? - 오후 10:12

어두운 벽장 안에서 읽은 린네의 개인 메시지는 이제 완전히 해독 불가능한 수준이 돼 있었다.

느긋하게 답장을 고민할 상황이 아니다. 나는 깊이 고민하지 않고 문자를 입력했다.

―곶감이라도 먹었어? - 오후 10:12

잠시 기다렸지만 린네에게서 추가 메시지는 오지 않았다.

대체 뭘까. 정답이 궁금했지만 그전에 내가 숨어 있던 벽장문이 열리며 환한 빛이 눈을 찔렀다.

"이제 괜찮아, 이로하."

장난스럽게 웃으며 벽장을 들여다본 사람은 코가미네가 아니었다.

세노 마나미.

머리를 눈에 띄는 노란색으로 물들인, 코가미네보다 훨씬 더 날라리 느낌의 여자애다.

"큰일 날 뻔했네. 설마 린네가 올 줄이야. 간 떨어질 뻔했어."

"숨어 있기를 잘했네, 엄마."

말과는 달리 태연하게 미소 짓는 검은 머리의 일본 전통풍 미인은 시라베 쿄카.

혀 짧은 소리에 무릎에 손을 짚은 채 나를 들여다보는 파란 눈의 미소녀는 츠루미 도로시. 한자는 '銀靴'라고 쓰고 '도로시'라고 읽는다고 했다.

세 사람 모두 와카구레가 말하는 '화려한 여학생 왕국' 소속. 코가미네의 친구이자 같은 방을 쓰는 룸메이트들이다.

상황은 몇 분 전으로 거슬러 올라간다.

순찰을 도는 선생님과 시라베 쿄카의 대화를 벽장 안에서 듣던 나와 코가미네는, 이후 발생한 작은 소음 하나 때문에 츠루미 도로시에게 들켜 버렸다.

나는 코가미네와 함께 쾅당 소리를 울리며 벽장에서 굴러떨어진 후 '아, 이제 끝인가' 하고 고개를 숙일 준비를 했지만, 리더 역할인 세노 마나미가 입에 담은 건 예상치 못한 말이었다.

"아, 오케이, 오케이. 그냥 입 다물고 있으면 되는 거지?"

그야말로 순식간에 사실과 완전히 동떨어지게 우리 사정을 이해한 것이다.

그리고 묘하게 히죽거리는 아이들에게 질문 세례가 쏟아지려는 찰나, 어쩐 일인지 린네가 방에 찾아오는 바람에 나만 다시 벽장에 숨어야 했다.

"자, 이제 방해꾼도 없는 것 같으니 슬슬 시작해 볼까!"

세노가 이불에 털썩 주저앉아 선언하자 츠루미 도로시가 코가미네의 등을 밀어 억지로 내 옆에 앉혔다.

"어…… 음……. 뭘 시작한다는 거야……?"

코가미네는 어깨를 움츠리고 친구 세 명을 돌아봤다.

일본풍 미인인 시라베 쿄카가 완벽한 미소를 머금은 채 입을 열었다.

"그야 물론."

"언제부터 사귄 거야?"

세노가 눈을 반짝이며 신난 것처럼 몸을 앞으로 기울였다.

"고백은 누가 했어? 뭘 보고 반했고?"

"데이트는 어떻게 하는지 궁금하네. 뭔가 상상이 잘 안 돼."

"맞아! 근데 코가미네는 의외로 소극적인 면도 있으니 초딩들처럼 풋풋한 데이트 하는 거 아니야?"

"귀엽고 좋네. 이로하도 억지로 들이대는 타입은 아닐 거고."

"아, 정말! 아니야! 아니라고!"

제멋대로 이야기가 흘러가는 상황에서 코가미네가 끼어들려고 했을 때 츠루미 도로시가 태연하게 말을 보탰다.

"그거 할 때는 누가 위로 올라가?"

"부아악……!"

코가미네가 기이한 비명과 함께 얼굴을 붉히자 세노와 시라베가 동시에 츠루미의 입을 틀어막았다.

"갑자기 급발진하지 마. 눈치 없이!"

"미안해. 근데 얘는 외국인 피가 섞여서 그래. 분위기가 다르
잖아, 분위기가."

"다들 왜 그래? 연인이면 그 정도는 다 하지 않아? 매일 밤 매
일 밤 하는 거 아니야?"

화려한 여학생 왕국이라.

아무래도 화려하다는 단어 하나로 설명될 건 아닌 것 같은데,
와카구레.


내가 풀려난 건 그로부터 30분쯤 지나서였다.

복도에 아무도 없는 것을 확인하고 살금살금 소리 죽여 방을
빠져나왔다. 다음에 또 재미있는 이야기를 들려 달라는 아이들을
뒤로하고 나는 코가미네와 둘이 함께 창문 쪽으로 향했다.

코가미네가 나를 배웅하게 된 건 안에서 창문 자물쇠를 잠가
야 하기 때문이다. 전통이든 뭐든 역시 여학생들이 묵는 건물에 보
안상 구멍이 있는 건 문제 아닐까.

복도 끝에 다다라 조용히 창문을 옆으로 밀었다. 나는 남자동
을 빠져나왔을 때처럼 상반신부터 밖으로 나가 잘 다져진 잔디 위
에 착지했다.

"그럼 이만."

코가미네에게 건넨 작별 인사가 유독 무덤덤했던 건 아마 조
금 전 일이 아직 머릿속에 깊이 남아 있기 때문일 것이다.

—만져 봐.

대체 무슨 생각으로 한 행동인지 모르겠다. 아니, 일반적으로 해석하면 하나뿐이긴 한데…… 코가미네 본인에게 확실히 확인한 게 아닐뿐더러 추론하기에 단서도 부족하다.

무죄 추정.

아직 섣불리 결론 내리지 않는 게 좋다.

"이…… 이로하!"

그렇게 여자동을 떠나려 할 때 코가미네가 창문에서 기어 나오는 모습이 보였다.

"잠, 잠깐만, 아앗!"

"위험해!"

풍만한 가슴이 창틀에 걸려 중심을 잃자 나는 황급히 코가미네의 어깨를 붙잡았다.

"미, 미안……. 고마워……."

"고맙긴."

나는 코가미네의 겨드랑이 아래에 팔을 넣어 아담한 몸을 창문에서 끌어 내린 후 발을 지면에 닿게 했다.

그 후 몸에서 손을 뗐지만 코가미네는 내 가슴에 손을 얹은 채 좀처럼 떨어질 생각을 하지 않았다.

"……코가미네……?"

고개를 숙이고 침묵하고 있는 코가미네에게 조심스레 말을 걸었다.

그러자 코가미네는 고개를 들어 내 얼굴을 잠시 살피더니.

"……아까는…… 미안."

나뭇잎 스치는 소리와 파도 소리에 묻힐 것 같은 작은 목소리로 중얼거렸다.

"아까 뭔가 유혹하는 것 같은 짓을 해서……. 그냥 좀, 분위기에 휩쓸린 것 같아……. 혹시 욕구 불만인가?"

어색하게 웃는 표정을 보며 나도 따라 웃을 수밖에 없었다.

"나야말로 미안. 이상한 상황에 휘말리게 해서."

"그건 맞아! 설마 네가 비밀 통로로 들어올 줄 몰랐다고. 익숙하지 않은 짓은 하는 거 아니야. 위험할 뻔했잖아."

"그러게 말이야."

"……하지만."

갑자기 코가미네의 얼굴이 눈앞에 불쑥 다가왔다.

### ◆ 아케가미 린네 ◆

나무들이 바닷바람에 흔들려 사아아, 사아아 하고 파도처럼 속삭이고 있습니다.

창가 의자에 앉아 아무 생각 없이 흔들리는 나무들을 바라봅니다.

가지가 휘고.

잎이 날리며.

그 사이에 생긴 틈으로.

완벽하게 포개진 두 사람의 그림자가 제 눈에 들어왔습니다.

### ◆ 이로하 토야 ◆

"(……엄청 두근거리고, 재밌었어.)"

코가미네는 뺨이 닿을 정도로 얼굴을 바짝 붙여 내 귓가에 속삭였다.

그러더니 다시 스윽 몸을 떼고 장난스럽게 킥킥 웃었다.

"너도 많이 두근거렸지?"

놀리는 듯한 눈빛을 왠지 똑바로 쳐다볼 수 없어서 고개를 옆으로 돌렸다.

"……그래. 여러 가지 의미로."

코가미네는 소리 죽여 웃더니 체육복 끝자락을 가볍게 걷어 배꼽을 보였다.

"이번에는 밝은 데서 보여 줄까?"

"시끄러워. 됐어."

"상상하고 있으면서 ♪ 우리 동, 정, 군 ♪"

조금 전 아이들에게 질문 공세를 당할 때는 자기도 경험 없는 티를 팍팍 낸 주제에, 잘도 우쭐거린다.

나는 한숨을 쉬고 코가미네에게 등을 돌렸다.

"그럼 간다. 배 내놓고 자지 마."

"네, 네. 그럴게요, 엄마."

나는 숲길을 따라 담장 쪽으로 걸어갔고, 코가미네는 다시 창문을 통해 여자동으로 돌아갔다.

돌아가는 길의 모래사장은 흥건하게 젖어 있었다.


오후 10시 51분.

무려 한 시간 넘게 지나서야 나는 남자동에 돌아왔다.

창문으로 들어가 손을 뒤로 뻗어 자물쇠를 잠그고서야 '만약 여기가 잠겨 있었으면 아예 못 들어왔겠네' 하고 위험한 짓을 했다며 반성했다.

도발에 너무 쉽게 넘어갔다.

하지만 뭐, 참고서는 되찾았으니 결과적으로 잘 된 셈이다.

긴장을 풀고 내 방으로 향했다. 아이들이 내가 사라진 걸 잘 둘러대 줬으려나. 감사 인사라도 해야겠는데.

그렇게 생각하며 방문을 열었을 때 우당탕하고 허둥대는 듯한 소리가 들렸다.

어둠 속에 켜져 있던 작은 불빛이 순식간에 팟 하고 꺼졌다.

문을 닫고 다다미방으로 들어가자 옆에 나란히 깔린 이불에 엎드려 있던 카와구치와 하다테가 나를 돌아봤다.

"(이…… 이로하.)"

"(어, 어서 와.)"

왠지 어색해 보이는 두 사람을 보며 나는 어이없어하며 말했다.

"(아직 안 잤어? 이제 곧 밤 11시인데.)"

“(이 시간까지 밖을 돌아다닌 네가 할 말은 아닌 것 같아.)”

“(맞아, 맞아!)”

그렇게 지적하면 반박할 여지가 없다.

“……흐음…….”

유일하게 자고 있었던 것 같은 토조가 짜증 섞인 신음을 냈다.

예민한 토조가 모처럼 잠든 것 같으니 깨우지 않게 조심해야
한다.

나는 참고서를 가방에 집어넣고 조용히 이불 속에 들어갔다.

“(그럼 난 잔다. 잘 자.)”

그렇게 말하고 주머니에서 스마트폰을 꺼내 머리맡에 뒀다.

반 단체 채팅방에서도 메시지가 끊겼는지 스마트폰이 조용한
걸 보니 다들 잠든 듯했다.


### ◆ 아케가미 린네 ◆


나무 틈새에는 이제 암흑만 존재합니다.

찰싹 달라붙어 있던 남녀 그림자는 환영처럼 어둠 속으로 사
라졌습니다.

―나…… 이로하를 좋아해.

상관없는 기억이 머리를 스칩니다.

저와는 상관도 없는 말인데 머릿속을 떠나지 않습니다.

왜일까요.

모르겠습니다.

정말 모르겠습니다…….

"린네. 늦었어. 얼른 자."

"……네……."

창가를 벗어납니다.

그리고 메시지가 멎은 반 단체 채팅방을 미련 없이 끊듯 스마트폰 화면을 꺼 버렸습니다.


1학년 7반 단체 채팅방 08/01 오후 10:00~11:00


키무라 리코 - 얘들아, 선생님 가셨어? - 오후 10:03

하루하라 우루시 - 갔어, 갔어! - 오후 10:03

마루오 히마리 - 좋아~! 자유다~! - 오후 10:03

아이우라 사치 - 불 다 꺼졌으니 너무 떠들지는 마. - 오후 10:04

마루오 히마리 - (알겠습니다 이모티콘) - 오후 10:04

호사카 토코 - 시라베, 너희 방에 선생님 오지 않았어? 괜찮아?

- 오후 10:05

시라베 쿄카 - 코가미네가 사라져서. - 오후 10:05

사이토 키라라 - 아직 안 돌아온 거야? - 오후 10:05

세노 마나미 - 괜찮아! 방금 돌아왔어! 소란 피워서 죄송합니다~

- 오후 10:06

젠코지 아키히토 - 역시 여자동 선생님은 빡세네~ - 오후 10:07

젠코지 아키히토 - 난 창가에 숨어 있는데도 안 들켰는데ㅋㅋ

- 오후 10:07

메지로 케이타로 - 남자동 순찰은 누구였지? 엄청 허술하네.

- 오후 10:08

미라사카 료마 - 유즈시마 선생님이잖아. 담임쌤을 벌써 잊었

냐ㅋㅋ - 오후 10:08

메지로 케이타로 - (기억에 없습니다 이모티콘) - 오후 10:09

유노시마 루이자 - 야~ 오타쿠들, 너희 한밤중에 뭐 해?

- 오후 10:10

스즈카 렌 - 게임. - 오후 10:10

테시가와라 야마토 - 혼돈의 어둠 속에 몸을 맡기고 있지.

- 오후 10:11

유노시마 루이자 - 아니, 불 켜져 있잖아. - 오후 10:11

유노시마 루이자 - 꺼졌다ㅋㅋ - 오후 10:12

아이우라 사치 - @유노시마 루이자 빨리 자! 화낸다!

- 오후 10:12

메리가키 치사토 - @아이우라 사치 이미 화난 것 같은데?

- 오후 10:12

토조 카이리 - 야! 옆방, 시끄러워!! - 오후 10:14

메리가키 치사토 - 쟤도 화났다. 무서워. - 오후 10:14

카와구치 쿠라마 - 미라사카, 너희 보고 있어? 조금만 조용히

해 줄 수 없을까? - 오후 10:15

니시미야 코다이 - 미라사카네 애들 뭐 하는데? - 오후 10:18

하다테 후지나리 - 아마 베개 싸움. - 오후 10:18

아이우라 사치 - 이 밤중에? 미쳤네……. - 오후 10:19

젠코지 아키히토 - (사진 게시) - 오후 10:20

하루하라 우루시 - 다들 에너지가 넘치네~. 난 이제 졸려.

- 오후 10:21

하루하라 우루시 - (쿨쿨 이모티콘) - 오후 10:21

니시미야 코다이 - 카와구치네 애들은 뭐 해? - 오후 10:21

카와구치 쿠라마 - 이로하랑 공부 중. - 오후 10:22

니시미야 코다이 - 흐음. - 오후 10:23

카와구치 쿠라마 - 미라사카, 너희 괜찮아? 뭔가 넘어지는 소리

났는데. - 오후 10:30

미라사카 료마 - 괜찮아. 베개 싸움하다가 살짝 넘어졌어. 걱정

고마워. - 오후 10:31

메지로 케이타로 - (사진 게시) - 오후 10:32

메지로 케이타로 - 우와ㅋㅋㅋㅋㅋㅋ - 오후 10:32

하루하라 우루시 - (사진 게시) - 오후 10:33

하루하라 우루시 - 이것이 진정한 인싸다아아아아아아아!

- 오후 10:33

메지로 케이타로 - (항복합니다 이모티콘) - 오후 10:33

와카구레 스유 - (사진 게시) - 오후 10:34

와카구레 스유 - 아싸든 인싸든 다 덤벼! - 오후 10:34

하루하라 우루시 - (기합 넣는 이모티콘) - 오후 10:34

메리가키 치사토 - (사진 게시) - 오후 10:37

메리가키 치사토 - 제목: 창가에서 황혼에 잠긴 아싸들

- 오후 10:37

메리가키 치사토 - 내 말은 무시하는 거야? - 오후 10:42

메리가키 치사토 - 슬슬 잘게. - 오후 10:45

세노 마나미 - 잘 자~ - 오후 10:45

키무라 리코 - 잘 자~ - 오후 10:45

와카구레 스유 - 잘 자~ - 오후 10:45

와카구레 스유 - 내일 보자, 모두. - 오후 10:46

## ◆ 이로하 토야 ◆

다음 날 아침.

오늘 첫 일정은 라디오 체조[5]다.

내가 하품하고 일어나 밖에 나가는 동안에도 친구들은 단체 채팅방에 이상한 표정 사진을 올리는 등 체험 학습을 한껏 즐기고 있었다. 공용동 입구에 도착했을 때는 무슨 일인지 메지로네 방 아

---

5　일본 공영 방송 NHK를 통해 퍼져 나간 일본의 국민 체조.

이들과 키무라네 방 아이들이 말다툼 비슷한 걸 하고 있었다. 하지만 아무리 나여도 이른 아침부터 싸움을 말릴 기운은 없었다.

거기까지는 평범한 아침 풍경이었다. 그러나 라디오 체조가 끝난 후 예상 밖의 일이 일어났다.

다른 반이 아침을 먹으러 식당으로 향하는 와중에 우리 1학년 7반만 선생님에게 불려 공용동 다목적실에 모이게 된 것이다.

다목적실은 커다란 화이트보드가 놓인 것 외에는 별다를 게 없는 공간이었다. 책상을 나란히 두면 강의실, 치우면 레크리에이션 공간으로 활용할 수 있을 것 같다. 아마 셋째 날 일정에 이곳에서 하는 레크리에이션 시간이 있었던 것으로 기억한다.

"다 모였군."

험악한 얼굴로 다목적실에 들어온 사람은 기말고사 때 한판 붙은 기억이 아직 생생한 오이카리 선생님이었다. '인텔리 야쿠자', 줄여서 '테리야쿠'라는 별명답게 오늘은 화려한 하와이안 셔츠 차림이었다.

생활 지도 담당인 오이카리 선생님이 발산하는 특유의 위압감 때문에 1학년 7반 전체가 긴장했다. 담임도 아닌 오이카리 선생님이 직접 등장한 것만으로 불길한 예감이 들었다. 담임인 유즈시마 선생님도 오이카리 선생님 뒤에서 굳은 표정으로 팔짱을 끼고 있었다.

오이카리 선생님은 화이트보드 앞에 서더니 날카로운 눈빛으로 우리를 훑어봤다.

그리고 곧장 본론으로 들어갔다.

"너희 중에 어젯밤에 남자동을 몰래 빠져나간 녀석이 있지?"

심장이 덜컥 내려앉는 기분이었다.

당황한 듯한 웅성거림이 다목적실에 퍼졌다. 그 소리 속에서 내 심장이 빠르게 고동치는 걸 느꼈다.

어떻게 알았지?

내가 남자동을 빠져나간 사실을 아는 사람은 나와 같은 방을 쓰는 카와구치, 하다테, 토조, 그리고 코가미네를 비롯한 세노네 방 아이들 네 명뿐이다. 오늘 아침 기상 후에 그들 중 누가 고자질을 한 듯한 기색은 없고 그럴 이유도 없을 텐데.

"합숙소 뒤 모래사장에서 발자국이 발견됐다."

오이카리 선생님은 울림 있는 낮은 목소리로 말하며 스마트폰 화면을 우리에게 보여 줬다.

화면에 모래사장 사진이 띄워져 있다. 그곳에는 발자국 두 줄 이 선명하게 새겨져 있었다.

"남자동과 여자동 사이를 오간 흔적이지. 거기에 다른 반 학생 에게서 어젯밤 10시 35분경, 여자동 쪽에서 남녀 그림자를 봤다는 목격 증언도 들어왔다."

웅성거림이 더 커졌다.

남녀 그림자.

설마…… 돌아가기 직전에 창밖에서 나와 코가미네가 대화했 을 때일까.

그 위치면 다른 층에서 아래를 내려다보면 보였을 수도 있다.

"증언에 따르면 거의 바로 위에서 본 거라 키나 자세한 건 알 수 없었다더군. 다만 남학생 쪽은 트레이닝복 바지 한쪽 밑단을 정강이까지 걷어 올리고 있었다고 해. 모래사장을 지날 때 물이 튀었겠지."

—나는 바닷물 때문에 젖은 왼쪽 바짓단을 걷어 올리고 조심스레 창문에 손을 갖다 댔다.

식은땀이 목덜미를 타고 흘렀다.

"이 정도 증거면 '무죄 추정' 같은 말은 쓰지도 못할 수준 아닌가?"

색이 들어간 안경 너머에서 뱀처럼 날카로운 눈이 우리 한 명 한 명을 꿰뚫어 봤다.

"앞으로 3분 줄 테니 자수해라. 지금 자수하면 젊은 혈기 때문에 저지른 실수로 넘어가 주마."

아이들은 가까운 곳에 있는 친구와 얼굴을 마주 보며 수군거리기 시작했다. 하지만 모두 충격이 컸는지 속삭임이라고 하기에 목소리가 컸다.

"밤에 몰래 만났다는 거야?"

"합숙소 뒤에 모래사장 같은 게 있었어?"

"야하다!"

"야! 어젯밤에 그 소리 아니야? 내가 말했잖아!"

"아, 뭔가 야한 여자 소리가 들린다고 했었나?"

"난 귀가 밝으니 그게 맞아!"

"그렇구나, 사람이었구나. 난 방에 귀신이라도 나온 줄."

"젠코지, 완전 쫄았었지."

"근데 여자동 쪽에 남자가 있었다는 말 아니야? 그럼 상황이 다른 거 아니야?"

"야, 메리가키, 유노시마, 너희는 아니겠지?"

"아니래도."

"아이우라, 무서워……."

"봐, 유노시마가 겁먹었잖아. 얘, 정학당한 이후 멘탈 나가서 요새는 조금만 혼나도 바로 도망치려고 한다니까."

"……알겠어, 어쨌든 두 번은 없으니까."

나는 옷 아래에서 배어나는 식은땀을 느끼며 한숨을 내쉬고 마음을 가라앉혔다.

놀라고 당황하는 게 꼭 범죄자 같잖아.

그동안 추리할 때 줄곧 '무죄 추정'을 원칙으로 삼아 온 나지만, 정작 내가 용의자가 된 이상 구질구질하게 버티고 싶지 않았다.

잘못한 건 분명하니 그에 따른 대가는 감수해야 한다.

단지 내 행동에 휘말렸을 뿐인 코가미네에게 민폐를 끼칠 수 있다는 게 유일하게 마음에 걸렸다. 어떻게든 불똥이 튀지 않게 애써 보겠지만 그렇다고 추태는 보이고 싶지 않다. 정 안 되면 각오하는 수밖에.

나는 마음을 다잡고 한 걸음 앞으로 나섰다.

"선생님……."

**"자명한 이치입니다."**



순간 맑고 또렷한 목소리가 울려 퍼졌다.

그토록 떠들썩하던 웅성거림이 단숨에 가라앉았다.

그만큼 목소리는 강렬하고, 장엄하며, 신비로웠다.

마치 신의 말씀처럼.

아케가미 린네가 단 1초 만에 온 세상의 중심이 됐다.

이 자리에 모인 모든 이들의 시선을 온몸에 받으면서도 린네는

아랑곳하지 않고 오직 진실만을 응시하고 있다.

아아, 그렇구나, 린네.

너라면 모를 리 없겠지.

그리고 말하지 않을 리도 없다.

설령 그게 누구라도. 범인의 이름을, 다름 아닌 네가.

린네의 손이 천천히 위로 올라갔다.

진실을 가리키기 위해.

바로 나를, 손가락으로 지목하기 위해.

"범인은, 당신이에요."

검지가 쭉 뻗는다.

오해할 여지도 실수할 새도 없이 범인을 정확히 가리킨다.

남자동을 몰래 빠져나와 여자동에 침입한 사람을.

여자와 몰래 단둘이 만나는 모습을 다른 층에서 목격당한 사람을.


내가 아닌.

텐케 사이카를.


"……어?"

내가 아니었다.

아케가미 린네가 지목한 사람은 '오타쿠 연합' 소속의, 눈에 띄지 않는 남학생, 텐케 사이카였다.


텐케 사이카와는 딱히 친한 사이가 아니다.

남학생. 소속 동아리 없음. 성적은 중상위권. 키는 160센티미터 정도로 남학생치고 작은 편이다. 텐케 사이카에 대해 내가 아는 건 그 정도가 다였다.

그와 가장 친한 친구는 메지로 케이타로. 이름 그대로 오타쿠들이 모인 '오타쿠 연합'으로 분류된다.

와카구레는 '오타쿠 연합'이라고 대충 묶어서 부르지만, 각자 관심 분야는 조금씩 다른 듯했다. 리더 격인 메지로 케이타로는 전형적인 애니메이션 오타쿠고, 스즈카 렌은 게임 마니아에 가깝다.

그런 기준에서 보면 텐케 사이카의 관심사는 주로 영상 스트리머 쪽에 있는 것 같았다.

특히 소위 '버추얼 유튜버'에 관심이 많은지 교실 안에서도 종종 스마트폰으로 방송을 시청했다. 대화 내용도 '최애', '현생' 같은 오타쿠 용어가 많이 섞여 있어 잘 모르는 나로서는 이해하는 데 애를 먹곤 했다.

그러니 린네 역시 텐케에 대해서는 아는 게 전혀 없을 터였다.

그 증거로 텐케를 지목할 때 이름은 물론 별명조차 입에 담지 않았다. 손가락을 뻗는 순간까지 텐케 사이카라는 사람은 린네의 의식 속에 없었던 게 아닐까.

"그 부분은 어때?"

"글쎄요."

아케가미 린네는 여느 때처럼 딴청을 피우듯 고개를 갸웃거렸다.

그 모습을 본 코가미네는 놀란 건지 당황한 건지 복잡한 표정으로 "우와⋯⋯" 하고 중얼거렸다.

"정말 기억을 못 하는구나⋯⋯."

"말했잖아. 애 추리는 무의식적인 거라고."

그렇게 말하며 나는 낡은 나무문을 밀어 열었다.

양옆에서 린네와 코가미네가 고개를 내밀어 문 너머에 펼쳐진 바다와 아래 모래사장으로 이어지는 사다리를 내려다봤다.

"이런 곳을 어떻게 지나간 거야? 이 사다리, 완전 녹슬어서 당장에라도 뚝 부러질 것 같은데.”

“그렇게까지 여자동에 몰래 들어가고 싶으셨던 건가요? 앞으로 당신과의 관계를 재고해 봐야겠네요.”

“설명했잖아. 불려 간 거라고, 난.”

오이카리 선생님의 소집이 해산된 후 나는 가장 먼저 린네에게 모든 것을 털어놨다.

사정이 있어 어젯밤 여자동에 몰래 들어갔다는 것. 그때 코가미네가 나를 숨겨 줬다는 것까지.

이야기를 다 들은 린네는 작게 한숨을 쉬고 말했다.

—당신이 얼마나 통제 불가능한 사람인지 충분히 알아요. 저도 여러 번 휘말렸으니까요.

—변호사 지망생인 주제에 은근히 준법 의식이 낮으시네요.

할 말이 없었다.

확실히 나는 한번 ‘잘못됐다’라고 느끼면 브레이크가 고장 나 버리는 경향이 있다. 그래서 내가 보기에 온통 잘못된 것투성이인 와카구레 스유와 관련된 일이면 수단과 방법을 가리지 않는 것일지 모른다.

자제해야 하지만 그보다 중요한 건 텐케 사이카에 대한 진실이다.

텐케가 정말 여자동에 침입했던 걸까.

린네의 지목을 받아 텐케는 오이카리 선생님에게 끌려갔다. 선생님도 반신반의하는 눈치였지만 린네의 고발로 텐케가 순식간에 용의자가 된 건 사실이었다.

그러니 서둘러 진상을 파악해야 했다.

정말 텐케 사이카가 범인이라고 해도 적어도 그 추리의 근거 정도는 밝혀야 무죄 추정 원칙을 어기지 않을 수 있다.

그런 이유로 나는 잠시 주어진 자유 시간을 활용해 조사에 나서기로 했다.

그리고 코가미네는 그런 나를 멋대로 따라왔다.

"뭐야. 꼭 외부인이라도 보는 눈빛이네."

"외부인을 보고 있어."

"뭐가 외부인이야! 내가 널 숨겨 줬으니 백 퍼센트 관련자지!"

그건 텐케 사이카의 침입 의혹과 별개지만. 사실 내가 여자동에 들어간 것도 이번 사건과 완전히 무관하다고는 할 수 없다. 코가미네만 아는 정보가 있을 수도 있으니 동행을 허락하기로 했다.

"……."

나와 코가미네의 말싸움을 린네가 시큰둥한 눈빛으로 쳐다보고 있었다.

"린네? 왜 그래?"

"아뇨, 아무것도 아니에요."

뭔가 하고 싶은 말이 있는 듯하지만 당사자가 입을 닫아서 그냥 두기로 했다.

내가 먼저 방파제 사다리를 내려갔다. 하지만 린네와 코가미네는 사복 치마를 입고 있어서 원래는 내가 가장 나중에 내려가는 게 맞았다. 린네는 발목까지 오는 롱스커트라 문제없지만, 코가미네는 짧은 미니스커트를 입은 데다 아래에 내가 있다는 걸 깜빡하는 바람에 분홍색 속옷이 그대로 보였다.

"……코가미네……."

"정말 천박한 분이시네요. 일부러 그러는 건가요?"

"응? ……앗, 팬티…… 꺄앗!"

마지막 몇 단에서 발을 헛디뎌 엉덩방아를 찧은 코가미네를 부축해서 일으켜 세웠다. 오늘 코가미네는 허벅지까지 오는 니삭스를 신었는데 평소 같은 날라리 느낌보다는 뭐랄까, 일부러 꾸민 듯한 귀여움이 느껴졌다.

"속옷 같은 걸 함부로 보이고 다니면 당신 가치가 떨어지는 법이에요."

"충고 고맙지만 방금 건 일부러 그런 거 아니거든!"

윗사람처럼 조언하는 린네는 어제와 비슷한 블라우스와 롱스커트를 입었다. 케이프처럼 한번 마음에 드는 스타일을 계속 고수하는 타입일지 모른다.

치마에 묻은 모래를 터는 코가미네를 뒤로하고 나는 모래사장을 바라봤다.

"아직 남아 있네."

남자동과 여자동을 오간 발자국.

두 줄로 이어진 그 자국이 여전히 모래 위에 선명하게 찍혀 있었다.

코가미네는 이번에는 조심스럽게 치마를 접어 올리며 발자국 옆에 쪼그려 앉았다.

"이거, 이로하 발자국 맞지?"

"그렇겠지."

"그럼 텐케는 여기를 안 지나갔단 소리네?"

"그런 셈인데 그럼 이상해. 남자동에서 여자동으로 이동하는 경로는 이 모래사장뿐이니까."

"남자동과 여자동을 잇는 통로는 밤에는 통행금지죠?"

나는 고개를 끄덕였다.

"정확히는 밤 9시 정각부터. 남자동이나 여자동에서 공용동으로 갈 때 지나는 복도가 있지? 그곳 문이 잠긴다고 해. 그래서 합숙소 안을 지나 남자동에서 여자동으로 가는 건 불가능해. 가운데에 있는 숲처럼 된 구역을 통과하려고 해도 센서인지 뭔지 때문에 보안 장치가 켜진대."

"최첨단이네요. 그에 비해 저 문은 낡았군요."

그렇게 말하며 린네는 사다리 위에 있는 나무문을 올려다봤다.

"오래된 구조물이겠지. 그러니 자연스럽게 비밀 통로처럼 쓰이게 된 거고."

"그게 이번에 들통난 거네."

아마 내년부터는 못 쓰게 되지 않을까. 선생님들이 어떤 대책을 세울지 몰라도.

"근데 말이야. 선생님들은 이 비밀 통로를 몰랐던 거면…… 발자국은 어떻게 발견된 걸까?"

코가미네가 발자국 뒤꿈치 부분에 손을 살짝 얹으며 물었다.

"아마 목격 증언이 먼저 들어온 게 아닐까? 그걸 토대로 조사하니 이 모래사장을 통하는 경로가 발견된 거고."

오이카리 선생님은 '무죄 추정'이라는 말을 했다. 그 커닝 사건 이후 정보의 신빙성을 더 중요하게 여기게 됐을 것이다. 목격 증언만으로 부족하다고 판단해 물증을 확보하려 한 걸까.

"그럼 그 미니 곱슬머리 씨는 어떻게 여자동으로 이동한 걸까요?"

의아한 것처럼 고개를 갸웃거리는 린네를 나와 코가미네가 일제히 돌아봤다.

"미니 곱슬머리 씨라니?"

"텐케 이야기 하는 거야……?"

"키가 작고 머리가 곱슬곱슬한 그분이요."

확실히 텐케는 남자치고는 키가 작고 머리에 곱슬기가 있지만.

"린네…… 네가 자꾸 외톨이가 되는 데는 그런 태도도 영향을 미치지 않을까?"

"누가 외톨이라는 거죠? 실례네요."

나 역시 최근에는 추리 능력을 따지기 전에 이 녀석의 성격 자체에 문제가 있는 게 아닐까 하는 생각이 들기 시작했다. 평소에도 그렇지만 다른 사람의 외모로 별명을 붙이는 것을 전혀 꺼리지 않는다. 이건 괴롭힘에 가담하는 아이들의 마인드다.

"아무튼…… 텐케가 정말 여자동으로 이동했다면 그 방법에 대해서는 이미 가설이 있어."

"응? 다른 경로라도 있는 거야?"

"아니. 이 모래사장을 지나야 했다면 이 모래사장을 지났겠지."

"뭐?"

"네?"

"전제가 틀렸다는 거야. 발자국이 왕복 두 줄뿐이니 이 길을 지난 사람도 한 명이라는 그 전제가."

나는 주머니에서 스마트폰을 꺼내 길이 측정 앱을 실행했다. 이전 커닝 사건 때 길이를 재야 해서 알게 됐는데, 스마트폰에는 줄자처럼 쓸 수 있는 앱이 기본으로 내장돼 있다. 참 편리한 세상이다.

모래사장에 찍힌 발자국 중 여자동에서 남자동으로 향하는, 즉 돌아가는 쪽의 발자국 크기를 앱으로 측정했다.

"26센티미터. 내 신발 사이즈와 거의 일치하네."

"그럼 역시 이건 이로하의 발자국이구나."

"그래. 신발 밑창 무늬도 아마 일치할 거야."

나는 발을 들어 두 사람에게 신발 밑창을 보여줬다. 직접 비교해 봐도 역시 돌아가는 쪽 발자국은 내 것이 맞았다.

"문제는 다른 하나인데."

나는 앱을 다시 켜고 이번에는 남자동에서 여자동으로 향하는, 즉 가는 쪽의 발자국 크기를 쟀다.

측정 결과는.

"……24센티미터."

린네와 코가미네가 스마트폰 화면을 들여다보며 놀란 표정을 지었다.

"2센티미터나 작네요."

"듣고 보니 확실히 사이즈가 좀 다른 느낌이……."

"즉, 이 두 줄의 발자국은 서로 다른 사람의 것이라는 뜻이야. 돌아가는 쪽은 내 것, 가는 쪽은 다른 누군가의 것."

"네? ……하지만 이로하 씨도 남자동에서 여기까지 걸어오지 않았나요? 그 발자국은 어디 갔단 말이죠?"

"지워졌어."

나는 손가락으로 가리켰다.

지금은 10미터 이상 떨어진 곳에서 밀려왔다가 다시 빠지는 저 바다를.

"내가 여길 지날 때 파도가 거의 발밑까지 와서 방파제에 딱 붙어 걷느라 애먹었거든. 어젯밤 내가 모래사장을 지나간 후에 파도가 방파제에 부딪힐 만큼 바닷물이 더 찼다면……."

"만조…… 라는 건가?"

확인하듯 묻는 코가미네를 향해 나는 고개를 끄덕였다.

"인터넷으로 검색해 보니 금방 나오더라. 어젯밤 9시 57분에 이 근처 바다는 만조가 됐어. 그때 파도가 방파제 근처의 내 발자국이 있는 곳까지 밀려 와 발자국을 말끔히 지워 버린 거야."

"그 후 다시 물이 빠진 모래사장을 그 미니 곱슬머리 씨가 걸은 거군요?"

"적어도 신발 사이즈는 맞는 것 같네. ……그리고 그전인지 후인지는 확실하지 않지만, 내가 남자동으로 돌아가는 발자국이 찍혔고, 그 결과 마치 한 사람이 왕복한 것 같은 발자국이 남은 셈이야."

미간을 찌푸리며 이해하려 애쓰던 코가미네는 가슴 아래에서 팔짱을 끼고 "으음?" 하며 고개를 갸웃거렸다.

"있지, 이로하. 그럼…… 여자동에 간 그 텐케나 누군가가 결국 남자동으로 안 돌아갔다는 뜻이 되는 거 아니야?"

"그렇게 되지."

린네가 눈을 깜빡였다.

"잠깐만요. 그 말은 그 남학생이 여자동 안에서 연결 통로 문이 열리는 아침까지 계속 머물렀다는 뜻인가요?"

"그래. 바로 그게 이 발자국이 말해 주는 진실이야."

물론 이 24센티미터의 발자국이 텐케 것이라고 아직 단정할 수는 없다.

하지만 남자동에 있던 누군가가 여자동에 몰래 들어가 아침까지 숨어 있었다는 것. 그 사실만큼은 부정할 수 없다.

"뭔가 소름 돋아……. 같은 건물에 남자가 밤새 숨어 있었다는 거잖아……."

"아뇨. 혼자 숨어 있는 건 어려웠을 거예요. 복도에는 따로 숨을 만한 곳이 없고, 화장실에서 자기도 어렵잖아요. 무엇보다 목격된 그림자는 '남녀'였어요."

"뭐? 그럼 누군가가 숨겨 줬다는 거야? 내가 이로하를 숨겨 준 것처럼?"

"……그렇게 되겠죠."

덧붙이자면 만약 그를 방에 숨겨 줬다면 다른 룸메이트들의 눈을 완전히 피하기는 어렵다. 남학생과 공범인 여학생이 룸메이트들이 잠든 후 그를 방에 들였을 가능성도 있지만, 그보다 먼저 의심해야 할 건 그 방에 있는 여학생 전체가 공범일 가능성이다.

내 시점에서 봤을 때 내가 몸을 숨긴 코가미네와 '화려한 여학생 왕국' 아이들의 방은 거의 무혐의나 마찬가지지만…… 나머지 세 개의 방에 대해서는 아직 의심을 지울 수 없다.

"다음 문제는 이 24센티미터짜리 남자가 여자동에 침입한 정확한 시각이야."

나는 턱을 만지며 말했다.

"바닷물이 빠지고 내 발자국도 사라져서 깨끗한 모래사장을 지날 수 있게 된 이후인 건 확실해. 그 후 몇 시 몇 분까지 움직일 수 있었느냐가 관건인데, 이건 마침 조금 전 꽤 유력한 정보를 얻었어."

"유력한 정보가 뭐죠?"

"창문 자물쇠."

나는 방파제 위를 가리켰다.

우리는 남자동 쪽에서 이 모래사장으로 내려왔기 때문에 내가 가리킨 손끝에는 남자동과 그 1층에 있는 '전통의 창문'이 있었다.

"24센티미터 남자는 여자동에 들어간 이후 돌아오지 않았어. 아마 오늘 아침 다들 라디오 체조를 하러 가는 틈을 타 여자동을 탈출했겠지. 그렇다면…… 24센티미터 남자가 빠져나간 이후 남자동 창문은 자물쇠가 풀려 있었다는 말이 돼."

"아, 그렇군요. 그 창문 자물쇠는 안에서만 잠글 수 있는 크레센트 자물쇠였죠."

그렇다. 바깥에서 자물쇠를 잠그는 건 불가능하다. 그래서 나처럼 그 24센티미터 남자도 남자동 창문을 잠그지 못하고 여자동에 가야 했을 것이다. 그리고 그대로 돌아오지 않았다.

"여기서 하나 짚고 넘어가자면, 난 어젯밤 남자동에 돌아왔을 때 분명 그 자물쇠를 잠갔어."

"그런 걸 일일이 신경 쓸 것 같은 얼굴이기는 해요."

"얼굴은 상관없잖아. 여기서 핵심은 이거야. 만약 그 24센티미터 남자가 내가 돌아온 이후에 남자동을 빠져나갔다면 아침까지 창문 자물쇠가 그대로 풀려 있었을 거라는 점이야."

"풀려 있었나요?"

"아니."

나는 고개를 흔들었다.

"아까 확인했어. 물론 내가 직접 확인한 건 아니지만. '전통' 어쩌고 해서 혹시 그 창문 자물쇠를 누군가 따로 관리하는 게 아닐까 의심했는데 예상대로더라고. 창문 바로 옆방에 있는 젠코지가 이른 아침 맨 먼저 나가서 선생님들에게 들키지 않게 풀린 자물쇠를 잠그는 역할을 맡고 있었어. ……린네, 너 젠코지가 누군지 알아?"

"……? 아뇨."

"그럴 줄 알았어. 뭐 어쨌든, 아침에 누구보다 먼저 창문 자물쇠를 확인한 사람이 있다는 말이고, 그 사람의 증언에 따르면 자물쇠는 확실히 잠겨 있었다고 해."

"그럼…… 그 24센티미터 씨는 이로하 씨가 남자동으로 돌아오기 전에 이미 여자동으로 이동했다는 말인가요?"

"내가 잠근 자물쇠를 다른 제삼자가 풀었을 가능성도 완전히 배제할 수는 없지만, 지금으로서는 그런 걸 뒷받침할 정황은 안 나왔어. 내가 돌아올 때까지, 즉 시간으로 따지면 밤 10시 51분 전까지 24센티미터 남자는 남자동을 빠져나갔다고 보는 게 타당해."

"만조 시각이 9시 57분이니 54분의 여유가 있었네요."

"물론 10시 35분에 목격됐다는 남녀 중 한쪽이 네 말대로 내가 아닌 그 24센티미터 남자였다면 그 전까지인 38분 동안 이동했다는 말이 되겠지만."

응?

진지하게 대화하는 나와 린네 옆에서 코가미네는 왠지 안절부절못하며 눈을 이리저리 굴리고 있다. 기분 탓인가 얼굴도 살짝 붉어진 것 같다.

"왜 그래? 코가미네. 뭐 하고 싶은 말이라도 있어?"

"아니…… 그게…… 아까부터 너희 둘이 계속 '24센티 남자',

'24센티 씨' 하니까 좀……."

"'24센티미터 남자'가 뭐 어떻다는 거지?"

"'24센티미터 씨'가 무슨 문제죠?"

"그, 그만 좀 해! 아니, 나도 알아! 안다고! 발자국 사이즈라는 거! 하지만 '남자'라는 말이 붙으니 뭔가…… 엄청나게 거대한 사람 같잖아……."

"뭐? 24센티미터면 오히려 작은 편이지."

"작은 편이라고?"

"여자라면 그냥 평균이겠죠."

"뭐? 여자한테도 있어?"

……얘는 대체 무슨 소리를 하는 거지.

코가미네는 "으으……" 하고 두 손으로 얼굴을 가렸다.

"미안……. 이건 전적으로 내가 잘못했어……. 그냥 내버려둬도 돼……."

늘 그렇지만 도무지 종잡을 수 없는 녀석이다.

본인이 말했으니 잠시 내버려두기로 하고 나는 다음으로 조사할 사안을 검토했다.

"이동 시간을 더 정확히 특정하려면 몇 시 몇 분까지 만조 때문에 이 모래사장을 지날 수 없었는지를 알아봐야겠네. 발자국이 이렇게 남아 있는 걸 보면 물이 빠진 이후에 움직인 건 확실하니까. 그전에 텐케 본인에게도 이야기를 들어보고 싶긴 한데."

"어머, 다들 모였네?"

어둠 속에서 불쑥 들린 목소리가 내 사고를 끊었다.

사각, 사각, 사각. 마른 모래사장을 경쾌하게 걸어오는 한 여학생.

와카구레 스유였다.

오늘은 헐렁한 파란색 오버올 하의를 입고 있어서 활동적인 분위기를 풍긴다. 와카구레는 수수한 얼굴에 상냥한 미소를 머금은 채 얼굴 옆에서 손을 살랑살랑 흔들어 보였다.

"어? 와카구레잖아. 이런 데서 뭐 해?"

내가 전투태세에 들어간 줄도 모르고 코가미네는 와카구레에게 친근하게 말을 걸었다.

와카구레는 해맑게 웃으며 대답했다.

"나도 너희처럼 탐정 놀이 하러 온 거야. 테리야쿠 선생님이 말씀하신 그 발자국, 지워지기 전에 한번 확인하고 싶어서."

"흐응……. 와카구레도 이런 걸 좋아하는구나. 뭔가 의외네."

"그래? 나, 은근 좋아해. 추리 드라마나 마피아 게임 같은 거."

이번 사건 역시 와카구레가 뒤에서 뭔가 손을 썼을 가능성이 크다.

자신이 꾸민 사건이니 추리고 뭐고 없을 텐데, 대체 무슨 꿍꿍이일까.

"……뭔가 의견이 있다면 듣고 싶은데, 와카구레."

나는 떠보는 식으로 말을 건넸다.

"넌 성적도 좋고 내가 떠올리지 못한 발상을 떠올릴지도 모르니까. 괜찮다면 네 추리를 들어볼 수 있을까?”

“아니, 난 추리처럼 거창한 건 못 해.”

겸손하게 손사래를 치면서도 와카구레는 “뭐, 하지만” 하고 안경 속 눈을 묘하게 빛냈다.

“이 두 줄의 발자국은 서로 다른 사람 것 같아.”

“……그래?”

“평소 신발 사이즈가 24센티미터인 사람이 26센티미터짜리 신발을 신을 수 있고, 26센티미터인 사람이 24센티미터짜리 신발을 신을 수도 있겠지만, 굳이 그렇게 발자국을 속일 생각이었다면 애초에 발자국 자체가 안 남도록 더 주의를 기울이는 게 맞잖아? 과학 수사대가 출동할 것도 아니고, 신발 사이즈쯤은 그냥 발을 살짝 끌면서 걷기만 해도 얼추 속일 수 있었을 텐데 말이야. 한밤중이라 어둡기도 했으니 아마 그 사람은 모래사장에 발자국이 남을 거라는 생각 자체를 못 했을 가능성이 커.”

그렇다. 스마트폰 측정 앱을 사용한 이런 원시적인 수사 같은 건 그 정도 위장으로도 충분히 속일 수 있다. 지금의 상황은 발자국 주인이 모래사장에 흔적이 남을 수 있다는 사실 자체를 신경 쓰지 않았음을 보여 준다. 실제로 나도 그랬다.

“그럼 왔다 갔다 한 발자국 중 하나가 파도에 지워졌을 수도 있겠네. 아니면 신발 크기 26센티미터짜리 여자애가 남자동에 가서 돌아오지 않았고, 24센티미터짜리 남자애가 여자동에 가서 안 돌아온 걸 수도?”

그럴지도. 나는 현재 한쪽 발자국이 내 것임을 알지만, 그걸 모르는(모르는 척하는) 와카구레 시점에서는 그런 추리도 가능할 것이다.

"흐음…… 아니, 아닌가."

내가 그렇게 생각하자마자 와카구레는 고개를 갸웃거리며 다시 모래사장의 발자국을 내려다봤다.

"적어도 이쪽, 그러니까 26센티미터 발자국은 십중팔구 돌아가던 길의 발자국일 거야."

"……그걸 어떻게 알지?"

"걸음걸이에 한 치의 망설임이라곤 없거든. 한밤중에 이렇게 불빛 하나 없는, 게다가 파도까지 치는 곳을 걷는다면 보통 조금 더 조심스럽게 걷지 않을까? 그런데 이 발자국은 도중에 멈춰 선 흔적 같은 게 하나도 없어. 이미 한 번은 이 길을 걸어 본 사람이라는 증거야."

예상도 못 한 추리에 나는 숨을 삼켰다. 아직 발자국을 전부 따라가 확인한 건 아니지만 이런 식의 발상은 내 머릿속에 전혀 없었다.

와카구레는 진지한 얼굴로 입가에 손을 대고 말했다.

"응. 반면 이 24센티미터 발자국 쪽은 도중에 멈춰 선 흔적이 여러 개 있어. 이 사람은 처음 이 길을 걸은 사람이야. 그럼 결국 둘 다 남학생의 발자국이라는 뜻이고…… 한 사람은 여자동에 가서 돌아오지 않았고, 다른 한 사람은 왕복했지만 처음 갈 때 남은 발자국이 바닷물 때문에 지워졌나 보다.”

고개를 연신 끄덕이던 와카구레는 다시 생긋 웃으며 나를 봤다.

“어때, 이로하? 이번 건 좀 추리 같았어?”

말문이 막혔다.

이 추리도 처음부터 시나리오에 있었을까.

그게 아니면 와카구레 스유의 관찰력과 두뇌 회전 속도는 나 따위와 비교도 되지 않을 수준이라는 뜻이다.

“와카구레, 정말 대단해! 순간 이로하인 줄 알았어!”

코가미네가 신난 듯이 달려가 칭찬하자 와카구레는 “아핫!” 하고 웃으며 엄지를 척 올렸다.

“눈썰미 하나만은 자신 있다고!”

너한테만큼은 그게 좋은 게 아니야.

만약 평소에도 이런 정도로 주변을 관찰하고 있다면 거의 기행에 가깝다고 할 수 있다.

린네에게 소름 끼친다는 말을 들을 만큼 자세하게 매일 일어난 일들을 기록하는 내가 하는 말이니 틀림없다.

“이로하. 탐정 놀이를 하는 김에 두 개만 더 알려 줄까?”

와카구레는 왠지 놀리는 것처럼 물으며 모래사장을 사각사각 다가와 내 눈앞에서 검지를 세웠다.

“첫째. 여자동 창문에서 여기까지는 한 번도 멈추지 않고 걸어도 7분 걸리더라. 생각보다 오래 걸리지? 창문을 나가고 사다리를 내려오고 하니 그런 건가? 만약 이 발자국처럼 도중에 멈추면서 걸었다면 대충 10분 정도는 걸렸을 거야."

그건 내 기억과 거의 일치했다. 남자동을 나온 시간이 오후 9시 36분, 여자동에 도착한 시간이 9시 46분.

"둘째."

와카구레는 손가락으로 브이 자를 만들어 내 눈앞에 들이밀었다.

"어젯밤 10시 10분쯤이었나. 스마트폰을 봤으니 확실히 기억하는데, 그때 내가 방 창문을 열었거든. 그랬더니 말이지. **파도가 부딪치는 소리**가 들렸어."

파도가 부딪치는 소리.

즉, 방파제에 부딪히는 소리?

그럼 그 시간에 모래사장은 바닷물이 들어차서 24센티미터 남자도 지나갈 수 없었다는 뜻이다. 바로 그 직후 물이 빠졌더라도 이동에 최소 10분은 걸릴 테니 아무리 빨라도 10시 20분.

24센티미터 남자가 여자동에 도착할 수 있었던 건 그 이후 시간대뿐이다.

"정보 제공 끝! 도움이 좀 됐어?"

와카구레는 두 손을 짝 맞부딪치며 한 치의 빈틈도 없는 미소를 지어 보였다.

마치 그림 같다.

한 폭의 그림.

그러나 아케가미 린네에게서 느껴지는 신비함과는 사뭇 다르다.

인간미라곤 찾아볼 수 없는 허구.

이 아이의 웃음은 가짜다.

"……고마워. 참고할게."

"다행이다! 텐케가 범인이든 아니든 진실은 확실히 밝혀야 하잖아. 그치?"

와카구레, 너 자신의 진실을 밝힐 생각은 없나?

불현듯 떠오른 그 말을 나는 목 깊숙이 눌러 삼켰다.

"그럼 난 이만 가 볼게! 슬슬 다른 애들과 합류해야지!"

와카구레는 손을 흔들며 빠르게 여자동 쪽으로 돌아갔다.

그 뒷모습을 지켜보며 지금껏 침묵하고 있던 린네가 나지막이 중얼거렸다.

"저분은…….”

"와카구레 스유야. 어제 만났잖아. 근데 너, 재한테는 별명을 안 붙이네."

"떠오르지 않아요."

"응?"

돌아보니 린네는 의아한 것처럼 고개를 갸웃거리고 있었다.

"누구든 하나쯤은 떠오르는데…… 저분만큼은 아무것도 떠오르지 않네요."

어쩌면 텅 빈 존재여서일지 모른다.

내가 지금 맞서고 있는 적은 그저 공허한 껍데기일 수도 있다.

"텐케, 잠깐 시간 괜찮아?"

공용동 입구로 나온 텐케 사이카에게 나는 말을 걸었다.

숱 많은 곱슬머리와 왜소한 체구가 특징적인 텐케는 내 얼굴을 보고 다음으로 내 뒤에 있는 린네를 힐끗하더니.

"나…… 난 무죄야."

황급히 말문을 열었다.

"난 여자동 같은 데 안 갔어. 어젯밤 내내 방 안에 있었다고! 오이카리 선생님께도 그렇게 말씀드렸고, 인정까지 받았어. 나한테는…… 알리바이가 있어."

"알리바이?"

그렇게 되묻자 텐케는 약간 우쭐한 것처럼 웃었다.

"그래. 그 사람 그림자가 목격된 건 10시 35분이라고 선생님이 말씀하셨잖아. 그래서 이걸…… 그러니까."

텐케는 허둥지둥 주머니에서 스마트폰을 꺼내 사진 하나를 우리에게 내밀었다.

"이 사진을 보여드렸어. 이걸 보면 내가 10시 35분에 여자동에 없었다는 걸 알 수 있어."

우리는 스마트폰 화면을 들여다봤다.

그것은 텐케와 같은 방 친구들, 즉 '오타쿠 연합' 다섯 명이 가지런히 깔린 이불 위에서 어깨동무를 하고 찍은 사진이었다. 장소는 합숙소의 객실이다. 배경에서 눈에 띄는 건 칠흑 같은 창문과 깨끗한 장지문, 도코노마와 그 위에 놓인 파란 꽃병, 그리고.

"위를 봐. 시계가 있지?"

그 말대로 사진에는 벽걸이 시계도 찍혀 있었다.

시곗바늘은 10시 30분을 조금 지난 32분을 가리키고 있다. 숫자까지 있는 시계라 헷갈릴 여지도 없었다.

"10시 32분……. 그 남녀가 목격된 시간보다 겨우 3분 전이네. ……3분 만에 여자동까지 이동하는 건 무리겠지."

"그래, 맞아! 10시 32분에 남자동에 있었던 게 확실한 이상 내가 여자동에서 목격될 수는 없다고!"

그렇게 숨 가쁘게 외치고 텐케는 다시 린네를 힐끗하고는 입을 굳게 다물었다. 자신을 고발한 린네를 상당히 경계하는 듯했다.

린네 역시 자신의 고발이 정면에서 부정당하자 불쾌한 듯 입술을 삐죽 내밀고 있었다.

"그렇다고 해도, 예를 들어……."

"린네. 미리 말해 두겠는데 밤 10시가 아니라 아침 10시일 수도 있다는 주장은 안 통해. 창밖이 밤이라는 게 사진 속에 확실히 찍혀 있으니까. 게다가 이 시계는 전파시계야. 1분만 어긋나도 바로 수정되게 돼 있어."

반론을 차단당하자 린네는 토라진 듯이 나를 봤다.

"……전파시계인 건 어떻게 아셨죠?"

"미리 조사했지. 이런 일이 있을 줄 알고."

이번 사건은 사소한 알리바이가 핵심이 될 것으로 처음부터 예상했다. 그래서 린네, 코가미네와 함께 발자국을 확인하기 전에 내가 묵는 방에 걸린 시계로 확인했다. 아쉽게도 객실에 걸린 벽시계를 조작하는 건 애초에 불가능했다.

"······이제 됐지?"

우리의 얼굴을 차례로 보며 묻는 텐케의 표정에서는 역시 어딘가 우쭐한 기색이 묻어났다.

나는 지금은 일단 지켜보기로 했다.

고개를 끄덕이며 말했다.

"그래, 고마워. 덕분에 이야기가 빨리 끝났어."

"나도 네가 말이 통하는 녀석이라 다행이야."

텐케는 "그럼" 하고 종종걸음으로 합숙소 건물에서 나갔다.

그의 뒷모습을 바라보며 지금까지 지켜보기만 하던 코가미네가 입을 열었다.

"뭔가…… 수상하지 않아?"

"당연하죠. 저 사람이 범인이니까요."

"나도 그런 느낌이 들기 시작했어. 이게 자명한 이치라는 건가?"

"그래도 텐케는 아직 용의자일 뿐이야."

무죄 추정. 겉모습이나 태도만으로 죄의 유무를 판단해서는 안 된다.

"근데 말이지, 이로하. 이거 꽤 골치 아픈 상황 아니야?"

코가미네가 살짝 걱정스러운 듯이 말했다.

"텐케에게는 알리바이라는 게 있잖아. 10시 32분에 남자동에 있었다면 35분에 여자동에서 목격되는 건 불가능해. 그럼 역시 그때 목격된 사람은……."

나와 코가미네일지도 모른다.

그러나 아케가미 린네는 단언했다. 범인은 텐케 사이카라고.

린네에게 있어 이번 사건의 수수께끼가 '여자동에서 목격된 침입자는 누구인가?'라면 그 그림자의 정체는 우리 둘이 아니다. 텐케 사이카와 또 다른 누군가. 그래야만 한다.

"텐케의 알리바이는 성립하지 않아."

나는 입을 열었다.

"뭐?"

린네와 코가미네가 동시에 내 얼굴을 봤다.

"그 사진 말이야. 처음부터 알고 있었어. 반 단체 채팅방에 올라왔으니까."

나는 스마트폰을 열어 어젯밤의 대화방 기록을 띄웠다. 채팅방에는 그 밖에도 온갖 사진이 올라와 있지만 밤 10시부터 11시 사이로 좁히자 총 다섯 장의 사진이 확인됐다.

첫 번째 사진은 10시 20분. 미라사카, 코고오리를 비롯한 '운동부 제국' 아이들이 베개 싸움을 하는 사진이다. 파란 꽃병이 놓인 도코노마와 난장판이 된 이불이 배경에 찍혀 있다.

두 번째 사진은 10시 32분. 조금 전 텐케가 보여 준 '오타쿠 연합' 사진. 모두 트레이닝복 차림인데 그중 세 명은 반바지를 입었고, 나머지 둘 중 트레이닝복 바지 밑단이 사진에 찍히지 않은 사람은 텐케 사이카뿐이다.

　세 번째 사진은 10시 33분. 앞선 사진에 맞서듯 올라온 '연애 지상주의 공국' 남자 두 명의 사진이다. 시크한 미남과 귀여운 미소년이 깔끔하게 깔린 이불 위에서 모델처럼 포즈를 취하고 있다. 전신이 고스란히 찍혔다. 배경에는 파란 꽃병이 놓인 도코노마와 구멍 난 장지문, 칠흑 같은 창문이 보인다.

　네 번째 사진은 10시 34분. 이번에는 와카구레가 올린 사진으로 여학생 다섯 명이 찍혀 있다. 와카구레와 '문화부 합중국' 세 사람이 어쩔 수 없이 같은 조에 끼게 된 로쿠사이도 준노를 에워싸고 환하게 웃고 있다. 로쿠사이도 역시 어색하기는 해도 두 손으로 힘없이 브이 자를 그리고 있다. 도코노마에는 빨간 꽃병이 있고, 열린 장지문 너머로는 어슴푸레하게 빛나는 창문이 보인다.

　다섯 번째 사진은 10시 37분. 메리가키 치사토가 올린 사진으로, 툇마루 의자에 멍하니 앉아 있는 '아웃사이더 인민 공화국' 남학생 둘을 찍은 사진이다. 여자동 창문에서 줌 기능으로 촬영했는지 화질이 다소 거칠지만, 뒤쪽 장지문에 남자 그림자가 비치는 게 보인다. 사진의 오른쪽 아래에는 타임스탬프가 있는데 '08/01/오후 10:37'이라는 숫자가 보인다. 사진의 업로드 시간과 동일했다.

　"사진들을 잘 비교해 보면 이상한 점이 있어."

　"이상한 점이라니?"

　"스스로도 좀 생각해 봐. ……세 번째와 네 번째 사진 어딘가에 뭔가 다른 게 있을 거야."

　"다른 거? 찍힌 사람 말고 말이지?"

"방 자체는…… 딱히 다른 게 없는 것 같은데요."

"아, 혹시 시계? ……흐음, 둘 다 찍혀 있고 같은 시간으로 보이는데……."

"힌트는 창문이야."

코가미네와 린네는 함께 사진을 들여다보며 고개를 갸웃거리다가.

"아!"

둘 중 코가미네가 먼저 소리쳤다.

"와카구레가 있는 방은 창밖이 어렴풋이 빛나고 있어!"

"흐음. ……그러네요. 옆방의 불빛이 비쳐 보이는 걸까요?"

"하지만 하루하라네 방 창문은…… 전체가 찍히진 않았지만 완전 깜깜해. 그렇지?"

불안한 얼굴로 확인하는 코가미네를 보며 나는 고개를 끄덕였다. "해냈다!" 하고 기쁜 듯이 손뼉을 치는 코가미네와 달리 린네는 아쉬운 듯 시선을 피했다. 경쟁 상대가 생긴 만큼 더 성장해 주기를 바랄 뿐이다.

"코가미네 말대로 와카구레네 방 뒤쪽에 있는 창문은 옆방 불빛 때문에 밝아. 근데 하루하라네 방 사진 가장자리에 찍힌 창문은 어두컴컴하지."

"그게 뭐 어쨌다는 건가요?"

"명백히 이상하잖아."

여전히 고개를 갸웃거리는 린네와 코가미네에게 나는 체험 학

증언에 기반한, 사진 촬영 당시 1학년 7반 아이들이 있던 곳

| 문화부 합중국 | 화려한 여학생 왕국 | 반 남자 조약 기구 | 연애지상주의 공국 (여자) |
|---|---|---|---|
| 호사카 토코<br>리쿠하타 칸나<br>이가라시 아카리<br>+<br>**아웃사이더<br>인민 공화국<br>(여자)**<br>로쿠사이도 준노<br>+<br>와카구레 스유 | 세노 마나미<br>츠루미 도로시<br>시라베 쿄카<br>+<br>코가미네 아이 | 아이우라 사치<br>사이토 키라라<br>후쿠하라 미라이<br>+<br>**낙오자 자치국**<br>메리가키 치사토<br>유노시마 루이자 | 키무라 리코<br>야카베 유나<br>마루오 히마리<br>노나카 메이 |

| 운동부 제국 | 의식 높은 수장국 연맹 | 연애지상주의 공국 (남자) | 오타쿠 연합 |
|---|---|---|---|
| 타지마 유스케<br>젠코지 아키히토<br>미라사카 료마<br>코고오리 아키라 | 카와구치 쿠라마<br>토조 카이리<br>하다테 후지나리 | 하루하라 우루시<br>니시미야 코다이<br>+<br>**아웃사이더<br>인민 공화국<br>(남자)**<br>쿠루메 소타<br>나카사코 소라 | 메지로 케이타로<br>오이시 킨지<br>테시가와라 야마토<br>스즈카 렌<br>텐케 사이카 |

| 21:36 | 이로하가 남자동에서 출발 |
|---|---|
| 21:46 | 이로하가 여자동에 도착 |
| 21:57 | 만조 |
| 22:00 | 소등 시간. 그 직후 선생님이 인원 확인을 위해 순찰(남자동 확인은 느슨한 편) |
| 22:10 | 방파제에 파도가 부딪치는 소리가 발생(와카구레가 증언) |
| 22:11 | 린네가 보낸 '곶감이네. 시와 잎, 섰나요?' 라는 메시지가 이로하에게 도착 |
| 22:20 | 젠코지가 '운동부 제국' 베개 싸움 상황을 찍은 사진을 단체 채팅방에 올림 |
| 22:32 | 메지로가 '오타쿠 연합' 5명(텐케 사이카 포함)이 모인 사진을 단체 채팅방에 올림 |
| 22:33 | 하루하라가 자신을 포함한 '연애지상주의 공국(남자)' 2명의 사진을 단체 채팅방에 올림 |
| 22:34 | 와카구레가 '문화부 합중국' 3명과 '아웃사이더 인민 공화국(여자)'의 로쿠사이도 준노와 자신이 모인 사진을 단체 채팅방에 올림 |
| 22:35 | 여자동에서 남녀가 목격됨 |
| 22:37 | 메리가키가 툇마루에 있는 '아웃사이더 인민 공화국(남자)' 2명의 사진을 단체 채팅방에 올림 |
| 22:51 | 이로하가 남자동에 도착 |

습 안내 책자를 꺼내 보여 줬다.

"방 배정표를 확인하면 단번에 알 수 있어."

그날 점심 식사 후 일정은 박물관 견학이었다.

어제의 해수욕과 비교하면 확실히 흥미가 덜한지 조용한 박물관 안에서 친구들과 이리저리 흩어진 아이들은 전반적으로 지루한 기색이 역력했다. 게다가 대화도 소곤소곤해야 하다 보니 전시물 앞에서 스마트폰만 들여다보는 아이도 많았다.

나는 모든 전시물이 제법 흥미로웠다. 함께 다니는 하다테나 카와구치가 소곤거리며 아는 척만 안 해도 더 즐거웠을 것이다. 그러면서도 어떤 이유 때문에 반 단체 채팅방에서 눈을 뗄 수 없었다.

—배불러서 졸림.

—이다음 뭐였지?

채팅방은 지루함에 못 이긴 아이들 덕분에 꽤 활발했다. 박물관과 관련 있는 이야기부터 전혀 상관없는 이야기까지 잡담이 이어지고 있다.

그러다 보니 오늘 아침에 터진 사건 이야기가 나오는 것도 당연한 수순이었다.

—그래서 결국 누구였어? 밤에 여자동에 있었던 사람.

—린네가 텐케가 범인이라고 했다던데?

—아니, 난 알리바이가 있어. 테리야쿠한테도 말했어.

—뭐야. 알리바이라니. 너무 거창해서 오히려 수상한데?

—마피아 게임 같아서 재밌네ㅋ

올 게 왔군.

나는 은근슬쩍 대화에 끼어들었다.

―그림자가 목격된 시간에 방에서 찍은 사진이 있다던데.

정보를 살짝 흘리자 아이들이 관심을 보였다.

―응? 사진? 사진이라니?

―혹시 여기 올라온 그거?

―ㅇㅇ. 그거.

텐케가 반응했다.

―테리야쿠가 여자동에서 남자가 목격된 시간이 밤 10시 35분이라고 했잖아. 그런데 그 사진에 찍힌 시계가 10시 32분을 가리키고 있으니 난 불가능하다고 했어.

―오.

―3분이면 남자동에서 여자동까지 못 가나?

―못 가지. 내가 직접 해 봤는데 7분은 걸려.

―와카구레, 그런 걸 왜 해 봐ㅋㅋ

알림이 많아져서 신경 쓰였는지 전시실 이곳저곳에 흩어진 아이들이 하나둘 스마트폰을 확인하거나 친구의 스마트폰을 엿보기 시작했다.

때가 됐다. 시작하자.

나는 본격적인 시작을 알리는 신호를 보냈다.

―근데 텐케네 사진이 찍힌 곳이 꼭 남자동이라고 단정할 수는 없지 않나?

갑자기 침묵이 흘렀다.

아이들은 친구와 서로 눈빛을 주고받거나 나를 쳐다봤다.

"(이로하?)"

옆에 있던 카와구치가 놀란 듯이 작게 말했다. 나는 대답 대신 확신에 찬 눈빛을 보냈다.

그러는 동안 텐케가 반박을 시작했다.

—모두가 찍혀 있으니 당연히 남자동이지.

—사진을 자세히 봤는데 남자동에 있는 너희 방에서 찍힌 거라고 보기엔 좀 이상한 부분이 있어.

나는 몰아붙이듯 미리 생각해 둔 문장을 입력했다.

—비슷한 시간에 올라온 와카구레 사진은 창밖이 좀 밝잖아. 이거, 옆방 창문에서 비치는 전등 불빛이겠지?

—그럴걸.

당사자인 와카구레에게서 답장이 왔다.

—세노네 방 애들이 꽤 늦게까지 잠 안 자고 있었던 것 같아. 근데 그게 왜?

—그걸 감안하고 하루하라가 올린 사진을 봤는데, 거기 창문은 완전히 어둡더라고.

잠시 기다리고 있자 카와구치가 "그러네" 하고 맞장구를 쳐 줬다.

—옆방 불이 켜져 있다면 창밖에 조금이라도 빛이 보여야 해. 그러니 하루하라네 양옆 방은 이 사진이 찍혔을 때 불이 꺼져 있었

던 거야.

나는 잠시 쉰 뒤 결정적인 메시지를 입력했다.

—그리고 그 양옆 방 중 하나가 바로 텐케네 방이야.

옆에 있던 카와구치가 "오……!" 하고 작게 탄성을 내뱉었다.

그렇다.

하루하라가 올린 사진을 보면 텐케네 방은 완전히 어두웠어야 한다.

하지만 텐케가 올린 사진을 보면 시곗바늘이 보일 정도로 방 안이 밝다.

이건 명백한 모순이다.

둘 중 한 사진에 거짓이 있다는 증거다.

—확인차 묻겠는데, 하루하라랑 와카구레 둘 다 사진을 찍자마자 바로 올린 거 맞지? 시계도 찍혀 있고.

—맞아.

—그럼 이 사진들은 전부 거의 비슷한 시간대에 찍힌 사진이야. 텐케든 하루하라든 두 사진 중 하나는 자기들 방이 아닌 다른 방에서 찍혔다는 말이 돼.

스마트폰을 본 아이들이 얼굴을 마주 보며 조용히 속닥이기 시작했다.

그중 특히 당황한 기색을 보이는 건 이번 사안의 중심에 선 '오타쿠 연합' 멤버들이었다. 반면 마찬가지로 화제에 오른 하루하라 우루시와 니시미야 코다이는 차분한 모습으로 오히려 주변 여자아이들과 소곤거리며 즐기는 듯한 분위기마저 풍겼다.

물론 그런 것만으로 둘 중 어느 쪽이 거짓말을 하는지 판단할 수는 없다.

—어느 쪽이 거짓말을 하는지는 일단 제쳐 두고, 자기들 방이 아니면 대체 어느 방에서 찍었냐는 것도 문제가 돼.

—어딘가 다른 방에 가서 사진을 찍었다는 거지?

다른 아이들은 아직 설명을 따라오지 못하는지 오직 와카구레만 맞장구를 치는 흐름이 만들어졌다. 나는 "맞아"라고 답장을 보내고.

—결론부터 말하면 여자동에 있는 키무라네 방에서 찍었다고 볼 수밖에 없어.

멀리서 웅성거리는 소리가 들렸다. 하루하라와 니시미야를 추종하는 여자애들 무리 중 한 명이 당황하는 눈치다. 키무라 리코다.

즉, '연애지상주의 공국' 소속 여자아이들의 방이 사진이 찍힌 장소였다.

—어떻게 이야기가 그렇게 돼?

텐케가 불만스러운 듯이 물었다.

—순서대로 설명할게.

그렇게 운을 떼고 메시지를 입력했다.

—조건부터 정리해 보자. 우선 사진이 찍힌 방은 옆방 불이 꺼져 있어야 해. 창문이 칠흑같이 캄캄하기 때문이야. 그 시점에 텐케네 방과 하루하라네 방은 후보에서 제외돼. 어느 쪽이 진짜든 거

짓이든 옆방 불이 켜져 있었다면 모순이 생기니까.

　─그럼 혹시 둘이 같은 방에 있었던 거 아닐까? 즉, 서로 다른 방인 척하며 같은 방에서 사진을 찍은 거면 모순은 없잖아?

　─그건 아니야. 하루하라네 방 사진에 찍힌 장지문에는 구멍이 나 있지만, 텐케네 방 장지문은 깨끗해. 이 두 장은 서로 다른 방에서 찍힌 사진이야.

　카와구치와 하다테가 "오⋯⋯" 하고 탄성을 내뱉었고, 예민한 토조는 "그럴싸하네" 하고 납득한 듯 중얼거렸다. 세 사람은 평소에도 이런 식의 추리 놀이를 즐겨 하는지 모른다.

　─그럼 남자동에서 남는 방은 내가 묵는 방과 맨 끝 방인 미라사카네 방이야. 근데 우리 방은 아니야. 우리 방 창밖에는 나무가 없어서 맞은편에 있는 코가미네네 방 창문이 그대로 보이거든. 그 방에는 불이 켜져 있었으니 사진에도 불빛이 비쳤어야 하는데 그런 건 없어.

　─그렇구나. 내 사진을 보면 옆방에 불이 켜져 있었던 건 확실해. 그리고 우리 방은 복도 끝 방이라 옆은 코가미네네 방 하나뿐. 즉, 코가미네네 방에는 불이 켜져 있었던 게 맞다, 그런 논리네.

　─우리 방 창문에서 맞은편 방 창문이 보이는 것도 사실이야!

　와카구레의 보충에 더해 코가미네가 인증까지 해 줬다. 이건 사전에 부탁해 둔 것이다.

　반박이 나오지 않는 걸 보고 나는 설명을 이어 갔다.

　─마지막으로 미라사카네 방 말인데, 여기도 아니야. 텐케랑

하루하라가 올린 사진 속 두 곳 다 이불이 반듯하게 깔려 있거든. 반 채팅방 기록을 보면, 미라사카네 방은 그 1분 전까지 베개 싸움을 하고 있었으니 이불이 그렇게 반듯할 리 없어. 실제로 젠코지가 올린 사진에서는 이불이 난장판이야.

따라서 사진이 남자동에서 찍혔을 가능성은 없다.

그렇게 메시지를 보내자 카와구치가 고개를 끄덕이며 공감했다. 베개 싸움 이야기를 채팅방에 처음 올린 사람도 카와구치 쿠라마였다.

—이제 남은 건 여자동인데, 여자동만 남은 시점에 범인이 평범하게 그 방에 가서 사진을 찍은 건 아니라는 걸 알 수 있어. 소등 시간에는 선생님께서 순찰을 도니 방을 비우는 건 불가능하고, 그 후 이동했다고 해도 남자동과 여자동 사이의 통로가 막힌 데다가 지름길인 모래사장에는 왕복 한 사람 몫의 발자국만 남아 있었거든.

—그럼 여자동으로 이동하는 건 사실상 불가능한 거 아니야?

—아니, 방법은 있어. 연결 통로가 막히기 전에 방 자체를 바꿔치기하면 돼.

—방 자체를 바꿔치기?

—남자동 방 하나를 쓰는 남자애들과 여자동 방 하나를 쓰는 여자애들이 통째로 자리를 바꿔서 서로의 방에 숨어 있었던 거야. 인원수만 맞추면 소등 시간 순찰도 넘길 수 있었을 테고.

특히 남자동 쪽은 내가 있는 방처럼 인원수가 한 명 부족했는데도 무사히 넘어간 걸 보면 알 수 있다. 불을 끄고 이불 속에 들어가 있으면 선생님의 눈을 쉽게 속일 수 있었을 것이다.

방 바꿔치기에 대해 '왜 그런 짓을?'이라는 식의 의문이 몇 개 올라왔지만 나는 일단 이야기를 더 진행했다.

—그렇게 생각하면 여자동에 들어간 남학생이 그 후 어떻게 했는지도 설명이 돼. 먼저 여자동 방에 있던 같은 방 친구들과 합류해 그대로 아침까지 그 방에 있었던 거야.

모래사장 발자국을 보면 침입자가 남자동으로 돌아가지 않은 건 확실하다. 그런데도 아침까지 들키지 않았던 이유가 바로 이것이다.

—즉, 순찰 전 남학생 한 명은 원래 방에 남아 있었어. 아마 남자 쪽 인원이 한 명 더 많았겠지. 순찰을 피하려면 인원수를 맞춰야 하니까. 예를 들어 남자가 5명이고 여자가 4명이라면 남자 쪽에서 1명을 남겨 두는 식이었을 거야.

—어라? 그럼 설마.

그렇게 끼어든 사람은 코가미네였다.

—하루하라네 방은 4명이지? 만약 걔네가 방을 바꿨다면 여학생 3명 방이라는 거네?

—그렇겠지. 애초에 여학생이 3명인 방은 하나도 없지만.

박물관 여기저기서 그들에게 시선이 모이는 게 느껴졌다.

'오타쿠 연합'.

남학생 5인조인 그들은 하나같이 초조한 기색이 역력했다.

—정리하자면 사진이 찍힌 곳은 여학생 4인실 중 옆방 불이

꺼져 있었던 방이야. 와카구레네 방은 5인실이니 후보에서 제외되고, 그럼 와카구레의 사진은 믿어도 된다는 뜻이야.

—감사합니당~♪

—와카구레가 올린 사진을 보면 와카구레네 방에는 불이 켜져 있었어. 그러니 바로 옆방인 코가미네네 방도 탈락이야. '옆방 불이 꺼져 있다'라는 조건에 어긋나니까. 마찬가지로 같은 사진에서 코가미네네 방에도 불이 켜져 있으니 그 옆에 있는 아이우라네 방도 탈락. 거기는 애초에 5인실이기도 하고.

이제 남은 방은 하나.

키무라 리코, 야카베 유나, 마루오 히마리, 노나카 메이로 이뤄진 '연애지상주의 공국' 방이다.

답은 명확해졌다.

—어젯밤 사건은 대충 이런 흐름 아니었을까? 먼저 목욕을 마친 후쯤 텐케네와 키무라네가 방을 통째로 바꾸고 텐케만 원래 방에 남았어. 그리고 소등 시간 순찰을 무사히 넘긴 후 방에 남아 있던 텐케는 지름길을 통해 여자동으로 이동, 같은 방 아이들과 합류해 사진을 찍었어. 그 후 여학생 중 누군가를 만나러 갔다가 다른 반 학생에게 목격된 거야.

반 아이들은 모두 스마트폰 화면에서 눈을 떼지 못하고 있다.

—물론 원래 방에 남은 사람이 꼭 텐케라고 단정할 수 없고 다른 남자였을 수도 있어. 하지만 모래사장에 찍힌 발자국 크기가 특이했어. 24센티미터. 남자치고는 작지? 그러니 다섯 명 모두의 신

발 사이즈만 확인하면 누군지 금방 알 수 있지 않을까?

보아하니 다섯 명 중 텐케만 유난히 키가 작다. 그러니 신발 사이즈가 유독 작은 사람도 텐케라는 말이 된다.

—또 하나, 텐케는 모래사장으로 이동만 했을 뿐이고, 여학생을 몰래 만난 사람은 같은 방의 다른 남자였다는 시나리오도 가정해 볼 수 있어. 하지만 '트레이닝복 바지 한쪽 밑단을 정강이까지 걷어 올렸다'라는 목격자의 증언이 이를 부정해. 오이카리 선생님 말씀대로 바짓단을 걷어 올린 건 바닷물 때문에 바지가 젖었기 때문일 거야. 텐케가 찍힌 사진을 보면 하의가 긴 트레이닝복 바지인 사람은 텐케와 오이시 둘뿐인데, 오이시는 바짓단이 제대로 찍혀 있어. 보다시피 걷어 올려져 있지 않고, 물에 젖은 흔적도 없지. 반면에 텐케는 바지 밑단이 사진에 안 나와서 어떤 상태인지 확인이 안 돼. 그러니 이 모든 걸 종합하면 '트레이닝복 바지 한쪽 밑단을 정강이까지 걷어 올린 남자'는 텐케 한 명뿐이라는 결론이야.

"그렇구나……."

카와구치가 감탄한 것처럼 숨을 내쉬며 중얼거렸다.

주변 아이들의 반응은 제각각이었다.

—이제 확정이네.

—무슨 소린지 잘 모르겠지만 어쨌든 이해했어!

—역시 텐케였구만.

대체로 내 추리를 받아들인 분위기다.

이번 추리는 거의 반 단체 채팅방에 올라온 정보만으로 끌어냈다.

그리고 이 정보라면 린네도 파악할 수 있었을 것이다. 방 안에 있으면서 텐케 사이카의 행동을 추리하는 것도 가능했다. 방금 내가 한 것처럼.

텐케를 공개적으로 망신 주는 모양새가 된 건 미안하지만 잘못을 저지른 건 사실이다. 꼼수로 덮으려고 한 걸 그냥 둘 수는 없다. 다행히 나도 같은 죄를 지었으니 둘이 사이좋게 오이카리 선생님을 찾아가서 혼나자, 텐케.

—흐음.

사건이 슬슬 마무리되는 분위기 속에서 뭔가 탐탁지 않은 느낌의 메시지를 올린 학생이 한 명 있었다.

와카구레 스유.

지금까지 내 추리에 협조적이기까지 했던 그녀가 여기서 다른 말을 꺼냈다.

—이로하, 중요한 걸 빼먹은 거 아니야?

내가 대답을 못하고 있는 사이 와카구레는 선언했다.

—너 자신이 여자동에 있었다는 사실 말이야.


—미안하지만, 이로하. 조금 전 네 추리는 근본부터 성립하지 않아.

뭐라고?

성립하지 않는다고? 내 추리가? 근본부터?

이로하의 추리에 따른, 사진 촬영 당시 1학년 7반 아이들이 있던 곳

| 문화부 합중국 | 화려한 여학생 왕국 | 반 남자 조약 기구 | 오타쿠 연합 |
|---|---|---|---|
| 호사카 토코<br>리쿠하타 칸나<br>이가라시 아카리<br>+<br>**아웃사이더<br>인민 공화국<br>(여자)**<br>로쿠사이도 준노<br>+<br>와카구레 스유 | 세노 마나미<br>츠루미 도로시<br>시라베 쿄카<br>+<br>코가미네 아이 | 아이우라 사치<br>사이토 키라라<br>후쿠하라 미라이<br>+<br>**낙오자 자치국**<br>메리가키 치사토<br>유노시마 루이자 | 메지로 케이타로<br>오이시 킨지<br>테시가와라 야마토<br>스즈카 렌<br>텐케 사이카 |

| 운동부 제국 | 의식 높은<br>수장국 연맹 | 연애지상주의 공국<br>(남자) | 연애지상주의 공국<br>(여자) |
|---|---|---|---|
| 타지마 유스케<br>젠코지 아키히토<br>미라사카 료마<br>코고오리 아키라 | 카와구치 쿠라마<br>토조 카이리<br>하다테 후지나리 | 하루하라 우루시<br>니시미야 코다이<br>+<br>**아웃사이더<br>인민 공화국<br>(남자)**<br>쿠루메 소타<br>나카사코 소라 | 키무라 리코<br>야카베 유나<br>마루오 히마리<br>노나카 메이 |

|  |  |
|---|---|
| 21:36 | 이로하가 남자동에서 출발 |
| 21:46 | 이로하가 여자동에 도착 |
| 21:57 | 만조 |
| 22:00 | 소등 시간. 그 직후 선생님이 인원 확인을 위해 순찰(남자동 확인은 느슨한 편) |
| 22:10 | 방파제에 파도가 부딪치는 소리가 발생(와카구레가 증언) |
| 22:11 | 린네가 보낸 '곶감이네. 시와 잎, 섰나요?' 라는 메시지가 이로하에게 도착 |
| 22:20 | 젠코지가 '운동부 제국' 베개 싸움 상황을 찍은 사진을 단체 채팅방에 올림 |
| 22:32 | 메지로가 '오타쿠 연합' 5명(텐케 사이카 포함)이 모인 사진을 단체 채팅방에 올림 |
| 22:33 | 하루하라가 자신을 포함한 '연애지상주의 공국(남자)' 2명의 사진을 단체<br>채팅방에 올림 |
| 22:34 | 와카구레가 '문화부 합중국' 3명과 '아웃사이더 인민 공화국(여자)'의 로쿠사이도<br>준노와 자신이 모인 사진을 단체 채팅방에 올림 |
| 22:35 | 여자동에서 남녀가 목격됨 |
| 22:37 | 메리가키가 툇마루에 있는 '아웃사이더 인민 공화국(남자)' 2명의 사진을 단체<br>채팅방에 올림 |
| 22:51 | 이로하가 남자동에 도착 |

와카구레의 갑작스러운 반론에 나뿐만 아니라 반 채팅방을 보던 모두가 당황하고 있다. 다들 내가 반응하기만을 기다리고 있는데, 그보다 먼저 와카구레 스유가 날 몰아붙였다.

—아, 물론 이로하가 여자동에 들어간 사람이라서 틀렸다는 말은 아니야. 그걸 감안하더라도 이상한 부분이 있다는 뜻이야.

이제 발뺌할 수 없다.

정작 본인이 날 불러 놓고 무슨 말을 하는 거냐고 따지고 싶지만, 어차피 나도 털어놓을 생각이었으니 여기서는 순순히 인정하는 게 맞다고 판단했다.

—그래. 나도 어젯밤에 잠시 여자동에 있었어.

반 아이들 사이에서 술렁거림이 퍼져 나갔다.

나는 최대한 담담하게 어제 상황을 설명했다. 모래사장에 남은 발자국 개수, 만조 시각, 그 정보를 모두 종합하면 나 말고도 다른 침입자가 한 명 더 있을 거라는 이야기. 하지만 코가미네네 방 아이들이 나를 숨겨 준 사실은 일단 언급하지 않기로 했다.

—이로하. 네 추리대로라면 텐케는 남자동에서 소등 시간 순찰을 피한 후에 여자동으로 이동했다는 거지?

—그래.

—그 시간이 언제까지인 거야?

—늦어도 밤 10시 51분까지. 그 시간에 내가 남자동으로 돌아와 안에서 창문을 잠갔으니까. 그리고 만약 텐케가 그 시간 이후에 창문으로 나갔다면 다음 날 아침에 창문 자물쇠를 확인한 젠코지

가 창문이 열려 있는 걸 확인했을 거야.

　―열려 있었어? 젠코지.

　잠시 뜸을 들인 후 젠코지는 "잠겨 있었어"라고 대답했다.

　―응. 그럼 텐케가 여자동으로 이동했다면 그 시간은 밤 10시부터 10시 51분까지 사이였다는 거고, 사진이 찍힌 시점까지 고려하면 32분 이전이었겠네.

　와카구레는 확인하듯 말하고 다시 선언했다.

　―하지만 그건 불가능해.

　확신에 찬 메시지를 보며 나는 미간을 찌푸렸다. 무슨 뜻일까.

　―발자국을 보면 텐케가 여자동으로 이동한 건 만조 시각 이후인 걸 알 수 있어. 하지만 파도 때문에 모래사장을 지날 수 없었던 건 꼭 만조 시각인 밤 9시 57분의 한 순간만은 아닐 거야. 그 전후 몇 분도 모래사장이 파도에 덮여서 건너지 못했겠지. 실제로 난 10시 10분쯤 방파제에 파도가 부딪치는 소리를 들었어.

　그건 나도 안다. 지금으로서는 거짓말이라고 단정할 근거도 없다.

　―이미 나랑 이야기했잖아, 이로하. 발자국 간격으로 보면 남자동에서 여자동까지 가는 데는 대략 10분 정도 걸려. 그럼 텐케가 여자동에 도착한 건 10시 20분쯤이 된다는 거고…… 그건 이상해.

　―뭐가 이상하다는 거야?

　―적어도 그 시점부터 32분까지는 여자동 창문이 안에서 잠겨 있었을 테니까.

뭐? 창문이 잠겨 있었다고?

—내가 있는 방이 그 문제의 창문 바로 옆에 있는 건 다들 알지?

와카구레는 물 흐르듯 설명을 이어 갔다.

—사실 말이지, 거기서는 발소리만 들어도 알 수 있어. '누군가 창문으로 다가오고 있구나'라는 걸. 나 말고 다른 아이들에게도 물어봤지만 아무도 없었어. 10시 20분부터 32분 사이에 창문 쪽으로 다가오는 발소리를 들은 사람은.

발소리로 창문에 누군가 다가오는 걸 알 수 있다고? 확실히 그 복도는 나무가 깔려 있어서 걸을 때마다 삐걱거리는 소리가 나기는 한다. 하지만 그런 중요한 정보를 왜 이제야.

—젠코지, 발소리로 누군가 다가오는 걸 알 수 있다는 게 사실이야? 그렇다면 너희 방이 창문 바로 옆이고 남자동도 구조가 거의 똑같으니 소리가 들렸어야 해. 내가 창문으로 드나드는 소리를 들었어?

—아, 미안. 우리는 베개 싸움 하느라…….

그렇다. 제길. 이래서는 들리지 않았을 거라고 반박할 수도 없다.

—그럼 와카구레, 어젯밤 소등 이후 창문에 접근한 사람이 몇 명이나 있었는지도 알아?

—알아. 몇 명보다는 몇 번이었는지를 기억해. 총 세 번이었어. 먼저 소등 시간 직후 선생님이 순찰하러 왔을 때 한 번. 이때는 아마 선생님이 창문을 확인하셨겠지. 그리고 그 직후 또 한 번. 간

격은 채 5분도 안 됐던 것 같아. 그다음에는 10시 35분쯤에 한 번. 시간상으로는 이게 이로하가 나갈 때의 발소리였겠지?

내가 벽장에서 나온 이후 대략 30분 정도 세노네 방에서 붙잡혀 있었다. 그렇다면 그 시간이 맞을지도. 그래서 나도 처음 목격된 그 남녀가 나와 코가미네인 줄 알았던 것이다.

—선생님이 열린 창문을 잠그지 않고 그냥 두셨을 리는 없으니 그 시간 이후에는 창문이 안쪽에서 잠겨 있었던 게 확실해. 그럼 밖에서 온 텐케는 안으로 들어올 수 없다는 뜻이야.

그런 논리였나.

확실히 그 창문은 크레센트 자물쇠가 달려 있어서 밖에서 열 수 없다. 안에 공범이 있어야만 가능한데, 창문 근처에 다가간 사람은 한정돼 있다.

—발소리로 알 수 있었다고 했는데, 몇 명인지는 파악 못 했어?

—그건 어려웠어. 정확히는 발소리가 아니라 발판이 삐걱거리는 소리만 들었을 뿐이니까.

—그럼 10시 20분보다 이전에 창문 자물쇠를 풀어 둔 사람이 있었던 거야. 선생님 이후에 누군가가 왔다고 했지? 그 사람이 자물쇠를 미리 풀어서 텐케가 안에 들어올 수 있게 한 거 아닐까?

—그럼 텐케 본인의 발소리는?

—사진을 보니 10시 34분쯤에는 너희도 일어나서 떠들고 있었던 것 같으니 그 전후면 소리를 놓쳤을 수도 있잖아.

—흐음…… 무슨 말을 하려는지는 알겠지만, 그건 아닐걸.

─왜지?

─두 번째 발소리 이후에 로쿠사이도가 창문이 잠겨 있는 걸 확인했거든.

뭐? 로쿠사이도라면 와카구레와 같은 방을 쓰는 그 조용한 여자애?

─창문으로 누군가가 접근한 게 총 세 번이라고 하지 않았어?

─접근하지는 않았어. 방에 들어갈 때 눈으로만 확인했대. 맞지? 로쿠사이도.

와카구레 일행이 모여 있는 쪽을 보자 그 안에 있는 로쿠사이도 준노가 왠지 겁먹은 표정으로 스마트폰을 두드리고 있었다.

─화장실에 갔다 돌아오는 길에 곁눈으로 확인했어. 자물쇠는 잠겨 있었어.

크레센트 자물쇠는 열렸는지 잠겼는지 한눈에 알아볼 수 있다. 꼭 가까이 가지 않아도 확인할 수 있었을 것이다.

─그게 몇 시쯤이야?

─10시 17분. 방에 들어가자마자 스마트폰을 확인해서 알아.

─화장실에는 몇 분 정도 있었는데?

─그건 여자한테 함부로 물을 질문이 아닌 것 같은데. 3분 정도였어.

─화장실에 다녀오는 동안 마주친 사람은?

─없어. 아무도 못 봤어.

밤 10시 17분에 여자동 창문이 잠겨 있었던 게 확인됐다. 텐케가 여자동에 도착할 수 있는 가장 빠른 시간은 10시 20분. 그리고 35분쯤 내가 여자동을 나설 때까지 창문에 다가간 사람은 아무도 없었다.

단 한 명의 증언이지만 반박할 근거가 없다.

즉, 불가능하다.

텐케 사이카는 10시 35분쯤까지 여자동에 침입할 방법이 없었다.

—이제 알겠지? 여자동에 들어갈 수 있는 건 만조 전에 모래사장을 건넌 사람뿐이야. 만조 후에는 모래사장을 걸은 사람이 없었고 발자국도 딱 한 사람이 왕복한 흔적만 있었어. 만조 때문에 파도가 쓸고 지나갔다고 해도 발자국이 반드시 사라진다고 단정할 수는 없고, 발자국 크기 차이도 오차 수준 아닐까?

오차 수준이라고? 정작 발자국의 주인이 두 명이라는 추리는 네가 내 앞에서 했잖아!

—여자동에 들어갈 수 있는 타이밍은 선생님이 창문 자물쇠를 확인하기 이전이거나, 그 후 누군가 창문에 접근했을 때겠지. 그러고 보니 말 안 했는데, 선생님 다음에 창문에 접근한 사람은 아마 린네일 거야.

“뭐?”

린네?

—발소리 다음에 말소리도 들렸거든. 옆방 앞에서 시라베나 코가미네랑 대화하는 것 같았어. 맞지?

| 21:36 | 이로하가 남자동에서 출발 |
| 21:46 | 이로하가 여자동에 도착 |
| 21:57 | 만조 |
| 22:00 | 소등 시간. 그 직후 선생님이 인원 확인을 위해 순찰(남자동 확인은 느슨한 편) |
| 22:10 | 방파제에 파도가 부딪치는 소리가 발생(와카구레가 증언) |
| 22:11 | 린네가 보낸 '곶감이네. 시와 잎, 섰나요?'라는 메시지가 이로하에게 도착 |
| 22:20 | 젠코지가 '운동부 제국' 베개 싸움 상황을 찍은 사진을 단체 채팅방에 올림 |
| 22:32 | 메지로가 '오타쿠 연합' 5명(텐케 사이카 포함)이 모인 사진을 단체 채팅방에 올림 |
| 22:33 | 하루하라가 자신을 포함한 '연애지상주의 공국(남자)' 2명의 사진을 단체 채팅방에 올림 |
| 22:34 | 와카구레가 '문화부 합중국' 3명과 '아웃사이더 인민 공화국(여자)'의 로쿠사이도 준노와 자신이 모인 사진을 단체 채팅방에 올림 |
| 22:35 | 여자동에서 남녀가 목격됨 |
| 22:37 | 메리가키가 툇마루에 있는 '아웃사이더 인민 공화국(남자)' 2명의 사진을 단체 채팅방에 올림 |
| 22:51 | 이로하가 남자동에 도착 |



- 22:20~22:32 사이에 창문에 접근하는 발소리를 들은 사람은 없다.
- 22:00 소등 직후 순찰 중인 선생님으로 보이는 첫 번째 발소리가 들렸다.
- 첫 번째 발소리가 들리고 나서 5분이 채 지나기 전에 두 번째 발소리가 들렸다.
- 22:17에 로쿠사이도가 눈으로 창문의 잠금 상태를 확인했다.
- 22:35경에 이로하로 보이는 세 번째 발소리가 들렸다.

- 남자동에서 여자동까지 이동하는 데는 약 10분 정도 걸린다.
- 22:10 직후부터 모래사장 길이 열렸다고 가정하면 텐케가 여자동에 도착하는 시간은 22:20~22:32.

- 하지만 22:20~22:32 사이에 창문에 접근하는 발소리를 들은 사람이 없는 데다가 22:17 이후로는 창문이 잠겨 있었다.

⟶ 사진 촬영 시점인 22:32까지 텐케 사이카가 여자동에 침입하는 것은 불가능하다.
⟶ 22:35에 여자동에서 목격될 수 있는 인물은, 만조가 되기 전에 모래사장을 건넌 이로하뿐이다.

코가미네가 멀리서 불안한 눈빛으로 나를 봤다. 솔직히 말하라고 눈짓으로 전하려 했지만 그보다 먼저 시라베 쿄카가 스마트폰을 두드렸다.

―맞아. 단톡방에서 코가미네가 없어졌다고 해서 걱정돼서 왔던 것 같아.

―그렇구나. 목소리 톤을 듣고 그렇구나 싶었어. 그럼 그때 린네가 창문 자물쇠를 풀어서 이로하를 안에 들여보낸 거네.

그게 무슨……. 대체 뭐라는 거야!

―그전까지 이로하는 창밖에서 기다리고 있었던 거야. 소등 시간 이후에 들어가려고 했는데, 선생님이 창문을 잠가 버리는 바람에 린네한테 부탁해서 열어 달라고 한 거 아닐까?

아니! 전혀 아니야!

난 지금껏 린네가 창문에 접근했다는 사실조차 몰랐다고!

―아니야! 내가 들어간 건 소등 시간 전이야!

―우린 못 들었는데, 발소리.

들었나 못 들었나는 너만 알 수 있는 정보잖아!

―아마 린네가 시라베네 방 아이들과 대화한 건 명분을 만들기 위해서 아닐까? 타이밍상 순찰 마치고 돌아오는 선생님에게 들킬 수도 있고, 딱히 볼일도 없이 자기 방도 아닌 곳에 있으면 수상해 보이니까. 그러고 나서 이로하와 함께 방에 돌아갔겠지. 린네는 후요 선생님과 같은 방을 쓰지만, 선생님들은 밤에 종종 같은 방에 모이시는 것 같더라고.

근거도 없이 꾸며낸 허구가 끝없이 쏟아진다.

—그리고 이로하와 린네는 30분 정도 둘만의 시간을 즐긴 후 다시 창가에 가서 함께 밖으로 나갔어. 그대로 헤어지기가 아쉬웠을까? 두 사람은 창밖에서 또 이야기를 나눈 것 같아. 그리고 아마 그때 모습을 다른 반 아이가 본 거겠지.

아니다. 지금 와카구레가 하는 말은 근거가 명확하다.

모든 게 기존 정보에 들어맞는다.

내 기억이라는 단 하나의 증거만 제외하면 모든 상황이 와카구레의 말이 진실이라고 말하고 있다.

—그리고 린네는 그게 결국 들통날 게 뻔하니 순간적으로 눈에 들어온 텐케를 범인이라고 지목한 거 아닐까? 이로하도 그런 린네를 거들려고 사진 속 창문이 어쩌고저쩌고하는 논리를 만들었고. 이로하다운 배려라고 할 수 있겠네.

반론이 떠오르지 않는다.

반론이 떠오르지 않는다.

반론이 떠오르지 않는다.

부정해야 한다. 부인해야 한다. 반박해야 한다. 그래야 한다.

어떡하지.

어떡해야 이 추리를 논리적으로 부정할 수 있을까.

증거가 없다.

근거가 없다.

증명할 수 없다.

아무것도, 떠오르지 않는다.


―뭐, 마음은 이해하지만.

추리가 진실이 된다.

―그렇다고 다른 사람한테 누명을 씌우면 되겠어? 불쌍한 텐
케.


박물관 견학 다음은 캠핑장에서 반합에 직접 밥을 만들어 먹
는 취사 체험 일정이었다.

조금 전까지 지루해 보이던 아이들이 지금은 들뜬 얼굴로 식
재료를 나르고 불을 지피며 신나게 움직이고 있다.

나 역시 혼자 떨어져 불 피우는 역할을 맡고 있었는데, 코가미
네가 그런 나에게 슬쩍 다가왔다.

"음…… 흐음, 그러니까…… 힘내."

무슨 말을 해야 할지 몰라 어색하게 웃는 코가미네를 힐끗 보
고 나는 마른 낙엽에 불을 붙였다.

"그, 그럴 수도 있지! 누구나 실수할 수 있잖아! 안 그래?"

모닥불 앞에 쪼그려 앉은 내 어깨를 코가미네가 뒤에서 꾹 눌
렀다.

나는 고개를 돌리지 않고 말했다.

"위로 고맙지만 딱히 낙담하거나 기죽은 건 아니야."

"그래? 그래도 그렇게 자신만만했는데 와카구레가 모든 걸 뒤

집어서…….”

“뒤집지는 않았어.”

커지는 불길을 보면서 입을 열었다.

“걔는 그냥 인상을 조작했을 뿐이야. 내가 여자동에 있었다는 임팩트 강한 정보를 먼저 던진 후 여세를 몰아 나를 말로 이긴 것처럼 만든 거지. 그 증거로 와카구레는 내 추리를 완전히 반박하지 못했어. 발자국 크기 문제는 ‘오차’라는 모호한 이유로 얼버무렸고, 만조에 대해서도 ‘만조여도 발자국이 지워지지 않았을 수 있다’라는 식의 주장만 반복했잖아. 그렇게 반박할 거면 하다못해 실험이라도 하고 하든가.”

“아, 생각보다 더 자존심이 상했구나.”

자존심 상한 게 아니다. 후요 선생님에게 완벽히 논파당한 그때와 비교하면 이 정도는 아무것도 아니다.

다만 그때보다 훨씬 마음이 요동치는 것만은 확실했다.

짜증이 났다.

특히 그 방식이 마음에 안 든다. ‘텐케가 불쌍하다’라니. 그렇게 말하면 어떤 반론도 듣는 이에게 나쁜 인상을 주고 만다. 말이 길어지면 길어질수록 ‘자기 잘못을 필사적으로 남에게 떠넘기려는 사람’이 돼 버린다. 논리와 상관없는 방식으로 논쟁을 몰아가는 수작이다.

일부러 그러고 있다.

와카구레 스유는 일부러 그러고 있다. 그걸 알면서도 제대로 반박하지 못하는 스스로에게 화가 치밀었다.

"……와카구레의 무기는 여자동 창문 자물쇠야."

슬슬 안정돼 가는 불길 속에 나는 장작을 집어넣었다.

"알리바이 문제가 밀실 문제가 된 거야. 관점을 바꿀 필요가 있어."

"있지, 이로하."

불길을 응시하며 중얼거리고 있자 코가미네가 내 옆에 쪼그려 앉았다.

코가미네는 무릎을 끌어안고 불을 보며 말했다.

"역시…… 우리가 목격된 거 아닐까?"

"다른 반 학생이 봤다는 그 사람 그림자가?"

"응. 10시 35분이었나? 시계는 안 봤지만, 우리가 창밖에서 대화했던 게 딱 그쯤이었던 것 같기도 하고……. 그럼 그냥 솔직하게 테리야쿠에게 사과하고……."

"사진 속 창문은?"

"응?"

트윈테일 머리를 흔들며 돌아본 코가미네를 향해 빠르게 말을 이어 갔다.

"만조는? 발자국 크기 차이는? 애초에 난 남자동에 돌아온 시간을 정확히 기억해. 10시 51분. 우리가 창밖에서 대화한 시간이 10시 35분이라면 이동하는 데 16분이 걸렸다는 계산이야. 하지만 여자동에 처음 갈 때는 10분밖에 안 걸렸고, 돌아올 때는 왔던 길이니 더 오래 걸릴 이유가 없어. 내 발걸음에 망설임이 없었다는 건 모래사장에 찍힌 발자국도 증명하고 있잖아. 내가 여자동을 나선 시간은 아마 10시 40분쯤일 거야.”

장작이 타들어 가며 불길이 점점 커진다.

“선생님께 사죄드리고 끝내는 건 쉬워. 하지만 그러기에는 의문점이 너무 많아.”

“……그것도 무죄 추정이라는 거야?”

“그래. 내가 판사라면 아직 우리한테 유죄 판결은 내리지 않을 거야.”

“그럼…… 와카구레가 거짓말을 했다는 뜻이야?”

나와 와카구레의 대립 구도가 거의 수면에 드러난 지금 굳이 말을 흐릴 이유는 없다.

“착각인지 의도적인 거짓말인지 증명할 수는 없어. 하지만 적어도 내가 린네와 함께 있었다는 건 억측이야. 실제로 난 너와 있었잖아. 와카구레 스유가 틀린 이야기를 사실처럼 말한 것만은 확실해. 난 그런 걸 그냥 넘기지 않아.”

“넌…… 무섭지 않아?”

코가미네의 목소리에는 혼란스러운 떨림이 섞여 있었다.

“그렇게 다른 사람의 거짓말을 거짓이라고 밝히고…… 진실을 드러내고…… 그 후 어떤 일이 벌어질지도 모르는데, 무섭다는 생각은 안 들어?”

“무서워.”

그 대답만큼은 망설임 없이 나왔다.

"상담실에서 린네의 추리를 추리할 때도 속 시원한 결론이 나오는 경우가 더 드물었어. 대체로 누군가가 누군가를 배신하거나, 처음 생각한 것과는 다른 결론이 나왔지……. 진실을 밝힌 결과 의뢰인이 상처받는 일도 드물지 않아. 다른 사람을 상처 입히는 걸 두려워하지 않을 정도로 난 무감각한 인간이 아니야. ……그래도."

손에 쥔 장작을 세게 움켜쥔다.

"진실을 외면하고 평생 거짓말에 기대 살 거라면…… 차라리 이 불 속에 뛰어들래."

거짓 앞에 무릎 꿇는 이로하 토야는 필요 없다.

내가 그런 사람이라면 차라리 불타 없어지는 게 낫다.

"난 그런 인간이야. 잘못된 걸 보고도 침묵하는 건 못 참아."

이해받지 못할 것을 각오하고 털어놓은 속마음을 듣고 코가미네는 희미하게 미소 지었다.

"이로하는 강하구나……. 부러울 정도야."

강하지 않다.

진정 강한 사람은 이런 일쯤은 아무렇지 않게 넘길 것이다.

"……그런데 뭐, 거짓말인지 아닌지를 떠나…… 와카구레는 왜 그런 말을 꺼냈을까?"

"그런 말이라니?"

"네가 린네와 만났다는 이야기. 목소리가 들렸다고 했지만 그게 전부잖아? 냉정하게 생각하면 조금 무리수를 둔 느낌이어서……."

"그건, 아마."

추리는 못 해도 상상은 할 수 있다.

그런 것을 증오하는 나이기에 가능한, 속이 뒤집힐 것 같은 상상이.

실제로 내가 만난 사람이 자신이 유도한 코가미네가 아니라 린네였다고 와카구레가 굳이 주장한 이유.

그건.

"……그쪽이 더, 재미있으니까겠지."


"린네, 완전 의외잖아!"


품위라고는 찾아볼 수 없는 요란한 목소리가 들려 나와 코가미네는 동시에 고개를 돌렸다.

낯익은 여자아이가 두 명 서 있었다. 한 명은 키가 큰 키무라 리코. 다른 한 명은 화장이 진한 야카베 유나다. 두 사람 다 하루하라와 니시미야, 즉 잘생긴 두 남자를 따라다니는 측근 무리에 속해 있다.

그리고 그 두 사람 너머에 또 한 명.

틈새로 검고 긴 머리카락이 보였다.

"남자한테는 관심 없는 줄 알았는데 그렇지도 않았나 보네!"

"저기, 저기, 언제부터야? 언제부터 이로하와 사귄 거야?"

“낙서 사건 때만 해도 분위기가 안 좋았는데. 이게 비 온 뒤 땅이 굳는다는 건가?”

“이야! 멋져!”

어젯밤 나와 코가미네가 아이들에게 받은 질문이 이번에는 린네에게 쏟아지고 있다.

코가미네는 안쓰러운 듯이 “아……” 하고 한숨을 쉬고 말을 이었다.

“그런 이야기가 나왔으니 어쩔 수 없겠지.”

와카구레의 노림수가 바로 이것이다.

화제성.

다른 사람도 아닌 아케가미 린네가 체험 학습 도중에 남자를 몰래 만났다. 그렇게 이야기를 포장하면 무책임한 관객들은 신나서 달려들게 된다. 나와 린네가 주장한 텐케 사이카 범인설 같은 건 너무 시시해서 기억에 남지도 않는다.

그렇기에 나는 인정하지 않는다. 인정해선 안 되는 것이다.

“……불 좀 보고 있어 줘.”

코가미네에게 그렇게 말하고 자리에서 일어섰다.

저 아이들에게 악의는 없다. 그저 우리 반의 고고한 존재인 아케가미 린네에게서 공통점을 발견하고 친근감이 들어 말을 걸고 싶을 것이다.

하지만 린네는 그런 행동을 하지 않았다. 밤에 나를 몰래 만난 사실은 린네에게 존재하지 않는다. 하지만 주변에서 온통 근거 없는 이야기를 바탕으로 말을 거니 당황스러울 것이다. 일단 지금은 내가 끼어들어 린네를 구해야 한다.

"교실에 오지 않은 동안에도 이로하와는 계속 만났던 거지?"

"이로하가 좀 까다롭긴 해도 근본은 다정하잖아! 남자는 역시 포용력이야!"

"근데 왜 지금껏 숨겨 온 거야? 사귀는 거면 그냥 말했어도 되는데!"

"그러게. 어젯밤 일도 굳이 거짓말할 필요는……."

"……거짓말 따위 안 했어요!"

순식간에 주변이 고요해졌다.

침묵 속에서 고함의 여운이 잔향처럼 울렸고, 한 박자 늦게 "응?", "뭐……?" 같은 당혹감 섞인 웅성거림이 퍼지기 시작했다.

모든 시선이 집중되기까지 5초도 걸리지 않았다.

분노 때문에 얼굴이 달아오른 린네와 그 앞에서 얼어붙은 두 사람을 모두가 지켜보고 있다.

"……응? 아, 아니……."

"그, 그렇게까지 흥분할 일은 아니잖아……. 우리가 이상한 소문을 퍼뜨릴 것도 아닌데……."

"그…… 그럼! 그럼! 우리는 린네 편이야."

"범인은, 저 사람이에요."

린네는 한 치의 망설임도 없이 먼 곳에서 상황을 지켜보던 텐케를 가리켰다.

"전…… 이로하 씨와 만난 적이 없어요."

"응? 아니, 하지만……."

"와카구레가 그렇게……."

"전 지금 진실을 말하고 있어요! 그, 그러니까…… 저는……."

떨리는 목소리로.

누가 봐도 궁지에 몰린 사람처럼.

아케가미 린네는 말했다.

"전…… 저 사람을! 어젯밤, 여자동에서…… 봐, 봤다고요……!"


"린네!"


나는 다시 텐케를 가리키려는 린네의 팔을 붙잡았다.

그리고 그 가녀린 팔을 확 끌어당겨 눈을 부릅뜬 린네를 바로 앞에서 노려봤다.

"억울한 건 알아. 하지만."

너만은.

다른 사람도 아닌, 너만은.

"거짓말을 해선 안 돼."

린네의 눈동자가 경악한 듯 크게 커졌다가 이내 흔들렸다.

덜덜 떨리던 입술이 굳게 닫혔고 잠시 후 고개가 내려가 얼굴이 가려졌다.

"……당신도, 결국……."

"뭐?"

나직한 중얼거림 이후 뭔가 물방울 같은 게 바닥에 떨어진 듯
했다.

그 찰나의 순간에 시선을 빼앗긴 사이 린네가 거칠게 내 손을
뿌리쳤다.

"린네!"

린네는 말없이 긴 머리카락을 휘날리며 성큼성큼 캠프장을 떠
났다.

"저렇게까지 화낼 일은 아닌 것 같은데……."

"그러게……."

그 뒷모습에 자연스레 거리를 두는 듯한 속삭임을 들으며 나
는 조금 전 목격한 장면을 떠올렸다.

린네가 등을 돌리던 찰나.

아주 잠깐 보인 그 얼굴이.

마치 버려진 아이처럼 보였던 건 내 착각일까……?


—린네, 그렇게까지 들키기 싫었던 걸까.

—단순히 부끄러워서 그런 건 아닌 것 같은데?

—뭔가 숨겨야 할 사정 같은 게 있는 거 아니야?

—나중에 가업을 이어서 유명한 신사의 무녀가 될 수도 있다

고 했지?

　—혹시 그거 아냐? 무녀는 '그거'여야 하잖아?

　—뭐? 요새도 그런 게 있어?

　—그게 뭔데?

　—좀 눈치껏 알아들어, 바보야!

　—남자 친구도 못 사귀는 거야? 완전 빡세네.

　—그럼 숨길 수밖에 없지, 뭐.

나는 단체 채팅방을 닫고 알림도 꺼 버렸다.

캠프장에서의 사건을 계기로 린네에 대한 소문은 더 빠르게 퍼졌다.

소문이 또 다른 소문을 낳고 거기에 엉터리 정보가 덕지덕지 붙으며 진실과 전혀 다른 기괴한 이야기로 변질돼 갔다.

　—이로하가 숨기라고 시킨 거 아님?

　—린네네 집에서 사귀는 걸 반대한다더라.

　—둘이 약혼까지 한 사이라던데?

　—이로하가 린네 집까지 쳐들어가서 고백했다며.

그저 평범하게 돌아다니기만 해도 주변에서 쳐다보는 시선이 느껴졌다.

귓속말로 소곤거리는 대화가 오갔다.

그들 사이에서 나와 린네가 어떻게 비치고 있는지 이제 감도 잡히지 않았다.

겨우 몇 시간 만에 나를 향한 아이들의 눈빛은 완전히 달라져 있었다.

"이로하."

뷔페식 저녁 식사 시간에 음식을 고르고 있을 때 카와구치 쿠라마가 다가와 말을 걸었다.

"무책임한 소문들이 퍼지는 것 같은데, 걱정하지 마. 난 널 믿어."

카와구치는 평소에 말만 번지르르하고 행동은 따라 주지 않는 타입이지만 이번만큼은 믿음직한 미소를 지어 줬다.

세상은 아직 살 만하다. 역시 날 진정한 친구라고 생각하는 사람은 그런 헛소문 따위에 흔들리지 않고…….

"린네와의 일도 진심으로 축하해! 만약 상담할 게 있다면 언제든 말해 줘. 뭐, 난 여친을 사귀어 본 적이 없지만!"

하하핫 하고 크게 입을 벌리고 웃는 카와구치 앞에서 나는 싸늘하게 미소 지었다.

"……그래. 고맙다."

대부분의 사람들에게는 별일 아닐지 모른다.

학교 최고의 미소녀와 그런 소문이 돌면 오히려 좋아할 수도 있다.

평범한 사람들은 이렇게 자신의 진실이 오해받아도 '어쩔 수 없지'라는 한마디로 삼키고 살아갈 수 있을지 모른다.

하지만.

하지만, 나는.

인터넷 기사에 달렸던 댓글들이 머릿속 깊은 곳에서 휘몰아
쳤다.

"……."

말없이 카와구치에게 등을 돌렸다.

비결이 뭘까.

어떻게 사람들은 이렇게 아무 생각도 하지 않고 살아갈 수 있
는 걸까.

## ◆ 코가미네 아이 ◆

저녁 식사가 끝나자 린네는 빠르게 어디론가 사라졌다.

내가 말을 걸 틈도 주지 않고 다른 모든 것을 차단하듯 아무
말 없이 자기 방으로 들어가 버렸다.

아마 이건 내가 해야 할 일이다.

이로하와 린네를 바라보는 모두의 시선이 이렇게 돼 버린 이
상 이로하는 중개자 역할을 할 수 없다. 그러니 내가 대신 린네에
게 말을 걸어 두 사람의 관계를 회복시키는 수밖에 없다.

하지만 돌아서는 린네의 뒷모습이 그야말로 완고해서…….

아니, 그게 아니다.

망설여진다는 건 나한테 문제가 있다는 거다.

왠지 몰라도 그것만큼은 알고 있다.

"소문이 퍼지고 있네."

밥을 다 먹고 식당 의자에 앉아 있던 세노 마나미가 스마트폰을 보며 말했다.

"뭐, 다른 사람도 아닌 린네니까. 우리도 아무것도 모르는 상황이었으면 신났을걸."

"그렇게 예쁜데 지금껏 이렇다 할 소문 하나도 없었으니까. 상대가 이로하인 것도 예상 밖이고."

"흐음, 그때 이로하랑 함께 있던 사람은 코가미네인데 말이지……."

시라베 쿄카의 차분한 말을 듣고 츠루미가 갸웃거렸다.

이 세 사람은 알고 있다. 와카구레의 추리가 틀렸다는 걸. 그때 정말 이로하와 함께 있었던 사람은 나라는 걸.

"……역시 내가 사실대로 털어놓는 게 좋으려나."

조용히 새어 나온 중얼거림을 듣고 세 사람이 동시에 나를 돌아봤다.

"다들 악의는 없겠지만…… 그동안 교실에도 제대로 못 왔던 애가 갑자기 이런 소문의 대상이 되는 건 기분 나쁜 일이잖아……."

"그 이야기는 이미 끝났어, 코가미네."

시라베가 다정하게 말했다.

"이제 와서 네가 나서 봐야 상황만 더 꼬일걸. 자칫 잘못하다가 두 사람 사이에 끼어든 방해꾼 취급을 당할 수도 있어."

"맞아, 맞아. 욕이나 악담을 듣는 것도 아니잖아. 시간이 지나면 린네도 익숙해져서 적당히 넘길 수 있게 될 거야."

세노는 그럴지도 모른다.

시라베, 츠루미, 그리고 나 역시 그렇다.

딱히 욕을 먹는 것도, 괴롭힘을 당하는 것도 아니다.

그저 **장난처럼 소비**되고 있을 뿐.

그렇다면 적당히 분위기에 맞춰서 넘기면 된다. 사실과 다르다고 해도 그쪽이 더 편하고 분위기를 못 읽는 사람 취급을 당하지도 않는다.

그 정도도 못 넘긴다면 애초에 학교라는 환경에 맞지 않는 사람인 것이다.

끝까지 잘 넘기지 못한다고 해도 다시 원래 상태로 돌아갈 뿐이다. 린네는 다시 상담실에 틀어박힐 것이고, 이로하도 그 아이를 교실로 끌어내는 걸 포기하고, 그러면.

그러면?

"소문 같은 건 어차피 금방 시들해져. 그냥 내버려두면 돼."

"그렇겠지……."

내가 너무 과하게 생각하는 걸지도 모른다. 이로하의 오지랖이 나한테도 옮은 걸까.

하지만.

—잘못된 걸 보고도 침묵하는 건 못 참아.

그때 이로하가 단호하게 입에 담은 말이 머릿속을 떠나지 않았다.

혼자 있을 만한 곳을 찾다가 공용동 입구까지 갔다.

입구는 인기척 없이 쥐 죽은 듯 고요했다. 나는 자판기에서 캔 커피를 하나 뽑아 들고 바로 옆 벤치에 앉았다.

남자동 문이 잠기기까지는 아직 시간이 있다. 방으로 돌아가기 전에 조용한 곳에서 생각을 정리하고 싶었다.

진실을 밝히기 위해.

린네가 그런 궁색한 거짓말을 하게 된 건 전적으로 내 무능 때문이다. 내가 와카구레의 반박을 끊고 린네의 추리를 완벽히 추리해냈다면 린네도 보지도 못한 범인을 봤다고 할 필요가 없었을 것이다.

설명을 해야 한다.

와카구레 스유가 반박할 수 없는, 완벽한 설명을.

그래서 시간이 날 때마다 반 친구들에게 하나씩 확인했다. 와카구레가 주장한 창문 자물쇠 문제는 어떻게 봐도 얄팍한 트릭으로 해결될 만한 게 아니다. 그렇다면 누군가의 인식에 착오가 있었다고 보고, 그날 밤 모두 정확히 어떤 행동을 했는지 밝힐 필요가 있었다.

먼저 나와 같은 방을 쓰는 카와구치, 하다테, 토조. 내가 여자동에 가서 선생님의 순찰을 피했을 때 토조는 잠들어 있었다고 한다. 그런 토조를 배려해 카와구치와 하다테는 방 불을 끄고 조용히 대화를 나눴고, 그때 내가 돌아왔다.

다음으로 옆에 있는 '운동부 제국' 방에서는 선생님의 순찰이 끝난 이후부터 베개 싸움을 했다. 베개 싸움이 끝난 건 밤 11시가 되기 조금 전.

'연애지상주의 공국'의 하루하라, 니시미야와 '아웃사이더 인민 공화국'의 나카사코, 쿠루메가 있는 방에서는 거의 하루하라와 니시미야 둘이서만 잡담과 게임 이야기를 나눴다고 한다. 낯가림이 심한 나카사코와 쿠루메는 잘 섞이지 못하고 주로 책을 읽거나 툇마루에서 멍하니 시간을 보냈다. 그리고 메리가키가 그 모습을 사진으로 찍었다.

'오타쿠 연합' 멤버들은 남자동에 있는 자기들 방에서 놀았다는 주장을 굽히지 않았다.

뒤이어 여자동. 먼저 방을 바꾼 것으로 의심받는 '연애지상주의 공국' 소속 여자 네 명은 자기 방에서 수다를 떨었다고 했다.

그 옆에 있는 '반 남자 조약 기구' 세 명과 '낙오자 자치국' 두 명이 쓰는 방은 불을 끄고 조용히 잠자리에 들었다고 한다. 가끔 반단체 채팅방을 보거나 메리가키와 유노시마가 창가에서 사진을 찍기는 했지만.

코가미네와 '화려한 여학생 왕국' 세 명이 있던 방은 내가 있었던 곳이니 생략하고, 문제의 와카구레 스유와 로쿠사이도 준노, '문화부 합중국' 세 명이 있던 방도 대부분 잠자리에 들어서 조용했다고 한다. 그렇기 때문에 누군가 복도를 지나 창문에 다가오는 기척을 느낄 수도 있었다. 다만 내가 지적한 대로 오후 10시 32분경부터는 일어나서 사진을 찍었던 것 같지만.

린네의 추리가 맞다면 이 증언들 어딘가에 반드시 거짓이 있다.

문제는 누가 어떤 거짓말을 하고 있냐는 것이다.

"이로하."

골똘히 생각에 잠겨 있을 때 지금 가장 듣고 싶지 않은 목소리가 정면에서 들렸다.

나는 바닥에 떨구고 있던 시선을 억지로 들어 올렸다.

트레이닝복 차림의 와카구레 스유가 차갑고도 부드러운 미소를 머금은 채 벤치에 앉은 나를 내려다보고 있었다.

"……무슨 일이야?"

나직이 묻자 와카구레는 여유로운 미소를 잃지 않고 말했다.

"목욕하고 나오니 뭘 좀 마시고 싶어서 자판기에 왔는데 마침 네가 있더라. **이건** 진짜야."

흥. 내 앞에서는 숨길 생각도 없는 건가.

와카구레는 교통 카드 케이스를 한 손에 들고 자판기 앞에 가더니 자판기에 카드를 대고 "흐음…… 이걸로 해야겠다" 하고 버튼을 눌렀다. 툭 떨어진 페트병을 음료수 투출구에서 꺼내 들고 다시 내 쪽으로 걸어왔다.

"옆에 앉아도 돼?"

괜히 거부하면 오히려 이 녀석 뜻대로 흘러갈 것 같았다.

"마음대로 해."

“응.”

짧게 대답하고 와카구레는 내 옆에 털썩 앉았다. 중간 길이 보브컷 머리가 살랑 흔들리자 은은한 샴푸 향이 퍼진다. 이런 녀석에게도 린네나 코가미네와 비슷한 향이 난다는 게 묘하게 거슬렸다.

와카구레는 페트병 뚜껑을 열어 차를 한 모금 마셨다. 페트병에서 입이 떨어질 무렵 내가 먼저 말을 꺼냈다.

“만족해?”

“뭘?”

와카구레는 내용물이 절반 정도 줄어든 페트병의 뚜껑을 닫았다.

“네가 원하는 대로 린네는 반에서 멀어졌잖아. 네가 말한 반 내 계급이 이걸로 더 확고해지지 않았어?”

“음? 글쎄. 린네는 어차피 언젠가 그렇게 됐을걸.”

“코가미네의 도움으로 슬슬 반에 적응하고 있었어. 그걸 네가 다시 망쳐 놓은 거야.”

“린네는 딱히 적응하길 바라지도 않았던 것 같은데. 뭐, 내가 등을 떠민 건 사실이지만 이로하, 굳이 말하자면 난 네가 목표였어.”

“내가?”

“이제 알겠지? 사람들은 대부분 멍청하다는 거.”

순간적으로 받아치지 못하고 있자 와카구레는 마치 마음에 드는 옷 이야기라도 하듯 싱긋 웃어 보였다.

“꼭 게임의 최종 보스가 할 법한 대사 같잖아. 아무튼 다시 말하지만, 인간에게는 괜찮은 성능의 뇌가 달렸지만 그걸 평소에 제대로 활용하는 사람은 드물어. 대부분 대충 살고, 편한 길로만 가고, 아예 생각 자체를 안 하려고 하지. 남들 눈치만 보며 기운을 아끼고, 피곤한 일은 하기 싫어해. 설령 그게 잘못됐다고 해도 분위기를 읽어서 정답으로 만들어 버려.”

그저 용의자인 사람을 범인 취급하듯.

논란이 된 사람을 샌드백 삼아 두들기듯.

뉴스에 나온 사람을 장난감처럼 소비하듯.

“빨간불이어도 다 함께 건너면 무섭지 않다는 식의 심리겠지. 웃긴 건 전부 한꺼번에 차에 치여 죽을 수 있다는 가능성은 생각조차 안 한다는 거야. 모두 함께 건너고 있으니 차가 올 리 없다고, 자기 편한 대로 진실을 바꿔 버려. 그게 인간이라는 동물의 본성이야.”

“……그건 부정 안 해. 집단 심리나 정상성 편향 같은 건 실제 심리학에서 입증된 현상이니까. 하지만 그런 본성에 저항하는 이성을 가진 것도 인간이야.”

“아니, 그건 극히 일부 얘기야. 인간의 학명인 ‘호모 사피엔스’는 라틴어로 ‘지혜로운 사람’이라는 뜻이라는데, 그 이름을 처음 지은 사람은 분명 현명한 사람일 거야. 하지만 그 역시 세상에는 지혜롭지 않은 사람이 대다수라는 건 상상 못 했어. 주변 눈치를 보고 남이 바라는 모습만 연기하며 살아가는 꼭두각시 같은 인간이 얼마나 많은지 전혀 몰랐던 거야.”

교실에서 친구와 잡담하듯 담담한 어조로 무서운 말이 거침없이 튀어나온다.

"근데 어쩔 수 없어. 역사에 남는 건 언제나 똑똑한 인간들이고, 그냥 눈치만 보며 살다가 사라지는 무수한 존재는 죽으면 그걸로 끝이야. 그래서 인간이라는 존재가 똑똑하다고 착각하는 것도 어떻게 보면 자연스러운 일이지. ……조금 말이 심했나? 근데 오해는 하지 마, 이로하. 난 그렇게 스스로는 아무 생각도 못 하는 멍청한 사람들을 진심으로 사랑하고 있어."

"사랑?"

"그래. 사랑. 너무너무 귀엽고 너무너무 사랑스러워. 그런 거 있잖아. 불쌍한 존재는 지켜 주고 싶은, 그런 감정."

역겨울 정도의 독선에 나는 잠시 현기증을 느꼈다.

잠시로 끝난 건, 그 후 등줄기를 타고 소름이 쫙 올라왔기 때문이다.

와카구레가 어떤 의도로 이런 이야기를 하는지 알아차렸기 때문이다.

"너도 린네가 불쌍하니 지켜 주고 싶어진 거 아니야?"

그 말에 순간 나도 모르게 고개를 끄덕이는 내가 있었다.

진실을 알아 버리기에 누구에게도 이해받지 못하는 소녀. 나는 아케가미 린네의 그런 처지에 단 한 번도 연민을 느끼지 않았다고 단언할 수 있을까.

예전 내 모습을 린네에게서 겹쳐 보고, 동정하고, 불쌍히 여겼기 때문에 내가 린네의 변호를 맡은 게 아닐까.

"……아니야."

나는 이성과 지성을 쥐어짜며 맞섰다.

"린네는 이해받아야 하고, 그게 옳다고 느꼈어. 그러지 못한 상황이 뭔가 잘못됐다고 생각했어. 그게 다야."

"이해. 이해라……. 그렇게 말하면 난 이해받으면 안 된다는 뜻이네. 내 사고방식은 누구에게도 이해받을 가치가 없는 잘못된 거라는 뜻이겠네."

"그래."

"이럴 때는 무죄 추정이 적용되지 않아?"

"검증은 끝났어. 와카구레 스유, 넌 틀렸어. 다른 가능성은 존재하지 않아."

"적어도 증거 정도는 제시해 줬으면 좋겠는데."

"증언도 증거 중 하나야."

그러자 와카구레는 아핫, 하고 참지 못한 듯이 웃음을 터뜨렸다.

"……뭐가 웃기지?"

"있지, 이로하. 처음이야. 이렇게까지 날 진지하게 생각해 준 사람을 만난 건. 설령 그 결론이 나 자신을 부정하는 것이라고 해도 나를 위해 쏟아 준 그 많은 생각은 분명 린네에게 쏟은 것에 뒤지지 않겠지. 난 그게 정말 기뻐."

"이제 와서 무슨 속셈이야?"

"이건 진심이야. 어떤 꾸밈이나 거짓도 없는 진심. 그래서 더

더욱 그 결론을 뒤집고 싶어. 난 네가 날 이해해 줬으면 좋겠어. 너라면 분명 나한테 공감해 줄 거라고 믿어. 그럼 분명 널 행복하게 해 줄 수도 있을 거야."

고려할 가치도 없다.

"꺼져. 넌 내 적이야."

모든 게 다르다. 모든 게 반대다. 나는 진실의 신봉자고, 너는 허구의 광신자. 가짜 행복 따위에 나는 눈곱만큼도 관심이 없다.

"아아, 차였네. 오늘은 협상 결렬인가."

와카구레는 농담처럼 말하고 흐응 하고 기지개를 켰다.

"이로하는 의외로 고집이 세구나. 한번 정하면 평생 그렇게 믿는 타입인가 보네."

"내가 보기엔 너야말로 그런 타입 같은데."

"그럼 증거 하나를 제시할게. 이로하, 난 네 그 무죄 추정이라는 개념이 이미 오래전에 무너졌다고 생각해."

뭐?

무죄 추정은 언제나 내 마음을 지탱해 온 절대 원칙이다. 허튼소리를.

"왜냐면."

그 순간.

와카구레가 허리를 숙여 내 귓가에 대고 악마처럼 속삭였다.

"(린네의 추리가 틀릴 수 있다고는 단 한 번도 생각해 본 적 없지?)"

……..

"(언제나 린네의 말이 맞다는 전제로 사고를 시작하잖아. 하지만 당연한 일이야. 지금껏 틀린 적이 없었으니까. 그럼 무의식중에 그렇게 믿는 것도 어쩔 수 없어. 아무 근거가 없어도 믿어 버리게 되는 거야.)"

………….

"(괜찮아. 너무 기죽지 마. 그게 정상이니까. 평범한 사람에게는 추리도 증거도 중요하지 않아. 오직 믿고 싶은가 믿고 싶지 않은가, 그것 하나만 중요할 뿐이야.)"

와카구레는 휙 하고 다시 몸을 떼더니 "영차!" 하고 경쾌하게 일어섰다.

그러고는 돌아서서 나를 내려다봤다.

"우리도 믿고 싶은 것만 믿자. 결국 그게 가장 행복한 것 같지 않아?"

그 말을 남기고 와카구레 스유는 마시던 페트병을 한 손에 들고 멀어졌다.

그 뒷모습을 바라보는 나에게는 아무것도 없었다.

반박도, 불만도 없이 오직 정곡을 찔린 충격만 여운처럼 남았다.

그리고 또 하나.

왠지 모르게 비슷했다.

저 태도. 그럴싸한 말을 그럴싸한 말투로 말하는 저 모습.

저 모습은 마치…… 아케가미 후요 선생님 같았다.


"사람은 기본적으로 많이 모일수록 망가지는 존재란다."

아케가미 후요 선생님은 초코 과자를 입에 물고 말했다.

"우정의 힘이니 뭐니 해도 결국 책임이 분산되며 느껴지는 효능감일 뿐이지. 아무리 훌륭한 지성과 이성도 집단 속에서는 너무 쉽게 퇴색해. 굳이 말하지 않아도 네가 더 잘 알지 않니? 이로하."

공용동에 있는, 상담 교사를 위해 마련된 작은 방이다. 학교 상담실 정도 크기일까. 이곳에서 체험 학습 기간에 낯선 환경 때문에 불안해하는 학생들을 케어하는 듯했다.

하지만 후요 선생님은 그런 중요한 일을 하고 있다고 믿기지 않을 만큼 느긋하게 사무용 의자에 앉아 스마트폰 게임을 하고 있었다.

"너와 와카구레의 차이는 하나야. 인간의 그런 본성을 증오하느냐, 사랑하느냐. 내 입장에서 보면 둘이 크게 다르지도 않지만. 사랑의 반대는 무관심이라는 식상한 말을 굳이 끌어오지 않아도, 결국 둘 다 감정이라는 카테고리 안에 있는 거니까."

"선생님이셨군요."

길게 돌려 말하는 흐름을 끊으며 나는 단도직입적으로 말했다.

"와카구레 스유를 그렇게 만든 건…… 선생님이셨네요. 후요 선생님."

"인간을 만든다니, 그건 불가능하지. 인간관계를 설계할 수는 있어도 인간 자체를 설계할 순 없어. 난 그저 걔의 고민을 들어줬을 뿐이야."

학교 상담 교사로서 할 일을 했을 뿐이라고. 후요 선생님은 스마트폰에서 눈을 떼지 않은 채 무심히 중얼거렸다.

"와카구레가 아직 중등부였을 때의 일이야."

추궁하려는 내 기세를 꿰뚫어 본 것처럼 후요 선생님은 먼저 이야기를 시작했다.

"어느 날 한 여학생이 나에게 상담하러 왔어. 걔가 말하길, 다른 사람 눈치만 살피게 되는 게 고민이라고 하더라. 평소 주변 사람들에게 잘 보이기 위해서만 행동하고, 자기 생각 같은 건 없는 것 같다고. 정말 중학생다운 자의식에 대한 고민이었지. 이로하, 너도 어느 정도는 그런 경험이 있지 않니?"

"……그래서 뭐라고 대답하셨나요?"

"'그건 나쁜 게 아니다'라고."

간결했다.

하지만.

"'그런 성향을 오히려 강점으로 살려 보자'. 뭐, 대체로 그런 식이었어."

특이할 건 없다. 내담자에게 공감하며 다가가는 상담 교사다운 대답이다.

하지만 그 말을 아케가미 후요 선생님이 했다고 생각하자.

왠지 모르게 그 말에 과도할 정도의 깊은 설득력이 실리는 듯했다. 무슨 말을 해도 진실처럼 들리는 이 사람이 한 말이기에 그 대답은 너무나 완벽해 보였다.

"예전 사람들은 땅이 아니라 하늘이 움직인다고 믿었대. 실제로는 자신들이 움직이고 있는데도 세상이 움직인다고 굳게 믿었던 거야. 마찬가지로, 타인에게 휘둘리기 쉬운 성격도 관점을 바꾸면 타인을 휘두르는 성격이 될 수 있어. 표정을 읽고, 마음을 파악하고, 반응만 분석하면 사람을 조종하는 건 어렵지 않지. 그 장점을 살리면 그 아이는 고민이 해결되는 것을 넘어 **구원받을 수 있는 거야.**"

"말도 안 돼요!"

구원받는다? 구원이라니.

태연하게 남의 마음에 파고들어 신이라도 된 것처럼 인간관계를 설계하려 드는 행위가 어떻게 구원이라는 말인가.

"마쓰다 선배 일 때부터 선생님의 방식은 정말 잘못됐어요! 전부 선생님 책임 아닌가요? 선생님이 와카구레를 부추겨서 린네도 교실에 안 나오게 된 거잖아요! 저한테 린네를 맡겨 놓고 정작 린네를 궁지로 몰아넣은 사람은 선생님이에요! 대체 뭘 하고 싶으신 건가요!"

"그저 눈앞의 사람을 구하고 싶을 뿐이야."

똑, 하고 선생님이 입에 물고 있던 초코 과자가 부러졌다.

"와카구레에게 처세술을 가르친 후 린네가 교실에 가지 않게 된 건 어디까지나 '결과'야. 하지만 설령 그런 결과를 알고 있었다고 해도 난 눈앞의 와카구레를 외면하지 않았을걸. 도움을 바라는 사람에게 적절한 도움을 주는 것. 그게 바로 내 일이자 방식이니까. 그 결과로 생기는 문제는 나중에 장부 맞추듯 정리하면 돼."

"그 '장부'가…… 저라고요?"

"그래."

"……인간은 숫자가 아니에요. 1이 됐으니 0으로 되돌린다는 건 통하지 않아요. 그 과정에서 반드시 뭔가를 잃게 된다고요!"

"잃을 각오 없이는 아무것도 얻을 수도 없어."

새 초코 과자를 봉지에서 꺼내며 선생님은 과자 끝을 내 얼굴로 향했다.

"현실을 보렴, 이로하. 뭔가를 얻기만 하는 해피 엔딩은 소설 속에나 존재해."

이 사람은 정말.

그럴싸한 말만 한다.

옳은 말은 아니다.

그럴싸한 말만.

"……선생님이 와카구레를 고통에서 해방시켜 준 건 맞을 거예요."

지금의 와카구레는 항상 웃고 있으니까.

다른 표정을 잃은 것처럼 언제나 웃고 있으니까.

"하지만…… 남의 눈치를 보는 게 그 아이 특기라면 모를 리 없어요. 린네의 고통을."

자신의 진실을 장난감처럼 취급당하며 가십 거리로 왜곡돼 소비당하는 린네의 고통을.

늘 남의 눈치만 보느라 자기 주관을 가지지 못했다는 와카구레라면.

"자명한 이치잖아요! 원래라면!"

그걸 모른다.

아니, 모르는 척하고 있다. 애써 외면하고 있다.

그건 분명.

"선생님은 와카구레를 긍정한 게 아니에요. 부정했어요! 그 아이가 원래 가지고 있던 섬세함을 마비시키고 둔감하고 잔인한 가면으로 자신을 방어하게 했을 뿐이에요! 그래서 그 애가 그렇게 돼 버린 거예요! 타인의 고통을 이해하지 못하는 사람이 돼 버린 거예요!"

태연한 표정으로 앉아 있는 아케가미 후요를 나는 온 힘을 담아 노려봤다.

"그런 걸 어떻게 구원이라고 할 수 있죠?"

타인을 조종하는 것으로만 자신의 존재를 증명한다.

그 아이가 원한 '진짜 나 자신' 같은 건 어디에도 존재하지 않는다.

"진실이라고는 티끌만큼도 없는, 그 허구의 괴물 같은 모습이…… 정말 구원받은 인간의 모습이라고 생각하세요?"

그 말에 아케가미 후요는.

스마트폰에서 눈을 떼지도 않았다.

"구원이지."

마치 TV 리모컨 위치를 가리키는 것처럼 자연스럽게.

"진실만큼 단단하면서도 부서지기 쉬운 게 없단다. 허구만큼 부드러우면서도 견고한 게 없고."

늘 그렇듯 그럴싸한 말을 당연하게 입에 담는다.

"사람을 구원하는 진실은 아주 드물어, 이로하. 짧은 인생 경험으로는 샘플이 너무 부족해."

알고 있다.

누구보다 잘 알고 있어.

그래도 난 믿고 싶은 게 있다.

설령 아무 증거가 없더라도.

### ◆ 아케가미 린네 ◆

알고 있습니다.

알고 있었어요.

결국 이로하 씨도 제가 아니라는 걸. 아무리 제 추리를 정확히 맞힌다고 해도 결국 저라는 사람을 전부 이해하는 건 아니라는 걸.

저도 모릅니다.

평소에 이로하 씨가 어떤 생각을 하며 지내는지. 교실에서 보는 모습, 코가미네 씨와 함께 있을 때의 모습조차 제대로 알지 못하는 제가 알 리 없죠.

결국 인간이란 원래 그런 존재인 겁니다.

추리와는 다릅니다. 논리와도 달라요. 아무리 증거를 쌓아도 깊은 내면까지는 알 수 없죠.

가끔 이해한 것 같다고 느껴도 결국 착각일 뿐.

무심코 흘러나온 말에 그런 착각이 바로잡힙니다.

알고 있습니다. 알고 있었어요. 그저 제가 어렸을 뿐입니다.

이런 건 이 세상 어른이라면 누구나 알고 있고…… 제 모든 걸 믿어 달라는 그런 지나친 바람도 이미 진즉 버린 지 오래입니다.

그렇기에 타인과 함께할 수 있는 거라고.

인간은 결국 혼자이기에, 다른 사람과 함께 있을 수 있는 거라고.

……하지만.

그런데도 저는.

"……."

청아한 달빛이 어두운 방 안을 조용히 비춥니다.

저는 도망칠 수 없습니다. 제 안에서 솟아오르는 이 진실로부터 어디로도 도망칠 수 없습니다.

보통 사람들이 외면하고 지나치는 것도 도무지 그냥 지나칠 수 없습니다.

신이시여.

만약 이게 진정 당신의 목소리라면, 당신은 저에게 인간이기를 포기하라고 말씀하시는 건가요?

"……린네."

불현듯 들려온 목소리에 저는 어깨를 움찔했습니다.

창밖이 아닌 문 쪽으로 시선을 돌립니다. 닫힌 문 너머에서 익숙한 남자 목소리가 들려왔습니다.

"린네, 미안해. 이번 일은 전적으로 내 부족함 때문이야."

한없이 진지하고 한없이 성실한 이로하 씨의 목소리.

"힘들게 해서 정말 미안해. 하지만 이대로 넘길 수는 없잖아. 진실을 밝히기 위해…… 협조해 줘."

이로하 씨의 말은 언제나 옳습니다.

모범생, 성인군자 같은 태도. 그의 모든 말과 행동에는 빈틈없이 윤리가 스며 있습니다. 마치 제 친언니처럼.

"……무죄 추정인가요?"

"응?"

"사람이 거짓말을 한다고 단정 짓는 게 당신이 말하는 무죄 추정인가요?"

당신의 말은 그야말로 교과서 같습니다.

정작 제가 어떤 부분에 상처받는지 알지도 못하면서, 누구에게나 통할 만한 정답 같은 말을 늘어놓으며 상황을 해결하려 하죠.

돌이켜보면 처음부터 그랬습니다.

제가 진실을 말하고 있다는 가능성은 고려도 하지 않고, 누가 만들었을지도 모를 '무죄 추정'이라는 원칙에 기대어 절 나쁜 사람 취급했죠.

그래서 싫어졌던 겁니다.

당신이 있는 교실에 더는 가고 싶지 않았습니다.

"코가미네 씨는 좋겠네요. 당신의 무죄 추정에 언제나 보호받으니까요. 그러니 마음이 끌릴 수밖에요. 하지만 전 달라요. 전 당신의 그 병적인 원칙 때문에 끝없이, 정말 끝없이 지적당하며 아주 질려 버렸다고요!"

문 너머에서 숨을 삼키는 기색이 전해졌습니다.

"뭐가 무죄 추정인가요! 결국 제가 하는 말은 늘 불확실하고 믿을 수 없다는 거잖아요? 지금껏 단 한 번도 제 말이 틀린 적이 없는데! 당신은 그 융통성 없는 원칙만 맹신하며 절 조금도 믿어 주지 않았어요!"

한때는 마음이 통했다고 느낀 적도 있습니다.

제가 당신을 필요로 하듯, 당신 역시 저를 필요로 한다고 착각한 적도 있습니다.

하지만 진실은 언제나 무심코 흘러나오는 한마디에 담겨 있는 법이죠.

—거짓말을 해선 안 돼.

"……당신도, 가끔은……."

목소리가 떨렸습니다.

싫은데.

이런 나약한 모습. 보이고 싶지 않은데.

"가끔은…… 아무 증거 없이도 절 믿어 주면 좋을 텐데……."

당신은 단 한 번도 제 말을 곧장 믿어 준 적이 없습니다.

하지만 의심은 하죠.

어떤 검증도 없이, 제 말을 거짓이라고 단정 짓는 건 정말 쉽게 하죠.

그게 당신이 말하는 무죄 추정이라는 건가요.

"……."

뭐라고 말씀이라도 해 보세요. 반박해 보라고요.

잘하시잖아요. 제 말에 트집 잡는 거.

왜 아무 말도 하지 않는 건가요!

"……."

저는 흐르는 눈물을 소매로 닦았습니다.

그리고 문 너머에 있는, 제 변호사였던 사람에게 고했습니다.

"앞으로는 당신에게 의뢰하지 않을 거예요."

이제 필요 없습니다.

저는 이제 당신이 필요하지 않습니다.

"지금까지 정말 고마웠어요."

처음부터 이렇게 해야 했습니다.

누구에게도 기대지 말아야 했습니다.

전부, 스스로 해야 했습니다.

제 추리는 제가 직접 추리하면 됐던 것입니다.

꿈인지 현실인지 모를 얕은 잠에서 천천히 눈을 떴다.

나무로 만들어진 천장이 상쾌한 아침 햇살을 받아 환하게 빛나고 있다.

한참 동안 천장을 응시했지만 무거운 눈꺼풀은 좀처럼 가벼워지지 않았다.

이불 속에서 꼼짝도 못 한 채 밤새 머릿속을 맴돌던 그 목소리가 귓가에 되살아났다.

—지금까지 정말 고마웠어요.

"……."

신음도 낼 수 없다.

울고 싶지만 그럴 자격도 없다.

나라는 인간은 구제받을 수 없을 만큼 어리석은 인간이다.

자기혐오에 빠지는 것도 스스로에게 허락할 수 없다.

"……."

천천히 몸을 일으켰다.

아무 생각도 하지 않았다.

지금껏 줄곧 뛰기만 하던 뇌가 마침내 멈춰 섰다.

막상 해 보니 그건 소름 끼칠 만큼 간단한 일이었다.

체험 학습 셋째 날.

오늘이 끝나면 내일은 돌아가는 날이다. 실질적인 체험 학습의 마지막 날인 오늘은 지역 직업 체험이 주요 일정이었다.

모두 함께 왁자지껄 소란을 피우며 커다란 그물의 양 끝을 잡고 줄다리기하듯 바다에서 끌어올렸다. 물고기가 가득 찬 그물이 해변에 올라오자 너무 힘을 준 나머지 나는 그만 모래사장에 철퍼덕 엉덩방아를 찧고 말았다.

"아야……!"

"뭐야? 왜 넘어져?"

비명을 지르는 나를 이로하가 빈정 섞인 미소로 내려다봤다.

"이틀 전에 남이 넘어지는 걸 비웃던 사람이 꼴이 말이 아니네."

"그 일로 아직 삐졌어? 어쩔 수 없잖아! 난 남들보다 균형 감각이 안 좋다고! 안 보여, 이 가슴?"

"뒤로 넘어지는 것과는 상관없을 텐데."

이로하가 내게 손을 내밀었다. 나는 그 손을 힘껏 끌어당겼지만 이로하는 흔들림 없이 나를 잡아 일으켜 줬다. 나약해 보여도 남자답게 기초 체력은 있구나 싶어 괜히 두근거렸다.

내가 엉덩이에 묻은 모래를 털고 있을 때.

"또 넘어지지 않게 받쳐 줄까?"

"자전거 연습하는 것도 아니고, 됐거든!"

"그럼 다행이고."

그 말을 끝으로 이로하는 내게서 멀어졌다. 또 다른 누군가를 도와주러 가는 듯했다.

평소와 다름없다.

내가 아는 그 이로하 토야다.

단 하나 달라진 게 있다면…… 옆에 린네가 없다는 것.

오늘 아침부터 린네가 보이지 않았다.


고기잡이 체험을 마친 후에는 반별로 크루즈 체험을 했다.

크루즈가 바람을 가르며 드넓은 바다를 나아갔다. 모두 갑판에 몰려나와 푸른 수평선을 보며 사진을 찍고 어린아이처럼 신나게 떠들었다.

나도 거기에 끼어들려 했지만.

선실 출구 앞에서 멈춰 서서 뒤를 돌아봤다.

객실에 오직 한 명 여전히 자리에 앉아 있는 사람이 있었다.

이로하는 엉덩이가 꿰매진 사람처럼 미동도 없이 창문 너머 바다를 바라보고 있었다.

그 모습이 별로 이상해 보이지는 않았다.

고민에 잠긴 것도 아닌 그저 우두커니 창밖만 바라보는 옆모습. 마치 수업 시간에 창문 너머로 다른 반의 체육 수업을 내려다볼 때처럼 시간을 흘려보내는 표정.

누구에게나 이런 순간은 있다.

하지만.

하지만 이로하 토야에 한해서만큼은 나는 이런 얼굴을 처음 봤다.

이토록 아무 생각도 하지 않는 듯한 얼굴을.

"이로하. 넌 안 나가?"

정신을 차려 보니 나는 어느새 발길을 돌리고 있었다.

갑판에서 신나게 떠드는 아이들이 아닌 가만히 앉아 있는 이로하에게 다가가 말을 걸었다.

이로하는 눈을 몇 번 깜빡이더니 마침내 내 얼굴을 올려다보고 비웃듯 훗 하고 웃었다.

"배 탔다고 들뜰 정도로 어린애는 아니니까. 여기서 보는 것만으로 충분해."

평소와 같은 태도이기에 오히려 미세하게 느린 반응이 더 눈에 띄었다.

나는 이로하 옆에 앉았다.

이로하는 나를 보며 의아하다는 듯이 이맛살을 찌푸렸다.

"안 가도 돼?"

"갈 거면 너랑 같이 갈래."

놀란 기색이 담긴 침묵이 흘렀다.

"……무슨 뜻이야?"

나는 대답하지 않았다.

대신 되물었다.

“린네랑 무슨 일 있었어?”

정말 무슨 일 있었는지 확인하는 건 아니다.

무슨 일이 있었다는 것을 전제로 물었다. 이로하의 모습을 보고 있으면 그건 너무나 분명했다.

아마 나만큼 이로하를 계속 지켜본 사람은 지금 이 자리에 없을 테니.

자명한 이치다.

반박할 여지도 없는 뻔한 사실이다.

“…….”

이로하는 몇 초간 침묵했다. 나는 그 얼굴을 빤히 쳐다봤다.

나한테는 둘러대도 통하지 않는다는 걸 이로하도 알 것이다.

“하아…….”

오랜 침묵 끝에 깊은 한숨이 나왔다.

“어렵네……. 대체 뭐가 이상했던 거야?”

“린네가 없는데도 린네 이야기를 전혀 안 하니까. 과보호의 대명사인 이로하가.”

“그렇게까지 과보호한 건 아닌 것 같은데.”

이로하는 의자에 깊숙이 등을 기댄 채 천장을 올려다봤다.

그제야 진심을 드러낸 이로하의 얼굴은 몹시 지쳐 보였다.

“미리 말해 두는데, 난 지금 널 꽤 과보호하고 있어.”

나는 이로하를 붙잡듯 허벅지에 손을 올린 채 말했다.

“말해 줘. 린네랑 무슨 일 있었어? 나도 이제 무관하지 않잖아.”

이로하는 눈을 감았다. 그렇게 잠든 사람처럼 잠시 가만히 있었다.

10초 정도 지나고서야 간신히 눈을 뜨고 무거운 입술을 천천히 움직였다.

"딱히…… 별일 아니야."

자조적으로. 자책하듯.

"해고 통지를 받았어. 능력이 부족한 걸 지적받고…… 잘렸어. 그냥 그뿐이야."

"잘렸다고? 린네한테? 네가 필요 없다고 한 거야? 왜?"

"왜긴."

이로하의 목소리는 담담하고 평온했다.

"난 변호사인데도 걔를 믿지 않았어. 근거 없이 확인도 안 하고 다짜고짜 걔의 말을 거짓이라고 단정했어."

자기 감정을 억누르듯 말한다.

"그게 문제라는 사실조차…… 듣기 전까지 깨닫지 못했어."

—거짓말을 해선 안 돼.

어제 밥 짓기 체험 때 이로하가 린네에게 한 말을 떠올리며 숨을 삼켰다.

단지 그것 때문에?

그렇게 생각하는 건 내가 아무것도 모르기 때문일 것이다. 이로하와 린네 사이에 있었던 일을 제대로 알지 못하기 때문일 것이다.

중요한 일이었을 게 분명하다.

이로하가 이렇게 약해질 만큼 치명적인 실수였을 것이다.

"지금 걔한테 필요한 건 옳고 그름 같은 게 아니야."

평온하던 목소리가 점차 일그러졌다.

"옳고 그름 같은 건 아무것도 만들지 못해. 상처받은 사람에게 곁을 내줄 수도 없어. 나는…… 다른 사람은 몰라도 나만은……!"

어금니를 깨무는 소리가 났다.

움켜쥔 주먹이 떨리기 시작했다.

"린네의…… 린네의 편이 돼 줬어야 했는데."

굳게 쥔 주먹이 자신의 무릎을 세차게 내려쳤다.

몇 번이고, 몇 번이고. 벌을 주듯이.

알 수 없었다.

이로하와 린네 사이에 어떤 일이 있었는지 전부 알지 못한다. 이로하가 뭘 이렇게 후회하는지, 뭐 때문에 이렇게 분노하는지 정확히는 알 수 없다.

하지만 두 사람을 이대로 둬서는 안 된다는 것만은 느껴졌다.

이대로 두면 이로하와 린네는 두 번 다시 예전으로 돌아갈 수 없다. 내가 친구와 잠깐 다툰 것과는 차원이 다르다. 이로하와 린네는 둘 다 늘 진지하고, 고집이 세며, 결코 양보 못 하는 신념이 있고 삶의 방식도 확고하다. 그러니 그런 부분이 어긋난 상대는 평생 받아들이지 못할 것이다.

그토록 서로를 잘 이해하던 두 사람인데.

내가 끼어들 틈조차 없을 정도로.

하지만 이대로 놔두는 것도.

심장이 뛰었다.

순간적으로 스쳐 간 생각 때문에 온몸이 얼어붙었다.

이렇게나 약해진 이로하 곁에 지금 누가 있는가. 오늘 아침부터 린네는 보이지 않는다. 이로하 옆에는 나밖에 없다. 그렇다면, 이대로 놔두면.

계속, 이대로.

이로하 곁에는 나만…….

—이 일은 절대 잊지 않겠어요, 코가미네 씨.

목소리가 되살아났다.

린네가 처음으로 내 이름을 불러 준, 그 목소리가.

잊을 리 없다.

마음에 들지 않았다. 근본적으로 맞지 않는다고 생각했다. 그런데도 그 순간만큼은 왠지 린네와 친해질 수 있을 것 같은 기분이 들었다.

내가 스마트폰 사용법을 알려 주자 린네는 기쁜 듯이 반 단체 채팅방을 들여다봤다.

내가 먼저 이로하의 질문에 대답하자 린네는 분한 듯이 입술을 삐죽거렸다.

그 아이는 고결한 꽃도, 고독한 미소녀도 아니다. 그저 평범한 여자아이다. 살아가기가 조금 힘든 성격으로 태어났을 뿐인 여자

아이.

비난받을 이유는 없다.

누구에게도 이해받지 못하고 살아갈 이유가 있을 리 없다.

아아…….

몰랐다.

알지 못했다.

내가 이렇게나 손해 보는 성격이라는 걸.

그렇다. 나는 분명 이로하를 좋아한다. 스스로도 놀랄 만큼 좋아한다. 언제나 함께 있고 싶고, 안아 줬으면 좋겠고, 키스도 하고 싶고, 스킨십을 원한다. 이로하를 상대로 묘한 상상을 하지 않는 날이 이제는 하루도 없다.

……하지만 그게 그렇게 중요한 일일까.

처음 이름을 불러 준 순간이나, 기쁘게 미소 짓던 얼굴. 그런 것들을 다 팽개치고 망쳐도 될 만큼 중요한 일일까.

그렇게 생각하니 이제는 안 되겠다고 느꼈다.

더는 비겁한 짓을 하고 싶지 않았다.

석 달 전, 책상에 그려진 낙서를 스스로 지울 때 내 가슴은 비참함으로 가득했다.

나 자신의 비겁함과 비열함이 너무 싫어 견딜 수 없었다.

울 자격도 없었다. 더 비참한 사람은 린네였을 테니 내가 눈물을 흘릴 자격은 없었다.

몇 번이나 떠올렸다.

만약 내가.

주변 분위기에 휩쓸리지 않고, 흐름에 따라가지 않고 내 앞에 뛰어든 이로하 같은 용기가 있었다면.

이런 감정은 이제 싫다.

이런 나 자신도 이제 지긋지긋하다.

그러니.

……아아, 그렇다. 맞다.

그것은 나에게 있어 가장 중요한, 나의 진실이었다.

### ◆ 이로하 토아 ◆

"우물쭈물하지 마!"

갑자기 어깨를 세차게 끌어당겼다.

고개를 드니 코가미네의 얼굴이 내 바로 위에 있고, 내 머리는 그녀의 허벅지에 고정돼 있었다.

"왜 이렇게 쫄아 있어? 날 감쌌을 때는 내 눈치 따위 보지도 않았잖아!"

어깨를 꽉 붙잡은 채 꼼짝도 안 하고.

어째서인지 당장에라도 울음을 터뜨릴 것 같은 표정으로 코가미네가 내 눈앞에서 외쳤다.

"의뢰? 해고? 그게 뭔데! 내가 너한테 의뢰라도 했어? 제발 도와 달라고 울며 매달리기라도 했어? 아니잖아! 그때 넌 분위기 같은 건 읽지도 않고, 도움을 청하지도 않은 날 멋대로 감쌌잖아! 그때 그렇게 제멋대로 굴던 이로하는 대체 어디 간 거야?"

크루즈의 엔진 소리와 물살을 가르는 소리가 코가미네의 외침을 선실에 가뒀다.

오직 나에게만 울려 퍼지는 목소리.

"린네한테 외면당했다고? 그런 건 상관없어! 내가 아는 이로하 토야는 오지랖 넓고 성가신 사람이야! 그런 널 지금껏 린네가 얼마나 의지해 왔는데! 그럼……"

그래, 맞아.

그렇다면.


"린네가 뭐라고 하든 상관없어! 그냥 네 마음대로 도와주면 돼!"


얼굴을 붉히고.

분노, 슬픔, 억울함 등 수많은 감정이 뒤섞인 눈물이 내 뺨에 뚝뚝 떨어졌다.

그런 코가미네를 보며 나는 떠올렸다.

떠올리지 않을 수 없었다.

다시 한번 나아가지 않을 수 없었다.

"……왜 그렇게까지?"

네가 울 필요는 없다.

네가 그토록 필사적일 이유도 없다.

이건 나와 린네의 문제고, 너와는 아무 상관도 없을 텐데.

왜?

"……그야 당연히."

코가미네는 얼굴을 붉히며 마치 꽃이 피듯 미소 지었다.

"좋아하는 사람이 계속 멋진 모습으로 있어 줬으면 하니까."

"……뭐?"

—만져 봐.

하얗게 멈춘 사고 속으로 벽장 안에 있던 코가미네의 모습이 파고든다.

기억 속 코가미네와 눈앞에서 미소 짓는 코가미네가 머릿속을 가득 채워 나는 얼어붙은 채 아무 말도 하지 못했다.

그런 나를 보며 코가미네는 히힛 하고 짓궂게 웃었다.

"그러니까 린네에게 외면당한 거 아니야? 오, 타, 쿠."

뺨을 손가락으로 꾹 찌르자 그제야 나는 재부팅됐다.

"……안경 썼다고 다 오타쿠라고 생각하지 마."

꾸욱꾸욱 뺨을 누르는 손가락을 천천히 떼어낸다.

평소에도 늘 하는 농담에 이렇게 진지하게 반응하다니. 아아, 난 얼마나 지쳐 있는 걸까.

여자에게 혼나는 건 이걸로 두 번째다.

전에는 후요 선생님 때문에 궁지에 몰렸을 때 린네에게.

그리고 이번에는 린네에게 해고 통보를 받고 코가미네에게.

“……하아.”

이제 그만하자.

망설이고 흔들리는 건 너무 비효율적이다.

의미가 없고, 얻을 것도 없다. 나는 이미 충분히 답을 알고 있다.

코가미네가 상기시켜 줬다.

그렇다면 다시 가동되기 시작한 머리로 그걸 증명하면 된다.

그렇다. 굳이 배려해 줄 필요 따위 없는 것이다.

미움을 샀다? 외면당했다? 알 바 아니다.

난 용서할 수 없었어, 린네.

아무 이유도, 근거도 없이 추리를 입에 담는 네가.

너는 내 적이었다. 의뢰인이든 아니든 상관없이 와카구레처럼 내 숙적이었다. 그래서 믿지 않았다. 믿지 않는 것부터 시작했다.

하지만.

그렇다, 인정한다. 와카구레의 지적은 옳다. 나는 널 너무 많이 알아 버렸다. 무슨 생각을 하고 어떤 행동을 할지 알 수 있게 돼 버렸다. 완전하지는 않아도 그런 시간과 행동의 축적이 너를 단순한 적 이상으로 만들어 버렸다.

그것이 나의 무죄 추정을 흐트러뜨렸다.

증거와 근거, 논리만이 절대선이라고 믿은 나를 무너뜨렸다.

인정하자. 인정할 수밖에 없다. 이미 그렇게 돼 버렸으니. 거기서부터 무엇을 할지를 생각해야 한다. 나의 답은 거기서부터 시작된다.

생각하면 답은 나온다.

가슴 깊숙한 곳에서 솟아오르는 진실은 단 하나.

아케가미 린네.

한때 믿지 않음으로써 믿으려 했던 너를.

지금은 믿고 싶기 때문에 믿지 않는다.

이것은 내 욕망이다.

네 마음 같은 건 이제 상관없다.

그러니 의뢰가 없더라도, 계약이 없더라도, 변호사가 아니더라도.

너의 수수께끼에는, 내가 대답한다.

"······이로하?"

걱정스러운 목소리로 말을 거는 코가미네를 보며 나는 길게 숨을 내쉬고 말했다.

"고마워, 코가미네. 덕분에 조금 정신이 들었어."

"······그렇구나."

"고마운 김에 부탁이 하나 더 있는데."

"응? 뭔데?"

"조금만 자도 될까?"

"······응?"

코가미네의 포근한 허벅지에 머리를 기댄 채 나는 눈을 감았다.

눈앞이 캄캄해지자 그동안 억눌려 있던 졸음이 한꺼번에 쏟아 졌다.

자, 이렇게 한숨 자고 나서 모든 것에 답을 내러 가자.

"아니, 잠깐, 다른 애들이 이제 곧…… 이로하? 여보세요? 이 로하!"


크루즈의 기분 좋은 흔들림 속에서 부족했던 잠을 보충한 나는 합숙소에 돌아가자마자 곧장 행동에 나섰다.

뭘 해야 할지는 이미 알고 있다. 눈을 붙인 덕인지 아니면 역시 무의식중에 사고가 편향돼 있었는지 몰라도 오늘 아침까지 그토록 고민했던 것이 거짓말처럼 느껴질 만큼 추리의 방향을 잡을 수 있 었다.

지금 내게 필요한 것은 확인.

내 안에 있는 추측을 뒷받침할 정보다.

"……그렇군."

'운동부 제국' 방 안에서 나는 홀로 납득했다.

빨간 꽃병이 놓인 도코노마를 보며 반 단체 채팅방 기록을 스 크롤했다. 있다. 어제 아침 오이카리 선생님에게 불려 가기 전이 다. 지금껏 눈여겨보지 않은 사진. 이 방에서 찍힌, 젠코지의 자고 일어난 직후의 우스운 얼굴 사진이 올라와 있다.

그 배경 속 도코노마와 눈앞의 도코노마를 비교해 본다.

두 곳 모두 빨간 꽃병이 놓여 있다.

나는 "방해해서 미안" 하고 방 아이들에게 짧게 말하고 밖에
나갔다. 제대로 된 설명도 없이 들이닥쳤기 때문에 모두 어리둥절
한 표정을 짓고 있었다.

다음으로 갈 곳도 정해져 있다. 여기서 세 칸 옆에 있는 '오타
쿠 연합'의 방이다.

조금 전과 마찬가지로 문을 두드려 열어 달라고 했다.

"이로하……?"

"미안, 실례할게."

문을 연 사람은 텐케 사이카였지만 지금 이 녀석에게는 볼일
이 없다. 나는 한마디만 하고 곧장 방 안에 들어갔다.

"어? 잠깐!"

텐케의 작은 몸을 밀치고 들어서자 방 안에 있던 네 사람이 놀
란 얼굴로 나를 돌아봤다. 그들을 무시하고 방 한가운데를 가로질
러 도코노마 쪽으로 다가갔다.

그곳에는 파란 꽃병이 있었다.

쪼그려 앉아 꽃병의 앞면을 살핀 후 고개를 기울여 뒤를 들여
다봤다.

"……저기. 너희한테 하나 물어보고 싶은 게 있어."

아직 상황 파악을 못 한 듯한 아이들에게 나는 말했다.

"너희, 이게 뭔지 알고 있어?"

그렇게 물으며.

나는 꽃병을 돌려 뒷면이 보이게 했다.

“앗……?”

다섯 사람은 모두 충격을 감추지 못하는 얼굴이었다.

꽃병의 뒷면에는 커다랗게 금이 가 있었다.

“방해해서 미안.”

충분히 확인했다. 나는 꽃병의 금 간 부분을 사진으로 찍고 방을 나섰다.

이로써 대부분의 정보는 손에 넣었다.

이제 정리하며 빈틈이 없는지만 확인하면 된다.

“여전히 싸울 생각이니? 이로하.”

추리 노트를 손에 들고 공용동으로 향하려던 나를 후요 선생님이 기다리고 있었다.

남자동에서 공용동으로 이어지는 복도 벽에 등을 기대고 하얀 가운의 주머니에 손을 꽂은 채 반대편 벽을 바라보고 있다.

“교육자로서 충고하자면 그만두는 게 좋아. 와카구레의 방식과 네 이성적인 접근은 상극이니까. 인간은 원래 옳은 것보다 알기 쉬운 걸 달가워하기 마련이란다. 그런 걸 알면서도 싸우겠다는 거니?”

“네. 물러설 이유는 없습니다.”

답을 망설일 이유도 없다.

그것에 맞서는 게 내 삶의 방식이니까.

“네가 나설 자리는 없어.”

선생님은 초코 과자를 마치 담배처럼 입에 물고 말했다.

“이건 린네가 쓸데없는 자존심만 내려놓으면 끝날 일이야. 그

애더러 자기 자신을 부정하라는 말이 아니야. 그러기에 그 애는 지나치게 고독에 익숙해졌어.”

“…….”

“고독 속에서는 보지 못하는 게 많지만 집단 속에서 보지 못하는 것에 비하면 적지. 하지만 고독 속에서 너무 많은 걸 알아 버린 인간은 더는 집단에 섞이지 못하게 돼. 그러니 배워야 하는 거야. 고독한 상황에서도 자기 자리를 만드는 법을.”

늘 그렇듯 정답처럼 들리는 말이지만 나는 흔들리지 않았다.

당당하게.

가슴을 펴고 선언했다.

“린네는 고독하지 않습니다. 제가 있으니까요.”

아무리 미움을 사더라도. 거부하더라도.

아케가미 린네에게는 내가 있다.

“고독한 사람이 두 명 모였을 뿐이야. 너 역시 너무 많은 걸 알아 버린 인간이니까.”

“……그렇다면 모두가 깨닫게 할 수밖에 없죠.”

말로써 전하고.

진심으로 닿게 한다.

“전…… 인간이 그렇게 할 수 있는 존재라는 걸 믿고 싶습니다.”

이해하기 쉬운 말보다 옳음을 이해하는 존재.

재미에 현혹되지 않고 다정함으로 움직이는 존재.

쉬운 길을 택하지 않고 어려운 길에 맞서는 존재.

"어리석은 사람들의 눈을 띄우겠다고?"

입에 문 초코 과자가 똑 하고 부러졌다.

"……여전히 풋내기구나, 넌."

"풋내기여도 괜찮습니다."

나는 발을 내디뎠다.

"고독보다, 집단보다…… 오히려 선생님 같은 어른들이 가장 많은 걸 놓치고 있는 게 아닐까요?"

나는 후요 선생님을 그 자리에 남겨 둔 채 공용동으로 향했다.

## ◆ 코가미네 아이 ◆

공용동 다목적실에서 우리는 오늘 마지막 일정을 소화하고 있었다.

학급 레크리에이션. 손수건 돌리기나 의자 뺏기 같은, 고등학생이 보기에는 조금 유치한 놀이를 하는 시간인데 중간에 담임인 유즈시마 선생님이 '남은 건 너희가 적당히 알아서 하렴' 같은 느낌으로 다목적실을 나가서서 사실상 자유 시간이 됐다.

남겨진 우리는 그룹별로 흩어져 잡담으로 시간을 보냈다.

"이로하가 점심 이후로 안 보이지 않아? 어디 간 거야?"

세노가 묻자 시라베가 의미심장하게 미소 지었다.

"린네랑 진짜 몰래 밀회라도 하는 중일지도."

"야, 그만해. 코가미네는 순진해서 정말 믿어 버릴 거야."

“아니, 나 괜찮거든? 대체 날 얼마나 순진한 애로 보는 거야?”

“밀회가 정확히 뭐야? 혹시 야한 거?”

“응, 아주 야한 거.”

이로하가 안 보이는 게 확실히 신경 쓰이기는 했다.

크루즈 일정을 마치고 혼자 어디론가 가 버린 후 연락이 없다. 내 무릎에 누워 낮잠 자는 동안 내가 얼마나 민망했는지도 모르고.

정말 린네를 만나는 거면 내가 너무 억울할 것 같다.

아니, 괜찮다. 두 사람이 화해할 수만 있다면 이로하에게 무릎을 내주고 휘파람 소리를 들은 것 정도야. 응, 으, 으으……! 아니, 역시 억울해!

그 정도 창피함도 참고 넘어갔는데 아무 진전도 없으면 정말 한 대 때려 줄 거야! 그렇게 말없이 각오를 다지고 있을 때.

다목적실의 문이 열렸다.

유즈시마 선생님이 돌아오셨나 싶어 모두 숨죽이고 돌아봤다. 그러나 짧은 정적은 곧 당황과 혼란으로 바뀌었다.

린네였다.

아케가미 린네가 다목적실에 들어온 것이다.

“…….”

뒤늦게 레크리에이션에 참여하러 온 분위기는 아니었다.

뭔가 결의에 찬 눈으로 우리를 둘러본 린네는 낯익은 케이프와 검은 머리카락을 조용히 흩날리며 화이트보드 앞으로 걸어갔다.

그 모습에는 각오 같은 게 깃들어 있는 듯했다.

그래서 아이들은 한마디도 하지 못하고 린네가 화이트보드 앞
에 서는 걸 그저 지켜볼 수밖에 없었다.

"……자명한 이치지만, 한 번 더 말씀드리겠습니다."

마치 신의 계시와 같은.

진실을 고하는 선언.

"범인은…… 로쿠사이도 준노 씨입니다."

이름을 또박또박 입에 담은 순간 나는 깨달았다.

싸움이 시작됐다는 걸.

이로하 없이 린네 혼자 치를 싸움이.


### ◆ 아케가미 린네 ◆


손바닥에 스민 땀을 교탁에 눌러서 감춥니다.

시선 하나하나가 온몸에 들러붙는 것 같습니다. 혼란, 경계,
거리감. 저를 바라보는 모든 눈이 저더러 이방인이라고 말하고 있
습니다.

도망치고 싶습니다.

지금 당장에라도 내려놓고 제 방으로 돌아가고 싶습니다. 아
무도 보지 않는 곳으로 가고 싶습니다.

하지만, 싸워야 합니다. 아무리 두려워도 싸우지 않으면 바뀌
지 않습니다.

진실이 곧 저이고.

제가 곧 진실입니다.

아무리 외면해도 그 사실만은 변하지 않습니다.

"……지각해 놓고 갑자기 무슨 소리를 하는 거야, 린네?"

모두 멀찍이서 의아한 눈빛을 보내는 가운데 단 한 사람 앞으로 나선 사람이 있었습니다.

안경을 쓰고 겉보기에 평범한 느낌이지만 균형 잡힌 몸매를 가진 여자. 이름은…… 그렇습니다. 와카구레 스유.

스스로 추리를 구성하며 외운 이름 중 하나입니다. 하지만 그녀를 기억하는 건 단순히 사건 관계자이기 때문만은 아닙니다.

"또 그저께 그 여자동 얘기야? 어제 단체 채팅방에서 결론이 났잖아."

알맹이가 없습니다.

그녀의 표정과 말에는 요만큼도 알맹이가 없습니다.

빈 껍데기. 잘 만들어진 인형. 저는 그런 위화감을 이 사람에게서 줄곧 느끼고 있었을 겁니다.

그래서 별명을 떠올릴 수도 없었던 겁니다.

특징을 찾으려 해도 드러난 알맹이가 없으니까요. 드러내야 할 알맹이가 없습니다. 허구로 덮어 버린 무서운 거짓말쟁이.

그렇다면, 네. 이렇게 부르면 되겠네요.

"아니에요, **거짓말쟁이 씨**. 그 결론은 틀렸습니다."

"……거짓말쟁이?"

여전히 웃는 얼굴로 거짓말쟁이 씨는 고개를 갸웃했습니다.

저는 주눅 들지 않고 말을 이었습니다.

"여자동에서 밀회한 사람은 저와 이로하 씨가 아닙니다. 텐케 사이카 씨와 로쿠사이도 준노 씨죠."

순간 반 친구들 사이에서 얌전해 보이는 여자아이가 어깨를 움찔했습니다.

로쿠사이도 준노 씨.

이로하 씨의 추리에 모순을 제기하며 여자동 창문 자물쇠에 대해 증언한 인물. 바로 그녀가 텐케 사이카 씨에 이은 두 번째 범인입니다.

"텐케랑 로쿠사이도가? ……대체 무슨 근거로 그런 말을 하는 거야?"

"거짓말을 하기 때문입니다. 로쿠사이도 씨가 했던 창문 자물쇠에 관한 증언. 그 안에는 명백한 거짓말이 있습니다."

"그렇구나. 좋아, 알겠어!"

짝! 하고 손뼉을 치며 거짓말쟁이 씨가 대답했습니다.

"이왕 이렇게 된 거 끝까지 가 보자! 어차피 심심했으니까! 그리고 다른 애들도 어정쩡하게 넘어가면 찜찜하잖아?"

거짓말쟁이 씨가 반 아이들을 돌아보며 묻자 지금껏 관망만 하던 아이들도 "뭐, 그건 그래……", "와카구레가 그렇게 말한다면……" 하며 흐릿하게 동의의 뜻을 내비쳤습니다.

거짓말쟁이 씨는 다시 나를 향해 돌아서서 생긋 웃어 보였습니다.

그리고 아무렇지 않다는 듯이 화이트보드 앞에 서서 나와 마주 섰습니다.

"자아, 그럼 시작해 볼까?"

거짓말쟁이 씨는 "아핫" 하고 능청스럽게 웃으며.

"이런 걸 해결 편이라고 했던가?"

네, 저도 바라던 바입니다.

진실이 곧 저이고.

제가 곧 진실입니다.

지금이야말로. 오늘이야말로. 이번에야말로.

저만의 힘으로 그걸 증명해 보이겠습니다.

"전 당신 말대로 분명 그날 밤, 1층 안쪽 창문 근처에 다가갔습니다."

"그래. 우리가 발소리와 말소리를 들었다고 했지."

"순찰하시던 선생님이 지나간 직후였습니다. 창문은 잠겨 있었죠. 그 후 코가미네 씨의 방을 찾아갔고요. 여기까지는 서로의 의견이 다르지 않습니다."

"응, 응. 그래서?"

"문제는 그 후입니다."

"어떤 게 문제라는 걸까?"

"코가미네 씨 방에서 나와 제 방으로 돌아가는 길에…… 소리가 들렸습니다."

"소리?"

"곰곰이 생각해 보니 그건 문이 열리는 소리, 그리고 누군가의 말소리였습니다."

그때는 왜인지 머릿속이 복잡해서 그런 걸 신경 쓸 겨를이 없었습니다.

하지만 분명히 들렸습니다.

누군가가 방에서 뭔가를 이야기하며 나오는 소리였습니다.

"목소리도 기억납니다. 그때 들렸던 건…… 메리가키 치사토 씨와 유노시마 루이자 씨의 목소리였습니다."

노란 머리의 날라리 스타일 학생과 과한 패션의 지뢰계 학생이 깜짝 놀라 안색이 바뀝니다.

"그 두 사람이 방을 나와 화장실 앞으로 걸어간 겁니다. 그리고 제가 방에 돌아갈 때까지 계속 이야기하는 목소리가 들렸습니다. 두 사람은 꽤 오랫동안 그곳에서 대화하고 있었던 것 같습니다."

"흐음…… 뭐, 좋아. 그래서? 그게 로쿠사이도의 증언과 어떻게 연결되는 거야?"

"로쿠사이도 씨는 '화장실에 갔다 오는 길에 창문 자물쇠를 확인했다'라고 증언하셨죠."

"그랬지."

"그리고 그때 '아무도 못 봤다'라고도 하셨고요."

"그런데?"

"하지만 화장실 앞에는 메리가키 씨랑 유노시마 씨가 있었습니다."

"……앗."

작게 소리 낸 사람은 거짓말쟁이 씨가 아닌 청중 속에 섞여 있던 로쿠사이도 씨였습니다.

나는 침착하게 설명을 이어 갔습니다.

"메리가키 씨와 유노시마 씨가 있던 곳은 화장실 입구 앞 부근일 겁니다. 반 단체 채팅방에는 남자동을 창문 너머에서 찍은 사진이 올라왔죠. 남자동을 마주 보는 복도 창문은 바로 그 화장실 입구 앞에 있는 창문뿐입니다. 거기에 두 명이나 서 있었는데 '아무도 못 봤다'라고요? 이건 명백한 거짓말입니다."

거짓이 섞인 증언. 즉 위증이다.

"그렇다면 '창문이 잠겨 있었다'라는 증언도 더는 신뢰할 수 없습니다. 물론 거짓말쟁이 씨…… 당신이 그와 함께 주장했던, 창가에 다가온 발소리 운운도 마찬가지고요."

텐케 씨가 여자동에 도착한 것으로 추정되는 밤 10시 20분 이후. 그 시간에 아무도 창문에 접근하지 않았기에 자물쇠를 열 수도 없었을 것이라는 주장은 통째로 새빨간 거짓말이었습니다.

그리고 그 주장의 근거가 거짓말쟁이 씨와 그 방 사람들의 증언에 의존하는 이상, 하나라도 위증이 드러나면 논리가 무너집니다.

즉, 이로하 씨의 추리를 부정한 반증은 이로써 소멸하는 것입니다.

"……흐음."

결정타를 맞았을 텐데도 거짓말쟁이 씨는 고민 섞인 얼굴로 아랫입술을 내밀고 가슴 앞에서 팔짱을 꼈습니다.

"저기, 린네. 뭐, 일단 네 이야기가 사실이라고 쳐. 그래도 말이지. 메리가키와 유노시마가 화장실에 간 시간과 로쿠사이도가 화장실에 간 시간 사이에는 몇 분 정도 간격이 있었던 거 아닐까?"

"……네, 그렇습니다. 제가 방에 돌아간 건 선생님의 순찰이 끝난 직후였으니 아마 밤 10시 10분쯤이었을 겁니다."

"로쿠사이도가 창문 자물쇠를 확인한 게 밤 10시 17분. 화장실 앞을 지난 게 15분쯤이라고 하면 뭐, 5분 정도 시간이 비네. 그 사이에 메리가키와 유노시마가 방에 돌아갔을 가능성은?"

"없습니다."

나는 스마트폰을 꺼내 반 단체 채팅방에 올라온 사진을 보여 줬습니다.

메리가키 씨가 올린, 툇마루 의자에 앉은 남학생 두 명의 사진입니다.

"아까도 말씀드렸듯이 메리가키 씨는 창문 너머로 남자동 사진을 찍었습니다. 밤 10시 37분에 찍힌 사진입니다. 적어도 그 시간까지는 화장실 앞에 있었다는 증거죠."

"조금 더 이전에 사진을 찍어 놓고 방에 돌아간 후에 채팅방에 올렸을 수도 있잖아?"

"아뇨. 사진의 오른쪽 아래를 보세요. '08/01/오후 10:37'이라고 적혀 있습니다."

"오, 진짜네. 뭐지? 사진 보정 앱의 기능인가?"

왜 이렇게 여유로운 걸까요. 결정적인 증거를 제시하고 있는데도.

거짓말쟁이 씨는 희미하게 웃으며 제 눈을 정면으로 들여다봤습니다.

"그런데, 린네. 안타깝지만 그 주장은 성립하지 않아."

"……왜죠?"

"그 사진은 화장실 앞 창문에서는 찍을 수 없는 구도거든."

부드럽고 친절하게 말하고 거짓말쟁이 씨는 화이트보드의 마커를 집어 들었습니다.

"말로는 전달이 잘 안 되는 것 같으니 그림으로 설명해 줄게."

그러고는 아무것도 참고하지 않고 남자동과 여자동의 1층 평면도를 화이트보드 위에 슥슥 그려 갔습니다.

"네가 메리가키와 유노시마가 있었다고 하는 곳은 여기야."

여자동의 네 개 객실, 그 북쪽에 있는 화장실과 객실 사이의 좁은 공간을 마커로 가리킵니다.

"그리고 사진에 찍힌 나카사코네 방은 여기."

뒤이어 마커가 가리킨 곳은 남자동의 북쪽에서 두 번째 방입니다.

"이것도 잊으면 안 돼. 여자동과 남자동 사이에는 나무가 있다는 거."

거짓말쟁이 씨는 마주 보고 있는 평면도 한가운데에 나무 그림을 덧붙여 그려 넣었습니다.

“이 나무가 시야를 방해해서 여자동과 남자동은 서로 거의 안 보여. 그나마 시야가 트이는 건 북쪽에서 세 번째인 코가미네네 방과 이로하네 방. 그리고 그 옆 메리가키네 방과 나카사코네 방 정도일 거야.”

나무 배치는 가운데 부분이 다소 비어 있어 네 개 방 가운데 두 개 방은 서로 창문이 보일 것 같습니다.

“이런 사실을 바탕으로 여자동 화장실 앞 창문에서 나카사코와 쿠루메를 찍으려고 시도하면…….”

화장실 앞 창문에서 남자동 북쪽 두 번째 방으로 선이 그어지고.

저는 숨이 멎었습니다.

이럴 리가.

이럴 리 없는데.

전 분명히……!

“……보다시피 나무에 가려서 안 보인단 말이지.”

화장실 앞 창문에서 그어진 선은 나무 그림에 가로막혀 중간에 멈춰 버렸습니다.

시선이 닿지 않습니다.

이 창문에서는 그 사진을 찍을 수 없었던 겁니다.

이럴…… 리가…….

“그러니 그 사진은 메리가키랑 유노시마가 자기 방에서 찍은 거야. 그러면 정면에서 찍어서 나무가 방해되지도 않으니까. 그렇지? 메리가키!”

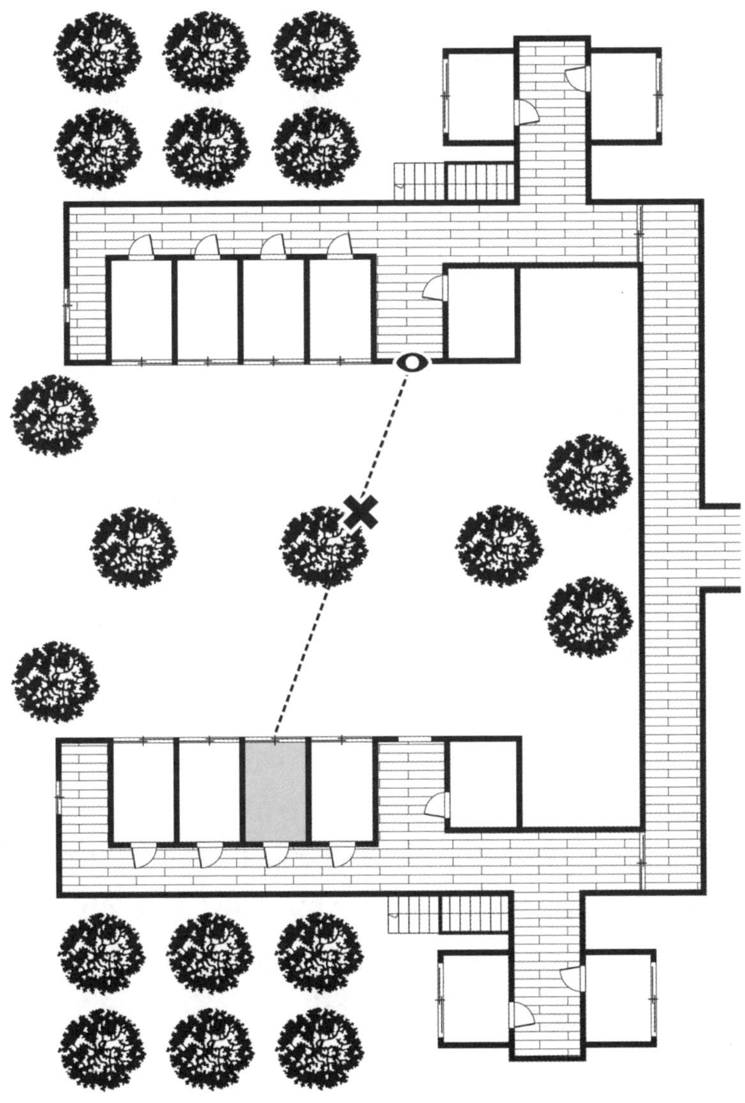

"응? ……아, 으응."

메리가키 치사토가 씨가 어색하게 고개를 끄덕였습니다.

"그 사진은 방 안에서 찍은 거야. 응."

"자, 그러니."

거짓말쟁이 씨는 마커를 보드 아래 트레이에 툭 내려놓으며
말했습니다.

"이제 이해했어? 마음은 이해하지만, 린네. 다른 사람을 함부
로 거짓말쟁이라고 몰아붙이는 건 좋지 않은 것 같아."

"아……!"

거짓말하는 건 당신이잖아요!

목 끝까지 차오른 말은 끝내 입 밖에 나오지 못했습니다.

반박해야 합니다.

반박할 거리를 찾아야 합니다.

왜냐하면, 틀렸으니까요.

전 알고 있습니다.

진실을…… 알고 있단 말입니다!

알고 있는데…….

"이걸로 결론이 났네. 그때 여자동에 들어갈 수 있었던 사람은
이로하 토야뿐이었어. 그리고 그 이로하는 린네, 널 만났던 거고. 근
데 우리는 그 사실을 비난하지 않아. 이제 슬슬 솔직해져도 괜찮아."

모르겠습니다…….

어떻게 해야 좋죠?

어떻게 해야 믿어 주는 거죠?

제가 진실을 말하고 있다는 걸, 어떻게 해야 알아주는 건가요?

손에 땀이 맺힙니다.

온몸이 굳어 갑니다.

쏟아지는 시선이 무거운 족쇄처럼 저를 짓누릅니다.

"……제……."

그 무게를 더는 견딜 수 없어서.

"……제, 가……."


### ◆ 이로하 토아 ◆


그 어깨를.

희미한 어둠 속에 떠오른, 그 가녀린 어깨를.

그때 나는 아직 부족했다.

아무도 이해해 주지 않아도 자기 방식대로 살아가려 한 너를, 그 어깨를 감싸고 지지해 줄 각오가 나에게 아직 없었다.

하지만.

지금이라면 당당히 가슴을 펴고 손을 뻗을 수 있다.

아케가미 린네. 내 유일한 의뢰인이자, 최대의 숙적이자, 가장 중요한 동료.

다른 무엇보다 믿고 싶은 너의.

그 어깨에.

“좋지 않아, 와카구레. 다른 사람을 함부로 거짓말쟁이라고 몰아붙이는 건.”

린네의 어깨를 힘껏 감싸며.

나는 옅게 미소 짓고 있는 와카구레 스유에게 그렇게 고했다.

“이, 이로하, 씨……!”

내 팔에 안긴 린네가 내 얼굴을 올려다보며 눈을 크게 떴다.

그 얼굴을 내려다보며 나는 살짝 미소 지었다.

왜 그런 표정을 짓는 거야? 별일도 아닌데.

네가 실수하고, 내가 도와주는 것.

항상 있는 일이잖아.

“늦어서 미안, 린네. 정리하느라 조금 시간이 걸렸어.”

“왜, 대체 왜……! 저, 저는, 이제…….”

“상관없어.”

나는 선언했다.

“이건 내가 좋아서 하는 일이야. 아무리 너라도 불평 못 해.”

아케가미 린네의 진실을 꿰뚫는 그 눈을 똑바로 마주 보며.

“그냥 가만히 지켜보면 돼. 네 추리를 내가 추리하는 모습을.”

커다란 눈망울이 촉촉하게 젖어 든다.

설마 감동이라도 한 건가. 그러기엔 아직 일러.

우는 건 나중으로 미뤄 둬.

지금 눈앞에 있는 이 숙적을 꺾고 난 이후로.

“멋진 등장이네, 이로하. 뭘 하러 온 거야?”

4 화
지뢰 씨와 문 너머

"당연히 진실을 설명하러 왔지."

"진실? 네가 린네와 밤마다 몰래 만났다는 거?"

"텐케 사이카가 로쿠사이도 준노를 몰래 만났고, 네가 그걸 덮으려고 린네에게 근거 없는 헛소문이 향하게 유도한 거 말이야."

허울뿐인 미소에 약간의 비웃음이 스며든다.

"뭐야. 불가능해, 그런 건. 어디까지 들었는지 모르지만 린네가 아까 말한 건 추리라고 할 수도 없는 수준이었어. 왜냐면 근거가 되는 증언이 자기 자신 거니까. 그럼 무조건 말한 사람이 이기는 게임이잖아. 추리로 성립조차 안 되는 거야."

"증명하면 되지 않을까?"

순간 와카구레의 미소가 굳었다.

"증거를 제시하고 근거를 붙여서 린네의 증언이 옳다는 걸 추리하면 되지. 누구도 반박할 수 없을 만큼 객관적이고도 논리적으로. 그럼 되는 거 아닌가?"

"……그게 될 리 없잖아."

"돼."

나는 화이트보드 트레이에서 마커를 꺼내 와카구레에게 던졌다.

와카구레가 마커를 받아 들자 나도 마커를 집어 들며 당당하게 선언했다.

"나한테는 이미 **자명한 이치**니까."

총 34명.

반 모든 아이들이 방청인으로 지켜보는 가운데 두 명의 변론 자가 화이트보드 앞에 섰다.

상대는 반의 숨은 지배자. 불리한 싸움이 될 것이다. 방청인 들은 나와 린네를 이질적인 존재로 여기고 있다. 정면 승부로 가면 와카구레 쪽으로 판세가 기우는 건 당연하다.

그럼에도 법정에는 반드시 두 사람이 서야 한다.

논쟁이란 진실에 다가서기 위한 의식이다. 각자 자기 입장에서 주장과 반박을 반복함으로써 신이 아닌 인간도 진실에 손을 뻗을 수 있게 된다.

그러기에 와카구레, 너에게 감사한다.

너와 나, 두 사람이 모였기에 비로소.

아케가미 린네가 추리한 진실에 손이 닿을 수 있다.

"자, 어디서부터 시작할 거야? 메리가키와 유노시마가 화장실 앞에서 대화했다는 린네의 증언. 그걸 객관적으로 증명하는 건 내 눈에는 불가능해 보이는데 말이야. 아니면 당사자들에게 직접 신 문이라도 하겠다는 건가?"

"아니, 필요 없어. 어차피 적당히 얼버무리며 빠져나갈 게 뻔 하니까. 지금부터 내가 설명할 건 그저께 밤의 진실이야. 린네나 텐케에 대한 것뿐만이 아닌, 그날 밤의 **모든** 진실."

"모든……?"

와카구레가 눈살을 찌푸리자 나는 반 친구들 쪽으로 시선을 돌렸다.

"너희도 방관자에 불과하다고 생각하면 큰 오산이야. 내가 반 전체가 모인 이 시간을 노려서 온 건 우연이 아니야. **너희 역시 단 한 명도 빠짐없이 이번 사건의 관계자니까.**"

방청인들은 저마다 당황한 기색을 보이며 불안감을 감추듯 술 렁였다.

나는 그 술렁임을 짓누르듯 다시 한번 진실을 입에 담았다.

"**이 자리에 있는 36명 중 35명이 어떤 식으로든 거짓말을 하고 있어.** 난 지금부터 그걸 전부, 무례하게, 눈치 보지 않고, 하나도 빠짐없 이 낱낱이 밝힐 생각이야. 각오해 두는 게 좋을 거야."

그러자 와카구레는 아핫, 하고 작게 웃음을 흘리며 도발하듯 말했다.

"기세가 대단하네. 여자동에 있었다는 걸 숨긴 가장 큰 거짓말 쟁이가 이로하 너 아니었어?"

"그래. 나도 35명의 거짓말쟁이 중 한 명이야. 하지만 가장 먼 저 그걸 자백한 사람이기도 하지. 그러니 이 추리는 바로 거기서부 터 시작해."

나는 마커 뚜껑을 열고 화이트보드 앞으로 향했다.

모든 추리의 시작.

첫 번째 전제를 화이트보드에 써 내려간다.

"'이로하 토야는 만조 시각 전부터 여자동에 있었다'. 여기서부 터 설명을 시작할게."

진실은 진실에서 태어난다.

내가 누구보다 잘 아는 진실로부터 새로운 진실을 끌어내자.

"흐음. 거기서 뭘 알 수 있는데?"

"첫 번째 거짓말. 이걸로 반 단체 채팅방에서 명백한 거짓말을 한 사람이 있다는 걸 알 수 있어."

나는 스마트폰을 두드려 문제의 메시지를 찾았다.

"밤 10시 22분. '이로하랑 공부 중'. 바로 이 카와구치의 메시지야."

"뭐?"

청중 속에서 카와구치 쿠라마가 눈썹을 치켜세우며 놀란 기색을 보였다.

"이로하, 그건……."

"나도 알아. 이건 카와구치가 방에 내가 없다는 걸 숨기려고 해 준 거짓말이야. 하지만 지금은 이 거짓말을 해명하는 게 필요해. 너희가 내가 없는 방에서 실제 뭘 하고 있었는지를."

"앗!"

충격에 빠진 카와구치로부터 시선을 돌려 나는 다시 와카구레를 똑바로 마주 봤다.

"이 거짓 증언 때문에 의심이 생겼어. 모범생인 카와구치나 하다테조차 뭔가를 숨기기 위해 거짓말을 할 수도 있다는 의심 말이야. 그걸 바탕으로 다시 떠올려 보니 신경 쓰이는 발언이 있었어. 오이카리 선생님이 여자동 침입자에 대해 설명할 때 오간, 그 대화

속에 말이야."

　—야! 어젯밤에 그 소리 아니야?! 내가 말했잖아!

　—아, 뭔가 야한 여자 소리가 들린다고 했었나?

　—난 귀가 밝으니 그게 맞아!

　—그렇구나, 사람이었구나. 난 방에 귀신이라도 나온 줄.

　"말투로 보면 아마 미라사카가 한 말이겠지. '야한 여자 소리가 들린다'. 그 증언은 젠코지가 한 것일 테고. 그때는 나도 당황해서 신경을 못 썼지만, 돌이켜보면 이 증언은 이상해. 거기에 바로 이어 미라사카는 이렇게 말했어."

　—근데 여자동 쪽에 남자가 있었다는 말 아니야? 그럼 상황이 다른 거 아니야?

　"이번 사건은 여자동에 남자가 침입한 사건이지, 절대 그 반대가 아니야. 그러니 남자동에 있었던 젠코지가 '야한 여자 소리' 같은 걸 들었을 리가 없다는 소리야. 하지만 예외도 있어. 우리는 모두 스마트폰이라는 문명의 이기를 지니고 있으니까."

　"통화 소리가 새어 나왔다는 건가? ……아, 그렇구나."

　"'야한'이라는 수식어가 붙었다면 더 의심해야 할 가능성은 오히려 이걸 거야. 남자동에 있던 누군가가 성인용 영상을 보고 있었던 게 아닐까 하는 가능성."

　청중들이 술렁였고 카와구치와 하다테의 얼굴이 붉게 물들었다. 미안하지만 지금은 둘 다 적당히 넘어가 줄 수 없다.

　와카구레는 "후훗" 하고 재미있다는 듯이 웃는다.

"남자애들은 그런 걸 정말 좋아하는구나. 체험 학습에 와서도 그런 걸 본다고?"

"아마 늦은 밤의 분위기에 휩쓸렸겠지. 좋아하는 이성 이야기라도 하다가 그렇게 흘러가지 않았을까? 여기서 중요한 건 그 소리가 대체 어디서 들려왔느냐는 거야. 젠코지의 말에 코고오리는 이렇게 받아쳤어. '방에 귀신이라도 나온 줄 알았다'라고. 그 말이 맞다면 그 소리는 그들 방 안에서 들렸다는 뜻이야. 그럼 가능성은 자연스럽게 좁혀져."

"젠코지네 옆 방. ……그러니까 너와 카와구치네 방이네."

"그래. 그게 첫 번째 추리의 결론이야."

나는 다시 마커 뚜껑을 열어 두 번째 줄에 첫 번째 결론을 적었다.

―'카와구치네 방에서 성인용 영상을 보고 있었다'.

와카구레는 그 문장을 올려다보며 말했다.

"의외네. 그렇게 진지하고 순진해 보이던 애들도 그런 데 관심이 있었구나."

"나도 여자에게 나도 모르게 시선이 갈 때가 있어. 원래 그런 거야."

"흐음. 그럼 반론해도 될까?"

딱. 와카구레가 칼집에서 칼을 뽑듯 마커 뚜껑을 열었다.

내가 쓴 결론 아래에 새 문장을 덧붙이며 와카구레는 말했다.

"남자동에서는 여자 소리가 들릴 리 없다고 했지만, 네 가설에

서는 메지로와 텐케네 방 남자애들과 키무라네 방 여자애들이 서
로 방을 맞바꾼 거 아니었어?"

—'목소리는 키무라네 방 아이들의 것'.

"네 추리가 맞다면 그래야 되는 거 아니야? 반대로 그 소리가
야한 영상에서 나온 거라고 단언하고 싶다면 방 바꿔치기설을 폐
기해야 할 텐데?"

"폐기하지 않아. 당연히 난 전에 반 채팅방에서 말한 내 가설
이 옳다는 걸 증명하기 위해 이 추리를 하는 거니까."

"그럼 그 목소리가 키무라네 방 여자애들 것일 가능성은 없다
는 거네?"

"그래. 그건 네가 그려 둔 남자동 평면도만 봐도 금세 알 수 있
어."

나는 와카구레가 화이트보드에 그려 놓은 평면도를 마커로 가
리키며 말했다.

"키무라네 방 아이들이 남자동에 있었다면 구체적으로 어느
방에 있었을까? 생각해 보면 후보는 두 개뿐이야. 방을 맞바꾼 메
지로와 텐케네 방, 또는 평소에도 사이가 좋은 하루하라네 방."

북쪽에서 첫 번째 방과 두 번째 방을 마커 끝으로 톡톡 두드
렸다.

"그리고 '야한 여자 소리'가 들렸다는 젠코지네 방은, 여기."

뒤이어 네 번째 방을 톡 하고 짚었다.

"아무리 가까워도 방 하나를 사이에 두고 있지. 그리고 우리

모두 지난 사흘간 체험했지만 방이 하나만 사이에 껴 있어도 소리가 거의 들리지 않아.”

　—그나저나 이 합숙소는 의외로 방음이 잘 되네. 메지로네 방 애들이 저렇게 크게 떠드는데도 우리 방에는 하나도 안 들렸잖아.

　—글쎄. 쟤네 방은 두 칸이나 떨어져 있어. 바로 옆방 이야기는 다 들리지 않았어?

　합숙소에 막 도착했을 때 그런 대화가 오갔다. 따라서 젠코지네 방에서는 두어 칸 떨어진 방에 있는 키무라네 아이들의 목소리가 들리지 않았을 것이다.

　“……글쎄. 방 하나를 사이에 두면 소리가 안 들린다는 건 너희 방만 그럴 수도 있잖아? 다른 방은 구조가 조금 다를지도.”

　“그렇다면 와카구레, 너희 방은 젠코지네 방과 구조상 같은 위치에 있지? 두 칸 떨어진 방에 있는 아이우라네 방 소리가 들렸어?”

　“그건…….”

　“참고할 증거는 또 있어. 반 채팅방에서 니시미야가 ‘미라사카네 애들 뭐 하는데?’라고 물었잖아. 이때 미라사카네 방 아이들은 베개 싸움을 하고 있어서 토조가 항의할 정도로 시끄러웠지만, 두 칸 떨어진 방에 있는 니시미야에게는 들리지 않았던 거야. 예시가 이렇게 쌓여 있는데도 ‘사람에 따라 들렸을 수도 있다’라고 계속 주장할 거야?”

　“…….”

　와카구레는 처음으로 입을 다물었다.

이제는 흐름이 바뀌었다는 걸 깨달았을 것이다.

객실의 방음 상태는 이 자리에 있는 모두가 지난 며칠간 몸소 체험했다. 36명 중 단 한 명도 두 칸 떨어진 옆방의 말소리를 듣지 못했다.

여기에는 인상 조작 같은 것도 통하지 않는다.

"이 모든 걸 종합하면 네 반론은……."

나는 내 마커를 꺼내 들고.

슥! 하고 날카롭게.

'목소리는 키무라네 방 아이들의 것'이라는 문장에 취소선을 그었다.

"부정할 수 있어."

이로써 첫 번째 추리가 끝났다.

내가 없었던 내 방의 진실이 마침내 드러났다.

그날 내가 방에 돌아왔을 때 카와구치, 하다테가 황급히 스마트폰 화면을 끄는 모습이 눈에 들어왔다. 그건 야한 영상을 몰래 보다가 숨기는 모습이었다. 돌이켜보면 그 행동은 어딘가 수상쩍었다.

"……그래서?"

자신의 반론이 무너졌는데도 와카구레는 여전히 표정이 여유로웠다.

"카와구치네 방에서 성인용 영상을 보고 있었다. 그건 확실히 잘못된 일이지. 두 사람은 아직 미성년자니까. 하지만 거기에 무슨 의미가 있어? 그냥 같은 반 친구 두 명이 망신당했을 뿐 아니야?”

“아니. 그게 바로 다음 의문으로 이어져. 조금 전부터 ‘카와구치네 방’이라고 하고 있지만, 정확히 말하면 카와구치와 하다테 이 두 사람만을 가리켜.”

“응? 그 방에는 한 명이 더 있잖아. 토조가.”

“토조는 그런 유의 이야기를 정말 싫어해.”

―저속한 이야기 그만해.

토조가 카와구치와 하다테에게 항의하던 낮고 단호한 목소리가 뇌리에 되살아났다.

“그러니 그런 영상 감상회에 토조가 참여할 리 없고, 카와구치와 하다테도 토조 앞에서는 그런 짓을 했을 리 없다는 소리야. 너도 교실에서 토조가 그런 이야기가 나오면 불쾌해하는 걸 여러 번 봤잖아.”

“아…… 그건 그래. 입학 초부터 토조는 그랬던 것 같아.”

그러니 이건 린네도 아는 정보다. 린네 역시 자신의 추리에 반영할 수 있는 정보였던 것이다.

“그럼 역시 카와구치와 하다테가 야한 영상 같은 걸 안 본 거 아니야?”

“아니, 오히려 그 반대야. 카와구치와 하다테가 성인용 영상을 볼 수 있었다는 건 토조의 감시가 사라졌다는 뜻이기도 해.”

“사라졌다고?”

“잠들었던 거야.”

내가 방에 돌아왔을 때 깨어 있던 사람은 카와구치와 하다테뿐이었고 토조는 잠들어 있었다. 토조가 잠들었기에 카와구치와 하다테는 영상을 볼 수 있었던 것이다.

"너도 알다시피 토조는 극도로 예민한 성격이라 시끄러운 걸 누구보다 싫어해. 그런 토조가 잠들 수 있었다는 건 방 안이 조용했다는 뜻이기도 해."

나는 마커를 뽑아 들었다.

"그럼 옆방의 베개 싸움은 어떻게 됐을까?"

—'미라사카네 방의 베개 싸움은 증언보다 일찍 끝났다'.

수수께끼 풀이는 연속된다.

추리가 허구에 길을 만들며 진실로 이끈다.

허구와 현실을 명확히 가른다.

"바로 이게 두 번째 거짓말이야."

나는 마커 뚜껑을 닫은 뒤 화이트보드 속 문장을 가볍게 두드렸다.

"내가 직접 들은 바 미라사카네 방 아이들은 밤 11시쯤까지 베개 싸움을 했다고 증언했어. 하지만 현실에서는 그보다 훨씬 일찍 방이 조용해졌던 거야. 명확한 거짓말이 있었던 거지."

미라사카네 방 아이들은 당황한 표정만 지을 뿐 반박하려는 기색이 없다. 나도 굳이 그들을 몰아붙일 생각은 없다. 그래 봐야 나오는 건 린네가 모르는 정보이기 때문이다.

내가 추리해야 하는 건 어디까지나 아케가미 린네의 추리여야 한다.

"그럼 일단 들어나 볼까."

앞장서서 나선 사람은 역시 와카구레 스유였다.

"미라사카네 방 아이들의 증언이 거짓말이라면 실제로 걔네는 뭘 하고 있었던 거야? 당연히 그 정도는 생각해 뒀겠지?"

"물론이야. 그게 핵심이니까. 미라사카네 방 아이들의 진짜 행동을 밝힐 열쇠는, 밤 10시 30분에 카와구치가 반 단체 채팅방에 남긴 메시지야."

—미라사카, 너희 괜찮아? 뭔가 넘어지는 소리 났는데.

"'뭔가 넘어지는 소리가 났다'. 그건 옆방까지 들려서 걱정이 될 만큼 큰 소리였어. 이 증언은 최소한 이 시간까지 토조가 깨어 있었다는 걸 증명하는 동시에, 한 가지 의심을 부르기도 해. ⋯⋯ 미라사카네 방 아이들이 베개 싸움을 하다 뭔가 커다란 걸 넘어뜨린 게 아니냐는 의심을."

"뭐? 근데 그게 문제 삼을 일이야? 그건 채팅방에서 미라사카가 바로 설명했잖아."

와카구레가 마커를 뽑아 빠르게 반론을 적어 갔다.

—'베개 싸움하다가 살짝 넘어졌다'.

"신나게 놀다 보면 그 정도 소리는 날 수도 있어. 대체 뭐가 문제라는 거야?"

"아주 큰 문제지. 그 설명으로는 미라사카네 방 아이들이 채팅방에 직접 올린 사진과 앞뒤가 안 맞으니까."

“······사진?”

‘운동부 제국’이 반 단체 채팅방에 올린 사진은 두 장이다. 한 장은 그날 밤 10시 20분에 올라온 베개 싸움 도중의 사진. 다른 한 장은 다음 날 아침 잠에서 막 깬 젠코지의 우스꽝스러운 얼굴 사진이다.

“이 두 장에는 명백하게 이상한 점이 있어. 간단한 틀린 그림 찾기이니 금방 눈치챌걸?”

“······아!”

소리 낸 사람은 내 뒤에 선 린네였다.

“꽃병······ 꽃병 색이 달라요.”

“뭐······?”

단체 채팅방을 보고 자신도 확인했는지 와카구레가 스마트폰을 들여다보며 눈을 살짝 크게 떴다.

“맞아. 배경의 도코노마에 놓인 꽃병 색이 다르지. 사건 당일 밤 꽃병 사진은 파란색, 다음 날 아침 꽃병 사진은 빨간색이야.”

“······왜 이런 일이······?”

“당연한 의문이야. 꽃병 색이 저절로 바뀔 리는 없으니까. 누군가가 꽃병을 바꿔치기했다는 뜻이겠지. 그럼 그 사람은 왜 그런 행동을 했을까? 그건 카와구치의 증언을 떠올리면 바로 알 수 있어.”

뭔가 넘어지는 소리가 났다.

뭔가.

“이 ‘뭔가’가 바로 꽃병이었던 거야. 그 결과 미라사카네 방 아이들은 어쩔 수 없이 어딘가에서 다른 꽃병을 가져와 꽃병을 바꿔 치기했어. 그다음은 굳이 말하지 않아도 알겠지? 그 어쩔 수 없는 사정이라는 게 뭔지.”

꽃병이 넘어지면 어떻게 될까. 상상하지 않아도 알 수 있다.

“문제는 이 빨간 꽃병이 어디서 왔냐는 거야. 그걸 추리하려면 반 단체 채팅방에 올라온 객실 사진을 다시 살펴보면 돼. 배경에 찍힌 꽃병을 하나하나 확인하는 거야.”

먼저 ‘연애지상주의 공국’의 하루하라와 니시미야가 찍힌 남자방 사진. 배경에 있는 꽃병은 파란색.

다음으로 와카구레와 ‘문화부 합중국’ 멤버들, 로쿠사이도가 찍힌 여자방 사진. 배경에 있는 꽃병은 빨간색.

“그리고 여기서 덧붙이자면 우리 방 꽃병은 파란색이야.”

—객실은 다다미가 깔린 일본식 방이었다. 창가에는 미닫이 문으로 구분된 정체불명의 공간, 즉 툇마루가 있고 도코노마에는 꽤 값나가 보이는 파란 꽃병이 놓여 있었다.

“추가로 하나만 더 확인해 볼까. 코가미네, 너희 방 꽃병은 무슨 색이야?”

“응? 흐음…… 아마 빨간색이었던 것 같은데…….”

—방 구조는 남자동과 다를 바 없었다. 다다미가 깔린 방. 안 쪽에는 넓은 툇마루. 도코노마에는 붉은 꽃병.

“이만큼 샘플이 모였으면 충분하겠지. 꽃병 색의 법칙은 명백해.”

"……여자동은 빨간색이고, 남자동은 파란색……."

뒤에서 린네가 나지막이 중얼거렸다.

"맞아. 아주 단순한 규칙이지. 꽃병 색은 남녀로 나뉘어 있는 거야. 그럼 슬슬 이상한 점이 드러나지? 미라사카네 방 아이들이 가져온 이 빨간색 꽃병은 어디서 온 걸까? 이 꽃병은 여자동에만 있어야 하는데 말이야."

"……설마, 미라사카네 방 아이들도 여자동에 갔다는 얘기를 하려는 건 아니지?"

"물론 아니야. 모래사장에 찍힌 발자국은 두 사람분. 그건 변하지 않는 사실이지. 게다가 소등 시간이 지난 이후라 대부분 방 안에 있었던 시간인데 어떻게 꽃병을 몰래 들고나올 수 있겠어. 그러니 이 꽃병은 남자동 안에서 찾아낸 거야. 누군가 남자동에 여자동의 빨간 꽃병을 들고 온 사람이 있었다는 뜻이야."

"……."

"표정이 굳었네. 눈치챘어? 그래, 바로 메지로와 텐케네 방이야."

나는 스마트폰 화면을 위로 밀어 '오타쿠 연합'의 사진을 보여줬다.

"텐케가 알리바이를 주장하는 데 활용한 이 사진에는 도코노마의 꽃병이 찍혀 있어. 꽃병 색은 파란색. 메지로와 텐케네 방 아이들은 남자이니 그게 맞겠지. 하지만 내가 추리한 대로 그들이 여자동 방과 방을 바꿔치기했다고 생각하면 이상해. 왜냐면 이 사진은 남자동처럼 보이지만, 실제로는 여자동에 있는 방인 거니까."

"……지금 넌 이런 말을 하고 싶은 거야? 메지로와 텐케네 방 남자애들, 그리고 키무라네 방 여자애들은 남녀동의 꽃병 색이 다르다는 걸 일찌감치 알아차리고 꽃병까지 통째로 바꿔치기했다."

"맞아. 메지로와 텐케네와 키무라네는 방을 바꿀 때 자신들 방에 있던 꽃병도 함께 가져갔어. 그래서 그날 밤 남자동인 메지로와 텐케네 방에 키무라네가 가져온 빨간 꽃병이 있었던 거야. 미라사카네 방 아이들은 바로 거기서 꽃병을 가져와 자기들 방에 있는 꽃병과 바꿔치기한 거고. 베개 싸움 도중에 넘어져 금이 가 버린 그 꽃병과 말이야."

나는 '오타쿠 연합' 방에서 직접 찍어 온 사진을 와카구레에게 들이밀었다.

눈에 띄지 않는 뒷면에 금이 가 있던 파란색 꽃병 사진.

"어제 아침 라디오 체조를 하러 가기 전에 공용동 입구에서 메지로와 텐케네 방 아이들과 키무라네 방 아이들이 말다툼을 하고 있던 걸 기억해. 그게 아마 이 문제 때문이었겠지. 여자동에 가져가야 할 빨간 꽃병이 어디론가 사라졌으니 당황해서 언성을 높일 수밖에 없었던 거야."

그렇게 말하고 나는 마커를 빼 들었다.

―'금이 간 꽃병을 메지로와 텐케 방에 있는 꽃병과 바꿔치기했다'.

"이상의 사실을 바탕으로 네 반론은……."

나는 멈추지 않고 마커를 움직였다.

슥! 하고.

'베개 싸움하다가 살짝 넘어졌다'라는 문장에 취소선을 긋는다.

"부정할 수 있어."

이로써 두 번째 추리가 완성됐다.

증언과 달리 조용했던 '운동부 제국'의 방, 그 진실이 밝혀진 것이다.

"이제 추리는 다음 단계로 넘어가. 미라사카네 방 아이들이 메지로와 텐케네 방에 들어가 빨간색 꽃병을 가져왔다. 그럼 이 사실이 드러내는 다음 의문은 뭘까?"

마커 뚜껑을 닫기는 아직 이르다.

나는 다음으로 추리해야 할 수수께끼를 화이트보드에 적었다.

"그 방에 원래 있었어야 할 키무라네 방 아이들은 대체 어디로 갔을까?"

―'미라사카네 방 아이들이 꽃병을 바꿔치기할 때 방 안에는 키무라네 방 아이들이 없었다'.

수수께끼 풀이는 연속된다.

추리가 허구에 길을 만들며 진실로 이끈다.

허구와 현실을 명확히 가른다.

"바로 이게 세 번째 거짓말이야."

나는 마커에 뚜껑을 덮고 방금 쓴 문장을 톡톡 두드렸다.

"다음 날 아침에 말다툼이 벌어진 걸 보면 알 수 있듯 키무라네 방 아이들은 미라사카네 방 아이들이 꽃병을 바꿔치기한 걸 몰랐던 게 분명해. 자신들이 가져가야 할 꽃병이 사라졌고, 그럼 선생님께 방을 바꾼 게 들통날 위험이 생기니 당연히 화날 만했지. 그렇다는 건 미라사카네 방 아이들이 그 방에 갔을 때 안에는 키무라네 방 아이들이 없었다. 즉 아무도 없었으니 마음대로 그 방 꽃병을 가져가도 괜찮겠다고 생각한 거야. 애초에 키무라네 방 아이들은 방을 바꾸며 가장 큰 거짓말을 했고, 심지어 그 바꾼 방에 머물고 있지도 않았어.”

키무라를 비롯한 아이들은 내 눈을 피하기만 하고 아무 해명도 하지 않았다.

어차피 불필요하다. 나에게, 그리고 린네에게는 이미 자명한 이치니까.

“그게 뭐가 이상해?”

오직 와카구레 스유만 말을 검처럼 휘둘렀다.

“만약 진짜 방까지 바꿔서 남자동에 몰래 들어갔다면 누군가 만나고 싶은 사람이 있었던 거 아니야? 그럼 방에 없었다고 해도 이상할 건 없지 않나?”

“맞아. 이상할 건 없지. 키무라네 방 아이들이 어디 갔는지는 쉽게 예상할 수도 있어. 평소 늘 쫓아다니는 하루하라와 니시미야가 있는 방이었겠지.”

나는 그날 밤 하루하라와 니시미야가 찍힌 사진을 와카구레에게 보여 줬다.

"이 사진을 봐. 하루하라와 니시미야는 둘 다 전신이 고스란히 찍혀 있어. 이건 누군가가 찍어 준 사진이라는 뜻이고, 사진을 찍은 사람은 아마 같은 방에 있었던 키무라네 방 아이들 중 누군가였을 거야."

일부러 그런 게 분명하다. 메지로와 텐케네 방 아이들이 사진을 채팅방에 올린 걸 보고, 우리도 **은근히 티 나는 사진**을 올려 보자는 장난기 섞인 마음이 발동했을 것이다.

"근데 그게 이번 일과 무슨 상관이야?"

와카구레는 아무것도 모르는 척 고개를 갸웃하며 물었다.

"그냥 키무라네 방 아이들의 귀여운 소녀 감성 때문에 벌어진 일 아닐까 싶은데?"

"행동 자체는 그럴 수 있어. 문제는 그 행동의 결과로 피해를 본 사람이 생겼다는 거야."

"피해를 본 사람?"

"쿠루메. 같은 방에 있던 쿠루메 소타."

'아웃사이더 인민 공화국' 소속 남학생 중 한 명.

쿠루메는 단순히 낯가림이 심할 뿐 아니라 여성 공포증까지 있는 아이다.

"쿠루메가 여자아이들과 같은 공간에 못 있는다는 건 너도 알지? 그리고 린네도 눈치챘을 거야. 왜냐하면 입학 초에 자리가 가까웠으니까. 린네는 출석 번호 2번으로 창가 첫 번째 줄의 두 번째 자리. 쿠루메는 출석 번호 9번으로 창가 두 번째 줄의 세 번째 자리.

바로 대각선 뒤였어."

　유난히 말수가 적은 쿠루메 소타는 심각한 여성 공포증을 가지고 있다. 입학 초 아직 출석 번호순으로 자리를 앉았을 때 사방이 다 여학생이라 쉬는 시간마다 교실을 뛰쳐나가곤 했다.

　"그런 쿠루메가 밤에 여자 네 명이 우르르 들이닥쳤는데 그대로 방에 있었을 리 없지. 나카사코랑 둘이 함께 어딘가 다른 데로 옮겼을 거라고 난 추측해."

　"어딘가 다른 데라니?"

　"사진에 찍혀 있잖아."

　내가 스마트폰을 내밀어 보여 준 것은 메리가키가 반 단체 채팅방에 올린 사진이었다.

　'창가에서 황혼에 잠긴 아싸들'이라는 제목 아래, 툇마루 의자에 앉아 멍하니 창밖을 바라보는 나카사코와 쿠루메의 모습이 담겨 있다.

　"……툇마루로 피신했다는 말이야? 장지문만 닫으면 사실상 별개의 공간이 되니까?"

　"그래, 장지문만 닫으면."

　"응?"

　"지금 네 말은 나카사코와 쿠루메가 키무라네 아이들이 방에 있는 동안 툇마루에 틀어박혀서 장지문을 닫고 있었다는 거야?"

　"……그래. 그러지 않으면 쿠루메가 견딜 수도 없었을 테니까."

　"그럼 이 사진은 어떻게 설명할 거지?"

나는 다시 스마트폰의 화면을 넘겨 조금 전 보여 준 사진을 꺼냈다.

하루하라와 니시미야가 모델 같은 포즈를 취하고 있는 그 사진.

"이 사진에는 창문이 찍혀 있는데 말이야."

"……!"

단체 채팅방에서 사진이 한참 논란이 됐던 것도 바로 이 창문 때문이었다.

장지문이 제대로 닫혀 있었다면 창문이 사진에 찍힐 리 없다.

"결론부터 말할게."

나는 마커를 뽑아 들었다.

"난 나카사코와 쿠루메가 찍힌 장소가 하루하라네 방이 아니라고 생각해. 더 정확히 말하면, 사진이 찍힌 장소는 키무라네 방 아이들이 빠져나가 무인 상태가 된 메지로와 텐케네 방이었어."

—'나카사코와 쿠루메는 메지로와 텐케네 방 툇마루에 있었다'.

내가 마커 뚜껑을 다시 닫자 와카구레는 눈살을 찌푸리며 말했다.

"……메지로와 텐케네 방? 거기에는 아무도 없었다고 아까 네가 말했잖아."

"미라사카네 방 아이들이 눈치채지 못했을 뿐이야. 걔네가 방에 들어와서 불을 켰을 때 나카사코와 쿠루메는 툇마루에 있었어. 누구나 한 번쯤 겪어 봤을 거야. **밝은 곳에서는 어두운 곳이 잘 안 보이는 거.** 불을 켰을 때 아마 장지문에는 그림자도 비치지 않았을걸.

하지만 반대로 어두운 곳에서 찍은 이 사진에는 미라사카네 방 아이들의 그림자가 선명하게 찍혀 있어.”

—여자동 창문에서 줌 기능으로 촬영했는지 화질이 다소 거칠지만, 뒤쪽 장지문에 남자 그림자가 비치는 게 보인다.

“이 사진은 바로 미라사카네 방 아이들이 꽃병을 바꿔치기하러 온 순간을 찍은 사진이었어. 아마 불이 켜지며 메리가키와 유노시마의 눈에 띄었겠지.”

“…….”

와카구레는 말없이 내가 들이민 사진을 노려봤다. 여유가 점점 사라지는지 겉치레 같은 미소도 희미해지고 있다.

그 후 와카구레는 자기 스마트폰으로 반 단체 채팅방 메시지를 훑기 시작했다. 입가에 손을 얹고 한참 생각하더니 “있잖아, 이로하” 하고 입을 열었다.

“그 이야기에는 허점이 있어.”

“허점? 어떤?”

“메리가키와 유노시마가 나카사코와 쿠루메의 사진을 찍은 시간이 밤 10시 37분. 하루하라와 니시미야, 그리고 창문이 비치는 사진이 찍힌 시간은 밤 10시 33분. 여기에는 4분의 시간 차가 있잖아.”

와카구레가 마커를 꺼냈다.

“방금 넌 별다른 근거도 없이 하루하라와 니시미야를 찍은 게 키무라네 방 아이들 중 누군가일 거라고 했는데, 실제로는 나카사코와 쿠루메가 찍었을 가능성도 있지 않을까? 10시 33분에 나카사코와 쿠루메가 하루하라와 니시미야의 사진을 찍은 후 키무라네 방 아이들이 몰려와서 툇마루로 도망쳤을 수도 있지. 그리고 10시 37분에 메리가키와 유노시마에게 그 모습이 찍혔다면 앞뒤가 딱 맞지? 장지문에 비친 그림자는 분명 니시미야 정도였을 거고."

—'나카사코와 쿠루메는 하루하라네 방 툇마루에 있었다'.

반론을 다 적은 뒤 와카구레는 뚜껑 없는 마커를 내게 들이밀었다.

"10시 33분부터 37분까지. 이 4분 동안 키무라네 방 아이들이 들어왔을 가능성, 정말 없다고 할 수 있을까?"

"할 수 있어."

내가 즉시 대답하자 눈앞의 마커가 움찔 떨렸다.

"키무라네 방 아이들이 방을 옮긴 시간이 언제인가. 그것만 명확히 하면 돼. 키무라네 방 아이들의 목적을 고려하면 순찰이 끝난 소등 시간 이후 최대한 빨리 움직이는 게 유리해. 그리고 그렇게 생각하면 마침 적절한 시간대에 이런 증언이 있었어."

—야~ 오타쿠들, 너희 한밤중에 뭐 해? - 오후 10:10

"밤 10시 10분에 채팅방에 올라온 유노시마의 메시지야. 오타쿠들은 당연히 메지로와 텐케네 방 아이들을 가리키는 거겠지. 이때 메지로와 텐케네 방 아이들은 유노시마네 방 바로 옆방에 있었어. 당연히 소리를 죽이고 있었을 거야. 바로 옆방에 남자아이들한테 엄격한 반 남자 조약 기구 애들이 있었으니까. 그럼 유노시마는 뭘 보고 이런 메시지를 보낸 걸까?"

귀로 들은 게 아니라면, 그건.

"눈으로 본 거지."

―아니, 불 켜져 있잖아. - 오후 10:11

―꺼졌다ㅋㅋ - 오후 10:12

"유노시마는 방이 바뀐 걸 몰랐어. 메지로와 텐케네 방을 보며 불이 켜져 있는 걸 발견하고, 걔네가 일어나서 뭔가 하고 있다고 생각한 거야. 하지만 실제로 그 방에 있었던 사람은 키무라네 방 아이들이었어. 그리고 걔네가 있는 방의 불이 꺼졌다는 건……."

방을 나갔다.

그곳에서 잠들었을 가능성이 없는 이상 그게 가장 타당한 해석이다.

"채팅방에는 메시지가 올라온 시간이 정확히 기록돼 있어. 키무라네 방 아이들이 불을 끈 건 10시 12분. 하루하라와 니시미야의 사진을 찍기 20분 전이야."

그 하루하라와 니시미야의 사진을 찍었을 때 키무라네 방 아이들은 하루하라네 방에 있었다.

그때 키무라네 방 아이들과 같은 공간에 있지 않았을 쿠루메는 툇마루에 없었다.

다시 말해 다른 방으로 옮겨 갔다는 뜻이다.

"그 두 사람의 성격상 누군가 있는 방에는 들어가기 어려웠을 거야. 아무도 없는 메지로와 텐케네 방이 몸을 숨기기에 최적의 장소였겠지. 이상의 사실들로 네 반론은……."

나는 내 마커를 꺼내.

슥! 하고.

'나카사코와 쿠루메는 하루하라네 방 툇마루에 있었다'라는 문장에 취소선을 그었다.

"부정할 수 있어."

세 번째 추리가 완성됐다.

남자동의 이방인이 숨어든 방의 진실이 드러났다.

"……역시 대단하네."

와카구레는 자신의 반론이 부정된 것을 보고 옅은 미소를 지으며 말했다.

"내가 무슨 말을 해도 다 꿰뚫어 보고 있구나. 자명한 이치라……. 아, 그래. 인정할 수밖에 없네. 대단해, 넌. 하지만 아직 본론에 들어가지는 않았지? 넌 린네의 증언을 입증하겠다고 했어. 메리가키와 유노시마가 화장실 앞에 있었다는 그 증언을. 그런데 지금까지는 무턱대고 아무 상관도 없는 사람들의 사생활을 마구 파헤치기만 하고……."

"모르겠어?"

나는 마커 뚜껑을 닫지 않았다.

"**연결된 거야,** 바로 지금."

"……연결됐다니……?"

"자, 오래 기다렸어. 지금부터 네가 원하는 본론이야."

수수께끼 풀이는 연속된다.

추리가 허구에 길을 만들며 진실로 이끈다.

허구와 현실을 명확히 가른다.

“메리가키와 유노시마가 찍은 사진은 하루하라네 방이 아닌 메지로와 텐케네 방에서 찍힌 사진이었어. 자, 그럼 이 사진은 어디서 찍은 걸까?”

하루하라네 방은 메리가키네 방 바로 맞은편에 있다. 마침 나무가 끊긴 자리에 있어서 여자동에서 남자동 창문을 찍는 것도 충분히 가능했을 것이다.

하지만 메지로와 텐케네 방은.

그보다 한 칸 북쪽에 있는 메지로와 텐케네 방은.

나는 마커로 선을 그었다. 메리가키네 방 창문에서 메지로와 텐케네 방 창문을 향해, 여자동에서 남자동을 비스듬히 가로지르도록.

하지만.

도중에 마커의 펜촉이 멈췄다. 와카구레가 그린 나무 그림에 부딪혔기 때문이다.

**“메리가키네 방에서는 이 나카사코와 쿠루메의 사진을 찍을 수 없어.”**

“앗……!”

와카구레가 눈을 부릅떴고, 린네는 입을 벌렸으며, 방청객들 사이에서 당황한 기류가 퍼졌다.

그런 반응을 무시하고 나는 추리를 이어 갔다.

메리가키네 방에서는 사진을 찍을 수 없었다. 그렇다면 찍을 수 있었던 곳은?

딱 맞는 장소가 하나 있다.

나는 여자동 화장실 앞 창문에서 선을 그었다.

메지로와 텐케네 방에 닿을 때까지 선은 그 무엇에도 가로막히지 않았다.

"나카사코와 쿠루메의 사진을 찍을 수 있었던 곳은 여기밖에 없어."

나는 여자동 화장실 앞 공간에 마커로 원을 그렸다.

"메리가키와 유노시마는 분명 여기 있었던 거야. 사진을 찍은 순간만이 아니야. 아까 키무라네 방 아이들이 방을 옮겼을 때 전등 불빛 이야기를 했지. 그걸 목격할 수 있었던 곳도 이 창문밖에 없어. 즉, 그 시간, 그러니까 10시 10분에는 확실히 이 자리에 있었던 거야."

나는 결론을 써 내려갔다.

바로 이것이 네 번째 거짓말.

—'메리가키와 유노시마는 10시 10분 이후에 여자동 화장실 앞에 있었다'.

돌아왔다.

린네가 자신의 기억에 기반해서 주장한 증언으로.

그걸 뒷받침해 줄 근거는 지금까지 쌓아 온 모든 추리.

내가 스스로 밝힌 거짓말에서 이 진실까지 모두 추리로 연결된 것이다.

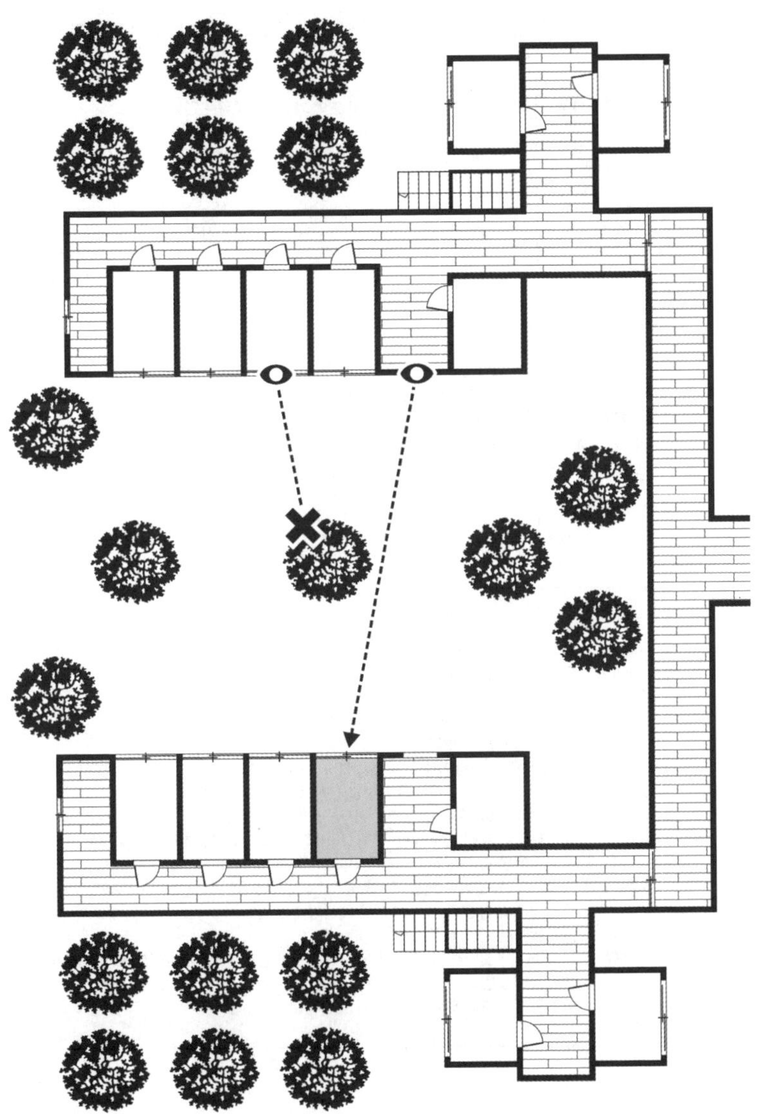

이로하의 추리에 따른, 사진 촬영 당시 1학년 7반 아이들이 있던 곳

| 문화부 합중국 | 화려한 여학생 왕국 | 반 남자 조약 기구 | 오타쿠 연합 |
|---|---|---|---|
| 호사카 토코<br>리쿠하타 칸나<br>이가라시 아카리<br>+<br>**아웃사이더<br>인민 공화국<br>(여자)**<br>로쿠사이도 준노<br>+<br>와카구레 스유 | 세노 마나미<br>츠루미 도로시<br>시라베 쿄카<br>+<br>코가미네 아이 | 아이우라 사치<br>사이토 키라라<br>후쿠하라 미라이 | 메지로 케이타로<br>오이시 킨지<br>테시가와라 야마토<br>스즈카 렌<br>텐케 사이카 |

**낙오자 자치국**
메리가키 치사토
유노시마 루이자

| 운동부 제국 | 의식 높은 수장국 연맹 | 연애지상주의 공국 (남자) | 아웃사이더 인민 공화국 (남자) |
|---|---|---|---|
| 타지마 유스케<br>젠코지 아키히토<br>미라사카 료마<br>코고오리 아키라 | 카와구치 쿠라마<br>토조 카이리<br>하다테 후지나리 | 하루하라 우루시<br>니시미야 코다이<br>+<br>**연애지상주의 공국<br>(여자)**<br>키무라 리코<br>야카베 유나<br>마루오 히마리<br>노나카 메이 | 쿠루메 소타<br>나카사코 소라 |

|  |  |
|---|---|
| 21:36 | 이로하가 남자동에서 출발 |
| 21:46 | 이로하가 여자동에 도착 |
| 21:57 | 만조 |
| 22:00 | 소등 시간. 그 직후 선생님이 인원 확인을 위해 순찰(남자동 확인은 느슨한 편) |
| 22:10 | 방파제에 파도가 부딪치는 소리가 발생(와카구레가 증언) |
| 22:11 | 린네가 보낸 '곶감이네. 시와 잎, 섰나요?' 라는 메시지가 이로하에게 도착 |
| 22:20 | 젠코지가 '운동부 제국' 베개 싸움 상황을 찍은 사진을 단체 채팅방에 올림 |
| 22:32 | 메지로가 '오타쿠 연합' 5명(텐케 사이카 포함)이 모인 사진을 단체 채팅방에 올림 |
| 22:33 | 하루하라가 자신을 포함한 '연애지상주의 공국(남자)' 2명의 사진을 단체 채팅방에 올림 |
| 22:34 | 와카구레가 '문화부 합중국' 3명과 '아웃사이더 인민 공화국(여자)'의 로쿠사이도 준노와 자신이 모인 사진을 단체 채팅방에 올림 |
| 22:35 | 여자동에서 남녀가 목격됨 |
| 22:37 | 메리가키가 툇마루에 있는 '아웃사이더 인민 공화국(남자)' 2명의 사진을 단체 채팅방에 올림 |
| 22:51 | 이로하가 남자동에 도착 |

"……미안하지만 잠깐만."

하지만 와카구레 스유가 아직 남아 있다.

이토록 논리를 쌓아 올렸는데도 와카구레 스유가 아직 눈앞을 가로막고 있다.

"사실 아까 린네와 이야기할 때는 말 안 했는데…… 지금 네 말은 '메리가키와 유노시마가 10시 10분 이후 **계속** 화장실 앞에 있었기 때문에 로쿠사이도의 증언은 거짓이다'라는 거잖아?"

"그런데?"

"적어도 10시 10분에 메리가키와 유노시마가 화장실 앞에 있었다. 또 나카사코와 쿠루메의 사진을 찍은 10시 37분에도 화장실 앞에 있었다. 거기까진 알겠어. 그런데."

와카구레가 마커를 뽑아 들었다.

"그 사이에 단 한 번도 방에 돌아가지 않았다는 보장은 없지 않아?"

―'메리가키와 유노시마는 로쿠사이도가 오기 전에 한 번은 방에 돌아갔다'.

"메리가키와 유노시마가 한 번 방으로 돌아갔다가 다시 화장실 앞에 온 거야. 로쿠사이도는 메리가키와 유노시마가 마침 방으로 돌아간 사이에 화장실에 간 거고. 그렇게 생각하면 증언이 모순되지 않지? 물론 명확한 근거는 없지만 가능성은 남아 있잖아. 로쿠사이도가 화장실에 있었던 시간은 약 3분. 역산하면 방을 나선 건 10시 14분쯤이 되겠네. 반면, 메리가키와 유노시마가 화장실 앞에 있었다고 확실히 말할 수 있는 시간은 단체 채팅방 대화가 오간 10시 12분 정도까지지? 그렇다면 2분 정도 여유가……."

"메리가키라면 그럴 수도 있겠지."

의미심장한 내 발언에 와카구레는 부드러운 미소를 머금은 채 눈살을 찌푸렸다.

"……그게 무슨 뜻이야?"

"함께 있었던 유노시마가 문제야. 어제 아침 오이카리 선생님의 설명 중 나온 이야기 속에 이런 대화가 있었던 걸 난 기억하고 있어."

―야, 메리가키, 유노시마, 너희는 아니겠지?

―아니래도.

―아이우라, 무서워…….

―봐, 유노시마가 겁먹었잖아. 얘, 정학당한 이후 멘탈 나가서 요새는 조금만 혼나도 바로 도망치려고 한다니까.

―……알겠어, 어쨌든 두 번은 없으니까.

"조금만 혼나도 바로 도망치려고 한다.' 이 말에서는 이런 추측이 가능해. 메리가키와 유노시마가 방을 나간 건 아이우라에게 혼났기 때문이다. 아이우라는 평소에는 얌전하지만 화날 때는 버럭하는 습관이 있으니까."

"……."

"그리고 '두 번은 없으니까.' 이 말은 반대로 **처음, 즉 첫 번째는 있었다**는 말이 되기도 하겠지? 지금까지 나온 추리를 보면 메리가키와 유노시마가 소등 이후 방을 나간 건 명백하니 아이우라가 그 일을 두고 한 말이라고 추측할 수 있어. 그게 **첫 번째**라면…… 두 번은 없다. 두 번째는, **아직** 없다."

"……."

"**단 한 번이었던 거야.** 메리가키와 유노시마가 방을 나간 건 한 번뿐이었다."

"……."

"와카구레, 설마 몰랐다고는 안 하겠지? 지금 유노시마가 어떤 상태인지…… 반의 '엄마'라는 네가 말이야."

네가 '낙오자 자치국 소속' 따위라고 멸칭을 붙인 유노시마 루이자의 상태를.

네가 부추겨서 커닝 누명 사건의 주범이 된 유노시마 루이자의 상태를.

모를 리 없겠지. '엄마'잖아?

"불빛을 봤다는 증언이 메리가키와 유노시마가 10시 10분에 화장실 앞에 있었다는 걸 입증한다. 나카사코와 쿠루메를 찍은 사진이 메리가키와 유노시마가 10시 37분에도 화장실 앞에 있었다는 걸 입증한다. 그리고 다음 날 아침 메리가키와 아이우라의 증언이 그 사이 두 사람이 한 번도 방으로 돌아가지 않았다는 것을 입증한다."

와카구레 스유는 입을 열지 않았다.

멈춰 버린 컴퓨터처럼 그대로 굳어 있다.

"이상의 사실로 인해 네 반론은……."

나는 마커를 꺼내.

슥! 하고.

‘메리가키와 유노시마는 10시 10분 이후에 여자동 화장실 앞에 있었다’에 취소선을 그었다.

“부정할 수 있어.”

네 번째 추리가 이로써 완성됐다.

린네가 증언한 여자동 화장실 앞의 진실이 밝혀졌다.

“사후 관리를 철저히 해야 했어. 평소 아무리 제멋대로인 사람이어도 섬세한 부분은 있기 마련이니까.”

가면이 벗겨졌다.

친절한 ‘엄마’인 척하며 진실로부터 눈을 계속 돌려 온 어릿광대의 얄팍한 가면이.

“로쿠사이도는 거짓말을 했어. 걔가 아무도 만나지 않았다고 한 화장실 앞에는 메리가키와 유노시마가 있었지. 게다가 로쿠사이도는 창문 자물쇠가 잠겨 있다는 것도 알았어. 원래는 전통에 따라 열려 있어야 할 창문 자물쇠가 말이야. 이 사실이 의미하는 건 단 하나. 로쿠사이도는 화장실에 가지 않았지만 창문 앞에는 갔다. **오직 창문에만 볼일이 있었던 거지.** ……다른 해석은 불가능해. 예를 들어 밖에서 온 누군가를 맞으러 갔다든가.”

내가 말했지? 와카구레.

할 수 있다고.

증거를 제시하고 근거를 붙여 객관적이고도 논리적으로 증명할 수 있다고.

이래도 못 할 것 같아?

거짓말이라고 생각해?

"와카구레."

나는 마커 뚜껑을 닫고 와카구레 스유에게 선언했다.

"린네는…… 거짓말을 하지 않았어."

"……아핫."

얼어붙은 시간을 녹이듯 와카구레는 희미하게 웃었다.

"정말이네. 정말이구나. 거짓말을 안 했구나. 미안, 내가 틀렸던 것 같아."

"……?"

순순히 잘못을 인정하는 와카구레의 모습에 나는 도리어 경계심을 느꼈다.

와카구레는 웃고 있지만 그 눈빛은 텅 빈 동공 같다.

끝을 알 수 없을 정도로 어둡고 깊은, 당장에라도 빨려 들어갈 것 같은 깊고 깊은 나무의 동공.

"근데 말이지. ……이게 대체 무슨 이야기야?"

"……뭐?"

"로쿠사이도가 화장실에 갔다는 건 거짓말이었다. 창문 자물쇠를 확인했다는 것도 거짓말이었다. 그건 곧 창문 쪽에 다가간 사람이 없었다는 우리 증언도 의심스럽다는 뜻이다. 그러니 텐케는 별 어려움 없이 여자동에 들어올 수 있었다. 무슨 말을 하려는지는 알겠어. 그런데 그건 대체 **누구의 주장**이야?"

와카구레의 공허한 눈동자는 나를 보고 있지 않다.

그 뒤에 있는.

아케가미 린네를 향하고 있었다.

"나도 들은 적 있어. 린네는 늘 '범인은 누구누구다'라고 바로 말해 버린다며? 이후에 네가 설명을 덧붙이고, 상담실에서도 그런 식으로 문제를 해결한다고 하더라. ……이번에도 그렇지? 처음에 린네는 텐케가 범인이라고 했고, 네가 거기에 설명을 덧붙였어. 그 걸 내가 반박하니 이번에는 린네는 로쿠사이도를 범인이라고 했 어. 그건 아마 로쿠사이도가 거짓말을 했다는 뜻이겠지? 그리고 방금 네가 거기에 다시 설명을 붙인 거고."

그 말이 맞다.

내가 직접 들은 건 아니지만 린네가 로쿠사이도를 지목했다면 이건 별개의 수수께끼로 간주해야 한다.

텐케가 범인인 것은 '여자동에 침입해서 목격된 남자는 누구 인가?'라는 수수께끼.

로쿠사이도가 범인인 것은 '거짓 증언을 하며 텐케를 지키려 고 한 사람은 누구인가?'라는 수수께끼.

이 두 가지가 맞물리며 그날 텐케와 로쿠사이도가 몰래 만났 다는 진실이 실체를 드러냈다.

"……그렇다면."

와카구레는 마지막 반론을 꺼냈다.

"이건 원래 린네의 추리라는 말이잖아. 넌 그걸 대신 설명했을 뿐이고."

우리 입장에서는 이제 와서 새삼스러울 것도 없는 말.

하지만 그걸 와카구레가 입에 올렸다는 점에 나는 형언할 수 없는 오싹함을 느꼈다.

"있지, 이로하. 그건 곧 알고 있었다는 뜻이지?"

"……뭐?"

"방금 그 추리의 시작. 그러니까 네가 여자동에 숨어 있었다는 걸 린네가 처음부터 알고 있었다는 뜻이잖아?"

……뭐?

"내가 여자동에 있었다는 건 린네한테 이야기했어. 그걸 바탕으로 추리하면……."

"아니지. 아니야, 이로하. 정말 다 이야기했어? 언제 어디에 있었는지, 누구와 있었는지까지 모조리 솔직하게 린네에게 이야기한 거야? ……안 했잖아?"

"……큭."

말하지 않았다.

코가미네가 나를 숨겨 줬다는 건 말했다. 하지만…… 함께 벽장 안에 숨어 당사자인 린네의 눈을 속였다는 것까지는 말하지 않았다.

"그걸로 린네는 정말 믿을 수 있었을까? 네 말을 곧이곧대로 받아들여서 추리의 전제로 삼을 수 있었을까? 수상하네, 수상해. 바로 조금 전까지 티격태격한 사이인데 그렇게 쉽게 믿을 수 있다고?"

이 자식! 대체 어디까지……!

와카구레는 마커를 꺼내 마치 승리를 선언하듯 말했다.

"넌 설명해야 해. 린네가 네가 여자동에 있었다는 걸 분명히 알았다는 증명을! 증거를 대고 근거를 붙여서! 객관적이면서도 논리적으로 말이야!"

—'린네는 이로하가 여자동에 있었다는 걸 몰랐다'.

모든 것을 뒤엎는 반론이다.

추리의 근간을 한순간에 잘라내는 건곤일척의 반격이다.

일격 필살. 하지만 그렇기 때문에 최후의 수단.

와카구레 스유에게 남은 최후이자 최강의 패인 건 명백했다.

이것만 부정할 수 있다면.

이것만……!

"역시 못 하는 걸까?"

와카구레 스유는 고개를 갸웃하며 말했다.

"이렇게 본질적인 부분을 입증 못 한다면 역시 네 말은 엉터리 추측에 불과해. 복잡한 논리로 혼란스럽게만 할 뿐. 다들 이해 못 할 말을 쉴 새 없이 늘어놓으며 마치 신빙성 있는 것처럼 포장했을 뿐이라는 뜻이야. 다들 동의하지?"

와카구레는 방청객처럼 침묵하고 있던 반 친구들을 돌아보며 부추기듯 소리쳤다.

지금까지 조용히 있던 그들은 서로 눈치를 보며 당황한 표정을 지었지만 서서히, 아주 서서히 반 리더의 질문에 대답하기 시작했다.

"흐음, 그게……."

"솔직히 무슨 말을 하는지 잘 이해가 안 되긴……."

"네 말을 듣고 보니 그런 것도 같네."

"이로하도 반박을 못 하는 것 같고……."

"거 봐! 안타깝지만 이게 다수의 목소리야, 이로하, 넌 지금 뭔가 착각하는 것 같은데, 교실은 법정이 아니야. 법을 지키기 위한 공간이 아닌, 모두가 즐겁고 행복하게 지내기 위한 공간이라는 말이야. 그러니 괜한 마찰을 일으키지 않았으면 좋겠어. 고집부리지 말고 모두를 위해 조금만 더 생각해 보자. 다 함께 즐겁게 지내려면 조금은 참는 것도 필요하잖아? 이번에 네가 한 행동은 괜히 반 분위기만 흐리는 이기적인 행동이었어. 모두에게 민폐였다는 걸 알겠지? 자, 이로하. 어서 미안하다고 해. 나도 함께 사과해 줄게. 그럼 다들 웃으며 용서해 줄 거야."


"제가 대답하겠습니다."


와카구레의 말을.

반 친구들의 시선을.

모조리 차단하듯 아케가미 린네가 앞으로 나섰다.

“······린네······?”

나는 린네의 검은 머리와 어깨에서 나부끼는 케이프를 멍하니 바라봤다.

린네는 한 치의 망설임도 없이 당당하게 와카구레 스유와 마주 섰다.

“이로하 씨. 고마웠습니다. 제 추리를······ 추리해 주셔서.”

와카구레를 똑바로 응시하며 아케가미 린네는 마치 선언하듯 말했다.

“당신은 제가 옳다는 걸 입증해 주셨어요. 그러니 여기서부터는 제가 할게요. 제가 정말 추리할 수 있었는지 아닌지를 밝히는 논의라면 제가 직접 대답하면 되겠죠. 제가 제 추리를 추리하면 끝나는 일이에요.”

“······아핫.”

와카구레는 조용히 웃으며 린네의 눈동자를 들여다봤다.

“미안한데 정말 할 수 있겠어? 나, 알고 있어. 지금껏 넌 ‘범인이 누구다’라고만 하고 나머지는 전부 이로하에게 떠넘겨 왔다는 거. 아까 그 추리도 솔직히 이로하와 비교하면 한참 부족했는데, 정말 할 수 있다는 거야? 추리처럼 어려운 일을. 네가.”

“**자명한 이치**입니다.”

린네는 내 손에서 마커를 빼앗아 들었다.

“이로하 씨가 몇 번이고 몇 번이고 알려 주셨으니까요. 제가 어떻게 추리를 하는지를.”

와카구레는 피식 웃으며 자세를 바로잡았다.

받아들이듯.

아케가미 린네의 도전을 받아들이듯.

"좋아. 그럼 들어볼까? 린네, 네 추리를."

린네는 고개를 끄덕이고 마커 뚜껑을 열었다. 그리고 화이트보드에 그려진 평면도 앞에 섰다.

정말 할 수 있겠어? 린네.

그 질문을 던지는 것 자체가 어리석게 느껴질 만큼 린네의 뒷모습은 확고한 결의로 가득 차 있었다.

"그날 밤 저의 행동을 처음부터 되짚어 보겠습니다. 시작은 밤 9시 56분. 반 채팅방에 올라온, 코가미네 씨가 사라졌다는 메시지였습니다. 스마트폰을 두고 어디론가 사라졌다는 그 메시지를 보며 저는 왠지 이상하다고 느꼈습니다."

"이상하다?"

"그날 아침 코가미네 씨는 분명히 말했습니다. '스마트폰은 화장실에도 욕실에도 가져간다'라고."

─스마트폰은 여고생의 필수품! 화장실과 욕실에도 들고 가는 몸의 일부니까!

확실히 버스에 타기 전에 코가미네는 그런 말을 했다. 그러니 방에 스마트폰이 그대로 남아 있는 건 이상한 상황이다.

"저는 생각했습니다. '항상 들고 다니는 스마트폰을 두고 갔다는 건, 스마트폰을 집을 여유도 없을 만큼 뭔가 급박한 일이 벌어진 게 아닐까?'라고요. 상대가 아무리 코가미네 씨여도 조금은 걱정이 되게 마련이죠."

린네는 마커를 움직여 자신이 묵는 교사용 방에서 복도를 따라 선을 쭉 그었다. 자신이 이동한 경로를 그대로 되짚어 가는 것이다.

"방을 나선 저는 그곳에서 마침 소등 시간 순찰을 하러 가는 선생님과 마주쳤습니다. 선생님께 주의를 듣고 객실 쪽으로 향하는 선생님의 뒷모습을 지켜봤죠. 복도에 선생님이 계신 상황에서 다른 방을 돌아다니기는 어려우니, 저는 우선 화장실을 확인해 보기로 했습니다. '급박한 일'이라고 했을 때 가장 먼저 떠오른 가능성은 갑작스러운 복통으로 급하게 화장실로 뛰어갔을 가능성이었으니까요."

린네가 긋는 선이 화장실 안쪽으로 들어간다.

"화장실 안을 조사하는 데는 대략 4, 5분 정도 걸렸던 것 같습니다. 칸막이 문 뒤쪽까지 꼼꼼히 살폈기 때문에 시간이 조금 걸렸죠. 결과적으로 화장실에는 아무도 없었습니다. 그 후 화장실을 나와 보니 코가미네 씨의 방 앞에서 선생님이 누군가와 대화하는 모습이 보였습니다. 바로 저기 계신 일본풍 미인 씨입니다. 선생님은 코가미네 씨가 사라진 것에 대해 캐묻는 느낌이었죠."

남자동은 비교적 느긋한 유즈시마 선생님이 맡았지만, 여자동은 조금 더 엄격한 선생님이 담당이었다. 방 불이 꺼져 있었어도 한 사람이 없는 걸 눈치챈 것이다.

“이때 일본풍 미인 씨는 ‘코가미네는 화장실에 갔어요’라고 선생님께 설명했습니다. 물론 전 그게 거짓말이라는 걸 바로 알 수 있었죠. 화장실에 아무도 없는 걸 방금 확인했으니까요. 하지만 선생님은 그 말에 일단 수긍하고 복도 가장 안쪽에 있는 방의 문을 열어 안을 확인했습니다. 이곳은 거짓말쟁이 씨, 바로 당신의 방입니다.”

“그래. 가장 안쪽 방은 우리 방이 맞아.”

“그 후 선생님은 복도 끝에 있는 뭔가로 시선을 옮기셨습니다. 창문 자물쇠를 확인하셨겠죠. 그리고 아마 이게 핵심인데, 그때 선생님은 창문에 손을 대시지 않았습니다. **눈으로만 보셨죠.** 제가 본 바로는 확실합니다.”

눈으로만 봤다.

만약 자물쇠가 풀려 있었다면 손으로 잠갔을 테니 눈으로만 봤다면 그 시점에 창문은 잠겨 있었다는 뜻이다. 그리고 그건 당연하다. 그 자물쇠는 다름 아닌 내가 여자동에 들어갈 때 잠근 것이니까.

“그 후 선생님이 왔던 길을 되돌아가셨기에 전 일단 화장실에 들어가 몸을 숨겼습니다. 선생님은 일본풍 미인 씨의 말을 그대로 믿으셨는지 화장실 안에 들어와 칸막이에 숨어 있는 저에게 말을 거셨습니다. 저를 코가미네 씨로 착각한 겁니다.”

“덕분에 시라베의 거짓말이 들키지 않은 셈이네. 멋진 협동 플레이야.”

"선생님이 가신 뒤에 저는 곧장 화장실을 나왔습니다. 그게 10시 5분입니다."

확실히 그 무렵이었다. 나와 코가미네가 세노를 비롯한 같은 방 아이들에게 발각된 시간이.

"저는 복도를 따라 걸어 우선 가장 끝에 있는 창문 앞으로 갔습니다. 선생님의 행동이 신경 쓰였으니까요."

세로로 뻗은 객실 앞 복도를 마커 끝이 가로지른다.

"그리고 거기서 창문 자물쇠가 잠겨 있는 걸 확인했습니다. 창문을 열어 보기도 했지만 곧 다시 닫고 자물쇠를 채웠죠. 바로 그때 조금 마음에 걸리는 게 있었습니다."

"마음에 걸리는 거?"

"1층 복도 끝 창문은 전통적으로 열어 두는 관례가 있다는 이야기는 저도 들었습니다. 그런데 실제로 창문은 선생님이 확인하시기 전부터 잠겨 있었습니다. 그럼 대체 누가 그걸 잠근 걸까요?"

그렇군. 거기서 내 흔적을 감지한 거였나!

"이로하가 잠갔다는 말을 하고 싶은 거야?"

와카구레가 조금 어이없다는 듯이 웃으며 말했다.

"확실히 이로하는 문단속 같은 걸 유난히 신경 쓸 타입이기는 하지만, 창문 자물쇠를 채우는 건 누구든 할 수 있어. 그것만으로 이로하가 여자동에 있었다는 증거는 안 돼."

"저도 압니다. 하지만…… 아마 그게 계기가 됐던 것 같습니다."

린네는 1층 끝까지 그은 선을 다시 되돌렸다.

"저는 창문 앞을 떠나 코가미네 씨의 방을 찾았습니다. 그리고 거기서 뜻밖의 일이 벌어졌죠. 코가미네 씨가 아무렇지 않게 방 안에 있었던 겁니다."

응?

잠깐. 그 흐름이라면…….

"여기서도 저는 이상함을 느꼈습니다. 코가미네 씨가 방에 있었다면 선생님에게 지적받을 일이 없었겠죠. 그러니 선생님이 오셨을 때는 분명 방 안에 코가미네 씨의 모습이 보이지 않았어야 합니다. 그리고 그건 동시에 선생님이 떠난 이후에 코가미네 씨가 돌아왔다는 뜻이 됩니다."

"린네! 그건……."

"네. 알고 있습니다, 이로하 씨. 아니, 정확히 말하면 이제야 깨달았습니다. 그때는 그저 막연한 위화감만 들었지만 이렇게 되짚어 보니 **코가미네 씨가 그 방에 있었을 리 없다**는 것을요."

방청객들 사이에서 술렁임이 퍼졌다.

이렇게 순서대로 행동을 되짚어 보니 그것은 명백한 모순이었다.

"제가 방 앞 복도, 그러니까 방에 누가 드나드는 걸 확인하지 못한 시간은 화장실에 들어가 있던 짧은 시간뿐입니다. 처음 4, 5분 동안은 선생님께서 순찰 중이셨고, 두 번째는 선생님이 떠난 직후 곧장 화장실에서 나왔습니다. 어느 쪽이든 코가미네 씨가 어디선가 돌아와 방에 들어갈 새는 없었습니다."

그렇다면 떠올릴 수 있는 가능성은 하나.

"코가미네 씨는 처음부터 방 안에 있었던 겁니다. 그리고 그 사실을 같은 방을 쓰는 사람들에게도 알리지 않았습니다. 즉, 숨어 있었던 겁니다."

오싹한 소름이 팔을 훑고 지나갔다.

다가오고 있다.

나와 코가미네, 그리고 세노네 방 아이들만 알고 있던 진실에 린네가 다가오고 있다.

"흐음……. 뭐, 거기까지는 나도 동의해. 하지만 린네, 그걸로는 아직 부족한 것 같아. 코가미네가 정확히 어디 숨어 있었는지 모르고, 무엇보다 아직 이로하의 존재는 눈치채지 못했잖아."

"저도 압니다. ……아마 어딘가에, 어딘가에 단서가 있을 겁니다. 그래서 전 코가미네 씨의 방을 찾았을 때 제가 거기서 본 것들을 기억나는 대로 적어 보려고 합니다."

내가 추리할 때처럼 린네는 평면도 옆에 기억 속 정보를 하나씩 꺼내 항목별로 적기 시작했다.


* 흐트러진 네 사람 몫의 이불
* 장지문이 열려 있던 빈 툇마루
* 닫힌 벽장
* 같은 방을 쓰는 듯한 노란 머리 사람
* 마찬가지로 같은 방을 쓰는 듯한 이국적인 느낌의 사람

* 신발 네 켤레가 널브러진 바닥

* 그 주변에 흩어진 젖은 모래


"그렇군요…… 그렇군요……."

직접 써 내려간 일곱 가지 단서를 보며 린네는 몇 번이고 그렇게 중얼거렸다.

"방 안에서 사람이 숨을 만한 장소는 두 곳. 하나는 지금까지도 언급된 창가의 툇마루입니다. 장지문을 닫으면 사람이 숨을 수 있죠. 하지만 제가 봤을 때 그 장지문은 활짝 열려 있었고 툇마루에는 아무도 없었습니다."

"린네, 지금 무슨 소리를 하는 거야?"

와카구레가 어이없다는 듯이 피식 웃었다.

"코가미네는 이미 모습을 드러냈잖아? 어디에도 숨어 있지 않았잖아? 그럼 툇마루가 비어 있는 건 당연하지."

"아, 그렇군요 ……맞네요. 그렇구나……."

린네는 고개를 숙이고 마커 끝으로 이마를 연신 톡톡 두드렸다.

아니야, 린네! 거기가 아니야! 다른 곳이야! 사고방식을 바꿔야 해!

나에게는 이미 린네가 다다랐을 추리가 꽤 명확한 윤곽을 드러내고 있었다.

하지만 끼어들 수 없다.

필사적으로 추리를 쌓아 올리는 저 뒷모습에 무례하게 말을 보텔 수 없다.

린네는 지금 성장하려 하고 있다.

누군가의 입을 빌리지 않으면 아무것도 전하지 못했던 소녀가, 마침내 자기 힘으로 자신의 진실을 다른 사람들에게 전하려 하고 있다.

"……코가미네 씨만 있었다면 숨을 필요는 없다……. 코가미네 씨는 뭔가를 숨겼다……. 스스로 모습을 드러낸 이상, 자신이 숨어 있었던 건 부차적인 문제고……."

떠올려! 떠올리는 거야, 린네!

너와 내가 이미 한 번 겪었던 일이잖아!

"……앗!"

린네는 작게 외치고 다시 자신이 쓴 항목들을 봤다.

"한 명이 더 있었던 거네요."

"응? 그게 무슨 뜻이야?"

"제가 방을 찾은 시점에…… 숨어 있었던 겁니다, 한 명이 더."

……그래.

바로 그게 진실이야.

"바닥에 흩어진 젖은 모래"

린네는 항목 가장 아래 문장을 마커로 짚었다.

"저희가 체험 학습 일정상 바다에 다녀온 시간은 낮이었습니다. 하지만 이때는 이미 밤 10시를 넘겼죠. 낮에 묻어온 모래라면 이미 말랐어야 합니다."

"……아."

와카구레도 눈치챘다.

린네가 짚은 문장을 보며 웃는 가면에 금이 갔다.

**"이 젖은 모래는 그 직전에 해변을 걸었던 사람이 방에 있었다는 증거입니다."**

합숙소 뒤편의 작은 모래사장에 내려갔을 때 밀려온 파도 때문에 신발이 젖을 뻔했다.

그건 즉, 누군가가 바닷물에 젖은 모래사장을 신발로 밟았다는 뜻이고.

그 젖은 모래가 코가미네의 방 입구 바닥에 묻었다는 뜻이다.

"이 추리는 조금 전 그 창문 문제와 이어집니다."

린네는 혼잣말하듯 중얼거렸다.

"그 창문으로 들어온 남자가 이 방에 숨어 있었다는 뜻이죠."

그리고 그 장소는.

린네의 마커가 항목의 세 번째를 가리켰다.

"닫힌 벽장."

그곳밖에 없다.

장지문이 활짝 열려 있고 툇마루에 사람이 없었던 걸 확인한 이상 숨을 곳은 그곳뿐이다.

"……벽장에 숨어 있었던 사람이 이로하라는 거야?"

금이 간 가면을 쓴 채로 와카구레는 반격에 나섰다.

"꼭 그렇다고 할 수 없잖아. 다른 남자였을 수도 있지."

"코가미네 씨와 함께 숨어 있었던 사람은 이로하 씨 외에는 생각할 수 없습니다."

"네가 모를 뿐이지 코가미네에게 다른 친한 남자가 있을지도."

"그럴 리 없습니다. **전 압니다.**"

린네는 그렇게 말하고 고개만 살짝 돌려 현재 상황을 지켜보는 코가미네를 바라봤다.

"……그렇구나. 코가미네와 너 사이에 뭔가 **사적**인 일이라도 있었나 보네."

와카구레는 '사적'이라는 단어를 굳이 강조하며 말을 이었다.

"하지만 그걸 증명할 수 있을까? 객관적으로. 지금 바로 확인 가능한 증거를 동원해서 그때 숨어 있었던 사람이 이로하라는 걸 명확히 밝힐 수 있겠어?"

궤변이다! 여자동에 침입한 건 나 혼자였다고 자신이 직접 말해 놓고! 이제 와서 내가 아니라 다른 사람일 수 있다니, 대체 얼마나 뻔뻔한 걸까.

"네. 할 수 있습니다."

내가 참지 못하고 끼어들기 전에 린네가 단호히 말했다.

린네는 검은 머리카락과 케이프를 흩날리며 나를 향해 돌아섰다.

"이로하 씨. 이건 저와 당신만 아는 사실입니다. 하지만 지금이라도 충분히 확인할 수 있죠."

늘 그렇듯 담담한 표정으로.

하지만 평소보다 조금 부드러운 목소리로 린네는 말했다.

"남자동을 빠져나가시기 전에 저와 나눈 대화를 기억하시나
요?"

……대화?

남자동에 있었는데 무슨 대화를……. 아니, 잠깐.

나는 스마트폰을 꺼내 메신저 앱을 켰다.

열려는 것은 반 단체 채팅방이 아니다.

린네와의 개인 채팅방이었다.

—소등 시간이 되면 얼른 자. 나도 스마트폰 끄고 잘 거니까.

"……아."

너무 늦게 깨달았다.

그렇다. 나는 치명적인 실수를 저질렀던 것이다.

"전 코가미네 씨 방에 다녀오고 제 방으로 돌아가 이로하 씨에
게 메시지를 보냈습니다. 아마…… 확인하려고 했겠죠."

—곶감이네. 시와 잎, 섰나요?

"이로하 씨 입장에서는 무슨 뜻인지 알 수 없었을 겁니다. 당
연해요. 전 아직 일반적인 문자 입력이 어려워서 음성 입력 기능을
사용하고 있으니까요. 그래서 가끔 오인식 때문에 이런 이상한 문

장이 만들어지곤 합니다. 하지만 이로하 씨, 지금의 당신이라면 무슨 뜻인지 이해할 수 있겠죠?"

……그래, 물론.

"네 음성 입력은 거센소리나 된소리가 예사소리가 되는 경향이 있어."

—머리에 까치집이 생겼어요.

—머리에 가지, 집이 생겼어요.

"거기에 매끄럽게 이어지는 소리를 굳이 일단 끊어서 별개의 단어로 인식하는 경우도 있지."

—잘 부탁드려요.

—잘 붓, 닦아드려요.

"심지어 모음으로 끝나는 소리에 제멋대로 받침을 덧붙여서 인식하는 경우도 있어."

—하면 되는 거예요.

—한 면 되는 거예요.

"이런 원인들로 인해 메시지가 왜곡됐다고 가정하면 첫 번째 원인 때문에 '까치집'이 '가지, 집'으로, 두 번째 원인 때문에 '부탁드려요'는 '붓, 닦아드려요'로, 그리고 세 번째 원인 때문에 '하면'이 '한 면'이 된 거야. 여기에 문맥에 따라 조금 달라진 부분도 있다고 가정하면…… 아마 원래 문장은 이거였을 거야."

—코가미네 씨와 있었나요?

"바로 이게 네가 스마트폰에 대고 했던 말일 거야, 린네."

린네는 꽃봉오리가 피듯 활짝 웃으며 말했다.

"정답입니다."

바로 알아차리지 못해서 미안.

이 정도 암호 해독은 널 파악하고 있다면 일상적인 수준이었
는데.

"이 메시지를 보낸 것 자체가 이로하 씨가 여자동에 있었다는
걸 제가 의심했다는 증거예요. 그리고 이 메시지에 이로하 씨가 1
분도 안 돼 답장을 보냈다는 것. 바로 그게 제가 확신을 가지게 된
증거입니다."

"그, 그게 무슨 말이야?"

와카구레는 더 이상 린네의 설명을 따라오지 못하고 있었다.

린네는 말했다.

"남자동을 빠져나가기 전에 이로하 씨는 메신저로 저에게 이
렇게 말했습니다. '소등 시간이 되면 얼른 자. 나도 스마트폰 끄고
잘 거니까'. 그런데 정작 소등 시간 이후에 제가 보낸 메시지에 바
로 답장을 했죠."

와카구레는 말없이 눈을 크게 떴다.

"스마트폰 전원을 끄지 않았던 겁니다. 끈다고 했는데도. 이
건 이로하 씨가 뭔가 비정상적인 상황에 놓여 있었다는 뜻이겠죠."

증거였다.

근거였다.

증명이었다.

객관적인, 추리였다.

“……이상의 사실로부터.”

린네는 마커를 쥐고.

“당신의 반론은…….”

화이트보드를 향해.

“부정할 수 있습니다.”

쓱! 하고.

린네는 ‘린네는 이로하가 여자동에 있었다는 걸 몰랐다’라는 문장에 취소선을 그었다.

다섯 번째 추리가 이로써 완성됐다.

여자동에 들어가 코가미네와 함께 벽장에 있었던 내 진실이 밝혀졌다.

“……아직 더 남았나요?”

추리를 마친 린네가 말없이 고개를 숙인 와카구레를 내려다 봤다.

“반박이 끝났나요? 다른 사람을 현혹시키는 달콤한 말은요? 거짓말이 이제 바닥났나요? 여기까지 왔으니 제가 끝까지 상대해 드리겠습니다. 당신이 포기하는 순간까지.”

“……있어.”

낮게 가라앉은 목소리.

와카구레가 천천히 고개를 들었다.

그 얼굴에 더는 반 아이들의 엄마 같은 다정한 미소는 없었다.

"있어. 있는걸. 있다니까. 지금 그거, 전부 너 혼자 주장하는 거잖아? 네가 뭘 보고 뭘 기억했는지 누가 알겠어?"

"제가 창문에 다가갔다는 건 당신이 직접 증언했습니다. 코가미네 씨의 방에 갔다는 건 일본풍 미인 씨와 코가미네 씨가 증명했고요. 그리고 채팅방 메시지는 당연히 스마트폰에 데이터가 남아 있습니다."

"그런 뜻이 아니야. 신뢰할 수 없다는 거야! 린네, 넌 거짓말을 했으니까!"

와카구레는 거칠게 마커 뚜껑을 열었다.

그리고 아마 마지막이 될 문장을 화이트보드에 적었다.

"'텐케를 봤다고 거짓말을 했다'. 내 말이 맞지? 린네, 넌 의혹을 풀기 위해 보지도 않은 걸 봤다고 거짓말을 했지? 다 알아! 왜냐면 그때 창문 밖에서 대화한 사람은 이로하랑 코가미네였으니까! 넌 그걸 봤는데도 텐케라고 거짓말을 했어! 그런 사람의 말을 어떻게 믿을 수 있겠어!"

최후의 저항이다.

이제는 반론이라고 할 수도 없다.

린네, 그리고 나도 와카구레의 보잘것없는 발악을 연민 어린 시선으로 바라봤다.

"그런 것도 눈치 못 채셨나 보네요."

"……뭐?"

와카구레는 얼떨떨한 얼굴로 린네를 마주 봤다.

"진실을 보려고 하지 않으니 그런 것도 눈치 못 채시는 겁니다. ……당신이 직접 그린 이 평면도, 이것만 봐도 알 수 있는데요."

린네는 다시 마커 뚜껑을 열었다.

와카구레 스유라는 허구의 괴물에게 마지막 일격을 가하기 위해.

"당신이 말한 이로하 씨와 코가미네 씨가 대화한 장소는 여기 입니다."

여자동 1층 안쪽 창문, 그 바로 바깥 부분을 동그라미로 표시한다.

"그건 적어도 제가 코가미네 씨의 방을 찾은 이후의 일입니다. 그 시점에 이로하 씨는 아직 벽장 안에 숨어 있었죠. 그럼 제가 그 장면을 목격할 수 있었던 건 창문에 다가갔을 때가 아닙니다. 그렇 다면 남은 가능성은 여기."

린네는 자신이 묵는 후요 선생님의 방을 동그라미로 표시했다.

"제가 묵는 방 창문에서 숲 너머로 본 겁니다. 바닷바람에 나 무가 흔들리면 시야가 잠깐 트일 수도 있으니까요. 하지만……."

린네는 후요 선생님의 방 창문에서 1층 안쪽 창문 바깥까지의 시선을 나타내는 선을 그렸다.

하지만.

그 선은 여자동의 왼쪽 벽에 가로막혀 도중에 멈춰 버렸다.

**"……제가 묵는 방 창문에서는 1층 안쪽 창문 바깥이 보이지 않습니다."**

부정할 수 없는 사실이다.

나와 분명 코가미네는 창문 밖에서 이야기했다.

하지만 그 모습이 린네의 눈에 보일 리 없었다.

"뭐……? 그, 그럼 넌 어디서 봤다는 거야? 텐케를 어디서 목격한 건데!"

"가능한 장소는 여기뿐입니다."

그렇게 말하며 린네가 동그라미로 표시한 곳은.

뒤쪽 모래사장에서 창문까지 이어지는 숲길의 왼쪽, 즉 숲 한복판이었다.

**"남녀가 여기에 숨어 있었죠.** 제가 본 건 바로 그들입니다."

"……숨어 있었다고……?"

린네가 고개를 끄덕였다.

"아마 이로하 씨와 코가미네 씨가 오기 전에 창문 밖에서 텐케 씨와 로쿠사이도 씨가 대화하고 있었을 겁니다. 그리고 이로하 씨와 코가미네 씨가 다가오자 텐케 씨와 로쿠사이도 씨는 황급히 옆 수풀에 숨어 그들이 떠나기를 기다렸고요. ……로쿠사이도 씨가 정확히 거짓 증언을 할 수 있었던 것, 그리고 당신이 이로하 씨와 코가미네 씨가 창밖에서 대화한 걸 아는 것도 그렇게 몸을 숨긴 채로 사건의 전말을 지켜봤기 때문일 겁니다."

"자…… 잠깐만. 그래, 순서는? 텐케와 로쿠사이도가 아니라 이로하와 코가미네가 먼저 창밖에 있었을 수도 있잖아! 이로하와 코가미네가 수풀에 숨었을 수도 있고! 그럼 네가 본 건 이로하와 코가미네가……."

"그럴 경우 텐케 씨와 로쿠사이도 씨는 이로하 씨와 코가미네 씨의 존재를 전혀 눈치 못 챘다는 뜻이 됩니다. 로쿠사이도 씨는 증언할 때 창문이 잠겨 있었다고 분명히 말했습니다. 여자동으로 돌아갈 때 창문을 잠갔을까요? 하지만 그럼 코가미네 씨가 여자동으로 돌아갈 수 없죠. 그리고 그 반대라면 여자동에 돌아온 사람은 코가미네 씨 혼자입니다. 코가미네 씨는 평소에도 조금 덜렁대는 편이니 창문을 잠그는 걸 깜빡했을 수도 있죠."

"그…… 그런 건 확실한 게 아니잖아! 텐케와 로쿠사이도가 둘 다 창문을 잠그는 걸 깜빡했을 수도 있어!"

"텐케 씨는 남자분치고는 체격이 꽤 작습니다. 거의 정면 위에서 본 다른 반 학생은 알아차릴 수 없었겠지만 옆에서 본 제 눈에는 분명히 보였습니다."

"그러니까 그런 건 너만의……."

"……아, 이제 됐어, 와카구레."

지겹다는 듯이 말한 사람은 나도, 린네도 아니었다.

세노 마나미.

코가미네와 같은 방을 쓰는 친구이자 나를 방에 숨겨 준 공범이 노란 머리를 긁적이며 말했다.

"자백할게. 이제 와서 숨겨 봐야 소용없을 것 같으니까. **이로하는 우리 방에 10시 40분쯤까지 있었어.** 그러니까 35분에 목격됐다는 사람은 이로하가 아니야. 다른 사람이야."

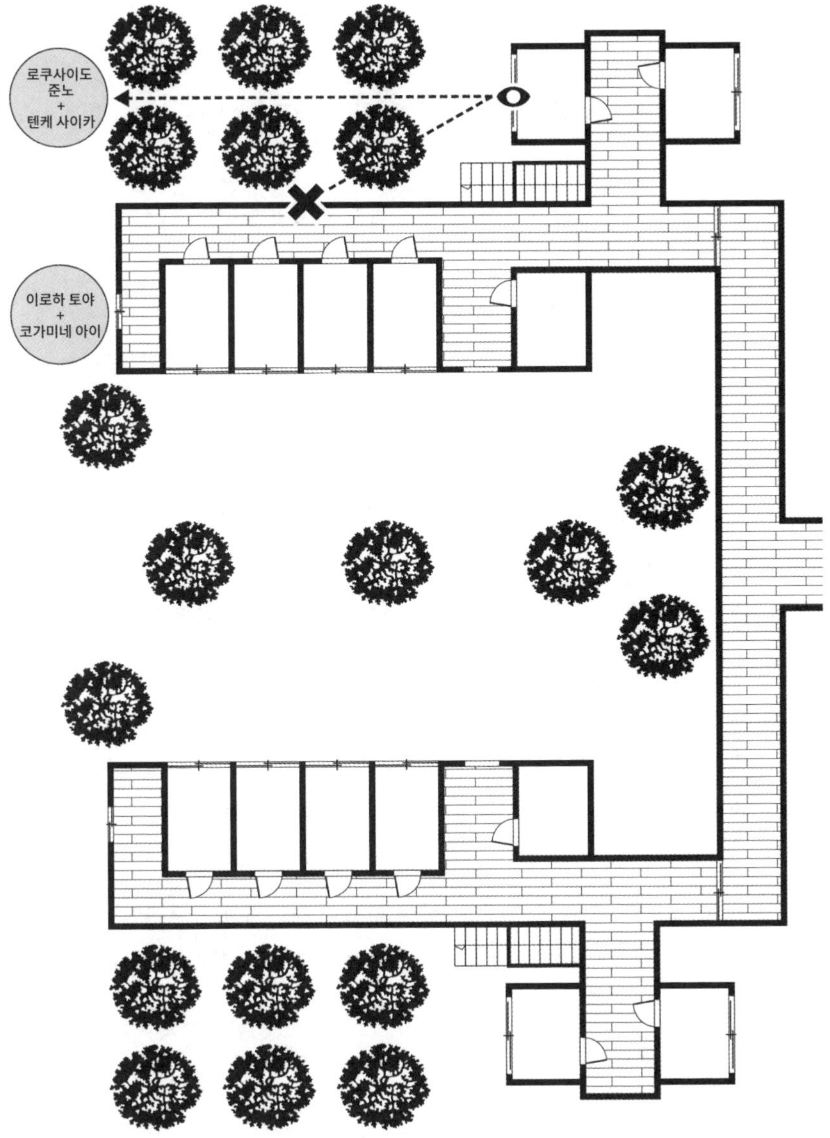

로쿠사이도
준노
+
텐케 사이카
이로하 토야
+
코가미네 아이

"……뭐? 잠깐, 세노……?"

"그렇다면."

바로 뒤이어 린네에게 '일본풍 미인 씨'라고 불리던 시라베 쿄카가 말했다.

"이로하와 코가미네 전에 다른 한 쌍이 창밖에 있었다는 말이네?"

"오, 그럼 순서는 확정이군."

츠루미 도로시가 느릿하게 맞장구치자 더 이상 사실을 뒤집을 수 없게 됐다.

"와카구레, 내가 말했을걸."

입을 다물고 있는 와카구레에게 나는 조용히 고했다.

"이 자리에 있는 36명 중 35명이 거짓말을 하고 있다고. 난 여자동에 갔다는 걸 숨겼고, 메지로와 텐케네 방 아이들은 여자들과 방을 바꿨다는 걸 숨겼고, 카와구치와 하다테는 내가 방에 없었다는 걸 숨겼고, 코가미네네 방 아이들은 나와 만났다는 걸 숨겼고, 미라사카네 방 아이들은 꽃병에 금이 갔다는 걸 숨겼고, 하루하라네 방 아이들은 키무라네 방 아이들과 같은 방에 있었다는 걸 숨겼고, 나카사코와 쿠루메는 다른 방의 툇마루에 있었다는 걸 숨겼고, 메리가키네 방 아이들은 소등 시간 이후 메리가키와 유노시마가 방을 나갔던 걸 숨겼고, 그리고 너희는 로쿠사이도가 텐케와 만났던 것을 숨겼어."

하지만.

"단 한 사람, 오직 린네만은 거짓말을 하지 않았어."

단 한 명의 정직한 사람.

내가 의심한 아케가미 린네만이 거짓말을 하지 않았다.

"린네는 정말 자신이 말한 그대로 텐케를 목격했던 거야."

와카구레는 굳은 채로 아무 말도 하지 않았다.

린네가 말없이 마커를 들어 화이트보드에 선을 그었다.

마지막은 조용했다.

슥, 하고.

'텐케를 봤다고 거짓말을 했다'라는 문장에 취소선을 그었다.


마지막 추리가 이로써 완성됐다.

그저제 밤, 남자동과 여자동 1층에서 무슨 일이 있었는지 전모가 밝혀진 것이다.


린네는 마커를 화이트보드 트레이에 내려놨다.

그 모습을 보고 나는 논쟁을 지켜보던 반 친구들을 향해 돌아섰다.

"모두."

거짓말쟁이들이 나를 봤다.

"이번에 드러난 너희 거짓말은 하나하나 따지고 보면 사소한 것들이야. 비난할 생각은 없고, 나한테 그럴 자격도 없다고 생각해. ……하지만 너희는 각자 거짓말을 해 놓고, 정작 아무런 거짓말을 하지 않은 린네에 대해서는 재미 삼아 뒷말을 했어. 그건 뭔가 잘못된 것 같지 않아?"

자신을 돌아보는 듯한 침묵이 다목적실에 흘렀다.

"설령 린네가 거짓말을 했더라도 지금 내가 너희를 비난하지 않는 것처럼 너희에게도 린네를 비난할 자격은 없었어. 물론 비난하려는 의도가 아니었다는 건 나도 알아. 하지만 너희도 알잖아? 누구나 한 번쯤은 겪어 본 적 있을걸."

굳이 하늘의 계시 같은 게 없어도.

굳이 추리를 할 줄 몰라도.

"자신이 믿는 것과 전혀 다른 게 진실로 단정 지어지는 건…… 정말 괴로운 일이야."

누구나 겪어 봤을 것이다.

이 자리에 있는 서른여섯 명도 모두 겪어 봤을 것이다.

누구라도 이해할 수 있는 일이다.

"……미안해, 린네!"

코가미네가 갑자기 뛰어나와 린네에게 와락 안겼다.

린네의 어깨를 꼭 껴안은 채 코가미네는 떨리는 목소리로 말했다.

"나, 진실을 알고 있었는데……! 그런데도 말하지 못했어! 말할 수가 없었어! 나 자신을 지키고 싶어서……! 정말 미안해!"

"……코가미네 씨…….."

린네는 입가에 미소를 머금은 채 코가미네의 작은 등에 조용히 손을 얹었다.

그러자 앞서 린네를 감쌌던 세노네 방 다른 아이들도 나와 "미안해, 린네", "우리도 공범이야" 하며 차례로 린네에게 사과했다.

다른 아이들은 그 모습을 보며 어색한 것처럼 눈을 피하거나 안절부절못한 듯이 몸을 움직였다.

사과가 중요한 건 아니다.

그럴 수도 있다는 걸 아는 것.

누군가를 상처 입힐 가능성을 항상 염두에 두는 것.

그러면 다음에는 조심할 수 있다.

스스로 생각하지 않고, 편한 길만 골라 가며, 타인에게 휘둘리지 않는 인간이 될 수 있다.

어떤가요, 아케가미 후요 선생님.

당신이 하신 말씀은 옳습니다. 모두가 고개를 끄덕일 정도로 멋지게 일반화된 정론일지도 모릅니다.

하지만 사람은 누구나 정론만으로 살아가지 않습니다.

아주 사소한 계기 하나로도 교과서 속 이론처럼 뻔한 인간에서 벗어나 성장할 수 있습니다.

성장을 이미 포기한 어른인 당신은 이해할 수 없는 일일지도 모르겠지만요.

'…….'

마치 공간에서 밀려나듯 와카구레가 조용히 다목적실을 빠져나가는 모습이 눈에 들어왔다.

나는 서로 부둥켜안고 있는 린네와 코가미네를 한 번 곁눈질 하고 와카구레를 따라가기로 했다.

다목적실을 나간 와카구레는 복도 모퉁이를 돌자마자 비틀거리며 벽에 어깨를 기댔다.

그리고 느슨히 쥔 주먹을 들어 벽을 내리쳤다.

몇 번이고, 몇 번이고.

처음에는 약하게.

점점…… 세게.

마치 스스로를 벌주듯.

"……아직 분한 감정이 남아 있나 보네."

그렇게 말을 걸자 벽을 때리던 손이 멈칫했다.

와카구레는 돌아보지 않았다.

스스로를 버티는 것조차 내려놓은 사람처럼 벽에 기댄 채 낮은 목소리로 말했다.

"……조롱하러 온 거야? 죽은 사람한테 또 총질하는 부류는 아닐 줄 알았는데."

"난 널 회개시킬 거라고 했어. 그 결과를 보러 왔을 뿐이야."

"회개? ……하하."

와카구레는 벽을 밀어 자신의 두 발로 일어서서 몸을 비틀거렸다.

"이로하, 넌 어떤 인간이든 노력하면 된다고 믿는 타입이야? 아무리 길을 잘못 들어선 인간도 다시 시작하기에 늦지 않았다고 말하는 타입?"

"넌 그렇게 생각하지 않지?"

"당연하지. 인간은 누구나 할 수 있는 일과 할 수 없는 일이 있어. 그런데 할 수 있는 인간들은 그걸 몰라. 자신한테 당연한 걸 다른 사람들도 당연히 여긴다고 착각해. 이 세상의 상식이 자기 중심으로 돌아간다고 믿는 거야. 부러워. 정말 부러워. 멋져서 반해 버릴 것 같아."

흔들리는 몸을 가누며 와카구레는 밋밋한 천장을 올려다봤다.

와카구레의 말은 공허하고 차가웠다. 하지만 이상하게도 지금껏 와카구레가 내뱉은 그 어떤 말보다 현실감이 느껴졌다.

"이로하, 넌 정말 멋졌어. 린네가 위험할 때 멋지게 나타나 완벽한 논리로 악당인 날 박살 내고, 어떤 역경에서도 포기하지 않고 결국 판을 뒤집어 버렸지. 그런 거, 아무나 못 해. 오직 선택받은 인간만 할 수 있는 행동이야. 난…… 난 못 해!"

와카구레의 주먹이 공기를 가르며 옆 벽을 세차게 내리쳤다.

실제보다 훨씬 묵직한 충격이 조용한 복도에 진동하듯 퍼져 나갔다.

"얼마나 좋아! 주변 분위기 따위 신경 쓰지 않고, 자신이 옳다고 생각하는 걸 밀고 나가고, 그런데 그게 인정까지 받는다면 얼마나 좋겠어! ……하지만 못 하니까 이러는 거잖아. 회개? 할 수 있으면 진작 했어! 결국 너처럼 되지 못했으니 지금의 내가 있는 거라고!"

와카구레는 거칠게 숨을 몰아쉬며 천천히 돌아섰다.

눈빛이 무서우리만치 또렷했다.

마치 부모의 원수라도 보는 듯한, 살기를 품은 눈.

하지만 적어도 공허하지는 않다.

겉모습뿐인 껍데기도, 꾸며낸 허상도 아니다.

"이로하, 난 너처럼 안 될 거야. 될 수 없고, 되고 싶지도 않아. 후요 선생님께 무슨 말을 들었는지 모르지만 결국 지금의 난 나 스스로 선택해서 만들어진 거니까."

그런가.

그렇다면 회개의 여지도 없다.

"나도 너처럼은 되지 않아."

굳은 눈빛을 정면으로 마주 보며 나는 받아쳤다.

"될 수 없고, 되고 싶지도 않아. 몇 번이든 널 막을 거야. 몇 번이든 부정할 거야. 아마 평생토록 네가 하는 일을 인정하지도, 이해하지도 않을 거야."

"……좋네."

아핫, 하고 와카구레는 나직이 웃었다.

"우리는 서로 마음이 통하네."

그렇게 나와 와카구레 스유는 헤어졌다.


같은 길을 걸을 일은 평생 없을 것이다. 나는 '옳음'을 믿었고, 와카구레는 '그름'에 매달렸다. 그런 선택을 나도 와카구레도 후회하지 않는다. 그러니 평행선이 교차할 일은 없다.

그럼에도 필요하다.

나에게는 와카구레가.

와카구레에게는 내가.

자신이 옳다는 걸 확인하려면.


길고 길었던 체험 학습의 사흘째 밤이 깊었다.

그 후 나는 텐케와 함께 자진해 오이카리 선생님을 찾아갔고 한바탕 꾸중을 들은 뒤 정성껏 반성문을 써서 제출했다.

선생님도 고등학생다운 철없는 행동으로 봐 주셨는지 그토록 소란스러웠던 일치고는 가벼운 처분에 그쳤다.

"그건 그렇고, 로쿠사이도와는 언제부터 사귀고 있었던 거야?"

반성문을 제출하고 돌아가는 길에 슬쩍 묻자 텐케는 쑥스러운 듯이 곱슬기 있는 머리카락을 만지작거리며 말했다.

"……여름 방학이 시작되기 조금 전쯤. 내가 먼저 고백해서……."

텐케는 버추얼 유튜버 오타쿠인데, 어느 날 문득 로쿠사이도가 같은 채널을 보는 걸 알게 됐다고 한다. 그 일을 계기로 친해졌고 자연스럽게 이어진 모양이다.

"로쿠사이도가 눈에 띄는 타입은 아니지만, 정말 좋아해. …… 그런 애한테 거짓말을 하게 했어."

자신을 위해, 그것도 좋아하는 여자아이에게 거짓말을 시키는 것. 그건 내가 생각하는 것보다 더 무거운 죄일지 모른다.

내가 방에 없다는 걸 감춰 준 카와구치를 비롯한 아이들과 나를 방에 숨겨 준 코가미네네 방 아이들에게 다시 한번 사과해야겠다고 마음먹었다. 그걸 내일 할 일로 머릿속에 메모해 뒀다.

목욕을 마치고 소등 시간을 기다릴 무렵, 코가미네네에게 전화가 걸려 왔다.

—창가로 와. 아, 툇마루라고 하나.

이번 일을 겪으며 새로운 단어 하나를 배웠나 보다. 나는 코가미네의 말에 따라 툇마루로 나갔다.

그러자 맞은편에 보이는 여자동 창문에 머리를 푼 코가미네네가 보였다.

코가미네네는 나를 향해 손을 살짝 흔들었다.

—안녕. 거기 분위기는 좀 어때?

"그럭저럭. 뭐랄까, 조금 어색하긴 한데 내일쯤이면 괜찮아질 거야."

—어떤 일이든 거짓말이 들통나면 어색해지는 건 어쩔 수 없나 봐. 여기도 비슷해. 물론 우리 방 아이들은 잘 지내고 있지만.

코가미네네가 뒤를 돌아봤다. 츠루미가 세노에게 달려들어 넘어뜨리는 모습이 어렴풋이 보였다.

"미안. 나 때문에 너까지 곤란하게 해서."

나는 내일 하려던 사과를 앞당겨 꺼냈다.

"할 수 있는 만큼 보답할게. 세노와 다른 애들한테도 전해 줘."

—응? 아, 괜찮아! 우리도 모른 척하려고 했으니 쌤쌤이지! 그

리고 나로서는 오히려 이득이었다고 할까.

"뭐?"

—앗! 미안, 방금 말 취소!

무슨 의미인지 잘 이해가 안 됐지만 뭐, 별일은 아닌 듯하니 넘기기로 했다.

—……보답이라면 말인데.

왠지 머뭇거리는 목소리로 맞은편 창가에 있는 코가미네가 불안한 듯 머리카락을 만졌다.

—내일, 돌아가기 전에 잠깐 시간 나지? 그때…… 같이 있어 주면 안 될까?

"같이? 구체적으로 뭘 할 건데?"

—뭐든 좋아. 자판기 옆에 앉아서 수다를 떨든, 바다를 보며 멍 때리든……. 그냥 같이 있어 주기만 하면 돼.

알 수 없는 제안이다.

—이번 일 때문에 체험 학습을 절반도 제대로 즐기지도 못했잖아? 마지막만큼은 아무것도 신경 쓰지 않고 놀고 싶어! ……안 돼?

"딱히 안 될 건 없어. 보답하겠다고 말한 사람은 나니까."

—야호! 약속이다!

그 후 우리는 조금 더 잡담을 나눈 뒤 통화를 마쳤다.

통화가 끝난 스마트폰 화면을 한동안 멍하게 바라봤다.

통화 도중에는 되도록 생각하지 않으려고 했지만. 코가미네와 이야기하다 보면 나도 모르게 그때 그 말이 자꾸 떠오른다.

―좋아하는 사람이 계속 멋진 모습으로 있어 줬으면 하니까.

설마.

몇 번이고 지우려고 해도 결국 다시 떠오른다.

내가 이렇게 된 것까지 전부 그 녀석의 계산이었다면.

지금껏 일부러 봉인한 말이 나와 버리는 것도 어쩔 수 없다.

"……색녀."


―뒤 모래사장으로 집합.

그런 메시지가 도착한 건 코가미네와 통화를 마치고 얼마 지나지 않아서였다.

보낸 사람은 아케가미 린네.

그 난리가 났던 모래사장으로 다시 부르다니, 대체 무슨 생각이야. 그렇게 따져도 봤지만 린네의 태도는 단호했다. '일단 집합', '언제까지든 기다리겠습니다'라며 막무가내였다.

나는 한숨을 내쉬고 또다시 같은 방 아이들에게 고개를 숙이고 1층 안쪽 창문을 통해 밖으로 나갔다. 그 일 이후 선생님들도 문단속을 철저히 하는 것 같지만 안에서 밖으로 나갈 때는 크레센트 자물쇠 같은 건 의미가 없다.

방파제 사다리를 타고 내려가 여자동 쪽으로 모래사장을 걸었다. 그날 밤만큼은 물이 들어차지 않아서 여유롭게 걸을 공간이 해변에 있었다.

여자동까지 딱 절반쯤 갔을 때 방파제에 등을 기대고 가만히 앉아 있는 린네의 모습이 눈에 들어왔다.

"왔어."

"늦으셨네요."

"그래도 나름 서둘러 온 거야."

린네는 체육복 차림으로 맨 모래사장에 엉덩이를 붙이고 웅크려 앉아 있었다. 나 역시 체육복이니 조금 더러워져도 괜찮겠지 싶어 그 옆에 나란히 앉았다.

"그래서, 이건 무슨 자리지? 오늘 그렇게나 거창하게 일장 연설을 해 놓고 '결국 몰래 만나고 있었습니다'라고 하면 그보다 우스운 일이 어딨어."

"거짓말을 사실로 만들어 볼까 해서요."

"응?"

린네가 갑자기 벌떡 일어섰다.

그리고 뒤이은 행동에 하마터면 심장이 멎는 줄 알았다.

스르륵, 하고 아무런 망설임도 없이 체육복 바지를 벗어 버린 것이다.

"잠깐."

느닷없이 드러난 하얀 허벅지에 시선을 빼앗기고 있는 사이 린네는 이번에는 상의 지퍼에 손을 가져갔다.

지이익 하고 지퍼가 내려가자 그 안에서 드러난 건 체육복이 아니었다.

"좋을 대로 소문만 무성하게 나는 건 손해잖아요."

린네는 벗은 체육복을 바닥에 툭 떨어뜨리고, 마치 징검다리를 건너듯 가볍게 내 앞으로 다가와 고개를 돌렸다.

"그러니까 제대로 밀회를 해 버리자고요. 아무도 상상 못 할 만큼, 둘이서 확실히 알콩달콩하게요. 이건 그런 자리예요."

희미한 달빛 아래로 매끄럽고 하얀 피부가 선명하게 떠올랐다.

그걸 가리면서 오히려 린네의 균형 잡힌 몸매를 더욱 돋보이게 하는 건 하얀색 기조의 비키니 수영복이었다.

색상은 단정하지만 평소 케이프까지 걸치고 다니는 모습과 비교하면 믿기 힘들 정도로 과감한 노출이다. 또렷하게 패인 가슴골이며 부러질 것처럼 잘록한 허리까지 거리낌 없이 드러내고 있다.

"왜 그러세요?"

린네는 무릎에 손을 얹고 내 얼굴을 들여다보며 어딘가 뿌듯한 표정을 지었다.

"혹시 저한테 반하신 건가요?"

그래, 라고.

솔직히 대답하는 건 뭔가 좀 분했다.

"……그 수영복은 어디서 난 거야? 네가 가져온 건 학교 수영복 아니었어?"

"언니에게 말했더니 챙겨 줬어요. 대여용인지 뭔지 그런 게 있나 봐요. 조금 노출이 많아서 부끄럽긴 하지만."

언뜻 보면 속옷보다 훨씬 더 많이 피부를 드러내고 있다. 이런 게 합법이라니.

4 화
지뢰 씨와 문 너머

린네는 한 걸음 물러나 두 손으로 살짝 가슴을 가렸다.

"……방금, 눈빛이 좀 음흉했어요."

"무죄 추정."

"당신이 그 말을 할 때는 늘 정곡을 찔렀을 때예요! 자명한 이치예요!"

참나. 이렇게까지 서로 익숙해지는 것도 좋은 것만은 아니다. ……그나저나 린네, 그렇게 가슴을 가리면 손가락이 파고들어 말랑한 느낌이 너무 적나라하게 드러나니 제발 자제해 줘.

머릿속 잡생각을 떨쳐내듯 나는 벌떡 일어섰다.

"뭐, 이미 엎질러진 물이니 해 보자. 소등 시간이 되기 전까지."

"네. 마음껏 알콩달콩해 봐요."

"……그런데 그거, 구체적으로 뭘 하면 되는 건데?"

"……물 뿌리기 놀이, 같은 거?"

"난 수영복이 없으니 봐줘."

나는 신발과 양말을 벗고 맨발로 모래사장을 걸었다.

차오르기 시작한 달빛 아래 물가에 선 수영복 차림 소녀에게 내 발로 직접 다가갔다.

"이로하 씨."

내 앞에 선 린네는 고개를 들어 나를 보며 살며시 미소 지었다.

"앞으로도 잘 부탁드려요."

"……그래. 나도 잘 부탁해."

네가 원해서가 아니다. 네가 부탁해서가 아니다.

나는 나 자신을 위해 너의 수수께끼에 대답한다.

이것이 나의 거짓 없는 솔직한 마음이다.

"그럼 이건 계약 증표예요."

"푸앗! 물 뿌리지 말랬잖아!"

"아하핫!"

웃음이 하나 피어났다면 그건 옳은 일이다.

그러니 나는 계속 외칠 것이다. 이 정론 따위 통하지 않는 세상에서, 그것이 정말 옳다고.

여린돌의 뜰

당신을 위해, 신뢰를 위해,
당신의 논리를 완성합니다.

지난 1편『내가 대답하는 너의 수수께끼 - 아케가미 린네는 틀리지 않아』옮긴이의 말에서 저는 본격 미스터리를 지탱하는 두 가지 기둥인 '기상(奇想)'과 '논리'에 대해, 그리고 라이트노벨이라는 가벼운 그릇에 담긴 이 작품이 얼마나 묵직한 정통 추리의 맛을 내고 있는지에 대해 말씀드린 바 있습니다. 1편이 '라이트노벨에서도 본격 미스터리가 가능하다'라는 가능성을 보여 준 하나의 '도전장'이었다면, 이번에 소개하는 속편『내가 대답하는 너의 수수께끼 2 - 그 어깨를 감쌀 각오(이하 내가 대답하는 너의 수수께끼 2)』는 그 도전이 결코 우연이나 치기 어린 시도가 아니었음을 증명하는, 말 그대로의 '승전보'와 같은 작품입니다. 실제로 이 작품은 일본 현지 출간 이후 라이트노벨 레이블 작품으로서는 매우 이례적으로 '2022년 본격 미스터리 베스트10'의 순위권(11위)에 이름을 올렸습니다. 쟁쟁한 기성 작가들의 일반 문예 미스터리 작품들 사이에서 이른바 '모에'한 일러스트를 전면에 내세운 이 작품이 장르 팬들의 평가를 받았다는 사실은 시사하는 바가 큽니다. 이는 이 시리즈가 단순히 캐릭터의 매력에 기대는 소설에 머무르지 않고, '수수께끼 풀이'라는 미스터리 본연의 재미를 끝까지 밀어붙였다는 분명한 방증이기 때문입니다.

가미시로 교스케는 현재 일본 라이트노벨 업계에서 러브코미디 장르를 중심으로 주목받고 있는 작가이지만, 그의 창작의 뿌리는 명백히 '논리 게임'에 닿아 있습니다. 『단간론파』나 『역전재판』과 같은 게임적 추론 구조의 영향을 받아온 그는, 이번 2편에서 전작보다 훨씬 더 가혹하고 복잡한 '논리의 미로'를 설계합니다. 『내가 대답하는 너의 수수께끼 2』는 중편 '지뢰 씨와 문 너머'와 장편 '1학년 7반과 단 한 명의 정직한 사람' 두 편으로 구성되어 있는데, 특히 후반부의 장편 에피소드는 이 시리즈의 백미라고 불러도 부족함이 없을 정도로 압도적인 스케일을 자랑합니다. 작가는 청춘 소설의 전형적인 무대인 '여름 체험 학습'을 배경으로 '35명의 반 친구 전원이 용의자이자 거짓말쟁이'라는 도발적인 설정을 제시합니다. 미스터리 소설에서 흔히 말하는 '클로즈드 서클'이 물리적 단절을 의미한다면, 이 작품이 만들어내는 상황은 집단의 분위기와 암묵적 동조에 의해 형성된, 보다 음험한 형태의 '심리적 밀실'이라 할 수 있습니다.

거기에 더해 이번 속편에서는 이로하 토야의 가치관에 맞서는 가장 강력한 숙적 캐릭터도 등장합니다. 주인공 이로하 토야는 파트너인 린네의 무죄를 증명하기 위해, 그리고 인간을 믿지 않고 타인을 조종해 인간관계를 디자인할 수 있다고 믿는 숙적을 회개시키기 위해 35명 전원의 알리바이와 증언을 하나하나 검증하고 그 속에 숨겨진 모순을 찾아내어 격파해 갑니다. A의 거짓말이 B의 알리바이를 무너뜨리고, 그것이 다시 C의 증언을 뒤집는 연쇄적 논리의 도미노 현상. 그 과정에서 주인공 이로하 토야는 압도적인 수적 열세와 보이지 않는 악의에 부딪혀 고뇌하지만 결코 사고를 멈추지 않습니다. 서른다섯 개의 거짓말로 견고하게 쌓아 올린 장벽이 이로하의 끈질긴 추론과 검증으로 인해 결국 허물어지는 과정은, 그 자체로 이 작품이 보여 주고자 하는 미스터리의 정수라 할 수 있습니다.

이처럼 치밀하게 설계된 논리 게임 위에서 선명하게 드러나는 것이 작품을 관통하는 '신뢰'라는 테마입니다. 1편에서 제시된 이 시리즈의 대전제는 '직관으로 정답을 아는 탐정'과 '그 과정을 역산해 증명하는 조수'의 관계였습니다. 당시 이로하의 추리는 린네의 직관을 타인에게 납득시키기 위한 일종의 '통역'에 가까웠다면, 2편에서 그의 추리는 린네를 지키기 위한 명확한 '무기'이자 '방패'로 진화합니다. 작품의 부제인 '그 어깨를 감쌀 각오'는 이러한 변화를 상징적으로 드러냅니다. 이는 연인의 어깨를 감싸안는 로맨스적 의미인 동시에 신의 계시와도 같은 무거운 진실을 홀로 짊어져야 하는 탐정의 고독과 부담을 함께 나누겠다는 조수의 결연한 선언

이기도 합니다. '진실만 있으면 그만이지, 설명이 왜 필요한가?'라
는 린네의 물음에 대해 이로하는 이제 단순히 사회적 합의를 위해
서가 아니라 '너를 믿기 때문에, 너를 구하기 위해 논리를 세운다'
라고 답하고 있는 셈입니다.

　　작품 속에서 이로하의 숙적 캐릭터는 말합니다. 인간은 원래
옳은 것보다 알기 쉬운 걸 달가워하기 마련이라고. 어리석은 사람
의 눈을 띄우기보다 똑똑한 사람이 직접 움직이는 게 훨씬 쉽고 편
한 길이라고. 하지만 이로하는 끝까지 인간의 가능성과 옳음을 포
기하지 않고, 논리가 타인을 구원하는 가장 확실한 수단임을 증명
하는 동시에 신뢰로 이어진 관계가 도달할 수 있는 희망을 보여 줍
니다. 이 작품이 끝까지 포기하지 않는 것은 논리의 완벽함이 아니
라 그 논리를 타인에게 건네려는 태도입니다. 설명이 실패할 가능
성을 감수하면서도 말 걸기를 멈추지 않는 선택이야말로 이 시리
즈가 제시하는 가장 강력한 해답이라고 할 수 있겠습니다. 책을 집
어 든 독자 여러분께서도 그 선택의 무게를 함께 헤아려 보시기를,
그리고 정론 따위 통하지 않는 이 세상에서 한 권의 미스터리로 재
미와 가치를 얻는다면 그것이 옳다는 것을 직접 입증해 주시기를
바랍니다.


2026년 봄

이연승

I'll answer
your mystery.

내가 대답하는
너의 수수께끼 2

그 어깨를 감쌀 각오

**1판 1쇄 인쇄** 2026년 3월 10일
**1판 1쇄 발행** 2026년 3월 24일

**지은이** 가미시로 교스케   **옮긴이** 이연승

**발행인** 송호준   **편집장** 민현주   **총괄이사** 황인용
**표지 디자인** 솔트앤블루   **본문 디자인** 송재원   **일러스트** 하오리 이오 羽織イオ
**제작** 송승욱   **마케팅** 소금

**발행처** 블루홀식스   **출판등록** 2016년 4월 5일   제 2016-000100호
**주소** 경기도 파주시 회동길 483-1   **전화** 031-955-9777   **팩스** 031-955-9779
**이메일** blueholesix@naver.com

ISBN 979-11-93149-71-3 03830   값 18,800원